임플란트 왕자님

임플란트 왕자님

초판 1쇄 찍은 날 § 2010년 5월 28일
초판 1쇄 펴낸 날 § 2010년 6월 4일

지은이 § 이수림
펴낸이 § 서경석

편집장 § 문혜영
편집책임 § 유경화
편집 § 조수희

펴낸곳 § 도서출판 청어람
등록번호 § 제1081-1-89호
등록일자 § 1999. 5. 31
어람번호 § 제5-0261호

주소 § 경기도 부천시 원미구 심곡 2동 163-2 서경B/D 3F (우) 420-822
전화 § 032-656-4452 팩스 § 032-656-4453
http://www.chungeoram.com
E-mail § chungeoram@chungeoram.com

ⓒ 이수림, 2010

ISBN 978-89-251-2191-8 03810

임플란트 왕자님

이수림 지음

도서출판 청어람

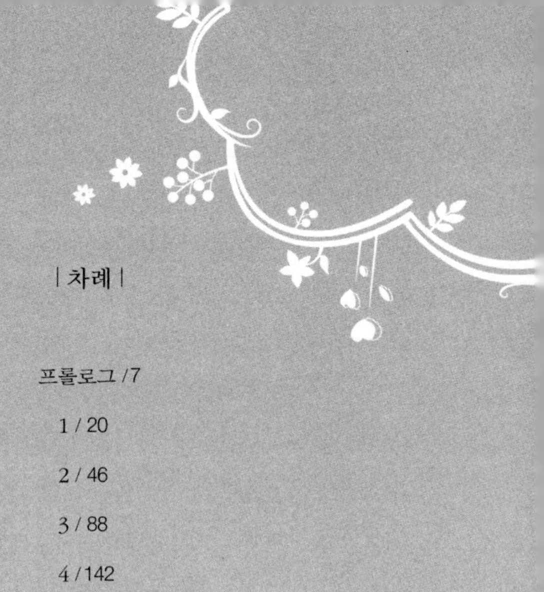

| 차례 |

학교 따윈!

소년은 작은 주먹을 꾹 쥐고 흘러내리는 눈물을 훔쳤다.

학교 따윈, 가고 싶지 않았다. 하지만…….

소년은 큰형을 떠올렸다. 큰형은 또 밤을 새운 모양인지 오늘도 피로에 찌든 얼굴로 오래된 양은 도시락을 건네주고 새벽에 출근했었다.

"미안하구나."

무엇을 사과하는 건지 소년은 잘 알고 있었다. 도시락에는 배를 반도 채울 수 없는 양의 보리밥과 김치 쪼가리만 들어 있으니까. 그렇지만 급작스러운 뺑소니 사고로 돌아가신 부모님을 대신해 몸이 부서져라 일하며 나머지 형제들을 부양하는 사람에게 어떻게 감히 불평한단 말인가?

하지만 이런 도시락을 들고 학교에 가고 싶지 않았다. 학교에는…….

소년은 눈물이 마르기를 기다리며 마음을 다졌다. 학교에 가는 건 죽기보다 싫었지만 빼먹는 건 큰형을 실망시키는 짓이었다.

한참 뒤, 간신히 마음을 가라앉힌 소년은 방으로 돌아왔다. 형들에게 물려받은 오래된 교과서와 반쯤 갈라진 몽당연필 등을 주섬주섬 가방에 챙겼다. 구멍이 난 부분을 애써 감춰서 메고는 두 살 아래의 쌍둥이 동생들에게 갔다.

"세수 제대로 안 했구나."

소년은 픽 웃은 뒤 수건을 가져와 막냇동생의 얼굴을 뽀득뽀득하게 닦아주었다. 비록 구겨지고 낡은 옷을 입었다지만 몸은 깨끗해야 했다.

"자, 가자."

소년은 손을 내밀었고, 쌍둥이는 망설이다가 한 손씩 잡았다. 하지만 걸음을 옮기는 대신 조심스럽게 말했다.

"저기, 오빠. 학교 안 가면 안 돼? 가기 싫어."

"나도. 애들이 거지라고 놀려. 형, 가지 말자. 응?"

쌍둥이는 눈물이 그렁그렁한 눈으로 소년에게 애원했다. 소년은 울컥하고 치솟은 감정을 애써 누르고는 고개를 저었다.

"안 돼. 가야 돼. 안 가면 큰형이 슬퍼할 거야."

큰형을 입에 올리자 쌍둥이들은 고개를 바닥으로 떨어뜨렸다. 소년은 쌍둥이와 맞잡은 손에 힘을 꾹 준 뒤 천천히 걸음을 옮겼다. 아침 일찍 나와서 그런지 다행히 등굣길에서 악마들과 마주치지 않았다. 소년은 동생들을 교실에 들여보낸 뒤 아주 천천히 6학년 3반으로 갔다. 발걸음이 무거웠다.

"거지 왔네."

문을 열자마자 비웃음이 날아들었다. 교실 안에는 딱 한 명밖에 없었다. 소년은 이를 악물며 이수환을 노려보았다. 학교 재단 이사장의 손자라서 선생들의 사랑을 듬뿍 받는 녀석. 그리고 매일 소년에게 악담을 퍼붓는 악마 중의 악마.

"또 어제랑 같은 옷 입고 왔네? 구멍난 거라도 좀 기우지 그래?"

수환은 낄낄거리며 손가락질을 했다. 소년은 모멸감으로 떨리는 몸을 간신히 움직여 자리로 가서 앉았다. 수환은 졸졸 따라오더니 옆자리에 앉아 얼굴을 찌푸리며 코를 잡았다.

"아우, 냄새나. 거지야, 씻긴 씻냐? 아, 수돗물 살 돈도 없지?"

"이수환!"

문이 쾅 하고 열리는 소리가 나더니 이어 날카로운 목소리가 들려왔다. 소년은 뒤를 돌아보았고, 예상한 얼굴을 발견했다.

하늘거리는 레이스가 달린 공주님 옷을 입고 있는 여자아이.

뽀얀 얼굴과 긴 속눈썹, 얇은 팔과 다리를 가진 소녀는 연약해 보이는 외모와는 달리 무서운 표정을 짓고 있었다.

"너 또 승운이 괴롭히는 거야?"

"괴롭히긴 뭘 괴롭혀?"

수환은 그렇게 툴툴거렸으나 소년을 대할 때와는 달리 주눅이 든 말투였다. 하지만 다시 소년에게 윽박질렀다.

"야, 박승운! 말해봐! 내가 괴롭혔어?"

소년은 답하지 않았다. 그러자 소녀는 흥 하고 콧방귀를 뀌더니 성큼성큼 다가와 수환의 눈앞으로 불끈 쥔 주먹을 내밀었다. 앙증맞은 크기였으나 힘과 박력이 실려 있었다.

"내가 승운이 또 괴롭히면 가만 안 둔다고 했지?"

"야! 내가 이 거지를 괴롭히든 말든 너랑 무슨 상관이야?"

"거지? 누가 거지야?"

소녀는 주먹을 휘둘렀다. 수환은 어깨를 정통으로 얻어맞자 비틀거렸고, 소년은 쾌감을 느끼는 자신을 발견했다.

"이, 이 계집애가!"

"계집애라고?"

욱하는 표정으로 소녀는 한 대 더 때렸다. 이번엔 퍽 소리가 날 정도였는데 수환은 어지간히 아픈지 눈물을 글썽거렸다.

"흥. 겨우 그거 맞았다고 우냐? 사내자식이 허약해서."

"내가 허약하긴 뭐가 허약해! 너, 너 두고 봐!"

수환은 눈물을 줄줄 흘리더니 문밖으로 쌩하니 도망쳤다. 소녀는 다시 콧방귀를 뀌었으나, 손바닥을 뒤집듯이 순식간에 표정을 얌전하게 바꾸고는 상냥한 목소리를 냈다.

"승운아, 괜찮아?"

소년은 고개를 홱 돌려 소녀를 외면했다. 소녀는 실망한 듯 잠시 입을 오물거렸지만 예쁜 그림이 그려진 도시락 가방을 소년에게 들이밀었다.

"너 또 아침 못 먹고 왔지? 이거 먹어. 도우미 아줌마한테 말해서 밥 많이 싸왔어. 너 소시지 먹어본 적 있어? 되게 맛있다?"

소년이 손 하나 까딱하지 않자 소녀는 종알종알 말하며 커다란 도시락을 열었다. 김이 모락모락 나는 윤기있는 쌀밥과 두툼한 계란말이 옆에는 문어 모양의 귀여운 소시지가 잔뜩 들어 있었다.

소년은 저도 모르게 침을 꿀꺽 삼키며 탐스러운 소시지를 뚫어져라 바라보았다. 소녀는 빙긋 웃더니 플라스틱의 예쁜 새 젓가락을 꺼내 소년에게 내밀었다.

"자, 먹어."

손이 멋대로 움직였다. 막 젓가락에 손끝이 닿았을 때였다. 문이 다시 벌컥 열리더니, 수환이 교실 안으로 들어오며 소리쳤다.

"봐! 남의 도시락을 먹으려고 하다니 박승운 쟤 거지 맞잖아! 너 거지한테 계속 그럴 거야, 오미래?"

승운은 눈을 떴다. 시리도록 차가운 보랏빛의 사이킥 조명이 침범하듯 시야 속으로 들어왔다. 승운은 거칠게 눈을 부비며 소파에서 등을 뗐다.

"일어났냐?"

룸 밖에선 귀를 찢을 듯이 음악이 크게 울리고 있었지만 안에서는 소리를 지르지 않고도 대화를 나눌 수 있었다. 하지만 승운은 짜증을 이기지 못하고 얼굴을 찌푸리며 건너편에 앉아 있는 친구들을 보았다.

"그렇게 피곤했어? 잘 자더만."

"쿨쿨 자던데, 꿈이라도 꿨냐?"

승운은 픽 웃으며 고개를 끄덕였다.

"어, 진짜?"

"응. 옛날…… 꿈을 꿨네."

승운은 읊조리듯 말하며 손을 뻗었다. 커다란 잔에 넘칠 듯 가득 차 있던 진한 호박빛의 술은 곧 몸 안으로 빨려들 듯 흡수되었다. 타는 듯한 열기가 식도를 타고 흘러들어 오자 꿈을 꾸는 사이 온몸을 습격했던 냉기가 사라져 갔다.

"피곤하면 이만 들어가. 개업 준비 때문에 힘들지?"

사려 깊은 성격의 한 친구가 걱정하는 표정으로 물어왔다. 하지만 여자 밝히기로 소문난 다른 친구가 승운의 팔을 붙잡았다.

"야, 좀만 더 이따 가. 너 없으면 여자들이 안 낚여."

"이 자식 있으면 더 안 낚일걸? 여자들이 얘한테만 눈 돌아가잖아. 인마, 피곤한 거 같은데 그냥 가.”

통명스러웠으나 배려하는 말이라는 걸 승운은 잘 알고 있었다. 그는 씩 웃은 뒤 자리를 털고 일어났다.

“다음에 보자. 나 때문에 모인 건데 미안하다.”

“미안하긴, 바쁜데 불러내서 우리가 더 미안하다, 야.”

“피곤해 보이는데 가서 푹 쉬어.”

제각기 다른 성격의 친구들은 아쉬움과 걱정의 표정을 지으며 손을 흔들어주었다. 그가 나갈 때 어깨를 툭툭 때리기도 했는데, 애정의 손길이라는 것을 승운은 잘 알고 있었다. 치과대학교 시절 사귄, 힘들게 공부하며 함께 성장한 진짜 친구들. 국민학교 때 그의 주변을 둘러싸고 있었던 악마들과는 차원이 달랐다.

승운은 피가 통하지 않을 만큼 거세게 주먹을 꾹 쥐고는 룸에서 나와 1층으로 내려갔다.

귀를 먹먹하게 만들 만큼 거대한 음악 소리가 온몸을 때렸고 눈이 멀어버릴 것 같은 강렬한 조명 때문에 앞의 광경도 잘 볼 수가 없었다.

“헤이!”

간신히 눈을 뜬 승운이 파도의 장벽처럼 넘실거리는 사람들을 헤치고 한 걸음씩 걸을 때, 그의 얼굴을 본 여자가 감탄한 기색으로 팔을 잡아당겼다.

“너 멋지다! 나랑 잘래?”

승운은 얼음보다 더 차가운 표정을 보여주며 가슴을 더듬는 여자의 팔을 잡아 튕기듯 물리쳤다. 여자는 움찔거리며 물러났고, 승운은 시선 하나 남겨놓지 않은 채 차가운 표정 그대로 등을 돌리고 가던 길을 재촉했다. 가장자리에 있는 바(bar)에 도착한 뒤, 매니저를 불렀다.

"벌써 가세요? 오신 지 한 시간도 안 된 것 같은데."

"좀 피곤해서. 7번 룸 말이야, 이제까지 먹은 술값은 내가 낼게. 내가 모이자고 한 거거든."

음악 소리 때문에 크게 말하면서 카드를 건네주자 매니저가 손을 내저었다.

"못 받아요. 저번에 술값 받았다고 사장님한테 혼났어요. 그냥 가세요."

이 '붉은 밤' 클럽의 사장은 승운의 막냇동생의 약혼자, 즉 예비 제부였다.

"네 사장한테는 내가 말할게. 받아."

매니저는 망설이는 기색이 역력했으나 승운이 재촉하자 결국 카드를 받았다.

"잠시만 앉아 계세요. 대리운전 불러 드릴게요."

"아냐. 차 안 가져왔어."

"그럼 택시 불러 드릴게요."

승운은 고개를 저은 뒤 클럽 밖으로 나섰다.

문을 열자마자 12월의 차가운 공기가 온몸을 습격해 왔다. 피부가 시릴 정도로 바람은 냉랭했지만, 덕분에 꿈 때문에 쌓인 어두운 감정과 알코올이 주는 특유의 불편한 기운이 사라지기 시작했다. 잠시 냉기를 즐긴 승운은 클럽과 다른 건물의 틈 사이로 갔다. 한 3분쯤 걸었을까. 시끄러운 차 경적 소리가 잠시 끊어졌을 때 작은 말소리가 들려왔다.

"싫다고 했잖아."

"계집애들은 꼭 좋으면서 싫다고 튕기더라."

여자의 단호한 말에 이어 남자의 불량한 목소리가 퍼졌다. 승운은 눈을 가늘게 뜨고 소리가 들려온 방향으로 고개를 돌렸다. 어느 건물 뒤편의 후미진 곳이었다. 여자는 최고급 승용차의 운전석 문 앞에 서 있었다. 문을 열 생각이었는지 손에는 키가 들려 있었지만 목적을 이루지 못했다. 건들거리는 자세의 한 남자가 가로막듯이 서 있었기 때문이었다.

"튕기는 거 아니거든? 난 정말 네가 싫어."

승운은 천천히 걸어갔다. 남자의 등 옆으로 여자가 보였다. 여자는 짜증으로 가득한 목소리를 내고 있었는데, 표정 또한 마찬가지였다. 스모키 화장을 했음에도 얌전하고 단정해 보이는 이목구비에는 귀찮아 죽겠다는 생각이 풀풀 날리고 있었다.

"싫긴 뭐가 싫어? 이 시간에 클럽에 온 거 보면 목적이 뻔한데. 그만 튕기고 나랑 가자. 나 정말 끝내주게 잘해."

"다시 한 번 말하는데 난 정말 네가 싫어. 좀 꺼져 줄래?"

여자의 다소 험악한 말에도 남자는 물러서지 않았다. 오히려 반응이 재밌는지 고개를 끄덕끄덕이더니 두 손을 여자의 가슴에 댔다. 승운이 막 나서려고 할 때였다.

푹.

여자의 구두가 남자의 다리 사이를 힘껏 올려 찼다.

"여자가 이 시간에 클럽에 간다고 다 남자 낚으러 가는 건 아니거든?"

퍽.

둔탁한 소리와 함께 남자의 얼굴이 뒤로 돌아갔다. 핏방울이 확 터졌다.

"낚으러 갔다고 해도 너같이 덜떨어진 놈을 좋아할 여자는 없어."

다시 퍽.

이번엔 여자의 팔꿈치가 배에 꽂혔는지 남자의 몸이 반쯤 앞으로 접혔다.

"여자가 싫다고 말하는 건 정말 싫은 거야."

쿵.

여자가 다시 주먹을 날리자, 결국 남자는 육중한 소리와 함께 바닥으로 쓰러지듯 넘어졌다.

"알았니, 이 인간쓰레기야?"

여자의 질문에 남자는 아무 말도 하지 못했다. 눈이 돌아가 입에 게거품을 물고 두 손으로 중요 부위를 붙잡은 채 바닥에서 나뒹굴 뿐.

 임플란트 왕자님

승운은 입을 헤벌린 채 멍하니 남자만 쳐다보았다. 그가 정신을 차린 건 온몸에 내려꽂히는 여자의 시선 때문이었다. 승운은 흠칫거리며 눈을 들어 여자를 바라보았다.

확실히, 행동과는 다른 외모였다. 10cm짜리 스틸레토를 제외하면 170cm 정도로 보였는데 아주 늘씬했다. 쭉 빠진 맛이 있었지만 전체적으로 마른 편으로 팔과 다리도 길고 얇았다. 작은 얼굴과 사슴처럼 우아한 목 때문에 연약한 분위기가 풍겨났는데 이목구비 또한 마찬가지였다.

진한 흑갈색의 눈동자는 토끼처럼 동그랗고 반들반들거렸다. 길고 풍성한 속눈썹 때문에 귀여운 면모보다는 여성적인 느낌이 강조되었는데 오똑한 코와 작고 도톰한 입술은 미인으로 불리기에 충분했다. 턱 선은 가냘팠고 가슴까지 내려오는 긴 생머리칼은 차분하면서도 단정해 보였다.

방금처럼 눈앞에서 목격하지 못했다면, 저렇게 연약해 보이는 여자가 덩치 큰 남자를 때려눕혔다는 사실을 결코 믿지 못하리라.

"설마, 이 쓰레기랑 아는 사이?"

그새 그를 관찰했는지 여자의 얼굴에는 승운의 외모에 대한 감탄이 서려 있었으나 목소리에서는 경계심이 풀풀 풍겨 나오고 있었다.

"아닙니다."

승운은 얼른 고개를 저었다.

“지나가는 행인이에요. 도와주려고 했던.”

“아, 그래요?”

여자는 못 믿겠다는 듯 심드렁한 어조였다.

“네. 경찰서에 가겠다면 증인이 되어드리지요.”

승운은 천천히 여자에게 다가가 가슴팍의 주머니에서 명함을 꺼냈다. 건네려고 했으나 여자는 손도 내밀지 않았다. 하지만 승운의 행동에 그가 정말로 도와주려고 했던 것을 깨달았는지 차가운 표정이 누그러졌다.

“아니에요. 경찰서에 가면 시간을 빼앗길 텐데, 그러기엔 귀찮아서요. 그리고.”

여자의 시선이 꿈틀거리며 일어나기 시작한 남자에게 향했다. 여자가 냉기 서린 눈으로 빙긋 웃자, 남자는 흡사 악마라도 본 것처럼 흠칫거리더니 절룩거리면서도 필사적으로 도망쳤다.

“저 쓰레기도 알아들은 것 같네요.”

승운은 말없이 동의를 표했다. 여자는 다시 싱긋 웃더니 고개를 살짝 숙였다.

“도와주려고 해서 감사드려요. 도움은 안 됐지만.”

“아, 저기…….”

“네?”

승운은 입을 열었다. 하지만 어떤 상황에서든 말발을 갖추고 다니는 사람답지 않게 아무 말도 떠오르지 않았다.

승운이 그렇게 입만 뻐끔거리자, 여자는 눈을 깜빡였으나 곧

픽 하고 웃더니 차에 키를 꽂아 넣었다. 승운은 천천히 뒤로 물러섰고, 여자는 시동을 켠 뒤 핸들을 돌렸다.

차가 움직이기 시작했다. 승운은 여자가 앞만 바라본다는 것을 알아차렸다. 다른 것은 바라보지 않은 채 진지한 눈빛으로 운전에만 집중했다. 그리고 곧 사라졌다.

"흐음……."

승운은 길게 숨을 내뱉었다. 따스한 입김은 새벽의 냉기에 묻혀 곧 스러졌지만, 그의 입가에 맺힌 미소는 오랜 시간 남아 있었다.

"정말 인상적이군."

그런데.

"낯이 익은데…… 어디서 봤지?"

“우리 미래, 자니?”

문이 살짝 열리더니 아빠가 고개를 빼꼼 내밀며 작게 물어왔다. 막 꿈속으로 풍덩 빠지려던 찰나였으나 반가운 목소리에 미래는 침대에서 발딱 일어났다.

“아빠!”

“우리 딸, 정말 보고 싶었어.”

아빠는 환한 얼굴로 미래를 꼭 안아주었다. 아빠의 얼굴에 난 수염이 따가웠지만 미래는 아무 말 않은 채 일주일 만에 보는 아빠를 마주 안았다.

“이제 바쁜 일은 끝났으니, 요번 미래 생일에는 우리 미래가 가고 싶어하는 놀이공원에 갈 수 있어.”

“정말? 저번에도 그렇게 말하고 못 갔잖아요.”

“이번엔 진짜야. 드디어 회사가 아주아주 커질 수 있게 됐거든. 우리 미래가 먹고 싶은 거 다 사줄 수 있게 된 거야.”

“나 지금도 먹고 싶은 건 다 먹어. 아, 사탕이랑 초콜릿은 아니다. 아빠, 엄마가 나 이 썩는다고 못 먹게 해요.”

“그럴 줄 알고 아빠가 이거 사왔지.”

아빠는 등 뒤에 감췄던 것을 꺼냈고, 미래는 두 눈을 휘둥그렇게 떴다. 직사각형 모양의 손바닥 두 배만 한 초콜릿이었는데 아주 두꺼웠다.

“우와! 크다!”

“미국으로 출장 다녀온 부장 아저씨한테 부탁해서 사가지고 온 거야. 엄마한텐 비밀이야. 알았지?”

미래는 고개를 끄덕끄덕거리며 눈을 반짝였다. 포장을 벗겨 한입 깨물자 달콤한 맛이 입안 가득 사르르 펼쳐졌다. 미래는 다 먹어치우고 싶었지만, 애써 유혹을 뿌리쳤다.

“왜 더 안 먹어?”

“친구랑 나눠 먹으려고. 아빠, 나 좋아하는 남자애 생겼어요.”

“뭐라고?”

“되게 예쁜 애예요. 얼굴도 하얗고 속눈썹도 나보다 길다? 환하게 웃으면 빛이 나오는 거 같아요. 왕자님처럼 보여요.”

미래는 승운이 웃는 모습을 떠올리며 배시시 웃었다. 아빠도 쿡쿡 하고 웃었는데, 미래는 곧 어깨를 축 늘어뜨렸다.

"근데, 걔 무지 불쌍해요. 작년에 엄마랑 아빠가 돌아가셨대요. 옷도 만날 똑같은 거 입고 다니고 도시락도 제대로 못 싸와요. 애들이 막 거지라고 놀려. 되게 안됐어."

"그렇구나. 근데 미래야."

"응."

아빠는 미래의 머리칼을 툭툭 만져 주면서 걱정하는 표정으로 말했다.

"엄마한테는 걔가 가난하다고 말하지 마."

"왜? 아, 알아. 가난한 애 좋아한다고 화낼 것 같아서?"

아빠는 슬픈 표정으로 고개를 끄덕였다.

"그럴게요. 저기, 아빠. 놀이공원 갈 때 승운이도 같이 가면 안 돼요?"

"물론 되지. 엄마는 아마 모임이 있어서 안 갈 테니, 우리끼리 가도 괜찮을 거야."

"정말 되는 거죠? 내일 승운이한테 같이 가자고 말해야지."

미래는 환하게 웃으며 침대 위에서 방방 뛰었다. 아빠는 빙긋 웃으며 딸이 기뻐하는 모습을 바라보았다. 이날 밤, 미래는 기대에 부푼 마음으로 잠을 청했다.

승운이랑 놀이공원에 간다!

임플란트 왕자님

미래는 눈을 반짝 떴다. 잠시 입을 벌린 채 멍하니 천장만 쳐다보았다.

"와아……."

탄성이 절로 나왔다. 아빠를 꿈에서 보다니? 더군다나 영화를 본 것처럼 생생했다. 오늘 회사에서 좋은 일이 있으려나? 그런데…….

미래는 침대에서 일어나며 고개를 갸웃거렸다.

개 이름이 뭐였지?

가난해서 도시락도 제대로 싸오지 못했고 구멍난 옷을 입고 다녔던 아이. 그럼에도 동화 속의 왕자님처럼 귀티나게 아주 잘생겨서 좋아했었다. 하지만 결국 그 아이 때문에…….

미래는 얼굴을 살짝 찌푸렸다가 다시 폈다.

그렇게 된 건 스스로의 실수였다. 그 불쌍한 아이를 탓할 이유는 전혀 없었다. 더군다나 어차피 유학 갈 예정이었으니까.

근데, 이름이 정말 기억이 안 나네. 성은 박이었는데 이름은…….

미래는 일어나 얼굴을 한껏 찌푸린 채 곰곰이 머리를 휘저어 보았다. 하지만 시간이 흘러갈수록 꿈은 점차 흐릿해질 뿐이었다.

뭐, 생각 안 나는 건 안 나는 거지. 알 수 없는 건 더 고민하지 말자.

미래는 운동 가방을 챙겨 들고 집을 나섰다. 겨울바람이 심술을 부리는 1월 초라 그런지 바람은 몸이 시릴 만큼 혹독했고 어젯밤에 그득 쌓인 눈은 빙판길을 만들고 있었다. 미래는 주의하며 걸었고 곧 100미터 거리인 피트니스센터가 있는 건물에 도착했다.

한 달 전에 새로 완공된 건물은 총 30층 높이였다. 10층부터 30층까지는 주거형 고급 오피스텔이었는데 1층은 은행과 베이커리, 카페 등이 들어서 있었고 2층부터 4층까지는 쇼핑몰과 식당이 있었다. 5층과 6층은 여러 분야의 병원이 있었으며 7층 전체는 피트니스센터가 차지하고 있었다.

센터는 새로 생겨서 그런지 시설이 아주 좋았고 직원들도 친절했는데, 회원은 8층의 온천 겸 목욕탕과 9층의 찜질방도 무료로 이용할 수 있었다.

그런 점도 좋았지만, 미래가 가장 마음에 들어하는 부분은 걸어서 10분 거리라는 것이었다. 그래서 기존에 다니던 곳이 있었음에도 이곳을 선택했다. 더 빨리 출근해서 일을 더 많이 할 수 있으니까. 이 건물의 주인을 남편으로 둔 친한 언니가 이곳 센터에 다니라고 추천해 줬기 때문이기도 하지만.

미래는 매트리스로 가서 간단하게 몸을 푼 뒤 새로운 운동기구 앞으로 갔다. 사용법을 봐도 잘 알 수가 없자 기계치인 스스로에 대해 투덜거리다가 센터 직원을 찾아 주변을 둘러보았다. 종종 그녀에게 조언을 해주는 친절한 직원은 역기를 드는 어떤 남자를 지켜보고 있었다. 천천히 직원 쪽으로 걸어가던 미래의 눈에 남자가 보였다. 미래는 저도 모르게 그 자리에 우뚝 멈춰 선 채 남자에게 시선을 집중할 수밖에 없었다.

와우, 대단한데?

감탄이 절로 나올 만큼 훌륭한 외모였다. 도자기처럼 새하얗고 깨끗한 피부에 턱은 갸름했으며 눈썹은 풍성하고 길었다. 이목구비 자체도 유려하게 아름다웠는데, 얼굴의 모든 면모가 섬세하고 예뻤다. 물론, 그렇다고 완전히 여성스러운 건 아니었다.

깊은 눈빛은 아주 강했고 남자다웠다. 또한 몸은 분명 힘있는 사내의 것이었다. 키는 180㎝를 넘었고 어깨는 넓었다. 전체적으로 약간 마른 듯하면서도 늘씬했는데, 흰색 티셔츠는 땀에 젖은 상체 근육을 그대로 내보이고 있었다. 규칙적이고 힘든 운동으로 만들어진 근육은 불끈거리는 힘으로 가득했으며 동시에 남성적인 매력을 물씬 풍기고 있었다.

최상급이네. 근데…….

미래는 얼굴을 살짝 찌푸렸다.

처음 보는 얼굴이었음에도 왠지 낯이 익었다. 동네 사람이라 지나가다가 봤었나?

미래가 그런 생각을 떠올릴 때 남자가 역기를 내려놓고 앉았다. 미래는 남자가 뭔가를 찾는 듯 주변을 둘러보다가 그녀를 쳐다보자 속으로 깜짝 놀랐다.

내 시선이 너무 강렬했나?

미래는 고개를 돌리는 대신 씩 웃었고, 남자는 잠시 눈을 깜빡이더니 곧 웃음을 지었다. 눈썹이 곱게 휘어졌고 흑갈색의 맑은 눈동자가 별처럼 반짝이면서 얼굴 전체에서 빛이 났다.

우와!

온몸이 흐물흐물 녹아내리는 느낌이 들자, 미래는 감탄에 감탄을 거듭할 수밖에 없었다.

"아, 오셨네요?"

미래와 남자가 웃음을 주고받고 있을 때 다른 직원이 밝게 인사하며 다가왔다. 미래는 최고의 눈요기를 더 보지 못한다는 사실이 안타까웠으나 눈을 돌렸다.

"네. 저 기구 사용법 좀 알려주실래요?"

"이리 오세요."

미래는 새 기계로 가서 운동을 마쳤다. 씻으러 가면서 센터 내부를 슬쩍 살펴보았지만 아까 발견한 꽃미남은 보이지 않았다.

아쉽네.

미래는 고개를 젓고는 욕실로 들어갔다.

집으로 다시 온 뒤, 도우미가 차려준 음식을 먹었다. 그러고는 얼굴을 살짝 찌푸리며 천천히 전화기 쪽으로 가서 버튼을 눌렀다. 곧 메시지가 온 시간을 알리는 기계음 뒤에 익숙한 목소리가 불쑥 튀어나왔다.

[미래야, 너 왜 전화를 안 받아? 피하는 거니? 오늘 점심에 약

속 잡아놨으니까, 시간 비워놔. 김 비서한테도 말 다 해놨어. 꼭
나와야 돼. 너 대체 언제까지 일만 하면서 그렇게 살—]

미래는 결국 삭제 버튼을 꾹 누르는 것으로 엄마의 메시지를
흔적없이 지워 버렸다. 아침부터 두통이 일어나는 기분이었다.

엄마는 대체 언제까지 나한테 결혼을 강요할 건데요?

미래는 속으로 외침을 삭였다. 심장 위를 꾹 누른 채 흐트러
진 마음을 정돈했다.

"좋은 아침입니다, 사장님."

운전기사는 언제나처럼 환하게 웃으며 미래를 맞았다. 아파
트 밑으로 내려오는 사이 미래의 얼굴에는 여유있는 미소가 떠
올라 있었다.

"네. 좋은 아침이에요. 오늘 일정은 어떻게 되죠?"

회사로 가는 동안 미래는 비서에게 오늘의 스케줄에 대해 들
었다. 30분마다 세워진 스케줄은 평소와 다를 게 없었다. 딱 한
가지만 빼면.

"회장님께서 점심 식사를 말씀하셨습니다."

"말씀하신 게 아니라 으박지르셨죠?"

김 비서는 미래의 질문에 아무 말도 하지 않는 것으로 대답을
대신했다. 미래는 눈을 감고 한숨을 내쉬었다.

"어떻게 할까요?"

"취소시켜요. 아니, 아니에요."

미래는 결단을 내렸다.

“그대로 놔두세요. 아무래도 행동으로 보여줘야 할 것 같아요. 그래야 다시 선 자리 안 들고 오시겠죠.”

김 비서의 얼굴에 걱정하는 표정이 떠올랐고 미래는 곰곰이 생각에 잠겼다. 회사에 도착한 뒤, 방금까지 생각했던 것은 머릿속에서 싹 지우고는 오늘의 일과를 시작했다.

“수고하셨어요.”

임원 회의는 만족스러웠다. 미래는 잘한 부분에서는 격려와 칭찬을 아낌없이 해주었고 비판이 필요한 부분에서는 상대방이 불쾌하지 않을 정도로, 그러나 분명하게 언급하는 것으로 같은 실수를 반복하지 말라는 경고를 주었다.

1년 전, 서른한 살에 대표이사가 되었다. 이른 나이긴 했지만 그건 최선의 선택이었다. 그로부터 3년 전인 스물여덟 살 때, FUTURE KOREA를 손수 설립해서 키워낸 아빠가 갑작스러운 심장마비로 돌아가셨으니까.

당시, 아직 준비가 되지 않았다는 것을 알고 있었기에 미래는 최고의 전문경영인을 대표이사 자리에 앉힌 뒤 모든 것을 다해 경영을 배웠다. 그리고 준비가 됐을 때인 작년, 가장 높은 자리에 올랐다. 어린 여자 사장이라는 사실에 우려하는 사람들을 비웃으며 공격적인 마케팅으로 브랜드 파워를 강화시켜 80프로를 웃도는 성장률을 기록했고, 그 결과로 불과 1년 만에 회사는 국내 최고의 스포츠 패션업체가 되었다.

이 자리를 유지하리라. 아빠가 남겨두고 간 소중한 회사. 세상 그 무엇보다도 사랑하는 것. 앞으로도 최고의 자리에 머무르리라. 반드시!

미래는 입가에 만족스러운 미소를 지은 채 다시 서류에 정신을 집중했다. 토요일이지만 여느 때처럼 저녁까지 일하려 했으나 정오가 되자 김 비서가 노크한 뒤 들어왔다.

"점심 식사하러 가셔야 합니다."

"점심 식사요? 아."

미래는 두 손으로 책상을 팡 소리가 나게 친 다음 일어섰고, 단호한 걸음으로 내려갔다.

"걱정돼요?"

호텔로 가는 도중, 미래는 김 비서의 얼굴에 상사가 무슨 짓을 저지를지 염려하는 기색이 역력하다는 것을 알아차렸다.

"너무 걱정하진 말아요. 회사에 누를 끼치는 짓은 안 해요. 알잖아요. 그냥, 적당히 소문만 나게 하려고요."

김 비서는 짧게 한숨을 내쉬고는 고개를 끄덕였다. 미래는 피식 웃고는 물었다.

"근데, 혹시 누구인지 알아요?"

"자세한 건 잘 모르겠습니다만 치과의사라고 들었습니다."

"치과의사? 엄마가 치과의사를요?"

정말 의외였다. 미래는 FUTURE KOREA의 이름뿐인 회장, 강인자의 사윗감 후보에 치과의사가 들어 있지 않다는 것을 알고 있었다. 돈을 많이 못 버는 질 낮은 직업이라고 생각하고 있으니까.

"부모가 한자리하는 사람인가?"

"알아볼까요?"

미래는 고개를 가로저었다.

"어차피 곧 알 수 있을 텐데요."

차는 곧 '더 로열' 호텔에 도착했다. 미래는 운전기사와 비서를 퇴근시킨 뒤 호텔 1층에 있는 카페로 갔다. 토요일 오후답게 맞선 중인 남녀 손님들로 가득했다.

"오미래라고 해요. 예약되어 있을 거예요."

미래는 입구의 카운터로 가서 반듯하게 유니폼을 입은 직원에게 부탁했다.

"잠시만요. 아, 죄송합니다. 오미래라는 이름은 없네요."

미래는 휴대폰으로 김 비서에게 전화를 할까 싶었다가 전원을 꺼둔 상태라는 것을 기억해 냈다. 귀찮게 전화까지 해서 남자의 이름을 알아내고픈 생각은 없었다. 뭐, 못 만나면 그 핑계를 대면 될 거고.

"치과의사와 선을 보기로 했거든요. 오미래가 와 있다고 방송해 주시겠어요?"

직원은 살짝 당황한 표정이었다. 하지만 미래가 걸치고 있는 정장의 브랜드와 당당한 태도를 보더니 조심스럽게 고개를 끄덕였다.

"오미래 씨가 카운터에 와 계십니다. 일행이신 분은 와주세요."

하지만 아무도 오지 않았다. 미래는 직원에게 다시 요구했다.

"방송에 치과의사 넣어주세요."

"손님, 그건 좀……."

"오미래 씨?"

그윽한 목소리였다. 깊고 풍부하면서도 굵은, 남자다운 목소리. 미래는 저도 모르게 휙 하고 바람 소리가 날 만큼 빠르게 뒤돌아보았다.

"제가 치과의삽니다."

"어?"

미래는 눈을 깜빡이며 저도 모르게 손가락으로 가리키고 말았다.

"피트니스센터?"

그 남자였다. 오늘 아침 그녀와 시선을 마주했던, 아주 훌륭한 외모를 가진 남자.

"네. 저도 거기 다녀요. 으흠, 한두 번도 아니고…… 이거 정말 대단한 우연이군요."

"내 기억엔 두 번인데, 세 번이었나요?"

남자의 눈동자에 잠시 알 수 없는 빛이 반짝였다. 그러더니 빙긋 웃으며 고갯짓으로 카페 안을 가리켰다.

"자리로 가서 이야기해 드릴게요."

"여기 말고 식사하러 가죠. 배고프거든요."

남자는 쿡 하고 웃더니 고개를 끄덕였다.

"그래요. 위로 가죠. 여기 이탈리아 레스토랑이 괜찮다고 들었거든요."

미래는 따라가며 슬쩍 눈으로 살폈다. 남자는 길고 늘씬한 몸매를 강조하는 카키브라운 색의 롱코트와 짙은 녹색 머플러, 부츠를 걸치고 있었는데, 멋진 이목구비와 체격이 아주 돋보였다.

정말 최상급이네.

남자는 새벽에 언뜻 본 몸매 또한 아주 좋았다. 거기다 패션 센스에, 두뇌까지 있다니? 더군다나 엄마가 선 상대로 잡아냈다면 집안 또한 아주 대단할 게 분명했다.

인간 같지 않은 남자네. 뭐, 나름 문제가 있는 건지도 모르지만.

"먼저 소개할게요."

레스토랑에 들어온 뒤 남자는 빙긋 웃으며 손을 내밀었다.

"박승운입니다."

박승운?

찰나의 순간, 남자의 이름은 머릿속의 한 부분을 툭 건드리고 지나갔다. 미래는 일단 미뤄놓은 채 손을 뻗어 악수했다. 손가락은 길었으며 손바닥 안쪽은 단단했다. 그리고 손 전체에서는 은은한 온기가 깃들어 있었다.

느낌은 좋군.

부드러운 손이 떠나가자 미래는 아쉬움을 느꼈다.

 임플란트 왕자님

저 손이 내 몸에 닿으면, 또 어떤 느낌이 들까?

"알고 있겠지만, 난 오미래예요."

"네. 알고 있습니다."

남자의 눈이 다시 미묘하게 빛났다. 미래가 뭔가 이상하다는 것을 깨닫기 전 남자는 메뉴판을 가리켰다.

"뭐 드시겠어요? 특별히 좋아하는 음식이 있나요?"

"그냥 추천메뉴 먹죠."

"추천메뉴요?"

"네. 그 레스토랑에서 가장 자신있으니까 추천해 주는 거잖아요. 효율적이죠. 그렇게 해서 실패한 적도 거의 없고요."

남자는 수긍하는 표정을 짓더니 고개를 끄덕였다. 직원이 주문을 받아가자 미래는 남자를 다시 훑었다. 지나치게 매끈한 느낌이 났지만 진한 눈빛은 깊이가 있어 보였다.

"마음에 드나요?"

"네?"

"평가하는 눈빛이라."

"네. 박승운 씨의 외모는 마음에 들어요."

미래는 싱긋 웃으며 사실을 말했다. 남자는 솔직한 답변이 의외인 듯 한쪽 눈썹을 치켜 올렸다.

"하지만 난 결혼할 생각이 없어요. 오늘은 억지로 떠밀려서 나온 거고요. 밥이나 먹고 헤어지죠."

사실 만나자마자 적당히 망신을 주고 자리를 뜰 생각이었지만 미래는 남자와 조금만 더 시간을 보내기로 마음먹었다.

간만에 눈요기하는 것도 나쁠 것 없으니까. 그렇지 않은가?

"으흠. 결혼하고 싶지 않은 이유가 뭐죠? 독신주의자인가요?"

무례하게 들릴 수도 있는 직설적인 질문이었다. 하지만 남자가 정말 궁금하다는 표정을 지으면서 물었기에, 미래는 그런 느낌은 받지 않았다. 그래서 솔직하게 답해주었다.

"딱히 그런 건 아니에요. 난 일중독자거든요. 결혼을 평생 안 할 생각인 건 아닌데, 이래저래 일에 방해될 게 뻔해서 현재로선 생각이 없어요."

"무슨 일을 하시는데요?"

"FUTURE KOREA를 경영해요. 근데, 박승운 씨도 내가 정확히 누군지 모르고 나온 거군요."

남자가 입을 벌리며 뭔가를 말하려고 할 때였다. 직원이 서빙을 시작했다. 안티파스토를 놓고 사라지자 남자가 말하기 전 미래가 먼저 물었다.

"한두 번이 아니라는 거, 설명해 줄래요?"

"지금과 피트니스센터 말고 그전에 만난 적이 있어요."

미래는 고개를 갸웃거리며 기억을 더듬어보았지만 떠오르는 건 없었다. 미래가 고개를 흔들자, 기억하기를 바랐는지 남자는 다소 실망한 표정을 지었다. 하지만 곧 씩 웃었다. 웃음은 싱그러웠고, 순간 미래는 심장이 콩닥거린다는 사실을 깨달았다.

"한 달 전이죠. 강남, 어느 건물 주차장, 인간쓰레기, 도움 주려고 했던 행인. 기억 안 나요?"

"아아, 그 행인?"

그래서 어디서 본 것 같았던 거구나.

미래는 눈을 여러 번 깜빡이며 기억을 되살렸다. 일 이외의 부분에서 그녀의 기억력은 형편없었지만, 어떤 잘생긴 남자가 도와주려고 했던 것 하나만은 확실하게 기억했다.

"클럽에 갔던 것 같은데 춤추는 거 좋아해요?"

"네. 유일한 취미죠. 바빠서 통 못 갔다가 간만에 가봤는데, 쓰레기가 따라올 줄이야."

미래는 눈살을 찌푸리며 서빙된 오늘의 추천메뉴, 포트와인 소스로 맛을 낸 양갈비를 포크로 푹 찍었다.

"남자와 같이 가면 쓰레기는 안 붙을 거예요. 다음에 같이 갈까요?"

미래는 양갈비를 씹다 말고 남자를 빤히 쳐다보았다. 남자는 여전히 웃고 있었는데, 무슨 생각을 하고 있는지 알 수 없었다. 미래는 그제야 깨달았다.

보통내기가 아니네?

남자는 화려하게 느껴지는 이목구비를 갖춘 사람답게 웃으면 반짝거리는 보석 같았다. 광채가 눈부신지라 미소 아래로 어떤 생각을 품고 있는지 읽어내기 어려웠다.

환한 웃음을 미끼로, 진짜 마음을 내보이지 않는 사람.

미래는 양갈비를 필요 이상으로 힘주어 꼭꼭 씹은 뒤 빙긋 웃었다.

"난 결혼할 생각이 없다고 말했는데."

"연애할 생각은 없어요? 난 오미래 씨가 마음에 드는데. 우연이 계속되는 걸 보니 아무래도 인연인 듯싶거든요. 이제까지 여러 차례 만난데다가 집도 가까운 것 같은데."

"연애?"

"만나서 밥 먹고 얘기하고 싸우고 화해하고 뭐 기타 등등을 하는 거죠. 가볍고, 즐겁게."

"춤도 같이 추러 가고?"

"네. 춤도 같이 추러 가고."

남자의 미소가 커졌다. 하지만 재밌어서 웃는 건지 어떤 건지, 알 수가 없었다. 미래는 툭 말을 내던졌다.

"성인답게 섹스도 하고?"

"성인답게 섹스도 하고."

남자는 표정이 전혀 바뀌지 않았다. 또한 목소리 톤도 그대로였다. 미래는 짜증을 느끼고 말았다. 그녀는 포크를 소리 나게 내려놓았다.

"싫어요."

"왜요?"

무슨 생각을 하는지 알 수 없는 남자는 질색이니까.

“선으로 만난 남자니까.”

미래는 사실을 내뱉지 않았다. 생각을 엿볼 수 없다고 말하는 것 자체가, 남자가 더 고단수라는 걸 인정하는 것이기 때문이었다.

“그럼, 선으로 만난 남자가 아니면 연애할 겁니까?”

미래는 잠시 고려해 보는 척했다.

“네. 하지만 박승운 씨하고는 선으로 만났잖아요? 그리고 선을 보러 나온 걸 보니 결혼할 생각인 것 같은데 연애만 하는 건 좀 그렇지 않아요?”

“사실, 선보러 나온 거 아니에요.”

커피가 나왔다. 남자는 미래가 커피에 설탕을 왕창 투하하는 것을 흥미롭게 바라보며 이어 말했다.

“다른 약속이 있었어요.”

“다른 약속?”

남자는 고개를 끄덕였다.

“그 카페의 파르페가 아주 맛있대요. 임신한 막냇동생이 같이 먹어달라고 해서 왔는데, 그 녀석이 오는 길에 갑자기 너무 졸리다고 집으로 돌아간다고 전화하더라고요. 그래서 그냥 일어섰는데 오미래 씨가 보이더군요. 치과의사를 찾기에 나선 거죠.”

“그럼, 박승운 씨는 나랑 선보기로 한 그 치과의사가 아니라는 거예요?”

남자는 씩 웃은 채로 고개를 끄덕였다. 미래는 잠시 동안 입만 뻐끔거렸고, 남자는 활짝 웃었다. 미래는 이번엔 남자의 기분을 엿볼 수 있었다. 진심으로 즐거워하고 있었다.

"선으로 만난 게 아니니까."

남자는 여유있는 몸짓으로 물 잔을 들어 입으로 가져갔다. 입술 한쪽 끝이 위로 슥 올라가 있었다.

"가볍고 즐겁게 연애합시다, 오미래 씨."

"그래서 뭐라고 했어?"

정희는 열성적으로 캐물었다. 미래는 바로 답을 말해주었다.

"싫다고 했어."

"뭐? 왜? 잘생겼고 몸매 끝내준다면서? 매너도 좋고?"

"그렇긴 해. 근데 그게 중요한 게 아니야."

"그게 뭐가 안 중요해? 이보세요, 오미래 씨. 네가 오래 굶어서 모르나 본데 연애할 때는 그런 게 정말 중요해."

정희는 오른손 검지를 흔들며 혀를 찼고, 미래는 언니에게 눈을 흘겼다. 물론, 밉지 않은 눈빛으로.

임정희는 준재벌급 이상만 속해 있는 상류층 사교계에서 보기 드물게 미래가 진심을 말할 수 있는 좋은 사람이었다. FUTURE KOREA가 마케팅 수단 중에 하나로 용품을 지원하는 국내 야구단 일산 베어스의 구단주이기도 했다. 오빠가 대표이사로 재직하는 일산그룹의 야구단을 맡은 것이었는데, 4년 전에는 메이저리그 투수이자 대한민국 최고의 스포츠스타로 일컬어지는 박승연과 결혼하기도 했다.

정희가 결혼한 뒤로는 자주 못 만나고 있었지만, 소중한 존재라는 건 변함없었다. 일로 가득한 인생에서 시답잖은 수다를 떨 수 있는 유일한 상대였다. 가장 친한 언니이자 친구.

"돈, 매너, 외모 이 세 개가 연애할 때는 필수요소야. 거기다가 테크닉까지 있으면 최고지. 연애만 하기에 딱인 거 같은데 만나보지 왜 튕겼어?"

"튕긴 거 아니야. 나 그런 거 안 하는 거 알잖아."

"하긴."

미래의 쿨한 성격을 아주 잘 알고 있는 사람답게 정희는 고개를 끄덕였다.

"그럼 왜 그랬어? 싫은 건 아닌 거 같은데."

"언니 말 맞아. 싫은 건 아닌데……."

미래는 얼굴을 찌푸렸다.

"속을 알 수가 없는 타입이라 짜증나더라."

"그러니까 네 맘대로 못 휘두를 것 같은 남자라 거절한 거구나."

미래는 정희를 노려보는 것으로 대답을 대신했다. 정희는 재밌는지 빙글빙글 웃었다.

"신기해라. 네가 감당 못하는 남자도 존재하나 보네."

"감당 못하는 건 아니야."

"증명해 보지 그래? 같은 동네에 살고, 피트니스센터에서 자주 볼 것 같은데 다시 접근해 오지 않을까?"

"언니, 나 그런 도발에 넘어가는 바보 아니거든?"

정희는 낄낄거렸고, 미래는 불만스럽게 그런 정희를 쳐다보다가 말을 이었다.

"그리고 그 남자, 다시 접근 안 할 거야. 완전 고단수던데?"

"그래요?"

딱 잘라서 싫다고 말하자 박승운은 웃으면서 그렇게 되물을 뿐이었다. 그러고는 아주 자연스럽게 화제를 일로 바꾸었다. 회사 이야기가 나오면 으레 그렇듯이 미래는 방금까지 무슨 말을 했는지 다 잊고 열심히 일에 대해 얘기했는데, 그러다가 정신을 차려보니 와인까지 다 해치운 뒤였다. 결국, 여느 데이트처럼 그렇게 식사를 끝내고 헤어졌다.

"방향도 같은데, 같이 가요."

남자는 와인을 많이 마신 게 아님에도 대리운전을 불렀다.

"아니에요. 다시 회사에 들어가서 일할 거라서요. 집과는 반대 방향이에요."

미래의 말에 승운은 고개를 끄덕였다.

"그럼, 들어가세요."

미래가 부른 콜택시가 오는 것을 확인한 뒤 승운은 직접 문을 닫아주었다. 그러고는 예의 그 반짝이는 미소를 보여준 채 손까지 흔들어주었다. 그렇게 선 아닌 선은 끝이 났다.

"정말, 고단수야."

미래는 저도 모르게 고개를 절레절레 흔들었다.

그런 사람과는 얽히고 싶지 않았다. 남의 손바닥 위에서 놀아나는 건 질색이니까.

"아쉽네. 그런 킹카와 연애만 할 수 있는 기회는 흔치 않잖아."

정희의 말에 미래는 어깻짓을 했다.

"뭐, 그렇긴 해."

"근데 너, 정말 연애할 생각은 있는 거야? 연애도 보통 일 아니야."

"결혼보다야 아니겠지. 사장 된 이후로 바빠서 남잘 못 만났지만, 그전에 한두 번 연애해 본 것도 아니고 깊이 조절 못하지 않아."

미래는 단호하게 말했다. 정희는 미래로서는 뜻 모를 웃음을 지을 따름이었다. 미래는 점심시간이 얼마 안 남았음을 확인하고 자리에서 일어났다.

"이만 회의실로 가서 일 이야기하자."

정희는 고개를 끄덕였고, 마케팅 팀장을 동석한 채 올해 일산 베어스 구단의 용품 지원에 관한 변경 사항에 대해 논의했다. 회의는 빠르게 끝났다.

"언니, 이거."

회의 중에는 구단주님이라고 불렀으나 끝이 나자 미래는 비서에게 지시해서 종이봉투를 가져오게 했다.

"뭔데?"

"저번 주에 출장을 다녀온 부장이 가져온 거야. 집에 가서 봐."

미래는 손을 흔들어주었다. 정희는 궁금한 표정을 지으며 받아 들었다. 그리고 퇴근할 때, 미래는 휴대폰을 확인했다. 정희에게 문자가 와 있었다.

「고마워. 크크. 오늘 밤에 입어볼게.」

미래는 빙긋 웃었다. 여성 속옷 부분에서 최고의 자리에 우뚝 서 있는 이탈리아의 어느 브랜드에서 새로 출시한 테디였는데, 현재 FUTURE KOREA에서 정식으로 수입해서 판매할지 검토 중인 브랜드였다.

그동안 미래는 회사에서 내놓는 모든 제품을 실제로 걸쳐 보곤 했다. 하지만 이번 테디는 경우가 달랐다. 물론 입어보는 건 지금 당장이라도 가능했지만 보여줄 사람이 없다는 점이 문제였다. 얼마나 섹시하게 잘 어울리는지 봐줄 사람이 없는데 왜 입는단 말인가?

문득, 연애를 하자고 제안했던 치과의사가 머릿속에 도롱, 하고 떠올랐다. 테디를 능수능란하게 벗길 남자. 그리고 테디 아래로 드러난 여자의 몸을 어떻게 다뤄야 하는지도 잘 알 것 같았다.

으흠. 퇴짜를 놓은 게 좀 아쉬운데…….

미래는 입맛을 다셨지만 이미 지난 일은 되새김질해 봤자 소용없다는 걸 잘 알고 있었다.

끝났으니 더 생각 말아야지.

미래는 그렇게 결론을 내렸다. 하지만 다음날 새벽, 피트니스 센터에서 승운과 마주치자 그런 다짐을 잊고 말았다.

"안녕하세요, 오미래 씨."

미래가 거울을 보며 5kg짜리 아령을 한 손으로 들었다 내리는 운동을 하고 있을 때 승운이 등 뒤로 다가왔다. 그는 오늘도 땀에 젖은 모습이었다. 격렬하게 운동을 했는지 온몸에선 열기가 뿜어져 나오고 있는데, 미래는 고개를 갸웃거릴 수밖에 없었다.

땀 흘리는 남자는 냄새나서 질색이었는데.

그에 반해, 승운은 굉장히 매력적이었다. 목젖이 꿈틀거리는 모습이나 팔뚝 근육에 힘줄이 올라온 모습 모두 아주 맛있어 보이는…….

미래는 저도 모르게 침을 꿀꺽 삼키고 말았다.

아, 나 너무 굶었나?

"저녁식사 같이 할래요?"

"네?"

"저녁식사 같이 하자고요."

승운은 미래가 들고 있는 아령을 받아 들었다. 5kg은 오래 운동을 해온 미래에게도 한 손으로 들기엔 약간 무리가 있는 무게였지만, 승운은 아주 쉽게 들었다. 미래는 그게 더 짜증났다.

"흠. 원래 그렇게 끈질긴 건가요? 아니면 내가 그렇게 매력있나?"

"물론 후자죠."

승운은 당연한 사실을 말하는 것처럼 조금의 부끄러움도 없는 얼굴이었다. 그의 눈이 살짝 작아지며 옆으로 매력적인 주름이 생겨났다.

"그리고 이렇게 자주 마주치는 이유를 알고 싶거든요."

"같은 동네 사람이라면, 거기다 비슷한 시간대에 피트니스센터에 다닌다면 자주 만나는 건 당연하죠."

"난 나와 오미래 씨가 같은 동네에 살게 됐다는 것 자체가 신기해요."

미래는 한쪽 눈썹을 치켜 올리며 승운을 보았다. 그의 얼굴에는 미소가 떠올라 있었으나 다소 딱딱한 느낌이 들었다. 그리고 입가는 꾹 다물려 있었다. 마치 할 말이 더 많은 것 같지만 참고 있는 느낌이랄까.

"좋아요."

미래는 귀에 들린 뒤에야 자신이 무슨 말을 했는지 깨달았다.

입이 멋대로 노네. 뭐, 어쩔 수 없지.

 임플란트
왕자님

미래는 웃었다. 승운이 보여준 것과 같은 딱딱한 느낌이 드는
미소.

"저녁식사, 하죠."

2

　승운의 하루는 항상 새벽 5시에 시작되었다. 쌀값이라도 벌기 위해 일찍 일어나서 신문배달을 하던 중학교 때부터 시작된 버릇은 서른두 살이 된 지금까지 그대로 이어지고 있었다.

　승운은 운동 가방을 들고 내려갔다. 그의 집은 20층, 피트니스센터는 7층에 있었다. 도착하기까지 3분밖에 걸리지 않는 거리. 그리고 그의 치과는 6층에 있었다.

　현재와 미래를 아우르는 공간이 모두 한 건물 안에 있었는데, 건물의 주인은 칠 남매 가운데 넷째인 바로 위의 형, 승연이었다. 본가에서의 독립과 개업을 생각하는 승운에게 집안의 넷째는 가장 위치가 좋은 오피스텔과 병원 자리를 주었다. 7층의 피트니스센터를 이용하면서 비공식적으로 지켜봐 달라고 부탁하면서. 그래서 그전까지 다른 곳을 다녔음에도 얼마 전부터 매일 새벽마다 내려와 운동을 하면서 살펴보고 있었다.

스트레칭 후 러닝머신을 달리는 승운의 눈은 켜놓은 머신의 텔레비전 화면이 아니라 유리벽에 꽂혀 있었다. 여자 탈의실과 연결된 문이 비춰지는 곳.

한 시간 동안 탐색했지만, 그가 기다리는 여자는 모습을 드러내지 않았다. 기구를 이용하는 다른 운동을 하는 30분 동안도 마찬가지였다.

왜 안 오지?

승운은 피트니스센터의 매니저를 통해 미래에 대해 간략하게 이야기를 들었다. 한 달 전에 개장한 이래 일요일만 빼고 매일 아침 6시 정각에 도착해서 한 시간 동안 운동을 한다고.

그런데 오늘은 무슨 일이지?

승운은 걱정이 들었으나 시간이 흘러가자 더 기다리지 않고 말끔하게 샤워를 한 뒤 집으로 갔다. 준비를 한 뒤 8시 30분에 딱 맞춰서 6층으로 내려갔다.

치과는 엘리베이터 바로 건너편에 있었다. 투명한 유리문은 물론 벽에도 먼지 한 점 없어 깔끔했는데, 새로 개원한 티가 물씬 났다. 녹색의 싱그러운 식물 화분은 문 양쪽에 방문자를 환영하듯 서 있었고 벽에 써 있는 글씨는 귀여운 폰트로 편안함을 자아냈다.

승운은 뿌듯함이 온몸 가득 퍼지는 것을 느끼며 손바닥으로 문을 쓰다듬었다. 겨울이라 시릴 만큼 차가웠지만 그에겐 그저 기쁜 온도였다. 승운은 환하게 웃으며 안으로 들어가 가운을 걸쳤다. 책상 첫 번째 서랍에 넣어둔 명찰을 꺼내 달고는 벽 한 켠에 걸어놓은 반신 거울 앞으로 갔다.

누가 봐도 호감을 가질 만큼 잘생긴 외모와 믿음직한 태도를 보여주는 치과의사. 나이 많은 의사를 선호하는 사람들의 기호에 비해 젊은 게 문제였으나 승운은 실력으로 커버하고 있었다. 그리고 미소와 친절로.

최고가 될 것이다.

자신은 이제 개원한 애송이일 따름이었다. 하지만 승운은 자신이 있었다. 최고가 되어 더 높은 위치로 올라갈 것이다. 더 많은 돈을 벌 것이다. 더 많은 우러름을 받을 것이다!

물론 현재도 외모와 매너, 그리고 치과의사라는 타이틀 덕분에 많은 사람들에게 부러운 시선을 받고 있었다. 하지만 승운은 더 많은 것을 원했고, 그런 만큼 모든 부분에 노력과 정성을 기울이고 있었다. 이 자리에 올라서기까지 너무도 힘들었으니까.

공부는 쉬웠다. 살아오는 게 어려웠을 뿐. 열두 살 때 부모님이 갑자기 돌아가신 뒤 5년 동안 끼니도 제대로 잇지 못하는 생활을 했었다. 열일곱 살 때 두 살 위의 형인 집안의 넷째, 승연이 10억이 넘는 돈을 받고 메이저리그로 스카우트되면서 숨통이 트였지만 그전까지는 삶 자체가 너무도 괴로웠다.

어렸을 때의 일이었다. 아주 오래전 일. 하지만 승운은 지금도 생생하게 들을 수 있었다. 손가락질을 하며 아이들이 한목소리로 외치던 말.

거지.

도시락도 변변치 않았고 형들에게 물려받고 제대로 세탁하지 않은 꼬질꼬질한 옷을 입고 다녔으며, 연필 등의 학용품은 다른 애들이 버린 것을 쓰레기통에서 몰래 주워서 썼다. 그런 소년을 학교 아이들은 거지라고 놀리며 비웃었다. 딱, 한 여자애만 빼면.

오미래.

승운은 자신이 힘줄이 드러날 만큼 거세게 주먹을 쥐고 있다는 것을 깨닫고 힘을 뺐다. 미래를 생각하며.

언제나 공주님같이 하늘하늘한 레이스를 입고 다녔던 아이. 어지간히 잘사는지 매일 아침저녁마다 운전기사가 운전하는 번쩍번쩍한 차를 타고 다녔다. 하지만 승운이 가장 인상 깊게 기억하는 건 얌전한 외모와는 정반대인 성격이었다.

키는 남자애들과 맞먹을 만큼 컸지만 몸 자체는 가녀리고 얇았다. 하지만 유치원 때부터 배웠다는 태권도 때문인지 주먹질과 발차기가 아주 야무졌는데, 주로 여자애들을 짓궂게 놀리는 남자애들이 미래에게 희생되었다. 그리고 승운을 괴롭혔던 악마들 또한 마찬가지였다.

"승운이는 거지가 아니야! 그렇게 놀리지 마!"

무려 19년이나 흘렀지만 승운은 미래의 앙칼진 외침을 아직도 기억했다. 그만큼 감동적이었으니까. 그래서 좋아했다.

소년의 풋사랑일 따름이었다. 하지만 분명히, 자신은 예쁜 그 소녀에게 홀딱 반했었다. 소녀는 가진 것이 많고, 스스로는 가난하다는 사실 때문에 자존심이 상해서 외면하고 말았지만.

오미래, 날 언제 기억할래?

사실, 승운도 처음에는 알아보지 못했다. 강남의 주차장에서 마주쳤을 때는 어디선가에서 본 느낌이 들었었다. 그러다가 한 달 뒤, 피트니스센터에서 눈을 마주치고서야 깨달았다.

그 소녀가 이제 성인이 됐음을.

물론, 100퍼센트 확신할 수는 없었다. 토끼같이 반들반들한 눈동자는 기억 속의 모습과 같았지만 다른 부분은 흐릿했으니까. 그래서 피트니스센터의 매니저에게 비밀리에 미래의 생년월일을 물어보았다.

오래전 일이었으나 승운은 소녀의 생일은 똑똑하게 기억하고 있었다. 바로 그날, 소녀가 떠날 수밖에 없는 일이 생겼으니까.

승운은 온몸을 때리듯 밀려오는 기억을 내리누르며 생년월일을 비교한 결과를 떠올렸다.

같았다. 성인 오미래는 그와 한때 국민학교를 같이 다녔던 소녀 오미래가 맞았다. 소년을 유일하게 보호해 준, 소년의 첫사랑.

"으흠. 생각해 보니…… 보호해 준 건 아닌 것 같은데."

승운은 소녀가 떠난 뒤의 일을 떠올려 보았다. 물론 소녀의 의도가 아닌 건 사실이지만 어찌 됐거나 결과적으로 더 고통스러운 결과를 맞이하게 되었다. 바로, 소녀의 엄마 때문에.

얼굴은 기억나지 않았다. 엄청나게 값비싸 보였던 밍크코트와 주렁주렁 매달고 다녔던 보석만 떠올랐다.

"거지 근성을 가진 것들은 어쩔 수 없어!"

한마디 한마디가 다 생생하게 떠오르자, 승운은 두 주먹을 쥐었다 펴는 것으로 순간 훅 치민 감정을 다시 내리눌렀다.

19년 전의 일이다. 강산이 두 번쯤 변할 수 있는 시간. 그런데 난 어째서 아직도 그때 일을 선명하게 기억하는 걸까? 더군다나 미래를 그냥 지나치지 못하고 연애를 제안하기까지 했다. 물론, 분명한 이유가 있었지만.

끌렸다. 남자로서, 끌렸다.

사실 성인 오미래는 그의 평소 취향과는 거리가 있긴 했다. 승운은 그동안 연애의 정도를 아는 화려한 외모의 여자들을 선호해 왔다. 성인답게 깔끔하게 만났다가 헤어지는 전문직 여자들과 가볍게 즐겼었다. 물론 미래도 그런 부분에선 다를 게 없 긴 했다.

FUTURE KOREA라는 대기업에 가까운 큰 회사의 사장으로 전문직 여성이었다. 그리고 태도를 보건대 깨끗하게 감정을 처리할 수 있는 사람인 것도 확실했다. 하지만 모든 것을 일에 맞춰서 행동하는 엄청난 일중독자로 여유라는 게 전혀 없는, 삶 자체를 즐기지 못하는 사람이었다. 이런 타입과 하는 연애는 재미가 없을 게 뻔했다. 또한 미래가 탄탄한 몸매인 건 사실이지만 그가 주로 사귀었던 글래머는 아니었다.

하지만, 끌렸다.

"인연 때문인가."

승운은 읊조린 말속의 단어를 느끼고 있었다. 19년 전, 소년과 소녀로서 서로 좋아했다. 결과는 나빴지만. 그리고 한 달 전, 강남의 그 좁은 곳에서 서로 얼굴을 마주했으며 지금은 같은 동네에서 살고 있었다.

서른두 해를 살아오는 동안 승운은 운명 따윌 믿은 적은 단한 번도 없었다. 능력과 노력으로 모든 게 해결된다는 진리만을 확인하며 살아왔다. 하지만 미래와의 이런 우연은 분명 인연이었다. 어떻게 될 운명인 걸까?

궁금했다. 그래서 더 기대가 됐다.

승운은 휴대폰을 들어 어제 데이트를 약속하면서 교환한 전화번호로 걸었다. 출근 전이라 일에 방해되지 않을 테니 받을 거라고 기대하며.

[오미래 사장님 전화입니다.]

예상외의 목소리였다. 다소 딱딱한 느낌이 드는 남자가 받았다.

"박승운이라고 합니다. 오미래 씨를 바꿔주시겠습니까?"

승운은 재빨리 목을 가다듬은 뒤 물었다.

[죄송합니다. 사장님께선 급한 회의 중이라 전화를 받으실 수 없습니다. 나중에 말씀드리겠습니다.]

승운이 이어 말하려고 할 때였다. 전화가 뚝 끊겼다. 승운은 어안이 벙벙한 얼굴로 휴대폰을 노려보았다.

"원장님?"

승운이 짜증나는 기색으로 휴대폰을 잡아먹을 듯 쳐다보고 있을 때, 고수현 간호조무사가 문으로 고개를 내밀었다.

"언제 왔어요?"

"10분 전에요. 출근했다고 말씀드리고 노크도 했는데 못 들으셨어요?"

"아아, 못 들었네요."

"뭐 하고 계셨어요?"

고 간호조무사는 호기심 어린 눈으로 승운과 휴대폰을 번갈아 쳐다보았다.

"아무것도 아니에요. 자, 일 시작합시다. 9시에 예약 환자 있죠?"

승운은 즐거운 기운이 가득 담긴 눈동자로 씩 웃었다. 그의 얼굴에 짜증이 돌아온 건, 오늘의 일과를 다 끝내고 치과의 문을 닫을 때였다.

약속, 지키려나?

어제 새벽에 피트니스센터에서 만났을 때 그는 저녁식사를 제안했고 미래는 받아들였다. 물론 전화와 문자를 즐기는 여자처럼 보이진 않았지만 확인 문자 하나 없는 건 이상했다.

승운은 의구심을 품었으나 미래가 살고 있는 단지로 차를 몰았다. 어마어마한 고액의 몸값을 자랑하는 동네로 상류층 독신이 편하게 머물 수 있는 펜트하우스 형태였는데 승운은 방문자 명찰을 받은 뒤에야 차를 단지 안으로 진입시킬 수 있었다.

다음번에는 차를 밖에 놔둬야겠군.

생각보다 시간을 많이 잡아먹자 승운은 그런 생각을 할 수밖에 없었지만, 이내 다른 것도 떠올랐다.

다음번이라고? 과연.

승운은 코웃음을 치며 미래의 집이 있는 동으로 걸어갔다. 103이라는 숫자가 써 있는 건물은 30미터 앞에 있었다. 빠른 걸음으로 가던 승운의 눈에 낯익은 사람이 보였다. 미래가 건물 앞에 서 있었다. 승운은 손을 들며 이름을 부르려다가 미래가 두 주먹을 불끈 쥔 채 바로 앞에 서 있는 한 여자에게 소리치는 것을 듣게 되었다.

"대체 왜 그러시는 거예요!"

 임플란트 황자님

"왜 그러긴 왜 그러겠어? 다 너 잘되라고 그런 거야!"

여자는 모피를 걸치고 있었는데 목에서 시작되어 무릎까지 내려오는 모피는 윤기가 자르르 흐르는 게 잘 모르는 사람이 봐도 값이 엄청나 보였다. 걸치고 다니는 보석도 마찬가지였다. 손목에 걸려 있는 팔찌와 목걸이, 세 개의 반지 모두 눈부시게 빛을 내뿜는 걸 보면 진짜인 게 분명했다.

지나친걸.

40대 후반으로 보이는 여자의 옷차림은 분명 어마어마한 값을 치를 수 있는 능력을 가진 소수의 사람이 할 수 있는 것이었지만, 너무도 과도했다. 모피는 최고급인 건 분명했으나 여자에겐 어울리지 않는지라 맞지 않은 옷을 입은 것 같았다. 보석 또한 너무 많이 걸쳐서 고급스럽기는커녕 천박해 보였다.

욕심 많은 졸부로군.

승운은 짧은 시간, 그렇게 결론을 내렸다.

"엄마는 널 위해서 그런 거야! 그런데 펑크를 내? 내 체면이 대체 뭐가 되니?"

승운은 순간 잘못 들은 줄 알았다.

엄마? 미래의 엄마라고?

"내가 분명히 선 더 안 보겠다고 했잖아! 펑크만 낸 걸 다행으로 생각해요! 망신 주려고 했으니까!"

"뭐라고?"

"톡톡히 망신 주려고 했어! 소문 쫙 나서 나와 선보고 싶어하는 남자가 없게!"

"너 정말 제정신이야? 김 군이 얼마나 대단한 집안 사람인 줄 알아?"

"대체 얼마나 대단한데 그래? 엄만 원래 치과의사는 그따위가 직업이냐고 무시했잖아?"

미래의 목소리는 궁금증이 아니라 비아냥으로 그득했지만, 미래의 엄마는 알지 못했다.

"그래. 김 군은 직업에 문제가 있지. 하지만 5층짜리 자기 병원도 있고 강남에 고층빌딩이 일곱 채야. 대치동에도 세 채가 더 있고 해외에도 부동산을 어마어마하게 보유하고 있어. 형제가 더 없어서, 결혼만 하면 그게 다 네 거가 되는 거야!"

미래의 엄마, 강인자는 두 주먹을 불끈 쥐며 희열로 가득한 목소리를 냈다. 하지만 미래는 콧방귀를 뀔 뿐이었다.

"빌딩이 백 채든 천 채든 상관없어. 나 결혼 안 해! 선 더 이상 안 본다고!"

인자의 눈매가 위로 쭉 찢어졌다.

"너 정말 그럴 거야? 3년도 더 된 일, 언제까지 끌어안고 살래?"

"그 일이랑은 상관없어!"

미래는 결국 참지 못했다. 그녀는 비명 지르다시피 고함질렀다.

"제발 그만 좀 해! 그만 좀 하라고! 내 인생이야! 내 인생이라

고! 엄만 이제까지 해온 대로 해외 나가서 내가 벌어다 주는 돈
으로 쇼핑이나 해!”

“너, 너 대체—”

인자의 얼굴이 파랗게 질리기 시작했다. 몇 걸음 물러선 채
대기하고 있던 비서가 재빨리 다가와 인자를 부축했다.

“회장님, 주변에 지켜보는 눈이 있습니다. 오늘은 이만 하시죠.”

비서가 속삭이자 인자는 몸을 부들부들 떨면서 눈을 돌렸다.
십여 미터 떨어진 곳에 멀끔하게 생긴 남자가 한 명 서 있었고,
다른 곳에도 듬성듬성 있는 사람들이 호기심을 담고 모녀를 번
갈아가며 쳐다보고 있었다.

“너, 다음에 얘기하자. 다음에, 제대로—”

미래는 팔짱을 끼고 입을 꾹 다물었다. 인자는 성질대로 행동
하고픈 마음을 간신히 내리누른 채 걸었다.

승운은 인자를 멍하니 바라보았다. 다가오는 인자의 모습은
점점 더 커졌지만, 그는 몸을 움직일 수 없었다.

“너 같은 후레자식 때문에 내 딸이!”

19년 전에 들었던 말이 귓가를 때렸다. 아주 세게.

승운은 그제야 움직일 수 있었지만, 이미 늦은 뒤였다. 감히
누구도 자신의 앞을 가로막을 거라고 생각한 적 없는 사람답게,
성큼성큼 걷던 인자는 승운과 어깨를 부딪치고 말았다.

“넌 뭐야?”

인자는 높은 톤으로 소리 지르고는 승운을 무시한 뒤 다시 걷기 시작했다.

“죄송합니다.”

난처한 표정의 비서는 작은 목소리로 승운에게 사과한 뒤 얼른 인자를 따라갔다. 승운은 눈을 가늘게 뜨고 인자의 뒷모습을 바라보았다. 역겨울 만큼 오만한 태도는 19년 전과 같았다. 아니, 몸에 두른 모피와 보석의 가격이 높아진 만큼, 거만함의 정도 또한 더 깊어진 것 같았다.

승운은 몸 깊은 곳에 숨겨져 있던 무언가가 끓어오르기 시작했음을 깨달았다. 거칠고 격렬한 열기는 순식간에 온몸을 집어삼켰다.

“……씨.”

승운은 처음에는 듣지 못했다. 극도의 혐오감으로 일그러진 얼굴로 지하주차장으로 사라지는 인자를 쏘아보느라 미래가 등 뒤로 다가와 부르는 것을 나중에야 들었다.

“박승운 씨, 미안해요.”

엄마가 지하주차장으로 사라지자 미래는 한숨을 내뱉으며 사과했다. 승운은 힘줄이 퍼렇게 드러날 만큼 주먹을 꾹 쥐었다가 천천히 펼쳤다. 손끝이 지릿지릿했다.

“괜찮아.”

승운은 몸을 돌려 미래를 바라보았다. 경련이 일어날 것 같았으나, 그는 얼굴 가득 미소를 지었다.

"엄마가 원래 좀……."

미래는 말을 잇지 못했다. 승운은 목기침을 하는 것으로 다소 갈라진 목소리를 원래대로 돌렸다. 미래는 이마를 문지르며 물었다.

"혹시 방금 엄마와 내가 무슨 말을 한 건지 들었어요?"

"약간."

미래는 거칠게 내뱉고 말았다.

"젠장."

"신경 안 써."

승운은 털털하게 어깻짓을 해 보였다. 미래는 질끈 감았던 눈을 가늘게 떠서 승운을 노려보았다. 진심인지 아닌지, 확인하기 위해서.

알 수가 없군.

미래는 얼굴을 험상궂게 찌푸리고야 말았다.

정말 짜증나는 남자네.

"아, 한 가지는 걸리긴 해."

"뭐?"

"치과의사가 그따위 직업이야? 나름, 인정받고 있다고 자부하는데."

승운의 눈동자에는 불편한 기색이 역력했다. 미래는 그나마 거르고 걸러서 표현한 감정이라는 것을 깨달았다. 실제로는 엄청나게 화났다는 건가?

"난 아니야. 하지만 우리 엄마는 그렇게 생각해. 물질을 중요시 여기는 분인지라. 어쨌거나."

미래는 깊고 깊은 한숨을 내쉬었다.

"부모님에 대해 안 좋은 말은 하고 싶지 않아. 내 가족이니까. 더 묻지 마."

승운은 천천히 고개를 끄덕였다. 미래의 또 다른 면모를 깨달으며.

마음속으로는 가족을 중요시 여기는구나. 바로, 나처럼.

"근데 박승운 씨, 아까부터 왜 반말이야?"

미래는 얼굴을 찌푸리며 물었다. 승운은 마음속에서 부글부글 들끓는 감정을 외면한 채 겉으로는 씩 웃었다. 쉬운 일이었다.

"갑자기 반말이 나오네."

아주 자연스럽게 나와서 승운도 깜짝 놀랐다.

"박승운 씨, 나이가 어떻게 돼? 음, 서른셋 정도?"

승운은 아무 반응도 보이지 않았고, 미래는 그것을 대답으로 생각했다.

"내가 한 살 적네. 반말 써도 되지?"

승운은 무거운 고개를 끄덕였다. 말이 잘 나오지 않았지만, 그는 물어보았다.

"어떻게 할래? 지금 기분 안 좋은 것 같은데."

미래는 승운이 무엇을 묻는지 알았다. 잠시 고민했지만 곧 고개를 끄덕였다.

"나가자. 기분 안 좋으니, 풀어야지."

엄마와 싸우는 모습을 보인 게 사실 좀 당혹스럽긴 했다. 하지만 승운은 오래 볼 사이도 아니고, 그냥 가볍고 얕은 연애 상대일 뿐. 무슨 모습을 보여주든 뭐 어떠랴. 일 스트레스가 쌓인 상황이니 데이트하면서, 적당히 즐기면서 풀어야지.

"5분만 기다려 줘. 나 가방도 놔두고, 옷도 좀 갈아입고 나올게. 퇴근하다가 집으로 들어오는 엄마한테 딱 걸렸거든."

"알았어."

미래는 바로 건물 안으로 들어갔고, 승운은 그제야 웃음을 거두고 거친 짜증을 내뱉었다.

"미친놈."

왜 같은 나이라고 말하지 않은 거야?

사실, 이유는 알고 있었다. 들키고 싶지 않았으니까. 그 거지가 번듯하게 잘 자라서 돈 잘 버는 치과의사가 됐다는 사실을 알려주고픈 마음이 없진 않았다. 하지만 미래는 감탄할지 몰라도, 미래의 속물적인 엄마는 아니었다.

"천한 종자 같으니라고! 너 따위 때문에 우리 미래가 그렇게 됐어!"

천한 종자가 이렇게 잘 컸지만, 여전히 그렇게 보겠군. 치과 의사 따위니까.

어이가 없었고 황당하기도 했다. 하지만 근본적으로는 스스로가 한심스러웠다.

저 여자 따위가 무슨 상관이라고 이렇게 연연해하는 거야? 미래의 엄마이긴 했으나 승운의 눈에 비치는 여자야말로 천한 종자였다. 속물근성으로 터질 것 같은.

신경 쓸 가치가 없는 존재. 하지만.

승운은 저도 모르게 심장 위를 꾹 눌렀다.

아팠다. 죽은 줄 알았던 열세 살의 소년이 고통스러워하고 있었다. 그래서 더 짜증이 났다.

넘겨. 그냥, 잊어버려. 미래든 미래의 어머니든, 뒤돌아서 가버려. 아예 끊어내 버려. 19년 전에 있었던 일 가지고 지금까지 이러는 건 정말 웃긴 짓이야. 속 좁은 짓이라고.

그렇지만 어렸을 때만의 일이 아니었다. 미래의 엄마는 여전하지 않은가. 기회가 된다면 치과의사 따위라고 운운하면서 또 그를 깔아뭉갤 것이다. 이전처럼 찢어놓겠지. 물론 이제 그는 성인이었다. 더 이상 그렇게 무력하게 당하지는 않을 터. 반격을 가할 수도…….

깨달음이 몰아닥치자 승운은 멍하니 눈을 깜빡였다.

반격이라…… 복수? 그래. 복수…….

복수라고 하면 너무 거창해 보였다. 그냥, 작은 장난이라고

 임플란트 황자님

하면 될 터.

그 거지가, 치과의사 따위가 잘난 딸과 연애질을 하는 것. 이게 바로…… 약간의 장난이 될 터.

어차피 미래에게 연애를 걸긴 했다. 그 여자의 딸인 미래에게.

"나 왔어."

미래는 승운의 어깨를 톡 쳤다. 승운은 흠칫 놀라고 말았다.

"뭘 그렇게 놀라?"

"아, 다른 생각을 좀 하고 있었어. 목도리는 왜 안 했어?"

미래는 무슨 다른 생각을 한 건지 물어보려 했지만 이어진 승운의 질문에 답을 해야 했다.

"답답하니까."

"그래서 장갑도 안 낀 거야?"

"응. 답답한 건 질색이야."

승운은 얼굴을 찌푸리고는 두르고 있던 목도리를 풀어 미래의 목에 살짝 둘렀다.

"회사를 생각해야지."

"응?"

"사장이 감기에 걸리면 회사에도 안 좋은 영향이 가잖아. 차에 타기 전까지 잠깐만 참아. 그쪽 손은 주머니에 넣고."

승운은 미래의 다른 손을 잡아 걸치고 있는 자신의 코트 주머니에 넣었다. 미래는 그를 밉지 않게 흘겨보았으나 일단 하라는 대로 했다.

"어떤 음식 좋아해?"

지하주차장으로 와서 차에 탄 뒤에도 승운은 손을 놓지 않았다. 대신 엄지손가락으로 미래의 손등을 부드럽게 매만졌다. 짜릿함이 은은하게 온몸으로 퍼져 나갔다.

"특별히 좋아하는 건 없어."

"진짜?"

미래가 고개를 끄덕이자 승운은 잠시 생각하는 표정을 지었다.

"좋아. 그럼 네가 안 먹어본 음식을 먹어보자."

"어떤 것 말이야?"

승운은 이를 드러내며 웃었다.

"가보면 알아."

약 30분 뒤, 미래는 하얀색으로 광장시장이라고 써 있는 커다란 간판이 꼭대기에 달려 있는 것을 보고 눈을 껌뻑거렸다. 밤은 어두웠으나 시장은 그렇지 않았다. 부부, 연인, 친구 등 북적거리는 인파는 시장 곳곳을 누비며 소음 같은 쾌활한 소리를 만들어냈다. 미래는 몰려 있는 사람들 사이를 잘도 걸어다니는 승운의 등 뒤에 딱 붙었다.

"시장에 처음 와봤지?"

귀를 따갑게 하는 소음으로 가득한 곳에서 승운은 크게 물어

 임플란트 황자님

왔고, 미래는 고개를 끄덕였다. 백화점 식품매장에는 어쩌다 한 번씩 가보곤 했지만 시장은 말 그대로 처음이었다. 미래는 자신이 서울에 처음 올라온 시골 사람처럼 보인다는 것도 모른 채 두리번두리번거렸다. 백화점보다 훨씬 더 신선해 보이는 물품과 돼지 껍데기, 족발 등의 특이한 음식들도 신기했지만 사람 구경도 그랬다. 한 할머니는 허리가 굽은 상태였으나 누구보다도 약삭빠른 태도로 손님을 잡아끌고 있었다. 날카로운 인상의 어느 중년 남자는 꼼꼼하게 상품을 살펴보며 가게 주인과 흥정을 하고 있었다. 그들 모두의 얼굴에는 웃음과 기쁨, 그리고 즐거움이 걸려 있었다.

"자."

드디어 도착한 곳은 마약김밥이라는 간판이 있는 곳이었다. 한 아주머니가 고개도 들지 않고 쉼없이 김밥을 만들었고, 다른 아주머니는 빠른 솜씨로 김밥이 담긴 그릇을 내주며 돈을 받고 있었다.

"오늘 저녁식사야."

미래는 내키지 않은 얼굴로 그릇을 쳐다보았다. 안에는 샛노란 단무지와 주홍색 당근만 들어 있는 작고 얇은 김밥 아닌 김밥이 있었다. 김도 제대로 안 붙어 있고 약간 빼뚜름하게 잘려져 있었는데, 미래는 다른 손님들을 슬쩍 살폈다. 아주 맛있다는 기운을 팡팡 풍기며 허겁지겁 먹고 있었다.

"안 내켜도 하나만 먹어봐. 정말 맛있어."

미래는 승운이 한 조각을 먹은 뒤 만족한 얼굴로 말하자, 젓가락 대용으로 나온 이쑤시개로 끝을 들어 올려 한입 먹어보았다.

"와."

미래는 나머지를 삼킨 뒤 다음 것도 집었다.

단무지와 당근밖에 안 들어가 있는데 어떻게 이렇게 맛있지?

미래는 허겁지겁 김밥을 먹어치우기 시작했다. 승운은 빙그레 웃더니 미래가 더 주문하려고 하자 말렸다.

"두 번째 코스로 가야지."

승운은 이번에도 미래의 손을 잡고 이동했다.

"빈대떡?"

"이것도 아주 맛있어."

사람이 굉장히 많았지만 승운은 자리를 잘 잡았다. 앉은 뒤 승운이 노릇노릇하게 구운 두꺼운 빈대떡을 권하자 미래는 김밥을 처음 집었던 것보다 더 빠르게 빈대떡을 입에 넣었다.

"맛있지?"

미래는 고개를 끄덕거리며 양파가 들어 있는 간장에 빈대떡을 찍어서 열심히 집어먹었다. 빈대떡은 아주 컸지만 금세 다 사라졌다.

"더 먹을래?"

"아니, 배불러. 과식했네."

미래는 후 숨을 내쉬며 손을 내저었다.

“막걸리 한잔?”

“좋지.”

승운은 막걸리를 받아 미래에게 따라주었다. 미래 또한 승운의 잔을 채워주었다. 건배를 하기 전, 승운이 말했다.

“뭘 위할까?”

“즐거운 연애?”

승운의 눈동자가 잠시 어두운 빛깔로 일렁였다. 그러나 찰나의 순간일 뿐이었다. 깊은 미소를 지은 채 그는 고개를 끄덕였다.

“좋아. 즐거운 연애를 위해!”

“즐거운 연애를 위해!”

잔이 쨍, 하고 부딪혔다. 미래가 단숨에 잔을 비울 때 승운은 한 모금만 삼킨 뒤 잔을 내려놓았다. 그는 물 잔을 대신 잡았고, 미래는 막걸리로 두 번째 잔을 채우며 물었다.

“어떻게 여기에 올 생각을 다 했어?”

보통 미래는 와인을 선호했지만 지금 마시는 막걸리는 웬만한 와인보다 훨씬 더 맛있었다. 평범한 종류인데, 어떻게 이렇게 달큼할까?

“보통 첫 데이트는 무게 잡느라 바쁜데.”

말한 뒤 미래는 세 번째 잔을 비웠다.

“무게 잡는 곳에는 질리도록 많이 가봤을 것 같아서. 그런 사람에겐 이런 장소가 더 매력적인 법이잖아.”

승운은 빙글빙글 웃으며 답했다. 미래는 확실히 깨달았다. 승운이 여자에 대해 빠삭하다는 사실을.

"이런 시장을 싫어하는 사람이 있지만 미래 넌 좋아할 줄 알았어."

"으흠. 이름 부르는 게 아주 자연스럽네."

"예쁜 이름이니까."

미래가 은근히 비꼬았음에도, 승운은 그렇게 받아쳤다. 미래는 순간 말문이 막혀 버렸다. 얼굴도 화끈 달아오르는 기분이었다.

"그래서 회사 이름이 FUTURE인 거야?"

"응. 아빠가 그래서 회사 이름을 그렇게 지으셨어."

아빠를 언급하는 미래의 표정이 아주 부드러워졌다. 승운은 그녀의 손등에 손을 얹었다. 미래는 위로의 손길이라는 것을 깨달았다.

설마, 돌아가셨다는 걸 눈치 챈 건가?

"언제 돌아가신 거야?"

정말 눈치가 끝내주네.

미래는 속으로 혀를 내둘렀다.

"4년 전에 심장마비로……. 사무실에서 일하시다가 갑자기 가셨어."

평소와 같은 날이었다. 아침에 함께 출근한 뒤 보고할 게 있어 사장 사무실 앞으로 갔다. 경악에 휩싸인 비서진들을 보았고, 심장 부근에 손을 올린 채로 바닥에 쓰러져 있던 아빠를 발

 임플란트 왕자님

견했다.

"구급차가 와서 병원으로 바로 가셨지만 소용없었어. 발작이 일어난 즉시 사망하신 거니까. 많은 나이가 아니셨는데……. 과로 때문이었어."

사실 미래는 엄마가 일 좀 그만 하라고 다그치는 것을 이해했다. 아빠처럼 심장마비에 걸리지나 않을지 염려하는 거라는 걸 아니까. 하지만 그녀는 아직 젊었고, 건강관리도 철저하게 하고 있었다. 그럼에도 스트레스 지수는 좀 높게 나오고 있지만.

"한 잔 더?"

미래는 승운이 묻자 고개를 끄덕였고, 가득 채워준 잔을 들어 고개를 뒤로 젖혀 한번에 삼켰다. 갑자기 막걸리가 썼다.

"아까 봐서 알겠지만, 난 엄마와 사이가 나빠. 하지만 아빠와는 정말 좋았어. 그래서 아직도 많이 슬퍼. 아빠만 생각하면, 가슴이 아파."

미래는 심장 위에 손을 올렸다. 익숙해진 고통이 흐르고 있었다.

"나도 아버지가 안 계셔. 어렸을 때 돌아가셨어."

승운은 내뱉고 나서야 자신이 무슨 말을 했는지 깨달았다. 그는 자신을 가만히 쳐다보는 미래의 시선에 짧게 한숨을 내쉬었다.

"부모님의 부재는…… 자식들에게 고통이야."

"어머니도 안 계셔?"

미래 역시, 눈치가 빨랐다. 승운은 고개를 끄덕였고 미래는 승운의 손이 얹혀 있는 손을 뒤집었다. 그러고는 그의 손을 잡았다.

　시장 안이었고, 의자는 전부 보온이 됐지만 한파가 몰아치는 1월답게 입김이 슬쩍 나올 만큼 아직 추웠다. 그에 반해 미래의 손은 훈훈하고 따스했다. 짜릿한 촉감 또한 선사하는 보드라운 살결.

　승운은 처음에는 그냥 가만히 있었다. 하지만 결국, 손에 힘을 주어 미래와 손가락을 얽히게 잡을 수밖에 없었다. 그래야 더 이상 춥지 않을 것 같았으니까.

　"손이 안 거치네."

　미래는 손가락 끝으로 승운의 손바닥을 천천히 위아래로 훑었다. 승운은 열기가 솟아나는 느낌이었다.

　"치과의사는 손이 거칠 줄 알았거든. 아주 부드럽네."

　"손을 자주 씻어야 돼서 건조해지니까 핸드크림을 계속 바르거든. 그래서 부드러워졌나?"

　"여기는 딱딱하네?"

　미래는 승운의 오른손 중지 첫 번째 마디를 톡톡 건드렸다. 연필 굳은살과 비슷한 굳은살이었다.

　"핸드피스를 자주 사용하니까."

　미래는 이번엔 오른손 엄지의 지문을 쳤다. 단단했다.

　"엄지로 누르는 게 많거든."

　"흠. 치과의사의 손은 이런 거구나."

　미래는 중얼거리며 고개를 끄덕이더니 갑자기 심술이 떠오른 얼굴로 승운의 손을 찰싹 쳤다.

"남자 손이 여자 손보다 예쁘다니."

"예쁘다고?"

승운은 그의 손을 들여다보았지만, 알 수가 없었다.

"잘 모르겠는데. 내 손보다는."

승운은 눈웃음을 지으며 미래의 손을 답삭 잡았다.

"네 손이 더 예쁜걸."

그러고는 입가로 가져와서 엄지손가락 아래쪽의 여린 부분을 살짝 깨물었다.

"더 맛있고."

"빈대떡보다 더 맛있다고?"

승운의 혀가 살결을 살짝 스치고 지나가자 전율이 일었지만, 미래는 반응을 감추고 농담을 던졌다.

"아니."

"그럼?"

승운은 다른 손을 뻗어 가져와 보여주었다.

"이것보다."

막걸리였다.

미래는 눈을 흘겼고, 승운은 빙글거리며 웃었다. 그는 미래의 잔을 다시 채워주었고, 한참 동안 서로 농담을 나누며 막걸리를 마셨다.

"벌써 자정이네."

막걸리를 여러 병 비워낸 미래는 시간을 보고 깜짝 놀라고 말았다. 승운이 물었다.

"내일 일요일이지만, 혹시 출근해?"

"아니. 일요일 하루는 집에서 푹 쉬어. 쉴 땐 쉬어야 한다고 보거든. 그래야 월요일부터 다시 열심히 일할 기운이 나기도 하고."

직장인으로서 승운은 미래의 말에 공감하며 고개를 끄덕였다.

"이만 돌아가자."

"그래."

일어나며 미래는 저도 모르게 조용히 아쉬움의 한숨을 내뱉고 말았다. 승운은 주차해 놓은 곳으로 가는 내내 미래의 손을 잡고 있었다.

"운전해도 돼?"

"난 안 마셨어."

미래는 그제야 깨달았다. 막걸리를 연신 마셔댄 건 자신뿐으로, 승운이 기울였던 건 물 잔이었다.

"여긴 대리운전 부르기가 복잡한 곳이거든."

철저하군.

마음에 들기도 했지만, 왠지 탐탁지 않기도 했다. 틈이 없는 남자는 그만큼 다루기 어려운 법이니까. 하지만 굳이 태도에 신경 쓸 필요가 있나 싶긴 했다. 어차피 연애니까. 가볍고 얕은,

서로 터치하지 않고 즐기기만 하는 연애.

"참, 오늘 전화했었지? 나 일할 때는 비서한테 휴대폰 맡기고 아예 안 받거든. 왜 전화했었어? 걸려고 했는데 깜빡했네."

"피트니스센터에 안 나와서. 혹시 어디 아픈가 싶었거든. 매일 규칙적으로 나왔잖아."

"부산으로 출장 다녀왔거든. 오후에 돌아왔어."

"아, 미안."

미래는 영문을 모르겠다는 눈으로 운전하는 승운을 쳐다보았다.

"부산에 다녀와서 피곤할 텐데 시장까지 가게 해서."

"아냐, 안 피곤해. 재밌었어. 정말이야."

미래는 이어 말했다.

"다음에도 가자. 신기한 것 많이 팔던데."

미래의 말뜻이 무엇인지 알아차린 듯 승운의 입술 끝이 위로 올라갔다.

"그래. 난 평일에는 안 되고, 오늘처럼 토요일 저녁엔 여유있어. 넌?"

"나도 그래."

"그럼 이때 만나자."

미래는 승운의 제안에 고개를 끄덕거렸다. 곧 차는 동네에 도착했다. 미래는 짧은 시간 고민했으나 단지 앞을 가리켰다.

"여기서 내려줘. 커피는 다음에—"

차가 멈췄다. 그리고 승운의 얼굴이 다가왔다. 찰나의 순간, 미래는 결정했다. 눈을 감고 기다렸다. 하지만 3초가 흐르고 10초가 흘렀음에도 입술에는 아무것도 느껴지지 않았다. 미래는 슬그머니 눈을 떴고, 달칵 하는 소리를 들었다. 안전벨트가 끌러지는 소리.

"자."

승운은 웃음을 간신히 내리누르는 얼굴로 몸을 뒤로했다. 미래는 얼굴이 활활 불타오르는 느낌이었다. 그녀는 몸을 휙 돌려 차 밖으로 나가려고 했지만 문은 닫혀 있었다.

"열어줘."

"기다려 봐. 명색이 첫 데이트인데 내가 해줄게."

승운은 내리더니 차 앞을 돌아가 조수석 문을 열어주었다. 미래는 얼른 도망치려고 했지만 승운이 문 앞에 그대로 서 있었다.

"오늘 정말 즐거웠어."

승운의 얼굴에 걸린 미소는 정말이지 얄미웠다. 미래는 그의 옷깃을 잡아 밑으로 끌어내렸다.

가벼운 입맞춤이었다. 단순히 입술과 입술의 마주침일 뿐. 하지만 미래에겐 머리끝부터 발끝까지 찌릿찌릿한 열기를 선사했다. 또한 한순간 심장이 터질 것 같고 호흡이 멈출 것 같았다.

"으음……."

승운은 눈을 뜨고 신음을 흘렸다. 미래는 그의 눈동자가 거칠게 일렁이는 것을 보았다. 그러나 승운이 눈을 한 번 감았다 뜨자 욕망은 보이지 않는 곳으로 사라졌다.

"조심해서 들어가."

"응. 너도."

겨울바람이 불었지만 온몸의 열기 때문인지 조금도 춥지 않았다. 미래는 천천히 단지 안으로 걸어가 아파트 안으로 들어간 뒤, 천천히 입술을 만져 보았다. 아직도 뜨거웠다.

항상 그래 왔듯이 승운은 새벽 다섯 시에 눈을 떴다. 일요일이라는 사실을 떠올리고는 다시 잠들긴 했지만 10시쯤 일어나 큰형이 운영하는 한식당으로 갔다.

3층으로 된 멋스러운 한옥 건물은 언제나처럼 일요일 아점을 해결하려는 사람들로 바글바글했다. 기다리는 사람들을 위해 간이형태로 만들어놓은 곳도 꽉 차 있었다. 승운은 만족스럽게 웃으며 직원용 문을 통해 들어갔다.

1층과 2층은 일반 손님들을 위한 장소였지만 3층은 식당의 주인인 승안의 가족들, 식당 직원들 그리고 VIP만 이용할 수 있는 공간이었다. 공휴일이나 매주 일요일 정오에 승운의 가족들은 3층에 모여 일주일간 밀렸던 수다를 떨며 큰형이 만들어준 맛있는 아점을 먹곤 했다. 그리고 맛있는 반찬을 받아가서 일주일간 양식으로 삼기도 했다.

"왔냐?"

3층으로 올라가자 둘째 형인 승열이 한쪽 손을 번쩍 들어 아는 척을 해왔다. 옆에는 둘째 형수인 찬희가 조카 미우에게 밥을 먹이고 있었다. 둘째 형과 형수는 둘 다 검사로, 형수의 아버지는 전(前) 검찰총장이었다. 어마어마하게 높은 사람이 장인이었음에도 둘째 형은 만날 장인과 투닥거리곤 했다.

"살 빠진 거 봐라."

셋째인 승언이 승운의 얼굴을 보고 혀를 찼다. 승언은 유도선수로 올림픽 금메달리스트였는데, 넷째인 승연과 일란성 쌍둥이로 보통 '언년이 형제'라고 불렸다.

"아니야, 안 빠졌어."

"안 빠지긴 뭐가 안 빠져? 딱 보이는데. 팍팍 좀 먹어."

이번엔 열다섯 살짜리 딸의 얼굴에 시선을 고정하고 있던 넷째 승연이 승운을 보더니 구박하듯 말했다. 승연은 뉴욕 양키스 팀의 투수였는데 대한민국 최고의 스포츠스타라고 일컬어질 정도로 유명했다.

"많이 바쁘신가 봐요."

승연의 아내인 넷째 형수, 정희가 걱정하며 말을 걸어왔다. 승운은 씩 웃었다.

"조금요."

"개업했는데 안 바쁘면 안 되지. 환자는 많나 보네."

아이들까지 합쳐서 열 명이 훨씬 넘는 가족들이 복작거리며 한두 마디씩 던지자 정신이 없었으나 승운은 여유롭게 한 번에 한 명씩 대하며 맛있게 식사를 했다. 밥그릇을 다 해치우고 숟가락을 내려놓았을 때 큰형인 승안이 올라왔다.

"얼굴이 안 좋아 보이는구나."

다른 가족들과 한마디씩 말을 주고받은 큰형은 눈을 가늘게 뜨고 승운을 바라보았다. 승운은 매끈하게 웃었으나 큰형에겐 통하지 않았다. 큰형은 날카로운 눈으로 승운을 쳐다보더니 식사 겸 가족 모임이 끝날 때 잠깐 보자는 말을 했다.

"저번 주보다 더 말라 보이는구나."

둘만 남자 큰형은 걱정하는 기색을 물씬 드러냈다. 독립 겸 개업을 한 지 두 달이 되어가는 현재 그전보다 체중이 줄은 게 사실이기에 승운은 뭐라 답을 할 수 없었다.

"큰형수가 보약 지어놨단다. 가져가서 먹으렴."

"감사합니다, 큰형."

승운은 깊숙하게 고개를 숙였다. 그에게, 그리고 다른 형제들에게도 큰형은 부모나 마찬가지였다. 아니, 부모 이상의 존재였다. 세상에서 가장 존경하고 감사를 표해야 하는 사람.

"그리고."

큰형이 평소와 다르게 잠시 망설이자, 승운은 궁금해졌다.

"운아, 혹시 마음에 둔 아가씨가 있니?"

승운이 그동안 많은 여자들을 만나왔다는 걸 칠 남매 중 첫째이자 집안의 어른인 승안이 모를 리 없었다. 승안은 동생의 수많은 연애를 내심 못마땅하게 생각했으나 간섭하지는 않았다.

사생활을 존중했기 때문이었다.

하지만 동생이 본가에서 나가 혼자 살게 된 데다가 매주 체중이 줄어서 오자, 승안은 걱정이 되기 시작했다. 매주 음식과 보약을 챙겨준다고 해도 한계가 있었다. 바로 옆에서 사랑하는 사람이 돌봐주는 것에 비하면 아무것도 아닐 터.

"가까이에서 널 보살펴 줄 아가씨가 있었으면 싶구나."

사생활을 간섭하고 싶지 않았으나 승안은 그렇게 말했다. 승운은 큰형이 답을 기다린다는 것을 알아차리고 고개를 저었다.

"아니요, 없습니다."

순간 머릿속에 미래가 스쳐 지나갔다. 하지만 선을 확실하게 정한, 가볍고 얕은 연애 대상일 뿐.

"그럼 참한 아가씨 소개시켜 줄까?"

"큰형."

승운은 한숨을 내쉬고 말았다.

"아직은 결혼 생각이 없어요. 준비가 안 됐는걸요."

"준비?"

"네."

이번엔 큰형이 길게 한숨을 내쉬었다. 뭔가 할 말이 있는 듯싶었으나, 큰형은 동생을 더 독촉하지 않았다.

"그래. 네 생각이 그렇다면 어쩔 수 없지."

"죄송해요."

"사과할 필요는 없어. 바쁜 건 알지만 세끼 식사는 꼭 챙겨먹고 보약도 잊지 말렴. 알았지?”

“네. 그렇게 할게요.”

승운은 고개를 끄덕여 약속했다. 큰형은 만족한 듯 미소를 지었으나 큰 웃음은 아니었다. 승운은 큰형수에게 받은 보약과 반찬을 한 보따리 챙겨 들고 집으로 돌아갔다. 본가와 식당은 십여 명의 가족들이 와글거려서 귀가 따가울 만큼 시끄러웠지만, 그의 오피스텔은 공허할 만큼 조용했다.

승운은 온몸으로 밀려오는 정적에 저도 모르게 다시 집 밖으로 걸음을 옮겼다.

건물 1층에는 아주 맛있는 커피를 내리는 카페도 있었다. 승운은 잠시 동네를 걸어다니다가 다시 건물로 왔고, 카페로 갔다가 그 옆에 있는 가게 앞에서 낯익은 사람을 발견했다.

“미래?”

승운의 말을 듣지 못했는지 미래는 여전히 그에게 등을 돌린 채로 가게 안을 열심히 들여다보고 있었다. 승운은 고개를 들어 가게의 간판을 확인했다.

“프랑스 디저트 카페?”

승운은 등 뒤로 다가가 미래가 무엇을 보는지 살펴보았다. 미래는 유리창을 통해 가게 안에 진열된 것들을 보고 있었다. 정교하고 예쁜 장식이 붙어 있는 다양한 종류의 알록달록한 디저트.

“이런 거 좋아해?”

승운이 귓가에 속삭이듯 말하자 미래는 화들짝 놀라더니 몸을 뒤로 젖히며 불끈 쥔 두 주먹을 앞으로 내보였다.

"워, 워, 나야."

어디 내놔도 걱정할 염려는 없겠군.

승운은 감탄하며 씩 웃었고, 미래는 알아보고는 멋쩍은 얼굴로 주먹을 내렸다.

"외출?"

"응. 커피 사러 나왔어. 넌 이거 사러 온 거야?"

승운은 고갯짓으로 가게 안에 진열되어 있는 것들을 가리켰다. 미래는 입술을 꾹 다물더니 고개를 저었다.

"아니야?"

"아니야."

미래는 한 걸음 뒤로 물러났다. 아쉬움의 한숨을 흘린 채.

"왜 아닌 거야?"

승운은 고개를 갸웃거렸다. 지금도 눈길이 떨어지지 않는 걸 보니 어지간히 좋아하는 모양인데 이해할 수 없었다. 그리고…… 귀여웠다.

작고 예쁜 디저트 앞에서 뺨이 발갛게 물드는 터프한 여자라니.

당황스럽게도, 승운은 흥분하는 자신을 발견했다.

"살찌니까."

"뭐?"

“저거 칼로리가 얼만지 알아? 먹고 나면 최소한 두 시간은 족히 뛰어야 될걸?”

어제 마신 막걸리만 해도 저것만큼은 칼로리가 나갈 것 같은데. 그냥 먹으면 안 되나?

승운은 여자에게 그런 생각을 내뱉을 바보가 아니었다. 대신 씩 웃으며 이렇게 제안했다.

“나랑 반씩 나눠 먹자. 그러면 한 시간만 뛰면 되잖아.”

미래는 눈을 굴리고는 유리창 안에서 환하게 빛나고 있는 크림 브륄레를 보았다. 먹어달라고 외치고 있는 사랑스러운 디저트.

“좋아.”

그 뒤로 10분 동안 승운은 미래가 눈을 반짝반짝하게 빛내며 티스푼으로 네모난 하얀색 자기에 예쁘게 담겨 있던 노란 크림 브륄레를 조금씩 갉듯이 먹는 것을 보게 되었다.

“앗, 내가 다 먹었네.”

핥아먹은 것처럼 접시를 깨끗하게 비운 미래는 신음하고 말았다.

“아니야. 나도 좀 먹었어.”

“거짓말쟁이.”

미래는 승운에게 눈을 흘기고는 한숨을 내쉬었다. 티스푼을 내려놓기가 너무 아쉬웠다.

“난 왜 이런 걸 좋아할까?”

“응?”

“단 걸 너무 좋아하거든. 프로페셔널하지 못하게 말이야. 그지?”

“그건 취향일 뿐, 프로페셔널하지 못한 게 아니야. 그리고 네가 단 걸 좋아한다는 건 알고 있어.”

승운은 기억하고 있었다. 어렸을 때, 사탕이나 초콜릿을 손에 들고 있을 때 미래는 방금 크림 브륄레를 먹을 때처럼 눈이 여름날의 태양처럼 밝아졌다.

“안다고?”

“저번에 호텔에서 같이 식사할 때 커피에 설탕을 아주 많이 넣었잖아. 이는 괜찮아?”

“딱 치과의사 같은 말이네.”

승운은 웃음을 터뜨렸다. 승운의 웃음소리는 맑았고, 듣는 이를 어딘가 자극하는 부분도 있었다. 미래는 흥분을 느끼는 스스로를 이해할 수 없었다.

너무 오래 굶었나?

“나 치과의사 맞아. 너 다니는 치과 있지? 치과에서 뭐라고 안 해?”

미래는 대답하기 싫은지 시선을 피하다가 웅얼거리듯 조그맣게 말했다.

“단 것 좀 그만 먹으래.”

승운은 다른 사람들이 쳐다볼 정도로 크게 웃고 말았다. 미래

 임플란트 왕자님

는 그를 노려보았다.

"그게 그렇게 웃겨?"

"어. 좀 웃기네. 하하."

승운은 웃음을 멈추지 않았고, 미래는 그의 입을 쏘아보았다. 아니, 입술을.

보통 입을 막을 때는…….

주변 사람들 때문에 불가능하다는 사실이 이어 떠올랐다. 미래는 아쉬움을 느끼며 눈을 거두었다. 하지만 승운에게 이미 들킨 뒤였다.

"흐음."

"그 흐음은 뭐야?"

"아아."

"그 아아는 뭔데?"

승운은 팔짱을 낀 채 아무 말도 없이 웃고만 있었다. 미래는 그가 너무 얄미웠다.

"잘 먹었어. 그럼."

미래는 테이블을 팡 소리가 나게 치고는 일어났다. 승운이 따라 나오는 소리가 들렸다. 미래는 뒤를 돌아보지 않고 걸어갔으나 몇 걸음 걷다 못해 그에게 붙잡혔다.

"이리로 와봐."

"왜?"

미래는 아무것도 모르는 척 그렇게 물었고, 승운은 피식 웃고는 손목을 잡아끌어 2층으로 올라가는 계단으로 데려갔다. 등 뒤로 벽이 닿자마자 승운이 덮치듯 그녀의 입술을 앗았다.

나만 흥분했던 게 아니군. 그리고…….

미래는 눈을 깜빡였다. 승운의 긴 속눈썹이 보였지만 곧 아무것도 보이지 않게 되었다. 입안으로 곧장 침범한 뜨거운 것이 주는 감촉 때문이었다.

키스가 이런 거였나?

미래가 알고 있는 키스는 서로에 대한 열기를 표현하는 것이었다. 이런 건, 난폭하게 느껴질 만큼 거칠게 욕망을 표출하는 이런 건, 그녀가 알던 게 아니었다.

그래서 싫어?

입안에 가득한 승운의 혀 때문에 숨도 쉬지 못하는 상황임에도 미래는 스스로에게 질문을 던질 수 있었다. 그리고 답 또한 할 수 있었다.

아니.

미래는 두 손으로 승운의 목을 감았다.

좋아.

그녀는 적극적으로 그를 끌어당겼다. 승운은 본능적으로 미래의 의사를 알아차렸고, 그녀의 고개를 뒤로 젖히게 해서 더욱 깊게 들어갔다. 두 개의 혀가 진하게 감겼고 하나의 타액이 되어 서로의 입안을 지배했다.

폐가 비명을 질렀다. 하지만 승운은 온몸을 뜨겁게 끓어오르게 하는 쾌감을 놓을 수가 없었다. 그가 미래를 놔준 건 소리 때문이었다. 계단을 내려오는 구두 소리가 들리더니 이어 비명 같은 소리가 들렸다.

"어머! 미안해요!"

곧이어 후다닥 달려나가는 소리가 들려왔다. 승운은 짜증을 느끼며 입술을 뗄 수밖에 없었다. 신선한 공기가 폐 속으로 들어왔고, 승운과 미래 모두 숨을 헐떡이게 되었다.

"너무 거칠어."

미래는 부어오른 아랫입술을 혀로 핥았다. 혀가 얼얼해서 그런지 맛은 잘 느껴지지 않았지만 한 가지는 확실했다.

"하지만 맛있어, 박승운 씨. 달아."

"아까 먹은 크림 브륄레 때문인가?"

승운은 농담하듯 말하며 다시 얼굴을 미래에게 가까이 가져갔다. 미래는 그의 눈을 통해 장난스러운 목소리와는 달리 부글부글 끓어오른 욕망을 볼 수 있었다. 하지만 승운은 다시 그녀의 입술을 앗는 대신 바로 앞에서 멈추었다.

"오미래 씨, 한입에 삼키고 싶네. 하지만."

"하지만?"

"난 뜸을 들이는 걸 좋아하는지라."

미래는 한쪽 눈썹을 치켜 올렸다.

"뜸?"

"밥을 맛있게 먹으려면, 뜸을 잘 들여야 되는 법이잖아?"

“밥, 잘하나 봐?”

“아주 잘해.”

미래는 픽 하고 비웃었다. 이번엔 승운이 한쪽 눈썹을 치켜 올렸다.

“믿어도 되나 모르겠네. 말만 앞서는 사람들이 많잖아?”

“믿어. 뜸이 잘 들으면, 맛있게 먹어줄게.”

“뭐, 그렇게 말한다면야.”

미래는 두 손을 승운의 가슴에 대고 밀었다. 승운은 한 걸음 뒤로 물러났고, 들끓었던 공기가 그제야 식기 시작했다.

“믿어줄게. 대신.”

미래는 입술 끝을 들어 올렸다.

“난 기다리는 걸 잘 못하거든. 괴롭힐지도 몰라.”

“어떻게?”

미래는 빠르게 움직였다. 승운에게 찰싹 달라붙은 뒤, 이로 그의 목을 살짝 깨물었다. 이 사이로 혀를 움직여 할짝거리자 승운은 순간 움찔거렸다.

“이렇게.”

승운이 손을 뻗었지만 미래는 그전에 뒤로 물러나 그를 세게 밀었다. 승운은 거칠어진 호흡을 가다듬었다.

“기대해, 박승운 씨.”

“기대할게, 오미래 씨.”

미래는 만족스러운 미소를 지은 뒤 머리카락을 날리며 등을 돌렸다. 문이 쾅 소리가 나게 닫히자 미래의 모습이 사라졌고, 승운은 휘파람을 불었다. 그는 고개를 절레절레 흔들며 저도 모르게 심장 위에 손을 올렸다.

쿵쿵.

흥분과 기대감으로 심장은 그 어느 때보다 빠르게 박동하고 있었다.

3

"스케이트?"

"타본 적 있어?"

미래는 고개를 가로저었다. 승운은 만족스럽게 웃으며 새하얀 링크 쪽으로 고갯짓을 했다.

"오늘 한번 타봐."

그렇게, 공식적인 두 번째 데이트는 스케이트장에서 이루어졌다. 운동신경이 다 죽진 않았는지 한 시간 뒤에 미래는 더 이상 미끄러지지 않을 수 있었다. 물론 벽의 손잡이 부분을 종종 잡고 다녀야 했지만.

"재밌지?"

링크장에서 나올 때, 승운은 미래의 얼굴에 가득한 즐거운 기운을 쉽게 캐치해 냈다.

"응. 재밌어. 좀 피곤하지만."

정말이지 여자를 잘 아는 남자였다. 이런 데이트를 기획하다니.

"식사하러 가자."

승운은 미래의 손목을 잡아끌었다. 기운을 소진해서 그런지 음식은 아주 맛있었다. 스케이트에 정신이 팔려 있던 미래는 집으로 돌아가기 위해 차를 타러 갈 때쯤에야 기억해 냈다.

괴롭힘.

저번 주 일요일, 분명 선고했었다. 뜸을 들이겠다는 그를 괴롭히겠다고. 하지만 스케이트에 정신을 집중한 나머지 이제까지 아무것도 하지 못했다.

미래는 입맛을 다시고는 반걸음 앞에서 걷는 승운에게 바싹 다가가 가슴을 내밀었다. 승운의 등에 가슴이 스쳐 지나갔다. 승운은 몸을 돌려 한쪽 눈썹을 치켜들면서 미래를 내려다보았다. 미래는 빙긋 웃기만 했다.

"으흠."

승운은 의심쩍은 눈으로 미래를 보았지만, 별다른 말 없이 차에 탔다. 미래는 단지 앞의 으슥한 곳에서 시동이 멈추자 행동을 개시했다.

"오늘 정말 재밌었어."

미래는 손을 승운의 허벅지 위에 두었다. 오랜 운동 덕분인지 그의 허벅지는 굵었고 강력한 힘이 느껴졌다. 그리고 그녀의 손길이 닿자 불끈거리는 것도 알 수 있었다.

미래는 고인 침을 삼키고는 승운과 시선을 마주한 채 낮은 목소리로 이어 말했다.

"보답을 하고 싶은데."

"보답?"

"눈 감아봐."

승운은 기대하는 표정으로 그대로 했다. 미래는 안전벨트를 끄르고는 얼굴을 가까이했다. 미래의 입술이 먼저 도착한 곳은 승운의 목이었다. 미래는 혀로 맛을 보고는 입술을 위로 올렸다. 아주 천천히.

남자 피부답지 않게 승운은 아주 매끄러웠다. 입술이 닿는 곳마다 열기가 번뜩였다. 미래는 그가 침을 삼키는 것을 알 수 있었다. 그녀는 튀어나온 목젖 쪽으로 가서 이로 살짝 깨물고는 승운이 고개를 살짝 들자 턱 밑까지 입술을 가져갔다. 그러고는 턱 위로 올라가 아랫입술을 가볍게, 하지만 농염하게 빨았다.

승운의 입이 자동적으로 열렸다. 그리고 그 순간 미래는 몸을 뒤로 뺐다.

"다음 주에 봐."

미래는 잽싸게 차에서 빠져나와 뒤도 돌아보지 않고 아파트 단지로 걸음을 옮겼다. 충족되지 않은 욕망 때문에 승운의 몸이 욱신거릴 것을 알면서도. 물론, 그건 그녀도 마찬가지였다.

오늘도 나 혼자 즐겨야 되나?

멀쩡한 애인을 놔두고 그러는 건 웃긴 짓이었지만 승운을 괴롭히는 건 확실히 재밌었다. 오늘 접촉은 단수가 낮았지만.

다음날, 미래는 피트니스센터에서 승운을 만나자 아무도 안 보는 틈에 그의 엉덩이를 두드렸다. 탱탱하다는 짜릿한 사실을 알아차렸고 승운이 놀라서 빤히 쳐다보는 것을 못 본 척했다.

그리고 그 주의 토요일 날, 광장시장에 다시 갔을 때 인파들을 피해 다니면서 그의 등에 가슴을 몇 번 문질렀다. 매운탕을 먹는 내내 승운이 뜨거운 눈으로 자신을 쳐다보는 것을 외면했다. 집으로 돌아왔을 때는 차가 시동을 멈추자마자 달아나듯 헤어졌고.

확실히, 재밌어.

승운을 괴롭히는 건 아주 즐거웠다. 물론 그녀도 욕구불만에 휩싸이게 된다는 단점이 있긴 했지만.

내일 새벽에 피트니스센터에서 만나면, 또 어떻게 괴롭혀 줄까?

일요일 밤 미래는 즐거운 상상을 하며 잠들었다. 하지만 다음 날 새벽, 창밖을 바라보며 놀랄 수밖에 없었다.

세상은 온통 하얀색이었다. 미래는 경탄의 눈빛으로 창문 밖을 바라보았다. 아파트와 상가, 성당 등 보이는 모든 건물의 지붕 위에는 하얀색의 솜사탕이 그득그득 쌓여 있었다. 단지 뒤편에 있는 공원에 빼곡하게 심어진 나무도 마찬가지였는데, 나뭇가지는 무성하고 튼튼했음에도 눈의 무게를 이겨내지 못할 듯 휘청거리고 있었다.

눈 뭉치가 날려 바닥에 떨어져 작고 거친 폭풍을 만들어내자 미래는 눈을 깜빡였다. 그제야 현실이 들어왔다. 도로 또한 눈으로 가득해 식별하기 어려웠으며 주차되어 있는 차는 눈으로 된 거대한 털옷을 입은 것 같았다.

모든 것이 눈으로 덮여 있는 세상은 아름다웠다. 하지만 성인이 된 이상 경치에만 취해 있을 수는 없었다. 더 이상 현실을 알지 못하는 아이가 아니니까. 하지만 어렸을 땐 눈이 오면 정말 즐거웠었다.

"와! 눈 엄청 왔다! 우리 편 나눠서 눈싸움하자!"

미래는 문득 떠오른 추억의 한 조각에 저도 모르게 미소를 지었다. 첫사랑이었던 아이와 한편이 되어 반 아이들과 눈싸움을 하면서 놀았던 때. 그때만큼은 소년도 소녀를 바라보며 환한 미소를 지었었다. 그리고……

"난 ……이랑 같은 편할 거야! 이리 와, ……운아! 승운아!"

갑자기 눈앞에 글자가 나타난 것처럼 그 아이의 이름이 선명하게 떠올랐다.

승운, 그 아이의 이름은 승운이었다. 지금 만나는 남자와 같은 이름의 소년.

설마……?

미래는 순간 숨을 멈췄으나 곧 내뱉으며 고개를 저었다.

성인 승운이 소년 승운일 리 없었다. 나이가 달랐다. 승운은 그녀와 동창일 수 없는, 한 살 더 연상이었다.

왠지 기분이 묘하네. 같은 이름의 사람이라니. 그래도 뭐, 다른 사람이니. 그 아이가 어떻게 생겼더라?

웃으면 세상이 밝아지는 느낌이었다는 것만 기억날 뿐이었다. 단정하고 예쁜 이목구비에…….

미래가 미간을 찌푸리며 곰곰이 생각에 잠겨 있을 때, 휴대폰이 울렸다.

[사장님, 접니다. 눈이 와서 일찍 나왔습니다. 그런데…….]

김 비서의 목소리는 영 좋지 않았다.

[도로 사정이 아주 나쁩니다. 운전기사분께 연락해 봤는데, 이대로 가다간 사장님 댁에 최소 두 시간 뒤에나 도착할 것 같다고 합니다.]

"오늘 스케줄이 어떻게 되죠?"

미래는 대답을 들으며 텔레비전을 켰다. 화면 밑으로 사상 최악의 한파와 폭설이라는 소식이 대문짝만 한 글씨로 써 있었다.

"다행히 오늘은 중요한 일은 없군요. 하지만……."

미래는 이번엔 창가로 갔다. 지하철 선로와 사차선 도로가 내려다 보였는데 지하철은 물론 모든 자동차가 눈을 잔뜩 짊어진 채 비틀거리며 기어가고 있었다.

"자가용으로 출근하는 건 무리겠어요. 오늘은 택시를 탈게요. 운전기사분께 회사로 바로 출근하라고 말씀해 주세요."

[콜택시 보내 드리겠습니다.]

"20분 뒤로 맞춰주세요. 차가 밀릴 것 같으니 오늘은 운동하러 가지 않고 바로 출근할게요."

아침 운동을 빼먹으면 하루 종일 몸이 뻣뻣하지만 일찍 나가야 그만큼 회사에 빨리 도착할 수 있을 터.

미래는 식사도 거른 뒤 일단 샤워만 하고 가장 두꺼운 코트를 걸치고 나갔다.

아파트 단지 내로는 외부 차는 진입할 수 없게 되어 있기에 김 비서가 다시 전화해서 말해준 장소로 갔다. 피트니스센터가 있는 건물의 앞이었는데, 미래는 손목시계를 통해 평소 10분이면 되는 거리를 쌓인 눈 때문에 20분이나 걸렸다는 사실을 깨달았다.

택시는 언제 오지?

발끝이 시려오자 미래는 김 비서에게 전화하기 위해 휴대폰을 찾아 코트 주머니에 손을 넣었다. 아무것도 잡히지 않았고, 식탁 위에 놔두고 왔다는 사실이 떠올랐다.

"미래?"

집에 다시 가야 하나 고민할 때, 귀를 덮는 겨울 모자에 장갑,

 임플란트 왕자님

두툼한 파카로 무장한 남자가 싱그러운 웃음을 지으며 다가왔다. 미래는 한순간이지만 추위를 잊고 말았다.

"추운데 여기서 뭐 해?"

"콜택시 기다려. 눈 때문에 운전기사가 오려면 시간이 많이 걸릴 것 같아서 콜택시를 불렀거든."

"이런 날씨에 목도리도 안 하고 나오다니."

승운은 목도리를 풀어 미래에게 둘러주었다. 모자도 씌워주었는데, 미래가 벗으려고 하자 고개를 저었다.

"콜택시가 오기 전까지라도 하고 있어. 손도 줘봐."

승운은 미래의 손에도 장갑을 끼워주었다. 미래는 답답하다고 말하려고 했지만 추위가 덜해진 건 사실이었기에 저항할 힘을 잃었다. 대신, 미안해졌다.

"박승운 씨도 춥잖아."

"난 괜찮아. 콜택시는 언제 온대?"

"휴대폰 좀 빌려줘. 집에 놔두고 왔는데 눈을 헤치고 다시 가긴 힘드네."

말이 끝나기도 전에 승운은 휴대폰을 내밀었다. 미래는 고맙게 받고는 얼어붙은 손으로 김 비서의 번호를 눌렀다.

"나예요. 휴대폰을 집에 놓고 와서 다른 사람 걸 빌렸어요."

[그러셨군요. 안 그래도 계속 전화드렸는데 안 받으셔서 걱정하고 있던 차였습니다.]

김 비서는 안도의 한숨을 내쉬었으나 곧 죄송해하는 기색이 역력한 말투로 말했다.

[죄송합니다. 근처까지 갔다가 택시가 눈 때문에 사고가 났다고 합니다. 그래서 다른 택시를 불렀는데 오늘은 눈 때문에 안 된다고 하네요. 운전기사도 지금 도로에 갇혀 있고요. 제가 지금 가고 있으니 댁에서 기다리시겠어요?]

"아, 그랬군요. 오는 데 얼마나 걸릴까요?"

[최소한 두 시간…… 일 듯합니다. 죄송합니다. 다른 비서들에게 연락해 봤는데, 다들 출발했지만 제가 가장 빠를 듯합니다.]

미래는 저도 모르게 얼굴을 찌푸렸지만 달리 할 수 있는 말이 없었다.

"네. 일단 집에 들어가서 기다릴게요. 여기, 고마워."

미래는 휴대폰을 돌려주었다.

"집에서 기다릴 거야?"

"응. 여기까지 오려면 최소 두 시간이래."

"그럼 아침식사 같이 하자. 아직 안 먹었지?"

승운은 미래의 손목을 덥석 잡고 모퉁이에 있는 해장국집으로 이끌었다. 안으로 들어가자 따뜻한 공기가 온몸을 폭 뒤덮었고, 미래는 그제야 자신이 얼마나 추위에 떨었는지 알게 되었다.

"춥지? 여기."

승운은 가게 직원이 내온 김이 모락모락 날 만큼 뜨거운 물수건을 그의 것까지 내주었다. 미래는 감사하게 받아서 장갑을 벗고 맨손으로 잡았다. 너무 추워서 빨갛게 변한 손끝에 뜨거운 것이 와 닿자 따끔거렸지만 동시에 황홀하게 느껴졌다.

"해장국 먹으면 더 따뜻해질 거야. 자, 어서 먹어."

눈앞에 해장국이 나타나자 미래는 천천히 수저를 잡았다. 손이 얼어붙었던 터라 처음에는 숟가락질을 하는 게 힘들었지만 곧 맛있고 따끈한 국물에 이끌려 정신없이 먹게 되었다.

국물까지 다 해치운 뒤에야 미래는 식사를 먼저 끝낸 승운이 자신을 물끄러미 쳐다보고 있다는 것을 깨달았다. 허겁지겁 먹는 모습이 흉했을 것 같아 부끄러웠다.

"난 맛있게 잘 먹는 여자가 예뻐 보이더라."

"박승운 씨."

미래는 의구심을 품었다.

"혹시 독심술할 줄 아는 거 아냐?"

"응?"

"방금 내가 무슨 생각하는지 어떻게 알았어?"

"내 시선 외면했잖아. 부끄러워하는 것 같더라."

"정말 눈치가 칼이네."

"그만큼 너한테 관심이 많으니까 집중해서 관찰하는 거야. 그러면 쉽게 알 수 있지."

승운은 노골적으로 느물거렸으나 미래는 뺨이 후끈거렸다. 미래는 감정을 들키지 않기 위해 말을 던졌다.

"그렇다고 해도 원래 눈치가 정말 빠른 사람이 아니라면 그렇게 못할 텐데.”

“뭐, 그렇긴 하지.”

이번에는 승운이 말을 얼버무리며 시선을 피했다. 미래는 한 걸음 더 찔러보았다.

“눈치 빠른 사람은 그만큼 주변을 탐색할 일이 많아서 그런 거라고 하더라.”

“으음, 그래? 시간 좀 남았는데, 어떻게 할래? 오늘은 안 괴롭힐 거야?”

미래는 승운이 말을 돌렸다는 걸 알고 있었지만 묻지 않았다. 깊은 부분을 캐물을 사이가 아니니까.

“안 그래도 피트니스센터에서 괴롭히려고 했어.”

“어떻게?”

“알고 싶어?”

승운은 흥미로운 눈빛으로 고개를 위아래로 끄덕였다. 미래는 검지를 입술 앞에 댔다.

“비밀이야. 알면 재미없지. 근데 박승운 씨는 왜 이 시간에 여기 있어? 운동할 시간 아냐?”

“눈 때문인지 매니저가 출근을 안 했나 봐. 아직 안 열었어. 뜨듯한 해장국 먹으면 좋을 것 같아서 나왔지. 두 시간 뒤에 출근한다고 했지?”

“응. 한 시간 반쯤 남았네.”

미래는 손목시계를 확인했다.

“그럼, 그전까지 커피나 마시자.”

승운은 미래를 카페로 데려갔다. 하지만 커피를 잘 만드는 카페나 프랑스 디저트 카페 모두 닫혀 있었다.

“눈 때문에 주인들이 출근 못했나 보다. 아니면 아직 너무 이른가?”

“갈 데가 없네. 집에 가야 되나?”

승운은 미래의 중얼거림에 한 박자 쉬었다가 제안했다.

“그럼, 치과에 갈래?”

“응?”

“내 집은 정리가 덜 됐거든. 손님 모실 곳이 못 돼.”

거짓말이었다. 승운은 가벼운 연애 상대는 집 안으로 들이지 않았다. 이건 미래도 마찬가지일 터.

“치과에서 따듯한 커피 타줄게.”

“좋아.”

미래는 호기심을 안고 승운을 따라갔다. 치과는 6층에 있었다. 새로 개원한 티가 물씬 나는 깨끗한 공간. 미래로서는 어디에 쓰이는지 알지 못하는 온갖 기계로 그득했는데, 관리가 잘되고 있는지 깨끗했다.

“아, 왠지 무서운데?”

“무섭다고?”

“응. 입안에 드릴 들어오는 거 진짜 무섭잖아. 치과에 있으니 웽웽거리는 드릴 소리가 나는 것 같네. 작년 말에 신경 치료 하나 받았는데 정말 괴로웠어.”

“단 것 때문에 썩었나 보구나?”

미래는 승운을 흘겨보더니 치료용 의자를 가리켰다.

“이걸 뭐라고 불러?”

“유니트체어인데 그냥 체어라고 해.”

승운은 미래가 체어를 요모조모 뜯어보다가 털썩 앉자 씩 웃었다.

“오호, 무섭다는 분이 자진해서 앉으시네? 검진해 줄까?”

“됐어.”

미래는 손사래를 쳤다. 하지만 승운은 잽싸게 미래의 팔을 잡아 체어에 눌러 일어나지 못하게 했다.

“자, 오미래 환자분, 입을 벌리세요.”

“해장국 먹은 뒤라서 키스하기 싫습니다.”

미래는 고개를 옆으로 틀었다. 승운은 웃음을 터뜨렸다.

“키스하려는 거 아니거든요? 꿈도 크십니다.”

“그럼 정말 검진하려고?”

“아니.”

승운은 속삭이듯 말하고는 미래에게 둘러준 목도리를 잡아 빼서 옆으로 던져 버리고는 코트의 단추를 모두 풀었다. 그러고는 하얗게 드러난 미래의 목에 혀를 댔다.

“이렇게 하려고.”

살결은 아주 보드라웠다. 녹아내릴 듯 달콤하기도 했다. 승운은 아이스크림을 빨아먹듯 목을 할짝이고는 점점이 키스를 뿌렸다. 미래는 떨림이 퍼져 나가는 목소리로 말했다.

"그런 것도 키스거든?"

"그래?"

승운은 입술을 아래로 미끄러뜨렸다. 아까만 해도 추운 날씨에 쇄골이 드러난 옷을 입고 나온 것이 걱정됐으나, 지금은 반갑기만 했다. 이로 쇄골을 긁은 뒤 가슴 계곡에 얼굴을 묻었다. 거칠어진 숨을 내쉬자 숨결 속에 담긴 열기가 전달됐는지 미래의 몸이 들썩이는 게 느껴졌다.

"가만히 있어. 가슴 먹어버리고 싶은 거 참고 있으니까."

"가슴만?"

미치겠군.

승운은 얼른 고개를 들어 등을 돌렸다.

"일어나."

"흐음. 뜸을 너무 들이는 거 아닌가?"

미래는 뒤에서 승운의 허리를 안았다. 그의 등으로 봉긋한 가슴을 밀착시키자 승운이 뻣뻣하게 몸을 굳혔다.

"난 재밌어. 박승운 씨는 어때?"

"재밌어. 그리고 괴로워."

"그럼, 뜸 그만 들이고 그냥 먹으면 되잖아?"

미래는 은근하게 속삭이고는 발꿈치를 들어 그의 귓가에 바람을 훅 불어넣었다. 승운은 이번엔 크게 몸을 움찔거렸다.

이거 정말 재밌네.

"사내대장부가 한 번 칼을 꺼냈으면 호박이라도 잘라야지. 난 좀 더 뜸을 들일 거야. 더 맛있게 익으면, 그때."

승운은 미래의 팔을 풀고 뒤돌았다. 그녀의 어깨를 단단하게 붙잡고는 욕망으로 이글거리는 눈동자로 선언했다.

"머리끝부터 발끝까지 자근자근 씹어 먹을 거야."

"기대되는걸?"

미래는 몸 깊은 곳이 젖는 동시에 떨리기 시작했다. 기대감과 흥분이 심장을 뒤흔들어 놓았다.

이렇게 재밌는 연애를 한 적이 있던가?

승운보다 훨씬 더 대단한 남자와도 사귀어봤지만 이토록 심장이 뛴 건 처음이었다. 그러고 보니…… 이만큼 시간을 많이 보내는 것도 처음이었다. 다른 남자들과는 데이트할 때만 만났지만 승운은 같은 피트니스센터를 이용하는 덕분에 일요일을 뺀 나머지 6일 동안 얼굴을 보고 있었다.

거기다가 같은 동네 사람이라 그런지 2주 전 일요일에 프랑스 디저트 카페 앞에서 그런 것처럼 종종 마주치기도 했는데, 그건 지금도 마찬가지였다. 이것도 엄연히 데이트였다. 전에 만났던 남자들과는 일주일에 한 번 이상 만나지 않는 것으로 선을 그은 것과는 달리.

흐음. 너무 자주 만나는 것 같은데.

미래는 치과 안을 둘러보는 척하면서 승운에게서 등을 돌려 표정을 숨겼다.

뭐, 같은 동네 사람이니 어쩔 수 없는 일인 건가? 더군다나 정말 재밌긴 하지만 그 이상은 아니니.

어차피 즐거움만 추구하는 연애일 뿐. 더군다나 승운은 그녀보다 더 게임의 룰을 잘 알고 있는 남자였다.

"저건 뭐야?"

미래는 달아오른 분위기를 식히기 위해 최신식으로 보이는 큰 기계를 가리켰다.

"물방울 레이저. 임플란트를 할 때 쓰는 건데 미세한 물방울 분자를 이용하는 거야. 최근에 새로 나온 제품이야."

"그렇구나. 저건?"

승운은 미래가 묻는 것에 차근히 답을 해주었다. 미래는 그 뒤로도 안을 구경하면서 시간을 보냈다.

[사장님, 도착했습니다.]

생각보다 이르게 김 비서의 전화가 걸려왔다. 미래는 내려가겠다고 말한 뒤 휴대폰을 내렸다.

"가야겠어."

"아쉽네."

승운은 미래의 허리를 잡아 품으로 끌어왔다. 그의 굶주린 표정을 본 미래는 거칠고 축축한 키스를 받을 거라고 예상했으나, 그의 입술은 따스하고 달콤할 뿐이었다.

"내일 봐."

승운은 눈웃음을 지으며 속삭였고 미래는 고개를 끄덕인 뒤 조용히 내려갔다.

확실히, 무슨 행동을 할지 예측불가인 남자야. 그래서 더 흥미로운 걸까?

눈 때문에 출근하는 길은 지옥이었다. 또한 간신히 회사에 도착했지만 출근하지 못한 직원들 때문에 제대로 일을 할 수가 없었다. 하지만 미래는 기분 좋게 그날 하루를 보냈다.

"이건 뭐야?"

토요일 저녁, 폭설은 끝났지만 도로가에 그대로 쌓여 있는 눈 때문에 멀리 나갈 수가 없었다. 동네에서 10분 거리인 어느 프랑스 레스토랑에 도착한 뒤 승운은 테이블 위로 상자를 꺼냈다. 리본으로 예쁘게 포장된 직사각형의 커다란 선물 상자.

"풀어봐."

승운은 한 손으로 턱을 괸 뒤 다른 손으로 상자를 앞으로 밀었다. 미래는 심장이 콩닥거리기 시작했음을 느끼며 리본을 천천히 풀었다. 상자 안에는 네 가지의 물품이 들어 있었다.

"털부츠, 털장갑, 털모자, 털목도리?"

"겨울 필수 4종 세트지."

승운은 빙긋 웃었다.

"마음에 들어?"

"어. 고마워. 예쁘네."

진심이었다. 손으로 직접 만드는 것으로 유명한 브랜드의 제품이었는데, 별다른 무늬는 없었으나 짙은 녹색의 털이 아주 고와서 정말 예뻤다.

"답답한 걸 싫어하는 건 아는데 당분간 춥다고 하니 목도리라도 하고 다녀."

온갖 보석이나 명품을 받아봤지만 이렇게 세세한 배려가 담긴 따스한 선물은 처음이었다. 마음이 달아올랐다. 그리고 뺨도.

미래가 한 손으로 얼굴을 살짝 감싼 채 아무 말 없이 다른 손으로는 목도리를 만지작거릴 때 승운이 이어 말했다.

"부담 가질 필요 없어. 알지?"

그러니까 깊게 생각하지 말라는 뜻이로군.

순간 울컥하고 치밀어 오른 감정을 누르고 미래는 빙긋 웃으며 고개를 끄덕였다.

"물론 알지. 고마워. 여자 감동시킬 줄 아네. 많이 해본 솜씬데?"

승운은 씩 웃을 뿐이었다. 왠지 그가 얄미워졌다.

"흠. 받았으니 나도 답례를 해야 할 것 같은데."

"그럴 필요 없어."

승운은 손을 저었다.

"속옷 사줄까? FUTURE KOREA에 남성 스포츠 속옷 라인이 있어. 아, 팬티 어때?"

승운은 잠시 생각하는 척하더니 은근하게 속삭였다.

"가장 큰 사이즈로 부탁해."

다시 일주일이 흐른 뒤, 토요일 저녁에 만나자마자 미래는 상자를 내밀었다.

"정말 그거 가져온 거야?"

"그거?"

미래는 못 알아들은 척 되물었다. 승운은 빙긋 웃더니 상자를 열려고 했다. 미래는 잽싸게 상자를 빼앗았다.

"뭔지 맞히면 줄게."

"어허. 줬다 뺏는 게 어디 있어?"

"여기 있지. 뭔지 맞히면 준다니까."

"음, 목도리인가?"

승운은 고민하는 척하더니 능청스럽게 물었다.

"아니면 장갑?"

"갑자기 왜 순진한 척하고 그래?"

"몰랐어? 내가 좀 순진해."

승운은 믿어달라는 듯 가슴에 손을 얹었다. 미래는 결국 웃음을 참지 못했고, 상자를 주었다. 승운은 안을 들여다보곤 놀란 척했다.

"가장 큰 사이즈가 아니네?"

"아무래도 아닌 것 같아서."

"맞는데."

“못 믿겠어.”

미래는 천천히 이어 말했다.

“직접 보기 전에는.”

승운의 표정은 전혀 달라지지 않았다. 미래는 그게 짜증났다.

대체 무슨 생각을 하는 거야? 왜 반응이 없어? 아니, 분명 반응은 있었다. 단지, 생각을 숨기는 데 아주 능숙한 것일 터.

어째서 이렇게나 눈치가 빠르고 감정도 잘 감추지?

타고난 성격인 탓도 있겠지만 어렸을 때부터 주변이 그래서 저런 성격이 되어버린 건지도 몰랐다. 즉, 눈치를 볼 수밖에 없는 환경 속에서 자랐다는 것. 감정을 드러내면 안 되는 배경을 가지고 있다는 것.

“무슨 생각해?”

승운은 미래가 다른 생각 속에 빠져 있다는 것을 즉시 알아차렸다. 미래는 눈을 깜빡이다가 그냥 웃었다.

“아무것도 아니야.”

설마…… 불쌍하게 자란 거라는 뜻인가?

그러고 보니 부모님이 예전에 돌아가셨다고 했다. 언제인지는 알 수 없지만 결코 넉넉하게 자라지는 못했을 터.

미래는 왠지 마음이 아려왔다.

“흐음, 우리 괴롭힘 나라의 공주님이 무슨 생각을 하셨을라나?”

“괴롭힘 나라의 공주님이라고?”

"그래. 너 어제 피트니스센터에서 내 엉덩이 움켜쥐었잖아?"

승운의 말이 맞았다. 어제 새벽, 미래는 다른 사람들이 안 볼 때 그의 엉덩이를 꽉 쥐었다가 놓았다. 어지간히 놀랐는지 승운은 기겁한 표정을 지었었는데 미래는 솔직히 쾌감을 느꼈다. 물론 손안에 가득 와 닿은 촉감도 좋았고.

"목소리가 불만스럽게 들리네. 좋아했잖아?"

미래는 타박해 버렸고, 승운은 말이 막힌 표정이었다.

"설마, 싫었어?"

승운은 목을 가다듬었다.

"아냐. 하지만 센터에서는 날 안 괴롭혔으면 해. 매니저가 봤거든."

"뭐?"

"센터의 매니저가 우리 가족과 아는 사이야."

건물의 주인인 집안의 넷째, 승연의 절친한 후배였다. 승운과도 형, 동생 하는 사이로 꽤 친했다.

"가족들에게 말하지 말아달라고 부탁했지만 그 녀석이 입이 좀 가벼워."

"아, 미안."

미래는 뭐라 할 말을 못 찾다가 사과했다. 승운은 고개를 저었다.

"사과할 필요는 없어. 매니저 녀석 입도 막았고."

좋아하는 술을 거하게 사줬으니 승운은 말이 새나갈 염려가 없을 거라고 생각했다. 하지만 그건 착각이었다. 다음날, 일요일을 맞아 매주 그래 온 것처럼 큰형의 한식당 3층으로 간 승운을 맞은 건 음흉하게 웃고 있는 가족들이었다.

"야, 엉덩이!"

넷째 승연은 낄낄거리며 동생을 그렇게 불렀다.

"기분 어땠어?"

이놈의 자식을 그냥!

승운은 속으로 이를 갈았지만 겉으로는 웃으며 쏘아붙였다.

"미국으로 언제 돌아가? 스프링캠프 시작할 때 안 됐나?"

넷째 승연은 메이저리그 투수라서 봄마다 열리는 합동훈련에 참가하기 위해 2월 중순에는 미국으로 가야 했다.

"내일 가는 거 알면서 뭔 소리야. 엉덩이 이야기가 부끄럽나 보네. 아이고, 우리 바람돌이 운이가 이렇게 쑥스러움을 많이 탈 줄이야!"

"어떻게 만졌냐? 이렇게?"

셋째 승언이 승운의 엉덩이로 손을 뻗었다. 승운은 뒤로 물러나며 형의 어깨를 퍽 소리가 나게 쳤지만, 올림픽 유도 금메달리스트답게 승언은 동생의 주먹질을 솜털처럼 생각할 뿐이었다.

"그 여자 누구야? 마음에 드네. 혹 결혼할 거야? 난 무조건 찬성이다."

둘째 승열 또한 낄낄대며 소리쳤다. 승운은 입을 꾹 다물었다. 형제들의 짓궂은 농담은 식사가 끝날 때까지 계속되었는데 승운은 꿋꿋하게 무시했다.

"무슨 일이 있었던 거니?"

큰형, 승안은 가족들이 평소보다 더 와자지껄 떠드는 소리에 의아한 표정을 지으며 3층으로 올라왔다.

"큰형님, 그게요. 어떤 화끈한 아가씨가 운이의 엉— 읍!"

승운은 셋째 형의 입을 틀어막았다.

"아무것도 아니에요."

"아무것도 아니긴 뭐가 아냐. 큰형님, 지금 사귀는 여자가 피트니스센터에서 운이 형 엉덩이를 막 주물러 댔대요."

내내 볼이 터져라 밥만 먹어대던 여섯째, 승원이 말했다. 큰형의 눈이 매서워졌다. 승운은 저도 모르게 앉은 채로 동생을 걷어차 버렸다. 하지만 몸집이 한 배 반인 데다가 형사라 싸움에 익숙한 승원은 별로 아프지 않은지 씩 웃을 따름이었다.

"운이는 나중에 남아라."

"네……."

식구들이 우르르 사라진 뒤 승운은 주눅이 든 채로 큰형이 한숨을 길게 내쉬는 것을 지켜보았다.

"운아."

"말씀하세요."

"네 연애에 대해서 간섭하고 싶지 않아. 하지만 확실히 걱정은 되는구나."

승운은 잠자코 경청했다.

"네가 결혼을 진지하게 생각하지 않는 건 알고 있단다. 그렇지만 큰형으로서 네가 행복한 가정을 이뤘으면 한단다. 물론 진심이 통하는 상대를 만나는 건 어려운 일이지. 하지만 최소한, 그런 아가씨와는 만나지 않았으면 한단다."

"큰형님, 미래는 그런 아가씨가 아니에요."

승운은 이를 악문 채 내뱉었다.

"그냥 서로 장난을 친 것뿐이에요. 목격한 녀석이 과장되게 말한 거고요. 미래는 큰형이 생각하는 그런 여자가 아니에요."

큰형의 눈이 다시 가늘어졌다.

"그럼, 진심으로 만나는 거니?"

승운은 대답하지 않았고 큰형이 다시 한숨을 내쉬는 것을 들었다.

"아무것도 남지 않는 소모적인 관계는…… 그만 했으면 한단다. 그런 건 공허할 뿐이야. 부탁이다, 운아."

승운은 주먹을 꾹 쥐었다. 자신은, 그리고 가족들은 큰형에게 빚을 지고 있었다. 무엇으로도 갚을 수 없는 거대한 빚. 그런데다가 언제나 올바른 말만 해왔기에 승운은 큰형을 한 번도 거스른 적이 없었다. 하지만 지금 이 순간, 대답을 할 수가 없었다.

"생각해 볼게요."

할 수 있는 말은 고작 이것뿐이었다. 승운은 입을 꾹 다문 채 일어섰다.

동생이 나간 뒤에도 승안은 한참 동안 미간에 손을 얹고 있었다. 부드러운 팔이 나타나 등 뒤에서 허리를 포근하게 안아준 후에야 두통이 사라졌다.

"운이 도련님 때문에 속상해요?"

아내의 목소리는 언제나처럼 달콤했다. 승안은 고개를 끄덕였다.

"미안하기도 해. 내 욕심 때문에 원하지 않는 길을 걷게 만든 건 아닐지……. 하지만……."

"하지만?"

"그 아가씨를 가볍게 만나는 건 아닌 것 같아."

지나칠 정도로 감정을 잘 조절하는 승운이 발끈하다니.

그래서 승안은 희망을 품을 수 있었다. 이번 연애는 다른 게 아닐까? 그 아가씨와 혹시 잘되면…….

순간, 승안의 짙은 눈썹이 꿈틀거렸다.

아가씨의 이름이 미래라고 했나? 그 이름은…….

"저기 봐봐."

토요일 새벽, 피트니스센터로 간 미래는 러닝머신 앞에서 20대 중반으로 보이는 두 여자가 수다를 떨며 서 있는 것을 발견했다.

"얼굴도 죽이고 몸매도 끝내준다."

"치과의사라고 하던데? 돈도 잘 벌겠다."

치과의사라는 단어가 미래의 귀를 콕 잡아끌었다. 미래는 두 여자가 열띤 얼굴로 쳐다보는 곳으로 시선을 주었다.

한 남자가 플랫 벤치프레스를 하고 있었다. 정확한 동작으로 120kg짜리 역기를 올렸다가 내리는 남자의 팔은 꿈틀거리는 근육으로 터질 것 같았다. 또한 대흉근도 부풀었다가 내려왔는데, 그럴 때마다 티셔츠에 달라붙어 불끈불끈 움직이는 강력한 근육을 그대로 드러냈다.

"결혼했을까? 완전 킹카네."

"여자 되게 많을 것 같지 않아?"

여자들의 속닥거림이 거슬리기 시작했다. 미래는 천천히 벤치프레스로 다가갔다.

"박승운 씨."

"안녕."

승운은 역기를 내려놓고 앉았다. 미래가 짜증난 얼굴로 고개만 까닥거려 인사하자 그는 궁금함에 물었다.

"우리 괴롭힘 공주님 표정이 왜 그럴까?"

"응?"

"아침에 무슨 일 있어?"

내가 왜 기분 나빠하는 거지?

미래는 손을 저었다.

"아냐. 음, 오늘 춤추러 갈래?"

"그러자. 안 그래도 나도 가고 싶었어. 스트레스가 좀 쌓인지라.”

“일 스트레스?”

승운은 고개를 저었다. 미래는 그가 어두운 표정을 짓는 것을 보고 깜짝 놀랐다.

감정을 잘 안 드러내는 사람이 왜 저러지?

“무슨 일 있어?”

미래는 저도 모르게 반걸음 앞으로 다가가 그의 손목을 잡고 걱정스레 물었다. 승운은 눈을 껌뻑이더니 싱긋 웃는 것으로 표정을 바꾸었다.

“아냐. 그럼, 이따 8시에 보자.”

“그래, 그러자.”

미래가 대답하자 승운은 고개를 끄덕인 뒤 물러났다. 자연스럽게 미래는 손을 놓게 되었다. 손끝이 저렸다.

이건…….

항상 그래 왔듯이 토요일임에도 오후 6시까지 열심히 일하고 퇴근한 뒤, 약속을 위해 화장을 하던 미래는 거울에 비치는 자신을 노려보았다.

“오미래, 너 왜 그래?”

새벽에 승운을 만난 뒤로 기분이 가라앉은 상태라는 걸 모르지 않았다. 그리고 왜 이런 느낌인지도 알았다.

승운이 속을 털어놓지 않았고, 선 밖으로 밀었으니까.

대체 나 왜 그런 걸로 기분 상해하는 거지? 이건 그냥, 가볍고 얕은 연애일 뿐인데. 오랜만에 사귀어서 그런가?

사장으로 승진한 뒤 남자를 쳐다볼 시간조차 없었다. 약간 여유가 생긴 지금, 근 1년 만에 남자를 만나는 것이라 그런지 더 신경 쓰였다. 그리고 승운은 확실히 사람을 건드리는 남자니까. 아니, 승운 자체가 뒤흔들고픈 남자였다. 속을 홀랑 까뒤집어 보고 싶다고 할까? 마음대로 휘두를 수 없는 데다가 무슨 생각을 하는지 도통 알 수가 없는, 짜증나는 존재.

그래서 더 재밌고 더 흥미로웠지만, 생각 외로 신경이 쓰이는 점은 문제였다.

"여기까지야."

진하게 아이라인을 그리며 미래는 읊조리듯 내뱉었다.

"더 신경 쓰이면 잘라내야지."

그전에 섹스는 해봐야겠지만.

미래는 정말로 궁금했다. 승운이 얼마나 잘하는지, 그 손이 어떤 느낌을 선사할지 정말로 궁금했다.

오늘은 꼭 해치워야지.

승운이 뜸을 잘 들여서 그녀를 먹어버리겠다고 했지만 미래는 생각이 달랐다. 괴롭히는 건 재밌었지만 더 이상은 참기 힘들었다.

오늘, 잡아먹어야지.

미래는 립스틱을 놓고 몸을 전신거울에 비춰 보았다. 완벽했다.

[룸이요?]

"그래, 룸. 혹시 있어?"

토요일 밤이 얼마나 피크인지 잘 알고 있는 만큼 승운은 전화하면서도 사실 기대는 하지 않았다.

[혹 사장님이 쓰실까 봐 항상 비워놓는 게 있어요.]

"그래?"

[네. 오늘 사장님이 오실 것 같지 않으니 거기 준비해 놓을게요.]

승운은 클럽 매니저에게 감사의 인사를 하고 휴대폰을 재킷 주머니에 넣었다. 뒤로 구두 소리가 들려오자, 승운은 등을 돌렸다.

어떻게 여자들은 저렇게 가느다랗고 뾰족한 걸 신고 다닐 수 있는 걸까?

미래가 신고 있는 새까만 힐은 족히 12cm는 되는 것 같았다. 굽은 스킬레토라 가시같이 뾰족하고 얇았는데, 미래는 조금도 힘들이지 않고 당당하게 걷고 있었다. 그럴 때마다 매끈한 발목과 늘씬한 다리에 씌워져 있는 망사스타킹은 유혹적인 장미꽃 무늬를 보여주었다.

대체 안에 뭘 입은 걸까?

미래는 하체에는 허벅지가 드러나는 숏팬츠를, 상체에는 딱 달라붙는 검은색의 얇은 가죽옷을 입고 있었다. 또한 가죽옷 위로는 목에서 시작해 허리까지 오는 엷은 갈색의 짧은 모피를 걸치고 있었다. 모피는 조끼 같은 스타일로 고급스러운 느낌을 풍겼는데 마치 미래만을 위해 만들어진 옷 같았다.

모친과는 완전히 다르군.

손목에 차고 있는 금색의 팔찌는 물론 귀에 걸려 있는 귀걸이도 아주 화려했다. 그럼에도 천박해 보이던 모친과는 달리 옷과 보석, 모피 모두 미래에겐 꼭 맞았다. 도발적이고 고급스러운 매력을 강조해서 눈을 뗄 수 없게 만드는 도구. 물론, 장신구가 딱히 필요가 없긴 했다.

진한 보랏빛의 스모키 화장은 눈을 강조해 강렬한 눈빛을 만들어냈고, 평소보다 풍성해진 속눈썹은 여성미를 강조해 기묘한 대조를 이뤘다. 도톰한 입술은 붉게 빛을 발하며 먹어달라는 듯 뭇 사내들을 유혹하고 있었다. 아니, 한 남자를.

이거, 오늘은 정말 위험한데?

하체가 묵직해지자 승운은 각오를 단단히 하며 길게 휘파람을 불었다.

"감탄이 절로 나오네."

"그러라고 차려입은 거니까."

미래는 또각또각 구두 소리를 내며 승운 앞으로 다가갔다. 그녀는 승운의 목에 두 팔을 감고는 그의 가슴에 몸을 밀착시켰다. 다행히 모피가 두꺼운 탓에 촉감은 잘 느껴지지 않았지만, 승운은 눌러놓은 욕망이 다시 솟구치는 것을 느낄 수 있었다.

“어때?”

미래는 머리를 살짝 흔들었다. 끝을 살짝 웨이브를 주어 가슴까지 풀어 내린 머리칼이 부드럽게 물결쳤다.

“향수 말이야.”

“향수?”

머리칼이 유혹하듯 일렁이는 모습을 바라보던 승운은 멍하니 따라 말하고 말았다.

“응, 향수. 나 원래 안 뿌려. 일할 때 좀 그래서 말이야. 하지만 오늘은 괜찮을 것 같아서 써봤어. 어때?”

“아아. 괜찮아.”

진한 향기는 지워지지 않을 것 같았다.

“가자.”

미래는 돌연 몸을 떼고는 앞으로 걸어갔다. 승운은 탐욕스러운 눈으로 미래의 늘씬한 뒷모습을 죽 훑을 뿐이었다. 뒤돌아본 미래는 승운의 눈빛을 보고는 만족스럽게 웃은 뒤 보랏빛으로 반짝이는 매니큐어를 바른 손을 까닥였다.

“안 와?”

승운은 저도 모르게 고개를 절레절레 젓고는 차로 갔다. 그는 시동을 걸면서 경고했다.

“운전 중에는 가만히 있어.”

“내가 뭘 어쩐다고.”

미래는 톡 되받았지만 승운의 말대로 했다. 운전 중에는 그래

 임플란트
황자님

야 안전하니까.

"룸 예약해 놨어."

"토요일 밤에 룸을?"

"사장이 아는 녀석이거든."

'붉은 밤'이라고 써 있는 클럽 앞에 도착하자 승운은 씩 웃고는 미래의 손목을 잡아끌었다. 기도들은 90도로 인사하며 승운을 환영했고, 입구 앞에 길게 줄을 서고 있는 사람들의 질시 어린 시선을 받으며 입장했다.

온몸이 쿵쿵거릴 만큼 엄청나게 큰 음악이 가장 먼저 찾아왔다. 그다음으로는 드넓은 클럽 전부를 메우고 있는 노란색과 빨간색의 퇴폐적인 조명이 따랐다. 그리고 사람으로 만들어진 거대한 해일이 밀려왔다.

정말 신기하네.

꼼짝없이 갇혀서 한 발자국도 떼지 못할 상황이었으나 특이하게도 승운은 잘 움직였다. 틈 사이로 걸어다니면서 그녀를 2층으로 향하는 계단까지 매끄럽게 안내했다.

"박승운 씨, 정말 대단하네! 잘 빠져나간다!"

음악 소리 때문에 들리지 않을 거라는 생각이 들었으나, 미래는 손을 입 앞에 대고 확성기 모양을 만들어 소리 질렀다. 승운은 알아들었는지 씩 웃고는 가슴을 내밀며 쿵쿵 쳤다. 미래는 아이처럼 까르르 웃는 자신을 발견했다.

"일단 내려가서 춤출래?"

2층에 있는 룸에 도착한 뒤 승운은 문을 닫았다. 음악 소리 때문에 벽이 쿵쿵거리고 있었지만 일단 외부와 차단되자 대화는 나눌 수 있었다.

"응. 근데 사실 말이야."

미래는 아랫입술을 살짝 깨물고는 난처한 기색으로 이어 말했다.

"나 춤 굉장히 못 춰."

승운은 못 믿겠다는 표정을 지을 수밖에 없었다.

"볼래?"

미래는 두 팔을 위로 들며 교차시켰다. 팔찌가 짤랑, 하는 맑은 소리를 내더니 몸 쪽으로 미끄러졌다. 그리고 바깥에서 울리는 리듬에 맞춰 미래의 왼손이 오른팔을 애무하듯 쓰다듬으며 밑으로 내려왔다. 매니큐어로 반짝이는 왼 손가락은 꽃잎처럼 살짝 벌어진 입술을 매만지고는 턱에 도착했고, 목으로 내려가 모피의 제일 윗자락을 붙잡았다.

"봐봐, 나 리듬 전혀 못 타지?"

승운이 뭐라 말해야 할지 생각할 때, 미래는 두 손으로 모피에 달려 있는 지퍼 같은 단추를 한번에 열었다. 상체에 달라붙은 얇은 가죽옷은 앞이 완전히 트인 것으로 밑에만 연결되어 있는 종류라 속을 그대로 내보였다. 덕분에 가슴의 절반만 가리는 하프컵의 브래지어가 고스란히 노출되었다. 새까만 색의 속옷은 가슴을 모아주어 풍만함을 뽐냈다.

“어머, 열렸네.”

미래는 부끄러운 듯 눈을 깜빡이더니 다시 단추를 똑똑 소리를 내며 채웠다. 그러고는 승운이 손을 뻗기 전, 문을 열었다.

“춤추러 나가자.”

그러고는 쌩하니 밖으로 나가 버렸다. 승운은 그제야 숨을 내쉴 수 있었다. 거칠고, 뜨거운 숨결.

뽀얀 가슴을 본 순간 머릿속이 텅 비어버려서 생각하는 것조차 어려웠지만 한 가지는 확실했다.

“미치겠군.”

그리고 한 가지 더.

“정말 재밌는 여자야.”

감탄이 절로 나왔다. 저런 여자는 정말 처음이었다. 아니, 사실 미래보다 더 섹시하고 더 도발적으로 행동하는 여자를 만난 적도 있었다. 하지만 이렇게나 짜릿한 건 오미래가 처음이었다. 그래서 더 빨리 갖고 싶었다.

그래도…… 오늘은 아니야.

아주 작은 무언가가 미래를 잡아 삼키고픈 승운을 계속 붙들고 있었다. 사실 승운은 그것의 이름을 알고 있었다.

죄책감.

나이를 거짓말했다. 그리고 순간적이지만 미래의 어머니에게 복수심을 느꼈다. 물론, 미래에게 끌리는 마음은 진심이지만.

그냥, 가져 버릴까?

진지한 사이도 아닌데 죄책감을 느낀다는 건 웃겼다. 그냥 적당히 즐기면 되는데…….

그렇게 생각했음에도 승운은 마음 한구석이 불편하게 눌리는 것을 느끼며 문을 열었다. 미래가 1층에 먼저 내려가 있을 거라고 생각하면서. 하지만 아니었다. 미래는 복도 한중간에 장승처럼 우두커니 서 있었다. 옆 룸에서 나온 남자를 멍하니 바라본 채.

마침 음악 소리가 줄어들었다. 여전히 클럽 전체를 울릴 만큼 컸지만 소리 지르지 않고도 대화를 나눌 수 있을 정도가 되었다. 그 틈을 타 입을 연 건 미래를 놀란 눈으로 쳐다보던 남자였다.

"미래니?"

"오랜만이네."

승운은 미래가 한순간 경련하듯 손을 떨다가 주먹을 꼭 쥐는 것을 보았다. 그리고 딱딱하게 굳었던 얼굴에 미소가 떠오르는 것도. 금방이라도 깨질 것처럼 아주 얇은 미소였다.

"잘 있었니?"

남자는 새하얀 얼굴에 반듯한 이목구비를 갖춘 미남이었다. 클럽에 온 사람답지 않게 슈트를 단추까지 채운 데다가 머리카락 한 올 흐트러지지 않아 모범생 같은 분위기를 풍겼다. 짙은 스모키 화장을 하고 도발적인 12㎝짜리 힐을 신은 미래와는 정반대의 색을 보여주는 남자.

"그럼, 잘 있었지. 오빠?"

임플란트
왕자님

미래의 답변에 남자는 눈에 띄게 안도하는 표정을 지었다.

……거슬리는군.

충동과는 달리 승운은 몇 걸음 뒤인 그 자리에 그대로 서 있었다. 그가 참견할 일이 아니니까. 하지만 다리가 욱신거렸다.

"나도 잘 있었어."

"근데, 여기서 뭐 하는 거야? 은행원 냄새 풀풀 풍기면서. 안 어울려."

남자는 멋쩍은 표정을 지었다.

"팀원들이 여기서 회식하자고 우겨서. 넌? 춤추러 온 거니?"

"보면 몰라?"

미래의 톡 쏘는 말에 남자는 반짝이는 미소를 지었다. 순수하게 미래의 미모를 감탄하는 눈빛으로, 욕망 같은 다른 감정은 보이지 않았다.

"응, 그렇구나. 어울려. 아, 잠깐만."

남자는 재킷 주머니에 휴대폰을 꺼내 문자를 확인했다. 곧 남자의 얼굴에 행복의 오오라가 풍겨 나왔다.

"와이프야?"

"응? 응. 복숭아 사오라고 하네. 이 겨울에 그걸 어디서 구하지?"

"아, 임신했다고 했지? 얼마 전에 들었어."

미래는 고개를 살짝 옆으로 기울이며 이어 말했다. 여전히 깨질 것 같은 얇은 미소를 입가에 얹어둔 채.

“축하해.”

“고마워. 아, 저기 말이야, 혹시 혼자 왔니? 팀원 중에 말이야, 진짜 괜찮은 녀석이 있거든. 너처럼 춤도 좋아하고.”

승운은 이제 모습을 드러낼 때라는 것을 알아차렸다. 미래의 가면이 깨지기 직전 성큼 걸어가 등 뒤에 섰다.

“미래에겐 파트너가 있습니다.”

많은 사람들을 무장해제시키는 근사한 미소를 지은 채 승운은 손을 내밀었다.

“박승운이라고 합니다.”

“이광후입니다.”

광후의 손은 부드럽고 매끈거렸다. 힘든 일이라곤 전혀 해보지 않은 사람의 손.

승운은 광후의 슈트가 최고급 중에 최고급품이라는 것을 알아보았다. 그리고 손목에 찬 시계 또한 최소 몇천만 원의 가격을 자랑하는 브랜드임도.

“치과의사시군요.”

승운의 명함을 받아 든 광후는 놀란 기색으로 미래를 쳐다보았다. 이전이었다면 몰랐겠지만 승운은 눈빛의 뜻을 알 수 있었다. 미래의 모친이 치과의사 따위를 받아들이지 않을 건데 어떻게 사귀고 있냐는 의미일 터.

모친이 어떤 성정인지까지 알고 있는 사이라……

“내 파트너, 멋지지?”

미래는 싱긋 웃고는 승운에게 몸을 기댔다. 광후는 눈을 깜빡이더니, 곧 고개를 끄덕였다. 그러더니 대체 무얼 생각한 건지 환한 웃음을 지었다.

"우리 미래, 잘 부탁드려요."

그러니까 진심으로 사랑해서 모친의 반대를 극복하고 만나는 거라고 생각하는 건가?

승운은 쉽게 광후의 생각을 잡아냈다. 어떻게 할지 한순간 궁리하다가 웃음 띤 얼굴 그대로 고개를 끄덕였다.

"언제 식사 같이 하자. 이만 갈게. 박승운 씨, 반가웠습니다."

"그래. 어서 가."

미래는 손을 흔들어주었고, 남자는 다시 반짝인 휴대폰을 보더니 헐레벌떡 사라졌다. 그리고 승운은 미래의 등 뒤에 가만히 서 있었다.

"여기."

미래가 입을 연 건 한참 뒤의 일이었다. 승운에게 등을 보이고 있는 상태 그대로 이어 말했다.

"화장실이 어디에 있는지 알아?"

"앞에 있는 모퉁이에서 오른쪽으로 돌면 돼."

미래가 앞으로 걸음을 옮겼을 때였다. 승운은 충동을 이기지 못하고 미래의 손목을 잡아채 벽으로 밀었다. 한순간에 벽과 승운 사이의 샌드위치가 되어버리자 미래는 놀랄 수밖에 없었다. 더군다나 승운의 얼굴은 천장에 걸려 있는 음습한 느낌의 조명 때문인지 그 어느 때보다 어두웠다.

"왜?"

승운이 아무 말도 하지 않자, 입을 연 건 미래였다.

"조심해."

"뭐라고?"

"화장실, 조심해서 다녀오라고."

승운은 뒤로 물러났다. 그러고는 두 손바닥을 보여준 채 빙 긋, 하고 웃었다. 미래는 한순간 그를 노려보았으나 입을 꾹 다 문 채 화장실로 향했다.

눈앞에서 미래의 모습이 사라진 뒤, 승운은 그제야 참았던 숨 을 몰아쉬며 등을 벽에 기댔다. 벽은 딱딱했다.

"어이가 없군."

질투심을 느끼다니.

승운은 고개를 들며 눈을 감았다. 천장에 매달린 등은 결코 밝지 않았으나, 눈을 감고 있는데도 빛이 희미하게 보였다. 저 절로 미간에 주름이 잡혔다.

짜증나는군.

이광후, 고생이라고는 전혀 모르고 자란 티가 물씬 나는 도련 님의 얼굴이 눈앞에서 어른거렸다. 그래서 승운은 더 불쾌했다.

오미래, 그런 남자가 진심으로 좋았던 거야? 그런 거야?

듣지 않아도 과거는 뻔했다. 미래는 그 도련님을 진심으로 생 각했을 터. 도련님은 미래를 거절했고, 복숭아나 밝히는 그 와

 임플란트
왕자님

이프한테 달려갔겠지. 착해 빠진 만큼 미래의 마음을 거절했다는 사실을 무척이나 미안하게 생각하고 있을 테고.

승운은 교환한 명함을 내려다보았다.

가안은행 PB팀 총괄이사라, 그쪽 세계 인간이로군. 눈빛은 강단이 있어 보였으나 어지간히 눈치없고 못된 놈이었다. 다른 남자를 소개시켜 주려고 하다니…….

"박승운 씨."

승운은 눈을 떴다. 미래가 어느새 돌아와 있었다. 이광후를 만나기 전처럼, 나른하고 자신만만한 미소를 지은 채.

"내려가서 춤추자."

아무 일도 없었던 것처럼 미래는 승운의 팔을 잡아끌었다. 승운 또한 다시 웃음을 띠운 채 함께 내려갔다.

1층은 사람들로 그득했다. 그야말로 발 디딜 틈도 없었지만, 이번에도 승운은 사람들 사이를 잘도 비집고 다녔다. 덕분에 무대 위로 올라갈 수 있었다.

미래는 가장자리에 자리를 잡고 승운 앞에서 몸을 흔들기 시작했다. 음악 소리가 너무 커서 대화를 전혀 나눌 수 없게 됐지만 그렇다고 의사표현을 못하는 건 아니었다. 몸짓을 할 수 있으니까.

미래는 한쪽 입술 끝이 올라가는 미소를 지은 뒤 승운의 어깨에 한 손을 얹었다. 그의 몸에 바싹 다가선 채 낮게 깔리는 리듬에 따라 가슴과 엉덩이를 마음껏 흔들었다. 다른 손으로 모피의 앞부분을 살짝 내려 가슴 계곡을 보여주는 동시에 다섯 손가락 끝으로 승운의 가슴을 문지르다가 긁었다.

승운의 눈동자가 번들거렸다. 그는 미래의 손이 복부로 향하자 손목을 홱 잡아채고는 미래의 뒤로 갔다. 두 팔로 미래의 허리를 잡고는 몸을 붙이듯 바싹 다가섰다.

쿵. 쿵.

귀를 찢는 음악 소리는 계속되고 있었다. 하지만 미래와 승운 모두 서로에게 열중한 채 빨라진 심장박동 소리를 들으며 몸을 부벼 둘만의 열기를 만들어냈다. 타닥타닥 타오른 불꽃은 점차 커졌다. 활활 타오르는 화염이 되어 몸속 깊은 곳을 자극했고, 금방이라도 터질 듯한 폭탄을 만들어냈다.

승운은 미래의 엉덩이에 하체를 꼭 붙였다. 미래는 단단한 무언가의 감촉을 느꼈다. 마음에 들었다. 그리고 갈증이 일었다. 승운을 만난 이래, 수면 아래로 미뤄놓은 갈증이.

미래는 몸을 돌려 승운을 마주 보았다. 표정은 차분했으나 그의 눈동자는 달궈진 욕망으로 번뜩이고 있었다.

미래는 땀 때문에 뺨에 달라붙은 머리카락을 만지며 고갯짓으로 계단을 가리켰다. 승운은 그녀의 허리를 잡아채듯 안고는 다시 2층으로 매끄럽게 안내했다. 미래는 룸으로 들어와 문을 잠근 뒤 바로 승운을 소파로 세게 떠밀었다. 소파에 등을 대고 눕게 된 승운은 일어나려고 했으나 미래가 그의 배 위에 앉아버렸다.

“무거워.”

“뭐라고?”

미래가 기가 차서 되묻자 승운은 다시 말했다.

“무겁다고.”

“내 참.”

미래는 코웃음을 치고는 모피의 앞부분을 한번에 끝까지 내려 버렸다. 승운의 눈동자가 자석에 이끌린 것처럼 가슴에 못박혔다. 그가 손을 뻗자, 미래는 찰싹 쳐버렸다.

“무겁다고?”

“농담이었어. 농담.”

미래가 입에서 불을 뿜으려고 하자 승운은 손바닥을 보여주며 진정하라는 제스처를 취한 뒤 열 손가락을 조물조물 움직였다.

“잘못했습니다. 그러니까 가슴 좀 만지게 해줄래요?”

미래는 심사숙고하는 척했다.

“좋아. 일단 한쪽만 허락해 줄게.”

“감사합니다, 오미래 씨.”

승운은 이가 드러나는 큰 웃음을 지었다. 세상이 환해지는 것 같아 미래가 저도 모르게 눈을 깜빡일 때, 승운은 왼손을 브래지어 안으로 집어넣어 가슴을 튀어나오게 했다. 그러고는 다섯 손가락으로 한번에 가볍게 쥐었다.

몰아닥친 짧은 쾌감은 승운이 두 손가락으로 볼록 솟아난 유

두를 만지작거리자 길게 바뀌었다. 왠지 지는 것 같아서 미래는
신음을 내뱉지 않으려고 애썼으나 승운이 너무 능숙하게 가슴
을 애무하자 어쩔 수가 없었다.

"오미래 씨, 오른쪽도 만져도 되나요?"

승운은 순진무구한 아이 같은 어투로 질문했다.

"뭐, 좋아."

"음. 갑자기 만지기 싫네요."

승운의 눈빛이 거대한 욕망으로 번들거렸다.

"대신, 먹고 싶군요."

승운은 미래의 오른쪽 가슴을 브래지어 밖으로 꺼내고는 두
손으로 그녀의 어깨를 잡아 밑으로 휙 끌어당겼다. 미래의 가슴
이 정확히 그의 입으로 내려왔다. 승운은 맛있는 것을 대하듯
입안 가득 삼키고는 세차게 빨았다.

따끔한 통증은 저릿저릿한 번개가 되어 온몸을 때렸다. 미래
는 머리끝부터 발끝까지 오가는 쾌감에 저도 모르게 비명 같은
신음을 내질렀다.

"으흠."

가슴이 빨개질 만큼 깨물고 핥은 뒤, 승운은 입맛을 다시며
미래를 놔주었다. 그는 눈가에 살짝 주름을 만드는 매력적인 미
소를 지으며 결론을 말했다.

"맛있어. 그리고."

그의 배 위에 앉아 모피 사이로 두 가슴을 드러내고 있는 오

미래는 지독히도 색스러웠다.

"정말 섹시해."

세상에서 가장 섹시한 여자. 가장 먹어 치우고픈 여자. 머리 끝부터 발끝까지, 머리카락 한 올 한 올까지 전부 다 집어삼키고 싶었다.

"뜸이 다 들었다는 말이야?"

미래는 가쁘게 숨을 몰아쉬며 몸을 숙였다. 승운이 남긴 흔적 때문에 가슴이 묵직했다. 그녀는 가슴을 승운에게 내리누른 채 그의 입술 1㎝ 앞에서 멈추었다.

"이제, 다 먹어줄 거야?"

미래가 내뿜는 숨결이 입술 위로 내려앉았다. 승운은 고개를 들어 저 붉은 입술을 잡아채고픈 마음을 내리눌렀다.

"먹고 싶어. 그런데."

승운은 손을 들어 미래의 머리칼 끝을 매만졌다. 평소에는 직모로 찰랑였지만, 지금은 풍성한 곡선을 보여주며 끝이 말려 있었다. 평소와는 다른 모습.

"오늘은 아니야. 오늘은."

미래는 그의 목소리가 딱딱하다는 것을 깨달았다. 언제 흥분했냐는 듯 눈동자 또한 평소처럼 속을 알 수 없게 조용할 뿐이었다.

잠시 얼어붙었던 미래는 그의 위에서 내려와 등을 돌리고는 옷매무새를 가다듬었다. 미래의 등을 보며 승운은 소파에 일어나 앉았다.

“오미래 씨, 남자는 말이야.”

소파는 푹신했다. 하지만 불편했다. 그 작은 죄책감 때문이 아니었다.

“오늘 같은 날은 아니라고 생각해.”

“이해가 안 가네.”

미래는 빙글 하고 몸을 돌려 승운을 바라보았다. 도발적인 스모키 화장은 그대로였으나 모피는 모든 단추가 채워져 있었다.

지금이라도 손을 뻗으면 옷 같은 건 다 벗길 수 있을 터. 하지만 승운은 그렇게 하지 않기로 결정했다.

“박승운 씨가 이광후를 신경 쓸 이유는 없을 텐데? 설마, 나한테 감정을 느끼는 거야?”

“그럼, 느끼지.”

승운은 다시 눈가에 주름이 잡히는 매력적인 미소를 지었다.

“내 여자인데.”

“뭐라고?”

승운은 자리에서 일어나 미래의 앞으로 다가갔다. 미래는 키가 큰 편이고, 현재 12㎝짜리 스틸레토를 신은 덕분에 눈높이는 크게 차이가 나지 않았다. 그래도 승운이 그녀를 내려다보는 건 마찬가지였지만.

"아무리 가벼운 연애라고 해도 끝이 나기 전까지, 넌 내 거야."

지독히도 마초적인 말이었다. 거부감이 일 만큼 소유욕으로 가득한 표현.

다른 남자였다면 비웃음을 날리고는 뒤도 돌아보지 않고 떠났으리라. FUTURE KOREA의 사장인 그녀는 누군가의 것이 될 수 없으니까. 하지만 이상하게도 승운의 말은 위화감이 없었다. 스펀지에 스며드는 물처럼 그녀의 심장 속으로 빨려 들어올 뿐.

"다른 남자, 생각하면서 나한테 안기지 마. 그런 건 예의가 아니잖아?"

"생각한 적 없어."

미래는 눈을 질끈 감았다 떴다.

"춤출 때부터는."

"정말?"

"정말."

승운은 눈을 가늘게 뜨고 미래의 얼굴을 관찰하더니, 돌연 몸을 틀어 테이블 위에 있는 호출벨을 눌렀다.

"오늘은, 술이나 마시자."

승운은 소파에 앉았다. 미래는 그를 노려보았으나 곧 시선을 거두고 고개를 끄덕일 수밖에 없었다. 춤을 추기 전까지였지만 다른 남자를 생각한 건 그녀였으니까.

하여간 눈치 하나는.

"뭐 마실래?"

"네가 못 마시는 술."

미래가 쏘듯이 말하자 승운은 웃어버렸다.

"난 못 마시는 술이 없는데?"

"하여간 얄미워."

곧 직원이 주문을 받으러 왔다. 미래는 바카디151을 병째로 선택했다. 직원은 놀란 표정을 지었으나 곧 모둠안주와 바카디를 내왔다.

"박승운 씨, 오늘은 빼지 말고 다 마셔."

"좋아."

승운은 죽 마시고 잔을 내려놓았다. 미래는 기대했지만, 75.7도의 알코올을 삼켰음에도 그의 표정은 생각만큼 변하지 않았다.

"아, 재미없어."

나보다 못하는 게 없네.

미래는 짜증을 내며 잔을 채웠다.

"난 재밌는걸. 그러니까 말해봐."

"뭘?"

질문을 예상했으나, 미래는 삐딱하게 되물었다.

"누구야? 단순히 전 애인 같지는 않은데."

"말하기 싫은데."

“말해주면, 나중에 키스해 줄게.”

“겨우?”

“겨우가 아닌걸? 좀 특별한 위치에 해줄게.”

“어디 말이야?”

승운의 눈이 아래로 향했다. 미래는 그의 시선이 내려가는 곳을 확인했다. 어깨, 가슴, 배, 그리고……

승운의 눈이 멈추자, 미래는 입에 머금은 술을 내뿜을 뻔했다. 승운은 그녀의 표정이 재밌는지 크게 웃었다.

“말해줄 거지?”

“전 약혼자.”

승운의 입가에 걸린 미소가 한순간 굳어버렸다. 미래는 쾌감을 느꼈다. 그리고 혼란스러워졌다.

이 남자, 설마 나한테……

“좀 우유부단해 보이지? 나도 그런 줄 알았는데, 아니야. 그리고 사랑하는 여자를 위해서는 정말 행동력있더라. 나랑은…… 집안끼리 정해진 약혼이었어. 하지만 난 진심이었어.”

완전히 다른 남자. 무남독녀 외동딸로 자란 데다가 혼자 잘난 맛에 살아온 미래와는 달리, 저명한 은행가를 아버지로 둔 이광후는 위로 두 명의 형이 있는 막내라 그런지 언제나 조심스러운 태도를 고수하는 소심한 남자였다. 또한 연약하게 느껴질 만큼 부드러운 미소만 보여줬는데, 처음에 미래는 광후를 무시했다. 크게 될 남자라면서 광후와의 약혼을 추진한 아버지가 잘못 판단한 거라고 생각하면서. 하지만 잘못 생각한 건 그녀였다.

광후는 포기를 모르는 남자였다. 그리고 아주 똑똑했고, 판단력 또한 뛰어났다. 가안은행의 후계자로 낙점 지어진 건 위의 두 형들이 아니라 바로 광후로, 미래는 곧 사랑에 빠지게 되었다. 그리고 감정을 자각하자마자 모든 것을 다해서 사랑했다. 회사조차 뒷일로 미룬 채 이광후라는 남자 하나만 바라보았다. 하지만 광후가 사랑에 빠진 건 다른 여자였다.

가안은행의 후계자는 FUTURE KOREA라는 든든한 배경과 학벌, 재력을 가진 오미래가 아니라 천애 고아이자 가난하며 보잘것없는 여자에게 진심을 주었다. 그리고 집안 어른들의 불같은 분노를 이겨내고 결국 결혼에 성공했다. 물론 그전에 미래에게 진심으로 사과했지만, 미래가 파혼을 당했다는 사실은 달라지지 않았다.

"광후 오빠에 대한 마음은 끝났어. 하지만 소식을 듣게 되거나 오빠를 이렇게 우연히 만나게 되면…… 충격을 받아. 증거를 보는 것 같아서. 내 실패의 증거를."

"실패?"

승운은 미래의 잔을 채워주며 고개를 저었다.

"너에게 맞지 않는 남자였을 뿐이야. 그런 건 실패가 아니야."

"결과가 안 좋았으니까 난 실패라고 생각해. 더군다나 회사 일도 등한시했거든."

승운은 미래가 두 주먹을 불끈 쥐는 것을 보았다.

"그래서 날 더 용납할 수가 없어. 내겐, 아빠가 남기고 간 회사를 더 발전시켜야 할 의무가 있어. 그런데 그것마저 제대로 못했으니까 나 자신을 용서할 수가 없더라."

"그래서 더 열심히 일하는 거구나."

"재밌기도 하고."

미래의 얼굴에 진짜 미소가 돌아온 건 바로 그때였다.

"결산 보고서를 받을 때마다 세상에서 가장 흥분돼."

"가장? 이거 자존심에 금이 가는데."

미래는 승운을 흘겨보았다.

"네가 그만둬 놓고 그런 말이 나와?"

"우리 미래가 삐쳤구나? 다음엔 정말로 찐하게 안아줄게."

승운은 손으로 가슴을 툭툭 치며 호탕하게 말했다. 미래는 웃어버렸고, 어느새 공기 중에 희미하게 남아 있던 긴장이 녹아내렸음을 알아차렸다.

"근데 이거 좀 불공평한데. 왜 내 과거만 이야기하지?"

"난 과거랄 게 없거든."

승운은 어깨를 으쓱이며 잔을 입으로 가져갔다.

"그럼 동정남이란 말이야?"

승운은 입가에 머금은 술을 뿜고야 말았다. 미래는 배를 잡고 깔깔 웃었다. 승운은 흘린 술을 닦으며 미래를 흘겨보았다.

"방금 그 표정 너무 웃겨. 아, 눈물 나오네."

"마음껏 웃어. 웃는 모습 보기 좋네."

"지금 이 악물면서 말하는 거야?"

승운은 얼른 이를 벌리고 빙긋 웃었지만 미래에게 들킨 뒤였다. 미래는 다시 깔깔거렸다. 승운은 그녀를 노려보고는 말없이 바카디를 기울였다.

"식도 확인만 계속할 거야?"

미래는 발딱 일어난 뒤 모피를 벗어서 옆에 두었다. 승운에게 찰싹 달라붙어 어깨를 안은 뒤 의도적으로 가슴을 그의 팔에 비볐다. 승운은 멍하니 되물었다.

"식도 확인?"

"마시면 바카디가 식도를 타고 흐르는 게 그대로 느껴지잖아. 그래서 식도 확인한다고 말하는데, 몰랐구나?"

"몰랐어. 그나저나 다음번이라고 말했는데."

"응. 다음번. 하지만 내가 말했잖아? 괴롭히겠다고."

미래는 싱긋 웃고는 바카디에 젖어 있는 그의 아랫입술을 손으로 만졌다. 그다음으로 혀로 천천히 핥자 승운이 온몸을 뻣뻣하게 굳히는 것을 느낄 수 있었다. 미래는 까르르 웃고는 집에 갈 때까지 계속 그런 식으로 그를 괴롭혔다.

"아후."

차에서 내릴 때, 대리운전사의 눈을 피해 미래가 허벅지 안쪽

 임플란트
왕자님

을 매만지자 승운은 저도 모르게 한숨을 푹 내쉬었다.

"네?"

"아닙니다."

대리운전사가 놀라서 묻자 승운은 고개를 저었다.

"저기에 세워주세요."

집으로 들어가자마자 승운은 샤워실로 직행해서 내내 억누른 것을 해치웠다.

정말이지, 대단한 여자였다. 그래서 더 마음에 들었고. 하지만…….

승운은 김이 서린 거울을 손바닥으로 슥슥 문질렀다. 얼굴이 보였다. 곤란한 감정에 빠져 있는 남자의 얼굴.

큰형의 부탁이었다. 가벼운 연애는 그만두고, 가정을 꾸리라고. 하지만 미래를 포기할 순 없었다. 얌전한 얼굴로 터프하게 주먹을 내뻗던 어린 시절의 공주님은 세상에서 가장 섹시하고 도발적인 여자가 되었다. 그리고…….

승운은 저도 모르게 주먹을 꾹 쥐고 말았다.

진심이, 간다.

미래가 한때마나 누군가를 마음 깊은 곳에 품은 적이 있다는 사실이 격렬하게 화났다. 그 도련님의 얼굴에 주먹을 꽂아주고 팠을 만큼. 그리고 다시는 다른 남자를 바라보지 못하게 만들고 싶을 만큼.

그 질 낮은 여자의 딸을 진심으로 생각하게 되다니.

"어이가 없군."

미래도 내 감정을 알아차렸을까?

아무래도 나한테 마음이 생긴 것 같은데.

집으로 돌아간 뒤, 미래는 꼼꼼한 손길로 화장을 지웠다. 하루의 일과를 다 끝낸 것 같아 화장을 지울 때면 뿌듯한 느낌이 들곤 했으나 오늘은 달랐다. 뭔가 모르게 미진한 느낌이었다. 흥미로운 경영학 책을 읽다 중단한 것 같다고나 할까?

승운을 잡아먹지 못했기 때문이리라. 그리고 그의 감정을 다 캐치하지 못했기 때문도 있을 터.

분명한 건, 승운이 질투했다는 사실이었다. 독점욕과 소유욕 또한 내보였다. 물론 한계를 그어놓고 시작한 연애라고 해도 어느 정도 감정을 품는 건 당연했지만, 승운의 눈빛은 선을 넘은 것 같았다. 더 단수 높은 선수라서 그런 척하는 건지도 모르지만…….

만약, 나한테 진심이 생긴 거라면?

미래는 기다렸다. 거부감이 솟아나기를. 하지만 화장을 다 지우고 샤워를 마친 뒤 침대에 풀썩 누울 때까지도 그런 느낌은 1g도 들지 않았다.

나도…… 끌리는 건가?

불을 껐기에 방 안은 어두웠다. 하지만 두꺼운 커튼 사이로 도시 특유의 조명이 한줄기 흘러들어 오고 있었다. 미래는 흐릿한 빛을 바라보다가 잠에 빠져들었다. 꿈속에서 얼굴을 알지 못하는 소년이 외치고 있었다.

'넌 날 어떻게 생각하니?'

"어이가 없네."

정말이지, 당혹스럽다 못해 황당했다.

미래는 벽시계를 보았다. 그리고 거실로 달려가 텔레비전을 켜서 확인했다. 하지만 가리키는 시간은 같았다.

8시 9분.

"사장님, 어디 편찮으십니까?"

평소 시계추처럼 정확하게 7시 30분이면 건물 아래층에 나타나는 상사가 모습을 드러내지 않은 데다가 전화도 받지 않자 아파트 안으로 걸음한 김 비서의 얼굴에는 걱정하는 기색이 역력했다.

"아니에요. 괜찮아요."

엊그저께 클럽에 다녀온 뒤 어제 일요일은 항상 그래 왔듯이 집에서 경영책과 경제 잡지를 읽으면서 푹 쉬었다. 그런데 갑자기 왜 이러지? 아니, 머리가 좀 아프긴 했다. 하지만 두통약을 먹으니까 나아졌었는데.

미래는 서둘러 씻고는 출근했다. 사장 자리에 올라선 뒤 단 한 번도 늦잠을 잔 적이 없었는데 이런 일을 겪으니 머리가 멍했다. 윤 비서가 간단한 아침식사용으로 샌드위치와 생과일 주스를 내왔지만 맛이 하나도 느껴지지 않았다. 그래도 일을 하기 위해 억지로 먹었다. 하지만 시간이 갈수록 머리에 낀 안개는 더욱 짙어졌다.

"사장님?"

미래는 퍼뜩 고개를 들었다. 박 전무가 앞에서 의아한 표정을 짓고 있었다. 미래는 한숨을 삼켰다.

"미안해요. 다시 말해줄래요?"

"네. 해운대 지점의 매출상승은―"

두통이 격심해졌다. 미래는 박 전무가 나가자마자 소파에 몸을 깊게 묻었지만 밀려오는 건 온몸을 뻐근하게 만드는 피로감뿐이었다.

"김 비서, 나머지 스케줄이 어떻게 되죠?"

"두 시간 뒤 자운그룹의 사장님과 저녁 약속 말고는 중요한 건 없습니다. 잠시, 쉬셔도 됩니다."

“근무시간에…… 내 참.”

미래는 투덜거렸지만 저항할 수가 없었다. 눈을 감았는데, 미래는 조심스럽게 깨우는 손길에 일어났다.

“내가 잤나요?”

“네. 한 시간 주무셨습니다.”

그런데 왜 잔 것 같지가 않지? 눈만 감았다가 뜬 것 같았다.

휴식 아닌 휴식을 취했는데도 여전히 몸은 무거웠고 더 피곤했다. 미래는 축 늘어지는 사지를 다잡아 간신히 스케줄을 수행했다. 자운그룹의 사장과 식사를 마친 뒤 집으로 가서 바로 침대에 엎어졌다.

다음날도 마찬가지였다. 미래는 아파트 안으로 온 김 비서가 깨우자 간신히 눈을 떴다.

“내가 또 늦잠을— 아, 목소리가 왜 이러지?”

깊게 잠겨 있는 데다가 바싹 갈라져 있었다. 침을 넘기는 것조차 힘이 들자 미래는 얼굴을 찡그리며 기침을 했다. 사지에 추가 달린 듯 온몸이 무거워 제대로 일어날 수도 없었지만 김 비서의 만류를 누르고 기어코 출근했다. 문제가 일어난 건 사장실에 도착한 뒤였다. 딱 안으로 한 걸음 디뎠을 때, 미래는 결국 쓰러질 듯 주저앉을 수밖에 없었다.

“사장님!”

경악한 비서진들이 소리 지르는 것도 잘 들리지 않았다. 미래는 덩치 좋은 유 비서에게 안기다시피 기대어 병원으로 옮겨

 임플란트
왕자님

졌다.

"신종플루 같네요."

"네?"

어렸을 때부터 미래를 돌봐준 60대의 지긋한 주치의는 진찰한 뒤 혀를 끌끌 찼다.

"열도 좀 높고 근육통에 기침, 인후통이 증상이네요. 신종플루 같으니 간이검사를 하죠. 신종플루가 아니라고 해도 몸살 기운이 심하니까 일단 입원부터 하고요."

미래는 입을 딱 벌린 채 어버버거렸다. 입원한 뒤 멍하니 침대에 누웠는데, 당황해서 그런지 잠도 오지 않았다.

"신종플루가 맞는 것 같아요."

얼마 뒤 주치의가 다시 왔다.

"확진검사는 이틀 뒤에 나오지만 간이검사 결과는 A형 인플루엔자에 양성이에요. 주변에 신종플루 환자가 있었어요?"

"아뇨, 음. 토요일 날 사람 많은 곳에 다녀왔거든요. 그래서 그런가……."

문득, 승운이 떠올랐다. 괜찮을까?

"이번 주는 푹 쉬어요. 작년 건강검진 결과를 보면 스트레스 지수가 상당하던데 이번 기회에 긴장을 풀면서 편하게 지내는 게 좋을 것 같네요."

"네……."

미래는 한숨을 내쉬듯 답했다. 주치의는 슬쩍 눈치를 살피더니 조심스럽게 물었다.

"회장님, 한국에 계세요?"

이탈리아로 명품 쇼핑하러 가셨죠.

미래는 입을 꾹 다물고 고개를 저었다.

"그럼 병원에 계속 있어요. 일하는지 안 하는지 감시해야 하니까."

주치의의 농담에 미래의 입가에 살풋 미소가 떠올랐다. 미래는 김 비서를 불러 지시를 내렸다.

"비서진들이나 내가 어제 접촉했던 사람들에게 연락해서 신종플루 검사 받아보라고 하세요. 검사비나 치료비 모두 내가 부담할 거예요. 확진 결과 나오면 유급휴가 처리될 거고요. 비서진 중에 백신 맞은 사람에게 말해서 노트북에 자료 채워서 가져오라고 해요."

"안 됩니다."

김 비서는 힘차게 고개를 가로저었다. 아침에 미래가 쓰러진 이후로 그의 얼굴은 하얗게 질려 있었다.

"다 나으실 때까지 일은 금지입니다. 주치의분 말씀을 따르셔야죠."

"하지만—"

"안 됩니다. 대표이사 자리에 오른 뒤 한 번도 쉰 적이 없지 않습니까? 이번 기회에 푹 쉬십시오."

　김 비서는 단호하게 선언하고는 간병인을 붙여준 뒤 문을 꼭 닫았다. 미래는 한숨을 쉬고는 일단 눈을 감았다. 저녁 때 잠깐 깨어났는데, 김 비서와 간병인이 식사하라고 들들 볶자 맛없는 병원식을 먹은 뒤에야 다시 잠 속으로 빠져들 수 있었다. 미래가 승운을 떠올린 건 다음날 정오였다.

　김 비서는 노크도 없이 문을 열어 일하고 있지 않은지 매의 눈으로 살펴본 뒤 하루 동안 있었던 일을 보고했다.

　"휴대폰으로 임정희 구단주님과 박승운 씨께 연락이 왔었습니다. 임 구단주님은 현재 미국에 계신다는데, 내일 입국해서 병문안을 오시겠다고 하셨습니다."

　"그렇게까지 할 필요는 없는데……."

　"저도 그렇게 말씀드렸지만 꼭 오겠다고 하셨습니다."

　마음이 뜨거워지자 뺨도 발개졌다. 미래는 손으로 뺨을 문지르며 물었다.

　"박승운 씨는 뭐라고 했어요?"

　김 비서는 잠시 머뭇거렸다.

　"또 출장 갔니? 괴롭힘 나라의 공주님."

　미래는 눈을 깜빡거렸다. 김 비서는 바닥을 쳐다보더니 흠흠거리며 목기침을 했다.

　"이라는 내용의 문자를 보내셨더군요."

　"에, 휴대폰 줘요."

　"안 됩니다. 그리고 어차피 병원에서 휴대폰은 못 씁니다."

“그럼 박승운 씨한테 전화해서 신종플루 검사 받아보라고 하세요. 번호가 뭐였는지 기억이…… 아.”

떠올랐다. 미래는 알아서 연락하겠다고 말한 뒤 일하지 말고 푹 쉬라고 거듭 당부하는 김 비서를 내보냈다.

[안녕.]

병실 안에 있는 전화기를 사용해서 전화를 걸자, 승운은 곧 받았다. 특유의 짙은 목소리에 미래는 심장이 콩닥거렸다.

“안녕. 출장이 아니라 신종플루야.”

[그래서 목소리가 그렇구나. 괜찮아? 영 안 좋게 들려.]

수화기를 통해서였으나 승운이 얼마나 걱정하는지 충분히 알 수 있었다.

“병원에 갇혀서 먹고 자기만 하니까 괜찮아진 것 같아. 넌 어때? 아무래도 토요일 날 클럽에 갔다가 걸린 것 같아.”

[난 3개월쯤 전에 약하게 걸렸다가 나았어.]

역시 이 남자는 뭐든 간에 나보다 낫군.

[내가 괜히 그 클럽에 데리고 갔네. 미안.]

통화였으나 미래는 손을 내저었다.

“네 잘못 아니야. 운이 나빴던 것뿐인걸. 이젠 거의 다 나았고.”

[흐음, 그래도 이거 책임감 생기는데…….]

책임감?

승운은 가볍게 말했으나 미래는 심장이 덜컥거렸다. 뺨이 달아오르자 승운이 보고 있는 게 아님에도 손으로 가렸다.

[문병 가능하지? 뭐 특별히 먹고 싶은 거 있어?]

"아무거나 맛있는 거. 병원식 진짜 맛없어. 김 비서가 다 먹어야 된다고 옆에서 협박해서 어쩔 수 없이 먹고 있긴 한데, 영 아니야."

[협박?]

"응. 조금이라도 남기면 하루 더 입원시키겠대. 누가 상사인지 모르겠다니까."

승운이 쿡쿡 웃는 소리가 들렸다.

이 남자는 왜 저런 소리도 섹시하지? 젠장. 난 아픈데도 왜 반응하는 거야?

[끝나고 문병 갈게.]

"오늘 말고 모레 올래? 그때가 되어야 몰골이 좀 괜찮아질 거 같아서."

[그래. 아, 이만 끊어야겠어.]

미래는 예약한 환자가 도착했다는 말을 배경으로 들을 수 있었다. 수화기를 내려놓는 게 무척이나 아쉬웠다.

내가 아파서…… 약해진 걸까? 겨우 문병 온다는 말 한마디에 이렇게 감동하다니.

그녀를 생각해 주는 정희 언니의 마음도 그랬지만, 진심으로 걱정하는 승운의 말이 머릿속에서 메아리치며 심장을 욱신거리게 했다.

"큰형수."

오늘따라 예약 환자가 꼬인 덕분에 병원 문을 닫을 때까지 눈코 뜰 새가 없을 정도로 바빴지만, 승운은 다행히 두 통의 전화를 할 수 있었다. 미래와 큰형수.

"부탁 하나 해도 돼요?"

[말씀하세요.]

"친구가 감기에 걸려서 입맛이 없다는데 모레 저녁에 먹게 도시락 하나 근사하게 싸줄 수 있어요?"

[물론 돼요. 그런데 혹시 친구가 여자?]

승운은 눈을 굴리다가 사실대로 말했다.

"네."

[그리고 큰형님한테는 비밀이고?]

역시 큰형수는 눈치가 빨라. 아니, 내가 안 하던 부탁을 해서 그런 걸까?

[마침 큰형님이 내일 모레엔 자리를 비울 거예요. 출발하실 때 전화주세요.]

승운은 감사의 인사를 한 뒤 끊었다. 그리고 모레 밤 8시쯤, 식당에 도착했다.

"고마워요, 큰형수."

"또 부탁할 거 있으면 언제든 해요. 큰형님한테는 비밀로 해줄게요."

큰형수는 보조개가 보이는 상큼한 미소를 보여주며 검지를 입술 앞에 댔다. 승운은 쌍둥이 동생들과 같은 나이의 귀여운 큰형수의 머리칼을 슥슥 쓰다듬어 주고픈 충동을 간신히 참았다. 대신 씩 웃고는 상당한 부피를 자랑하는 종이봉투를 들고 차에 탔다.

미래의 병실은 가장 높은 곳인 12층에 있었다. VIP용이었는데 병실은 예상대로 매우 넓었다. 30평은 됨직한 공간은 냉장고와 식탁, 커다란 평면 텔레비전과 DVD 플레이어, 생화가 장식되어 있는 테이블과 소파, 벽에 걸려 있는 예술적인 그림 등으로 가득 차 있었다. 고급 호텔 같은 느낌으로 침대 또한 일반 병원의 것 같지 않았다.

사치스러운 장소에 약간 거부감이 일어났으나 동시에 안도감이 들기도 했다. 환자가, 미래가 편안하게 쉴 수 있을 테니까.

"어서 와."

침대에서 비스듬히 일어나 앉은 미래의 얼굴은 파리했다. 얼굴에 간단하게 뭔가를 바른 모양이지만 눈 밑은 어두웠고 입술은 바싹 말라붙어 있었다. 가느다란 목은 물론 손목 아래로 보이는 손은 평소에 비해 더욱 얇고 연약하게 보일 뿐이었다.

"괜찮아?"

승운은 머릿속의 모든 것을 망각한 채 성큼 침대로 다가갔다. 바로 앞에서 보는 미래는 더욱 아파 보였다. 승운은 심장이 쿵 하고 내려앉는 느낌이었다.

“괜찮아. 이제 몸살 증세는 다 가라앉았어.”

“진짜야?”

“진짜야. 이젠 두통도 없고 열도 없어. 목도 괜찮고. 어제부터 계속 잤는데 너무 자서 그런지 더 정신이 없네.”

마지막 말은 사실이 아니었다. 노크 소리가 들리는 순간 정신이 크리스털처럼 투명해졌다.

“와줘서 고마워.”

미래는 바닥을 바라보며 흘러내리는 머리칼을 귀 뒤로 넘겼다. 수줍은 소녀나 할 만한 행동이라는 것을 퍼뜩 깨닫고 고개를 들어 승운을 바라보았다. 그의 얼굴은 진한 걱정으로 그득할 뿐이었다.

“클럽에 데려가지 말았어야 했는데. 정말 미안해.”

“가자고 한 건 나잖아. 그렇게 생각할 필요 없어. 더군다나…….”

미래는 김 비서의 말을 입에 올렸다.

“대표이사가 된 뒤로 한 번도 제대로 쉬어본 적이 없거든. 과부하된 상태였어. 그래서 건강한데도 걸린 것 같아. 경고를 받은 것 같기도 하고. 앞으로는 제대로 휴식을 취하면서 살라고 말이야.”

승운은 대답없이 미래의 손을 잡았다. 보드라운 감촉은 사라졌고, 그저 거칠 뿐이었다. 승운은 진심으로 마음이 아팠다.

“미래야.”

승운은 낮은 목소리로 입을 열었다. 미래는 그와 시선을 마주했다. 파도처럼 일렁이는 승운의 눈동자는 처음으로 방어막 없이 진짜 감정을 고스란히 보여주고 있었다. 미안함, 걱정, 염려…… 그리고…….

노크 소리.

"사장님."

김 비서가 문을 열고 들어오자 미래는 화들짝 놀라 승운의 팔을 뿌리쳤다. 승운은 그 반응에 더 놀라 눈을 댕그랗게 뜬 채 움찔거렸다.

"아, 손님이 계셨군요."

김 비서는 승운을 발견했고, 곧 그와 미래 모두 표정이 색다르다는 것을 알아차렸다. 김 비서는 눈썹을 꿈틀거리다가 실례했다는 말을 남긴 채 도로 나가 버렸다.

"어……."

미래는 입을 열었다가 닫았다. 그러고는 고개를 홱 돌려 승운이 들고 온 종이봉투를 가리켰다.

"뭐 사왔어?"

목소리가 떨렸다. 마치, 짝사랑하는 소년을 눈앞에 둔 소녀처럼.

"맛있는 거지?"

"맞아."

미래는 보이지 않게 떨리는 손으로 종이봉투를 열었다. 3층짜리 찬합이었다. 첫 번째 칸에는 갓 지은 듯한 따끈따끈한 잡곡밥이, 두 번째 칸에는 여러 김치와 다섯 종류의 맛깔스러운 나물이 있었다. 세 번째 칸에는 두툼한 떡갈비와 통통한 굴비가 보기 좋게 자리를 차지하고 있었다.

"와, 끝내준다."

눈을 빛내던 미래는 두 개의 보온병을 발견했다. 하나에는 따끈따끈한 맑은 장국이, 다른 하나에는 식후에 먹으라는 뜻인지 식혜가 들어 있었다.

"같이 먹자."

미래는 예쁜 은수저를 내밀었다. 양은 아주 넉넉해서 둘이서 먹어도 남을 것 같았다. 승운은 고개를 끄덕였고 식탁으로 가서 함께 먹었다.

"정말 맛있어. 어디서 사온 거야? 설마, 직접 만든 건 아니지?"

열심히 먹은 덕분에 깨끗하게 다 해치울 수 있었다. 미래는 배가 너무 빵빵해서 터질 것 같았다.

"아는 사람이 한식당을 운영하거든. 부탁한 거야."

승운은 큰형수가 직접 만들어준 거라는 말은 하지 않았다. 가족을 거론할 만큼 깊은 사이가 아니니까. 아니, 큰형수에게 부탁을 했다는 점에서 이미 연관된 건가?

"정말 고마워."

미래는 진심으로 감사를 표했다. 미래의 얼굴에서 빛이 나는

 임플란트 왕자님

것 같자 순간 승운은 눈이 부셔 손으로 눈을 비빌 수밖에 없었
다.

"왜 그래?"

"눈에 뭐가 들어가서."

어이가 없군.

승운은 다시 미래를 보았다. 이전과 다를 건 없었다. 하지만
분명 아까 찬란한 빛을 보았다.

나, 설마 정말로 미래에게……?

"감동했어. 이 은혜를 어떻게 갚지?"

"아직 하나 더 남았어."

승운은 씩 웃고는 종이봉투 제일 밑에 놔뒀던 것을 꺼냈다.
미래는 작은 상자를 보자마자 알아차렸다.

"설마?"

"설마가 맞아. 짜잔."

승운은 상자를 열어 안에 있는 것을 꺼냈다.

하얀색의 네모난 자기는 중간 부분이 밑으로 파여 있었는데,
그곳에 음식이 담겨 있었다. 표면은 캐러멜이 굳어 갈색의 껍질
을 형성했고 앙증맞은 산딸기 한 알이 포인트로 장식되어 있었
다. 껍질 밑으로는 아주 보드라운 노란색의 음식이 들어 있었는
데, 바로 그 부분이 미래가 가장 좋아하는 달콤함을 자랑했다.

프랑스 디저트, 크림 브륄레.

"먹고 싶어할 것 같아서 사왔어."

승운이 빙긋 웃으며 과자점에서 받아온 플라스틱 미니숟가락을 미래의 손에 쥐어줄 때였다. 노크 소리가 나더니 간호사가 들어왔다.

"면회 시간이 끝났습니다."

"그래요? 미래야, 내일 또 올게. 푹 쉬고 있어."

승운은 약속한 뒤 빈 찬합을 들고 간호사를 따라 자리를 떴다. 미래는 방긋 웃으며 손을 흔들었지만 문이 닫히자마자 손은 밑으로 뚝 떨어졌다. 온몸에서 힘이 빠져나갔다. 미래는 침대에 털썩 드러누운 뒤 눈을 꼭 감았다.

한참 뒤 눈을 떴고, 목마른 사람이 물을 찾듯 미래는 식탁 위에서 반짝이는 크림 브륄레를 다시 보았다. 먹고 싶었다. 하지만 승운이 사다 준 것이었다. 아픈 그녀를 위해 가져온 것.

그냥 먹어버리기엔 너무도 아까웠다.

물론 또 사오면 되는 일이었다. 이제까지 그래 왔으니까. 하지만 지금 이 순간, 미래는 그러고 싶지 않았다. 승운의 배려가 담겨 있는 음식을 그렇게 취급하고 싶지 않았다. 그리고 박승운이라는 남자 자체도.

간직하고 싶다. 나 혼자서만, 바라보고 싶다.

"바보……."

미래는 신종플루의 열이 아니라 감정의 열 때문에 후끈후끈 달아오른 얼굴을 가리며 스스로에게 소리쳤다.

"오미래, 이 바보야!"

"마취가 풀리기 전까지는 얼얼할 거예요. 오른 어금니 쪽으로 씹으면 안 되고요. 당분간 왼쪽으로만 씹으세요."

보통 치위생사에게 설명을 맡기지만 다음 예약 환자가 아직 오지 않아 시간이 남자 승운은 직접 말하며 특유의 영업용 미소를 지어주었다. 환자는 20대 후반의 여자였는데, 볼을 발갛게 붉히더니 눈을 내렸다. 그러나 승운의 왼쪽 손에 닿은 눈동자는 곧 실망으로 흐려졌다.

역시, 유용하네.

환자가 돌아간 뒤 승운은 왼쪽 약지에 낀 금색의 얇은 반지를 매만졌다. 여자들이 그에게 눈길을 주는 건 익숙한 일이었다. 대형병원에서 페이닥터로 일할 때, 연락처를 날리거나 은근한 스킨십을 시도해 오는 여자들은 수도 없이 많았다. 일에 방해가 될 정도였는데 그래서 승운은 개원할 때 반지를 끼기로 결정했다.

동네 병원의 의사가 미남이면 환자 겸 손님은 들끓기 마련이지만 그 의사가 바람둥이로 소문날 경우 사람들의 발길이 끊기는 건 한순간이었다. 그래서 승운은 개원할 때부터 반지를 낀 손을 보여주는 것으로 추파를 차단했고, 은근하게 눈빛을 흘리는 여자들에겐 선을 확실하게 그었다. 물론 영업용 미소는 지어주긴 했지만.

반지 덕분에 확실히 지분거림은 거의 없어졌다. 하지만 희한

하게도 50대 이상의 아주머니 환자들의 눈웃음이 더욱 커졌다. 사위 삼았으면 좋겠다나? 그러면서 은근슬쩍 손도 만지곤 했는데, 사실 승운은 꽤 당황스러웠다. 바로 지금처럼.

"내가 참한 아가씨를 알거든. 소개해 줄게. 집안도 좋아."

"하하. 말씀은 감사드리지만 전 만나는 사람이 있어서요."

승운은 살살 눈웃음을 치면서 부드럽게 거절했다. 하지만 아주머니는 끈질겼다. 승운의 손목을 꼭 잡은 채 포기하지 않았다.

"그러지 말고 한 번 만나봐. 내가 주선한 커플은 아주 잘살아. 선생네 집안과도 격이 맞는 아가씨야."

직업적인 마담뚜였군. 뒷조사까지 다 했다 이건가?

승운은 치밀어 오른 불쾌감을 내리누르고는 더 환하게 웃었다.

"이거 어쩌죠? 전 결혼 날짜를 잡는 중인데요."

"결혼?"

"네. 올해 내로 할 생각이라서요."

승운이 나긋하게 말할 때, 분위기를 눈치 챈 고 간호조무사가 데스크에서 말했다.

"원장님, 점심 약속 잊으셨어요? 나가셔야죠."

"그래요. 그럼, 조심해서 가세요."

승운이 싱긋 웃으면서 인사하자 뚱쟁이는 아쉬움의 한숨을 흘리며 등을 돌렸다. 승운은 문이 닫힌 뒤에야 내리눌렀던 짜증을 얼굴 가득 드러냈다.

"고마워요."

"아니에요. 그리고 점심 약속 말인데, 넷째 형수분께서 아까 전화하셔서 괜찮냐고 하셨어요. 따로 약속 없으시죠?"

"넷째 형수가요?"

승운은 넷째 형수와 꽤 사이가 좋았지만 따로 만난 적은 거의 없었다.

갑자기 무슨 일이지?

한 시간 뒤 답을 알 수 있었다.

"라미네이트요?"

"네. 앞니 사이가 살짝 벌어져 있는 게 신경 쓰여서요."

라미네이트는 치아 표면을 미세하게 삭제해서 얇은 인조 치아를 붙이는 시술로, 앞니 사이의 공간을 없애거나 비뚤어진 치아 모양을 약간 조정하는 등의 용도로 사용했다. 의사마다 의견 차이가 있지만, 앞니로 물고 뜯는 한국인들의 식습관 때문에 잘 떨어진다고 보기에 승운은 선호하지 않는 편이었다.

"할 필요가 없어요. 안 벌어져 있는데요? 주치의분도 그렇게 말씀 안 하세요?"

승운은 검진해 보았고 고개를 가로저었다.

"사실, 그렇게 말씀하시더라고요. 근데 난 하고 싶어요. 왠지 좀 벌어진 것 같아서."

정희는 불만스럽게 내뱉었고 승운은 빙긋 웃었다.

"안 그래요. 아주 예쁜걸요."

"아휴, 도련님도 참."

정희는 눈을 살짝 흘겼으나 뺨은 발갰다. 승운은 정희와 함께 아래에 있는 식당으로 갔다.

"근데, 도련님."

정희는 조심스럽게 입을 열었고 승운은 넷째 형수가 무슨 말을 꺼낼지 짐작이 갔다.

"혹시 선 자리 가지고 오신 거면, 패스예요."

"윽. 어떻게 아셨어요?"

"제가 독심술을 좀 하거든요."

승운이 비밀을 말해주듯 속삭거리자 정희는 웃음을 터뜨렸다.

"근데, 갑자기 무슨 일로 한국에 들어오신 거예요?"

정희는 미국 플로리다 주(州) 템파에서 열리는 스프링캠프에 참가 중인 남편을 따라갔었다.

"친구가 아파서요. 주변에 돌봐주는 사람이 있긴 하지만 가족은 없는 것과 다름없는 애거든요. 나라도 챙겨줘야죠."

정희의 얼굴에 애잔한 동정심이 떠올랐다.

"그쪽 세계에서 미혼모였던 날 편견없이 제대로 대해준 유일한 사람이거든요. 그래서 좀 더 행복했으면 하는 바람에서 이래저래 노력 중이에요. 생각만큼 잘될지는 모르겠지만."

승운은 자세한 이야기를 몰랐으나 정희가 그 친구를 아주 깊게 생각한다는 것 한 가지는 분명하게 알 수 있었다.

"아프다니, 혹시 심각한가요?"

"아뇨. 신종플루예요. 심한 건 아니라지만 얼굴을 봐야 할 것 같아요."

"으흠. 여자죠? 예뻐요?"

"맞아요. 여자예요. 예쁘고요. 하지만……."

크게 웃은 정희는 아주 짧은 시간 말을 멈췄다. 순간 눈빛이 장난스럽게 반짝였다.

"소개는 못 시켜줘요."

"왜요? 혹시, 형수님은 제가 부끄러우신 거예요?"

승운은 한 손으로 눈물을 닦는 척했다. 정희는 다시 웃더니 진지하게 말했다.

"걘 아직 결혼 생각이 없는 애라서요. 큰아주버님이 엄포 놓으셨다면서요?"

승운은 저도 모르게 얼굴을 찡그렸다. 그동안 깡그리 잊고 있었던 게 기억났으니까.

"아까도 말했지만 제가 결혼할 만한 여자 소개시켜 드릴 수 있어요. 아 참, 지금 만나는 사람이 있다고 들었는데 어쩌실 거예요?"

정희의 목소리가 은근해졌다.

혹시 떠보는 건가?

다른 사람이라면 불쾌하겠지만, 상대는 가족이었다. 더군다나 정희는 넷째 형을 세상에서 가장 사랑해 주는 사람이었다. 미혼모라는 사회적인 편견을 감수하고도 형의 아이를 낳고 기를 만큼 많이 사랑해 준, 고마운 사람.

승운은 더 생각 않고 말해 버렸다.

"그냥…… 가볍게 만나는 건 아니에요."

다른 여자와 다르다. 그리고 한 번 생겨난 감정은, 자라고 있었다. 파리한 모습의 오미래를 본 순간 얼마나 많은 감정이 치밀어 올랐던가.

주먹 힘이 센 탓이야.

터프한 오미래는 그가 여자를 만날 때마다 항상 쌓아두는 두터운 벽을 주먹으로 깨부수고 있었다. 그게 미래의 의도는 아닌 듯하지만.

어디까지 뚫고 들어올까?

"하지만 결혼은 모르겠어요. 아직 자리도 잡히지 않았는데 결혼 생각을 하기엔 이르죠."

"도련님, 저도 사실 결혼할 생각이 없었어요. 평생 딸아이랑 둘이서 살 거라고 생각했는데 넷째 형님과 다시 만나게 됐고 결혼까지 하게 됐죠. 지금 와서 생각해 보면……."

정희의 얼굴에 미소가 피어올랐다.

"바로 그게 인연이 아닌가 싶어요. 운명이란 게, 인연이란 게 정말 있구나 싶더라고요."

정희의 미소가 깊어졌다. 봄날의 바람처럼 따스하고 훈훈한 미소. 침묵이 내려앉았고, 정희는 후식으로 나온 수정과가 든 잔을 들었다. 승운 역시 천천히 갈색의 액체를 마신 뒤 위에 동동 떠 있던 잣을 깨물었다. 달콤했다. 그리고 썼다.

운명과 인연이라…….

"안녕."

정희는 병실 안으로 고개를 쑥 들이밀었다. 미래는 한 손을 힘차게 흔들어 반가움을 표시했다.

"낭군님을 놔두고 와주다니, 정말 감동인걸?"

"알면 구단에 용품지원 좀 늘려줘."

"에이, 그래도 그건 안 되지."

진담 같은 농담을 주고받은 뒤 정희와 미래는 까르르 웃었다. 정희는 선물이라면서 상자를 내밀었다.

"너 이거 좋아하지?"

크림 브륄레였다. 감사를 표한 뒤 열심히 먹기 시작한 미래는 상자의 로고를 알아보았다.

"혹시 우리 동네에서 사온 거야?"

"응. 거기 가는 김에. 피트니스센터 건물에 치과 있지?"

미래는 눈을 껌뻑이고는 고개를 끄덕였다.

"거기 치과의사가 우리 다섯째 도련님이거든."

미래는 목에 뭔가가 걸리는 기분이었다. 미래가 기침을 하자 정희는 서둘러 물컵을 주었다.

“천천히 먹어. 다음에 더 사다 줄게.”

“어? 어…….”

“나 윗니가 좀 벌어진 것 같아서 라미네이트를 할까 싶었거든. 의견 물으러 갔었어. 주치의가 하지 말라고 했지만. 도련님도 할 필요가 없다고 하더라.”

“내 생각도 그래. 괜찮으니까 하지 마. 그런데 다섯째 도련님이 치과의사라고?”

미래는 4년 전에 있었던 정희의 결혼식을 떠올렸다. 그럼 거기서 봤을 텐데 왜 전혀 기억이 안 나지? 아니, 어차피 봐도 신경 안 썼겠구나.

당시, 약혼 중이었기에 다른 남자는 쳐다보지도 않았었다. 아냐, 그래도 잘생긴 남자를 본 것 같기도 한데…….

“응. 되게 귀엽게 생긴 도련님이야. 웃는 게 아주 환상적인데 생각해 보니 네가 좋아할 만한 외모네.”

“내가 좋아할 만한 외모?”

“너 웃는 게 귀여운 남자 좋아하잖아.”

“내가?”

정희는 고개를 위아래로 끄덕였다. 미래는 기억을 더듬었고, 사실이라는 것을 깨달았다. 그동안 승운처럼 환하게 웃는 모습이 매력적인 남자들만 골라서 만나왔었다. 광후 또한 상냥하게 웃는 게 아주 괜찮은 사람이었고.

언제부터 이랬지?

"음, 그러고 보니 그렇네."

"외모로 따지면 다섯째 도련님이 딱인데 소개는 못 시켜주겠어. 바람둥이거든. 아, 이젠 좀 변하려나?"

찰나의 순간, 정희의 눈이 은근하게 반짝였다.

저 눈빛은 무슨 뜻이지?

"요번에 만나는 여자는 진지하게 생각하나 봐."

"그, 그래?"

미래는 저도 모르게 말을 더듬고 말았다. 정희는 고개를 끄덕이더니 은근한 어조로 물었다.

"네 연애는 어떻게 돼가는 중이야?"

"음, 언니, 사실 말이야―"

노크 소리 뒤에 주치의가 들어와 대화가 끊겼다. 주치의가 이야기를 하고 사라지자 정희는 미국에서 있었던 일로 대화를 시작했고 미래는 말을 할 타이밍을 잡지 못했다.

아니, 난 말하고 싶지 않은 건가?

정희가 돌아가 다시 혼자가 된 뒤, 미래는 곰곰이 생각해 보았다.

말하기 싫었다. 현재 승운과 자신은 가볍고 얕은 연애를 하는 사이일 뿐이니까. 하지만.

"요번에 만나는 여자는 진지하게 생각하나 봐."

어지러웠다. 엄청나게 독한 술을 여러 병 마신 것처럼, 순간 눈앞이 흐릿해졌다.

미래는 침대에 털썩 드러누웠다. 먹고 자기만 해서 그런지 많이 좋아진 상태였지만 아직 몸 여기저기가 뻐근했다. 미래는 두 팔을 움직여 새빨갛게 변한 얼굴을 가렸다.

승운도, 그녀를 마음에 담고 있다. 진심으로.

"확인이 필요해."

물론 정희의 말은 70프로 정도 맞다고 생각하던 가설에 30프로의 확신을 더해주는 격이긴 했다. 하지만 어쨌거나 미래는 승운에게 직접 말로 듣고 싶었다. 고백을 받는 건 여자의 권리 아닌가?

온몸에 주체할 수 없을 만큼 기쁨이 넘쳐 났다. 작년, 대표이사가 되어 아빠의 회사를 온전히 자신의 것으로 만들었을 때 느낀 그 황홀경만큼이나 끝내줬다.

이런 게 진짜 마음이겠지? 흐음. 어떻게 자백을 받아내지?

미래는 입 밖으로 튀어나올 것처럼 쿵쿵거리는 심장을 안고 하루 종일 고민했다.

"오지 말라고?"

[응. 좀, 피곤해서.]

휴대폰을 통해서도 승운은 미래가 귀찮은 투로 말한다는 것을 확연하게 느낄 수 있었다.

"그래. 잘 쉬어."

종료 버튼을 누르는 승운의 손등에는 힘줄이 돋아 있었다.

갑자기 왜 이러는 거지?

어제, 맛깔스러운 찬합은 물론 크림 브륄레를 받고서 미래는 감동했었다. 눈을 황홀하게 빛내며 투명한 미소를 지어주지 않았던가.

내 마음이…… 부담스러운 건가?

눈치 빠른 미래가 알아채지 못할 리 없었다. 단순히 가볍고 얕은 연애 대상으로만 그녀를 보는 게 아니라는 것을.

그런데 오지 말라고 하는 건…….

승운은 험악하게 인상을 쓰고는 다음날을 기다렸다. 마찬가지였다.

[피곤해.]

미래는 딱 그렇게 말하고는 끊었는데 다음날에는 아예 전화를 받질 않았다.

미치겠군.

승운은 치솟은 감정을 이기지 못하고 휴대폰을 집어 던지고야 말았다. 다행히 푹신한 소파와 부딪혀 고장은 나지 않았지만 안도감 같은 건 전혀 들지 않았다. 분노가 치밀 뿐이었다.

오미래, 갑자기 이게 무슨 짓이야?

속으로 외쳐 봤자 소용없긴 했다. 하지만 승운은 정말 궁금했다.

선을 넘은 남자 따위, 이대로 차버릴 생각인가?

눈앞이 새하얗게 변하는 느낌이었다. 63층 빌딩 꼭대기에서 추락하는 것 같은 충격도 있었다. 하지만 승운은 100퍼센트 확실한 사실이 아니라는 것을 알았다.

일단 확인하자. 이런 복잡하고 힘든 감정이 주는 충격 따위, 확인한 후에 느끼는 게 옳은 일이다. 그렇지 않은가?

승운은 심호흡을 하는 것으로 감정을 내리누르기 위해 노력했다. 하지만 쉽지 않았다. 미래는 그 뒤에도 계속 전화를 받지 않았으니까. 두어 차례 보낸 문자에도 답이 없었다. 그리고 다음 주가 된 뒤에도 피트니스센터에 모습을 드러내지 않았다. 결국, 승운은 최후의 방법을 쓸 수밖에 없었다.

"형, 이러면 안 돼요. 개인정보 유출이라고요."

피트니스센터의 매니저는 처음에는 단호하게 말했으나 승운이 싸늘하게 노려보자 움츠러들었다.

"안 되긴 뭐가 안 돼? 생년월일 확인해 준 것과 뭐가 다른데? 그리고 너 저번에 입막음조로 나한테 술 얻어 마셔놓고 연이 형한테 나불거렸던 건 기억 안 나냐?"

"물론 그건 제가 잘못한 거지만……."

"닥치고 내놔."

승운이 잘 웃었던 평소와 다르게 으르렁거리자, 주눅이 든 매니저는 쭈뼛거리다가 결국 메모지를 내놓았다. 승운은 잡아채듯 종이를 잡아 주머니 안쪽에 깊게 쑤셔 넣었다.

"승연이 형한테 나 일 잘하고 있다고 말해줄 거죠?"

"하는 거 봐서."

"형!"

승운은 매니저의 정강이를 걷어찬 뒤 등을 돌렸다. 목적지는 메모지에 쓰여 있는 주소였다. 미래의 집.

물론, 가기 전에 있는지 확인하기 위해 집으로 전화를 거는 것도 잊지 않았다. 공중전화로 걸었고 미래가 받자마자 끊었다.

철저한 준비라는 생각이 들었지만 동시에 짜증이 치밀어 올랐다. 1프로의 가능성을 믿고 집까지 찾아가는 건, 사실 찌질한 짓이니까.

이제까지 맺고 끊는 게 분명한 깔끔한 연애만 해온 사람으로서, 승운은 스스로 이런 짓을 하게 된 게 믿기지 않았다. 선을 정해두고 시작한 연애에서 감정 하나 제대로 조절 못하는 건 바보들만 하는 짓이라고 생각했으니. 하지만 지금, 자신이 그러고 있었다.

승운은 짜증을 내면서도 늪 속으로 빨려 들어가는 것처럼 미래의 집으로 갈 수밖에 없었다. 방문자는 건물 정문에 있는 버튼을 통해 출입을 요청해야 했다. 승운은 숨을 훅 내쉬고는 떨리는 손으로 버튼을 눌렀다.

[아, 박승운 씨?]

밑에서는 목소리만 들을 수 있었지만 집 안에서는 방문자의 얼굴을 확인할 수 있는 모양이었다. 승운은 고개를 끄덕였다.

"그래. 나야."

[무슨 일이야?]

미래는 버튼을 눌러 문을 열어주는 대신 그렇게 물었다. 승운은 가능성이 0.1퍼센트로 똑 떨어졌음을 깨달았다.

"아, 그게—"

[내 정신 좀 봐. 올라와.]

삑 하는 소리가 나더니 굳건하게 앞을 가로막았던 문이 아주 쉽게 열렸다. 가능성은 높아졌지만, 승운은 마음을 놓을 수가 없었다.

엘리베이터가 7층에 섰다. 공연의 막이 오른 것처럼 문이 옆으로 열렸고 승운은 밖으로 걸음을 내딛었다. 펜트하우스 형태라 그런지 문은 바로 앞에 있는 것 단 하나뿐이었다. 승운은 다시 깊게 심호흡을 하고 벨을 눌렀다. 현관문은 바로 열렸다.

집은 딱 보기에도 아주 으리으리했다. 신발장 바닥은 은은한 반짝이가 뿌려진 대리석으로 되어 있었고 왼쪽 벽에는 5층으로 된 기나긴 진열대가 있었는데 구두를 비롯한 온갖 종류의 신발이 말끔하고 질서정연하게 진열되어 있었다.

여자들이 목숨 걸 만한 신발장이군.

감탄하던 승운은 클럽에 갔을 때 미래가 신은 검은색의 스틸레토를 발견했다. 그리고 그가 선물로 준 짙은 녹색의 털부츠가 한 켠에 잘 보관되어 있는 것 또한 보았다. 승운은 입가에 희미한 미소를 지은 뒤 신발을 벗고 안으로 들어갔다.

긴 복도 앞으로 넓은 거실이 펼쳐져 있었다. 가장자리에 있는 조각상 같은 기둥을 제외한 이면의 벽은 투명한 유리창으로 되어 있어 탁 트인 바깥 풍경을 볼 수 있었는데, 나머지 한쪽 벽 중앙에는 커다란 텔레비전이 붙어 있었다. 최신식으로 보이는 DVD 플레이어와 온갖 영화 DVD 타이틀이 빽빽하면서도 멋스럽게 장식된 진열대도 있었다. 단순해 보이면서도 고급스러운 느낌을 주는 긴 소파와 흔들의자도 있었는데 모든 것이 갖춰졌음에 공간이 충분할 만큼 거실은 매우 넓었다. 연결된 부엌도 마찬가지였다.

'ㄱ' 자로 된 싱크대는 새하얀 색이었다. 윗부분의 진열 칸에는 크리스털로 보이는 온갖 화려한 디자인의 찻잔과 컵이 있었는데 보이는 부엌 용품은 그게 전부였다. 엄청나게 커다란 냉장고와 김치냉장고, 식기세척기를 제외한 다른 것은 하나도 보이지 않았다. 깨끗하게 청소되어 있어 반짝거리며 윤이 났으나 사용하지 않는 티가 물씬 났다.

"어서 와."

미래의 목소리가 들렸다. 승운은 심장이 쿵 하고 내려앉는 느낌을 받으며 등을 돌렸다. 미래는 더 이상 파리해 보이지 않았다. 휴식을 잘 취했는지 피부는 빛이 날 정도로 반들거렸고 이전처럼 말라 보이지도 않았다.

"아, 좋아 보이네."

"응. 김 비서를 비롯해서 비서진들이 아주 난리였어. 몸에 좋은 온갖 음식에다가 약을 가져왔거든. 다 먹는지 감시하더라.

일도 하나도 못하게 하고.”

미래는 고개를 휘휘 저으며 질린 표정을 지었지만, 싫은 건 아닌 듯했다.

“그리고 앞으로 주5일제 하겠대. 토요일에 출근하면 비서진 전부 그만둘 거라고 엄포를 놓더라.”

“오, 무섭네.”

“응. 진짜 무섭더라. 근데, 이해가 안 가는 건 아니야.”

순간 미래의 눈이 흐려졌다.

“4년 전에 아빠가 일만 너무 하다가 사무실에서 돌아가셨으니까…… 놀랄 만도 하지. 거기다가 나도 사무실에서 어지러워서 쓰러졌다가 실려갔으니. 뭐, 엄청 지루했지만 잘 쉬었어.”

근 2주간 연락도 안 받은 사람답지 않게 미래는 평소처럼 대화를 잘 이어갔다. 승운은 의구심을 느꼈지만 오랜만에 보는 미래가 무척 예뻐 곧 지워 버렸다.

화장도 제대로 안 하고 청바지와 얇은 니트만 걸치고 있을 뿐인데 왜 이렇게 달콤해 보이는 걸까?

“아, 뭐 마실래? 뭐가 있지?”

미래는 질문하면서 냉장고를 열었다. 승운은 같이 안을 들여다보았고 샐러드 등의 간편한 음식이 일회용으로 포장되어 있는 것을 발견했다. 생과일로 만든 것으로 보이는 주스가 종류별로 들어 있었는데 김치 등의 일반 반찬 같은 건 전혀 보이지 않았다.

"장식장에 술도 있었는데 돌아와 보니까 다 치웠더라. 무서운 사람들이야. 생과일 주스 말고 포도즙 같은 건강음료도 있는데 그건 어때?"

"네가 마시기 싫으니까 나더러 대신 마셔달라는 거야?"

"들켰네. 하나만 마셔줘. 매일 얼마나 마셨는지 꼬박꼬박 센다니까. 나 생각해 준 거니까 버릴 수도 없고."

미래는 툴툴거리며 제일 밑의 칸에서 밀봉된 비닐팩을 하나 꺼내더니 주변을 둘러보았다.

"뭐 찾아?"

"가위. 어딨더라?"

"저기."

승운은 고갯짓으로 모서리 쪽에 있는 통을 가리켰다. 미래는 쪼로록 걸어가서 가위를 들어 비닐팩의 윗부분을 자르더니 다시 두리번거렸다. 곧 찬장에서 값비싸 보이는 크리스털 와인 잔을 발견한 뒤 꺼내고는 서툰 태도로 비닐팩에 들어 있는 이름을 알 수 없는 즙을 따랐다.

"자."

"고마워."

승운은 몇 방울의 즙이 바닥으로 뚝뚝 흘러내린 것을 보았으나 씩 웃고는 컵을 받아 들었다. 미래를 따라 거실로 가서 소파에 앉은 뒤 한 모금 마셨다. 순간 입 밖으로 뿜을 뻔했다.

"이거 대체 뭐야?"

"나도 몰라. 김 비서가 가져온 건데 좋은 건 다 들어 있는 거라고 하더라. 마셔둬."

미래는 승운의 반응을 보고 큰 웃음을 지었다. 승운은 그녀가 자신을 놀렸다는 걸 알았지만 웃음소리가 듣기 좋아서 그런지 즐거울 뿐이었다.

"그럼, 앞으로 일주일에 이틀은 하루 종일 쉬는 거네."

"그렇지. 그렇게 삶의 질을 좀 높여볼까 싶어."

미래는 다리를 꼬았고, 자동적으로 승운의 눈이 그녀의 다리를 훑었다. 길고 매끈해서 더 매력적이었다. 목이 타는 것 같아 승운은 컵을 기울여 괴상한 맛의 즙을 한번에 다 해치웠다.

"앞으로는 평일에도 자정 전에 퇴근할 생각이야. 주치의분이 그렇게 명령 내리시더라. 그리고 스트레스 지수를 낮추기 위해 좀 더 즐겁게 살아보래. 이런 해석이 나오더라."

미래는 잠시 말을 멈춘 뒤 이어 말했다.

"앞으로는 가볍고 얕은 연애를 하지 말아야겠다는 거. 물론 그런 연애가 즐겁긴 하지만 삶의 질을 높이는 건 아니잖아."

미래는 빙글빙글 웃고 있었지만 눈빛은 진지했다.

"그래서 미안하지만 박승운 씨에게 그동안 연락 안 한 거야. 생각을 좀 하느라고."

"무슨 생각?"

"진지한 관계는 아니지만 나와 박승운 씨는 사귄 게 맞지. 더군다나 박승운 씨는 꽤 매력적인 남자이고."

임플란트
왕자님

미래는 눈을 작게 만드는 미소를 지었다. 귀엽긴 했지만, 승운은 바닥에 튀었다 올라가는 공처럼 쿵쿵 뛰는 심장 때문에 미래의 외모를 더는 감탄할 수가 없었다.

"하지만 선을 넘는 관계는 아니잖아? 애초에 그렇게 한계를 두고 시작했으니까. 그래서 연락을 안 한 그동안 결론을 내렸어. 사실 오늘 전화하려고 했었는데 박승운 씨가 찾아왔네. 이제 우리 말이야."

미래는 평소와 같은 어조로 말을 이었다.

"그만 만나자."

"왜?"

목소리가 바싹 마른 모래처럼 갈라진 상태였다. 하지만 승운은 말하는 데 성공했고, 그의 눈앞에서 미래는 어깨를 으쓱였다.

"방금 말했잖아. 난 좀 더 깊은 관계를 원한다고. 삶의 질을 높이는 방법이니까. 물론 결혼은 아직 잘 모르겠지만, 어쨌거나 박승운 씨는 애초에 선을 넘지 않는 관계를 이어가는 데 합의했으니—"

"취소할게."

생각하기도 전에 말이 튀어나왔다. 아니, 머릿속은 애초에 텅 비어 있었다.

그만 만나자고? 그만 만나자고?

승운은 쥐고 있던 크리스털 잔을 테이블 위에 던지듯 내려놓았다. 잔이 쩍 소리를 내며 반으로 갈라져 나뒹굴었지만, 그는 의식하지 못한 채 벌떡 일어나 테이블을 넘어 건너편 소파로 가서 미래의 두 손목을 잡고 일으켜 세웠다.

"가볍고 얕은 연애, 취소할게. 대신 제대로 만나."

급작스러운 그의 행동에 놀랐는지 미래는 눈을 동그랗게 뜨고 있었다.

"나와 제대로 만나자. 결혼을 전제로 진지하게."

"갑자기 왜 그래?"

미래는 의아한 어조였으나 거부하는 기색은 보이지 않았다. 승운은 한 가닥의 희망이 생기는 것을 느끼며 미래의 팔을 더 세게 쥐었다.

"진심이 생겼으니까."

32년을 통틀어 처음으로 하는 고백이었다. 이제껏 만나온 어떤 여자에게도 이런 말을 한 적이 없었다. 그저, 서로 그어놓은 선 안에서 몇 가지 감정만 주고받으며 가벼운 즐거움만 누렸을 뿐. 하지만 이번엔 달랐다.

오미래. 소년이었던 그를 지켜준 과거의 공주님. 그리고 현재, 거절당할까 봐 조바심이 나서 정신을 잃을 것 같은 기분을 선사하는 세상에서 유일한 여자.

"왜 이런 마음이 드는지 모르겠어. 역시…… 운명인 걸까?"

한 동네에 산다고 해도, 아니, 옆집에 산다고 해도 얼굴 하나 제대로 모르고 살아가는 사람은 아주 많았다. 그리고 매일 본다고 해도 아무 감정을 느끼지 못할 수도 있었다. 하지만 미래는 어렸을 때 같은 급우로서 풋사랑을 가져갔고, 성인이 된 뒤에는 우연을 반복하다가 그의 마음을 앗아갔다.

"오미래, 운명을 믿어?"

표정의 변화 없이 조용히 승운의 고백을 듣던 미래의 입술이 달싹거렸다. 정말이지 승운은 그녀의 답을 듣고 싶어 말라 죽을 지경이었다. 하지만 미래는 눈빛 하나 변하지 않고 있었다.

"너를 보면 운명을 믿게 돼. 인연이라는 말이 더 적합할지 모르겠지만. 오미래, 너는? 너는 어떻지?"

"흐음."

미래는 콧소리로 대답을 대신했다. 그러고는 승운이 단단하게 잡고 있는 손목을 흔들어 쉽게 옆으로 빠져나갔다. 승운은 그녀를 다시 잡아채고픈 격렬한 충동을 내리누른 채 미래가 등을 돌리는 것을 지켜볼 수밖에 없었다.

"박승운 씨와의 진짜 연애라……."

미래는 팔짱을 낀 채 천천히 거실을 걸어다니며 바닥을 바라보았다. 승운은 하늘에서 동아줄이 내려오기를 기대하는 심정으로 절실하게 미래를 바라보았다.

"음."

손에서 땀이 날 지경이었다. 승운이 식은땀으로 흥건한 손바닥을 바지에 비빌 때, 갑자기 미래가 우뚝 멈춰 섰다. 그러더니 발끝으로 바닥을 툭툭 치고는 고개를 불량스럽게 끄덕였다.

"뭐, 나쁠 건 없지."

승운은 대답을 듣자마자 행동했다. 성큼 뛰어가 미래의 허리를 붙잡아 위로 올린 뒤 입술을 삼키듯 앗았다. 그 어느 때보다 더 매혹적인 맛이었다. 승운은 폐가 비명을 지를 때까지 미래의 입안에 압착하듯 들어갔고, 미래는 처음에는 당황한 듯싶었으나 그의 목에 두 팔을 감아 열렬하게 반응했다.

"기, 기다려."

한참 뒤 미래는 승운의 어깨를 살짝 밀었다. 승운은 미래의 입술을 보고 입맛을 다셨지만 일단 뒤로 물러났다.

"조건이 있어."

"조건?"

연애에도 조건을 걸다니?

당황스럽긴 했으나, 오미래다웠다.

"응. 나한테 잘해줘야 해."

"그건 당연한 거지."

"아주 잘해줘야 해."

"그래, 그럴게."

미래는 슬쩍 눈치를 보더니 참았던 숨을 내쉬듯 훅 뱉었다.

"그리고 다른 여자한테 그렇게 눈웃음치지 마."

"뭐라고?"

"눈웃음치지 말라고. 박승운 씨는 눈웃음이 진짜 섹시하거든? 다른 여자들한테는 금지야. 새벽에 피트니스센터에서 운동

할 때도 상의 운동복을 좀 두꺼운 걸로 입어. 여자들이 음흉하게 쳐다보던데, 시선 차단하란 말이야."

승운은 일단 고개를 끄덕였지만, 사실 좀 당황스러운 동시에 웃었다.

"그리고 매일 전화도 걸고, 문자도 바로 답해줘야 해. 아, 일하는 시간은 봐줄게. 하지만 점심시간엔 꼭 해야 돼. 알았지? 문자나 전화를 그렇게 중요하게 여기는 건 아니지만 기본이잖아? 그리고 더 중요한 건, 내가 전화나 문자 못해주는 건 이해해 줘야 해. 이기적인 조건이라는 건 알지만 내가 박승운 씨랑 사귀어주는 거잖아? 이 정도는 박승운 씨가 해줘야 해. 알았지? 선물도 가끔 해줘야 해. 비싼 거 말고 꽃 한 송이 정도면 충분해. 아니, 한 다발이 좋겠다."

미래는 작동 버튼을 누른 것처럼 줄줄 길게 읊었고, 승운은 이런 생각을 했다.

조건이 기네. 그리고 꽤 구체적이고. 미리 생각해 둔 것도 아닐 텐데 말을 참 잘하는…….

순간 승운의 머릿속에 무언가가 딱 하고 떠올라 버렸다.

"박승운 씨, 그렇게 할 거지?"

"아아, 그래. 그렇게. 근데 말이야."

승운은 확인을 위해 슥 미끼를 던졌다.

"혹시 미리 생각해 둔 거야?"

뭔가 더 말하려고 입을 열었던 미래는 이번엔 정지 버튼을 누른 것처럼 행동을 딱 멈춰 버리고 말았다. 물론 곧바로 뜨악한 표정을 수습했지만, 이미 승운에게 들킨 뒤였다.

오호라.

승운은 사악한 미소를 지었다.

"음, 내가 원래 머리가 좋잖아. 그래서 조건이 바로 생각난 거야."

미래는 떠오른 답변을 내뱉었으나 스스로 생각해도 어설프고 조악했다.

"아, 그렇구나."

이번에 팔짱을 낀 건 승운이었다. 그는 빙긋 웃으며 미래를 내려다보았다.

"나도 조건 있어."

"뭐라고?"

"조건 있다고. 연인은 서로 평등한 관계잖아. 네 조건, 다 들어줄 테니까 너도 내 조건 들어줘. 난 단 한 가지뿐이야."

"뭔데?"

미래는 의구심 어린 눈빛으로 되물었다. 승운은 씩 웃고는 고갯짓으로 냉장고를 가리켰다.

"그 이상한 즙, 네가 다 먹어."

미래는 저도 모르게 움츠렸던 어깨를 폈다.

"뭐, 그 정도 조건쯤이야. 좋아."

"나도 좋아. 매일 전화 한 번, 문자는 여러 번. 아주 잘해주는 것. 좋아, 좋아. 근데 말이야. 확신이 없는 부분이 있어.”

미래는 이번엔 미심쩍은 눈으로 승운을 쳐다보았다.

“뭔데?”

“확인을 못해봤으니까.”

“뭘 말하는 거야?”

“마음은 서로 확인했지. 하지만.”

승운은 손을 뻗어 미래를 확 안아 들었다. 미래는 깜짝 놀라 발버둥 쳤지만, 용케 승운은 그녀를 떨어뜨리지 않았다. 미래가 행동을 멈추자 하얀 이가 드러나는 미소를 지었다.

“몸은 아직이잖아. 침실이 어디야?”

“직진.”

승운은 미래를 안은 채로 날아가듯 뛰었다. 값비싼 온갖 것들이 있는 집 안 인테리어는 눈에 들어오지 않았다. 천국 같은 침실 문만 보일 뿐. 승운은 문을 걷어찬 뒤 들어갔다. 넓은 방 끝에 있는 새하얀 킹사이즈의 침대가 그들을 환영하고 있었다.

승운은 성큼성큼 걸어가 침대 중앙에 미래를 던지듯 내려놓았다. 그러고는 미래가 걸치고 있는 니트를 찢듯이 잡아당겨 벗겼다. 미래는 가슴을 풍만하게 보이게 하는 새빨간 하프컵의 도발적인 브래지어를 입고 있었다.

역시, 준비를 했군. 대단한 여자야.

승운은 흥분과 함께 즐거움이 치솟는 것을 느끼며 이번엔 청바지를 벗겼다. 그다음에 브래지어로 손을 뻗었지만 미래가 손을 찰싹 쳤다. 승운은 한쪽 눈썹을 치켜 올렸고, 미래는 검지를 옆으로 흔들며 턱으로 그를 가리켰다.

승운은 못 알아들은 척 어깻짓을 했고, 미래는 그를 흘겨보다가 직접 손을 뻗었다. 승운의 코트를 밑으로 당겨 없애 버리고는 두꺼운 목 티를 홀랑 위로 벗겨냈다. 불끈거리는 근육이 드러나자 미래의 눈동자가 감탄과 흥분으로 반짝이기 시작했다. 승운은 턱을 살짝 위로 들고 두 팔을 허리에 두는 동시에 가슴을 내밀어 잘난 체를 했고, 미래는 까르르 웃더니 이번엔 그의 바지를 잡았다.

승운은 미래의 손짓에 열렬하게 협조했다. 흘러내린 바지를 옆으로 차버리자 미래의 눈이 자동적으로 그의 팬티로 향했다. FUTURE KOREA의 상표를 발견한 미래는 다시 까르르 웃었다. 웃음소리에 불과했으나 그는 더욱 흥분했다.

미래를 눕히려고 했으나, 승운보단 미래가 더 빨랐다. 그녀는 승운을 떠밀어 눕히고는 배 위에 올라탔다. 그의 남성 쪽에 엉덩이를 부비적거리더니 빙긋하고 만족스러운 웃음을 짓고는 브래지어를 끌러 승운의 눈 위에 올려놓았다. 승운은 재빨리 브래지어를 옆으로 던져 버렸고 곧이어 입가로 내려오는 봉긋한 가슴을 보았다. 그는 입을 벌렸지만 미래는 역시 만만치 않았다. 딱 입 앞에서 멈추더니 승운이 몸을 일으키려고 하자 뒤로 몸을 젖혔다.

승운은 미래의 등을 잡아당긴 뒤에야 미래의 가슴을 입에 물

수 있었다. 말캉하고 야들야들한 살결은 끝내줬다. 승운은 츱츱하는 소리가 침실을 가득 메울 정도로 거세게 빨았다. 미래의 입가에서 터져 나온 색스러운 신음은 그를 두 배로 흥분시켰다.

승운은 새빨갛게 변한 미래의 가슴에 치아 자국을 냈다. 반대쪽 가슴에도 똑같이, 아니, 어쩌면 더 강하게 한 뒤 그는 몸을 일으켰고, 발간 뺨으로 가쁘게 숨을 내쉬는 미래를 침대에 눕혔다. 미래는 그가 자신의 팬티를 내리는데 순순히 협조를 해주었다. 새까만 숲을 발견한 승운은 침을 꿀꺽 삼켰고, 미래는 그의 표정을 읽어냈다.

미래는 두 다리를 꼬았고 승운은 먹이를 앞에서 놓친 강아지 같은 표정을 짓고야 말았다. 미래가 다시 웃어버리자 그는 그 틈을 타 허벅지를 잡아 벌렸다. 불편하기 이를 데 없었지만, 팬티를 입은 그대로 미래의 다리 사이를 비볐다.

천이 장벽처럼 자리하고 있었으나 감촉은 환상적이었다. 신음은 동시에 터져 나왔다. 미래는 두 손을 뻗어 그의 팬티를 잡으려 했지만 승운은 몸을 뒤로 했다. 이번에 불만스러운 표정을 지은 건 미래였다. 승운은 웃음을 터뜨렸지만 미래가 몸을 일으키며 그의 조그만 유두를 입에 넣자 더 이상 웃지 못했다.

미래는 콩알 같은 그것을 잘근잘근 씹었다. 다소 아팠으나 그 작은 통증마저도 승운에겐 쾌감이었다. 미래는 손을 미끄러뜨려 그의 팬티로 가져갔다. 승운은 제지하려 했지만 미래는 그전에 팬티 안으로 손을 집어넣었고, 단단한 동시에 부드러운 것을 쥐었다.

"오미래."

승운은 으르렁거리듯 내뱉었으나, 미래는 왜 부르냐는 표정으로 싱긋 웃더니 손가락 끝으로 능숙하게 매만졌다. 승운은 이를 악무는 것으로 불끈거리는 욕망을 참아낸 뒤 팬티를 벗었다. 미래의 손을 잡아채 양옆으로 누르고는 그녀에게로 힘차게 전진했다.

아무 말도 할 수 없었다. 승운과 미래 모두, 한 번에 만난 그 순간 아무 말도 하지 못했다. 소리없는 신음 같은 비명을 지르며 순간의 강도 높은 쾌감에 몸을 부들부들 떨 뿐.

딱, 맞는구나.

더 깊게 들어가고픈 불같은 욕망을 안고 움직이자 미래는 다리로 그의 허리를 감싸 더 가까이 끌어당겼다.

남자, 여자, 완벽한 하나.

진한 땀이 승운의 몸을, 미래의 몸을 타고 흘러내렸다. 그리고 맞닿은 부분에서 만나 또 다른 하나가 되었다.

거칠고 빠른 격류의 불꽃이 튀는 순간 승운은 눈을 감았다. 어두웠던 세상은 어느새 환해져 있었다. 그의 마음처럼, 그녀의 마음처럼, 그리고 그들의 마음처럼.

자는 모습도 귀엽네.

미래는 조심스럽게 몸을 일으킨 뒤 승운을 내려다보았다. 절정을 맞은 뒤, 또 한 번의 빠른 섹스를 끝내고 승운과 그녀는 잠이 들었다. 그는 아직 일어나지 않은 상황이고.

확실히, 잘생겼어.

미래는 멋진 이목구비를 뚫어져라 쳐다보다가 결론을 내렸다. 승운보다 더 훌륭한 외모의 소유자와도 만난 적이 있지만, 지금 이 순간 미래는 승운이 세상에서 가장 잘생긴 남자 같았다.

머리도 좋고, 테크닉도 끝내주고 뭐 하나 모자란 게 없는 사람. 여자 마음도 잘 알고 눈치도 엄청 빠르고.

사실, 마지막 부분은 약간 마음에 안 들었다. 덕분에 미리 준비하고 있었다는 사실을 들켰으니까. 하지만 후회되지는 않았다. 승운이 알아챘든 아니든 무슨 상관이랴. 고백을 듣는 데 성공했는데. 좀 더 달콤했다면 좋았겠지만.

정희에게서 승운의 마음을 들은 뒤, 미래는 머리를 굴리다가 계획을 세웠다. 연락을 끊기로. 그가 자신에게 진심이라면 어떻게든 연락을 해올 거라고 예측했으니까.

예상대로 승운은 그녀의 집으로 찾아오기까지 했다. 오기 전에 집 전화가 울렸었는데, 미래는 승운이 걸었을 거라고 확신했다. 승운처럼 철저한 남자라면 집에 있는지 확인하고 올 거라고 생각했으니까. 덕분에 섹시한 속옷으로 갈아입을 시간을 벌 수 있었던 건 물론이었다.

조건을 줄줄 말하지 말았어야 했는데. 그랬다면, 준비했다는 사실을 들키지 않았으리라. 앞으로 그에게 사귀어주는 대가로 여왕 대접을 받았을 테고.

뭐, 어쩔 수 없지. 미리 계획하고 있었다는 사실을 알았다고 해도 승운이 그녀를 못되게 대할 남자는 아니니. 약간 놀려먹은 대가를 치르게 되겠지만, 그건 나중 일이었다. 지금 미래는 그저 즐겁고 기뻤다. 아니, 이 둥실둥실거리는 기분은…….

나, 행복한 거구나.

승운과 뜨겁게 사랑을 나누고 잠들어 있는 그를 바라보는 이 순간이, 소중했다. 무엇과도 바꾸고 싶지 않았다.

"고마워."

미래는 아주 작게 속삭이고는 승운의 이마에 입술을 찍었다. 마음을 담아.

"정말 고마워."

아버지가 돌아가신 이래, 처음으로 행복했다. 회사가 나날이 발전하는 것도 물론 더없이 기뻤지만, 공적인 부분과 사적인 부분은 분명 차이가 있었다. 회사가 가장 발전한 작년의 스트레스 지수가 제일 높았던 게 바로 그 증거. 하지만 승운에게 받은 이 행복감은, 분명 일 때문에 쌓인 스트레스를 녹여줄 게 분명했다.

"뭐가 그렇게 고마운데?"

어느새 깨어났는지 눈을 감은 상태로 승운은 입술만 달싹거렸다.

"황홀하게 만들어줘서?"

"뭐, 그것도 있고. 박승운 씨 정말 테크닉 좋네. 치과의사라 그런지 손 쓰는 게 장난 아니야."

미래의 노골적인 칭찬에 승운은 말을 잃었다. 그의 얼굴이 발개지자 미래는 놀라서 눈을 깜빡거리다가 웃어버렸다.

"와, 우리 치과샘 얼굴이 빨개졌네?"

"아니야."

승운은 몸을 휙 돌렸고 미래는 싱글거렸다.

"뭐야, 순진한 치과샘이었구나? 그런 말에 빨개지다니."

그는 욱하는 표정으로 미래를 돌아보더니, 그녀의 손목을 잡아 침대에 눕혔다.

"누가 빨갛다고?"

대답하기 전, 승운이 들어와 움직이기 시작했다. 짜릿한 쾌감이 몰아닥치자 미래는 답을 할 수가 없었다. 그녀는 그를 꼭 붙들었고, 다시금 몸을 태울 듯한 열기가 두 사람을 관통했다.

5

봄이 오고 있었다. 아니, 이미 왔다.

미래는 천천히 유리창 앞으로 걸어가 밑을 내려다보았다. 7층에서 내려다보이는 세상에는 장애물처럼 여기저기에 쌓여 있던 회색의 눈덩이가 사라진 지 오래였다. 깔끔하고 질서정연한 도로와 봄바람을 느낄 수 있을 만큼 가볍고 밝게 입은 옷차림의 사람들이 보일 뿐이었다.

내가 행복해서, 다른 사람들도 그렇게 보이는 걸까?

거리가 상당했지만 미래는 사람들이 얼굴에 걸고 있는 웃음을 볼 수 있었다.

다들 뭐가 저렇게 좋을까? 나처럼 곧 만날 연인 때문일까?

벨소리가 나자 미래는 쏜살같이 인터컴으로 달려갔다. 화면 속에는 그녀가 하루 종일 기대한 남자의 얼굴이 보였다.

[문 열어주세요, 오미래 씨.]

"암호를 말해주면."

미래의 장난스러운 요구에 승운은 잠시 생각하는 표정을 지었다.

[음. 오미래 공주님?]

"땡."

[오미래는 예쁘다?]

"땡. 아니, 비슷해."

[비슷하다고? 그럼, 오미래는 정말정말 예쁘다?]

화면으로 봐도 승운의 눈웃음은 보는 이를 녹아내리게 했다. 미래는 쿵쿵거리는 심장을 안고 검지로 버튼을 꾹 눌러준 뒤 현관으로 날 듯이 달려갔다. 손목에 차고 있는 시계의 초바늘을 보면서 시간을 쟀고, 정확히 2분 12초 뒤 엘리베이터가 도착하는 소리가 현관문 너머로 희미하게 들렸다. 미래는 복도 안으로 잽싸게 달려갔고 승운이 벨을 누르자 손을 뻗어 인터컴의 문 열림 버튼을 눌렀다. 곧 승운이 집 안으로 들어오는 소리가 났다.

미래는 복도가 끝나는 부분에 몸을 감췄다. 발걸음 소리가 바로 옆에서 들리는 순간, 왁 하고 소리를 지르며 뛰어나갔다. 하지만 예상과는 달리 승운은 전혀 놀란 표정이 아니었다. 그는 잠시 눈을 깜빡이더니 웃음을 터뜨렸다.

“왜 웃어?”

“귀여워서. 큭큭.”

이런 유치한 장난도 칠 줄 알다니.

승운은 시원하게 웃었고 미래는 그를 흘겨보았다.

“뭐야, 그만 웃어.”

“알았어. 하하.”

그렇게 말했지만 승운은 멈추지 않았다. 짜증이 난 미래는 그를 벽으로 밀어붙였다. 그런 뒤 발끝을 들어 입술로 그의 입을 막는 것으로 웃음소리를 멈추게 했다.

“맛있어.”

미래는 승운의 입술을 빨아먹은 뒤, 품평했다.

“아주.”

“오미래 요리사님, 다른 부분도 맛봐줄래요?”

승운은 코트는 물론 상의도 벗었다. 불끈거리는 대흉근을 바라보며 미래는 노골적으로 입맛을 다셨고, 손을 뻗었다. 곧 그녀는 그의 몸을 맛보게 되었고 그건 승운도 마찬가지였다. 불같이 일어난 욕망을 충족시키기 위해 그는 미래의 옷을 찢듯이 벗겼다. 뜨거운 두 개의 몸이 겹쳐졌다. 그리고 다음날 정오 때까지 두 사람 다 끝없이 신음만 내뱉었다.

“……배고파.”

오후가 되자 얕은 잠에 빠져 있다가 깨어난 미래는 눈을 감은 채로 중얼거렸다. 그러자 벌어진 입술 사이로 말랑말랑한 무언가를 얹은 숟가락이 들어왔다. 미래는 덥석 받아먹으며 눈을 떴다. 옷을 갖춰 입은 승운이 한 손에는 그릇을, 다른 한 손에는 숟가락을 든 채 침대 가장자리에 앉아 있었다.

"계란찜?"

"맞아. 방금 음식 사왔어. 냉장고에 먹을 게 없더라."

"아, 깜빡했네. 김 비서한테 냉장고에 제대로 된 음식 채워 넣으라고 말하려고 했는데."

일주일 전, 처음 사랑을 나눈 주말에 지금과 같은 일이 벌어졌었다. 여러 차례에 걸친 섹스 때문에 모든 힘을 소진한 두 사람은 냉장고로 갔지만 배를 채울 음식이라고는 채소로 가득한 샐러드뿐이었다.

"다음 주 말고, 그다음 주에 그렇게 해달라고 해. 다음 주에는 같이 장보고 음식 만들어 먹자. 재밌을 거야."

"나 요리 하나도 할 줄 모르는데?"

"넌 옆에서 지켜보기만 해."

미래는 고개를 끄덕인 뒤 그의 눈치를 슬쩍 살폈다. 승운은 피식 웃었다.

"으흠, 우리 공주님이 왜 그런 표정을 지으실까?"

"내가 무슨 표정을 지었다고. 아무것도 아니야."

미래는 손을 뻗어 이불을 가져와 얼굴을 가렸다. 승운은 이불 가까이로 다가가 속닥거리듯 말했다.

“오미래 씨, 내가 비밀 하나 알려줄까?”

“무슨 비밀?”

미래의 되물음은 웅얼거림에 가까웠다. 승운은 빙긋 웃었다.

“난 요리 못하는 여자를 좋아해.”

“……어.”

“응?”

미래는 이불을 홱 던지듯 펼치고는 일어나 앉았다. 승운은 미래의 알몸을 재빠르게 훑었다. 새하얀 몸에는 그가 남긴 잇자국이 곳곳에 있었다. 더없이 만족스러웠다.

“난 눈치 너무 빠른 남자는 싫어.”

“그 눈치 너무 빠른 남자는 오미래 씨를 좋아하는데?”

미래는 순간 말이 막혀 버렸다. 그녀가 흘겨보자 승운은 입술에 쪽 소리가 나게 뽀뽀했다. 곧 키스로 이어졌지만 승운은 미래를 뒤로 슬쩍 밀었다.

“이대로는 탈진해. 제대로 식사해야지. 샤워하고 나와.”

승운의 말대로 한 뒤 부엌으로 나간 미래는 눈을 껌뻑였다.

“뭐야, 그건?”

“스테미너 건강식.”

승운의 말 그대로였다. 식탁 위는 여러 가지 반찬으로 풍성했는데, 중앙에 자리를 잡은 건 분명 노릇노릇하게 잘 구워진 장어와 모락모락 김을 뿜고 있는 추어탕이었다.

“저번 주부터 무리했잖아. 잘 챙겨먹어야지.”

미래는 아무 말도 하지 못한 채 부엌에 앉았다. 승운은 상추에 밥과 장어 한 조각을 얹어 쌈을 만들어서 내밀었다.

"자, 아."

"아?"

상추쌈이 미래의 입안으로 쏙 들어왔다.

"우리 미래, 꼭꼭 씹어 먹어. 알았지?"

"내가 애도 아니고—"

"음식이 입안에 있을 때는 말하는 거 아니야. 알았지?"

승운이 아이를 타이르듯 조근조근하게 말하자 미래는 눈에 불을 켜고 노려보았다. 승운은 빙글빙글 웃을 뿐이었다.

"자, 추어탕도 먹어봐. 미꾸라지가 정력에 좋대."

승운은 숟가락에 국물을 떠서 내밀었다. 미래는 그를 여전히 흘겨보았으나 먹긴 먹었다.

"맛 괜찮지? 좀 많이 사왔으니까 내일 아침에 꼭 먹고 출근해."

내일 아침에 같이 있지 않을 거라는 뜻.

알아들은 미래는 서운함을 느꼈으나 고개를 끄덕일 수밖에 없었다. 저번 주에 월요일 새벽까지 같이 있었는데 잠을 잔 시간은 손에 꼽았다. 결국 미래는 매주 월요일 아침마다 있는 임원회의에서 졸았고, 몸 상태가 회복되지 않은 것으로 오해한 비서진들에 의해 쫓겨나듯 일찍 퇴근하고 말았다.

미래가 그 사실을 말하자 승운 또한 말했었다. 신경 치료를 준비하다가 졸아서 큰일이 날 뻔했다고. 그래서 미래는 월요일을 위해 일요일 저녁에는 헤어져야겠다고 암묵적으로 생각했었다. 하지만 막상 승운이 몇 시간 뒤에 가버릴 거라고 생각하니…….

미래는 밀려드는 감정을 떨치기 위해 식사에 정신을 집중했다. 깨끗하게 해치운 뒤 승운은 과일을 내왔다. 미래는 그가 능숙한 손짓으로 껍질을 한 번도 끊지 않고 깎는 것을 보고 반쯤은 장난스럽게, 반쯤은 진심으로 감탄하는 마음에서 박수를 쳐주었다.

"내가 좀 잘하지."

승운은 의기양양하게 말했고 미래는 웃어버렸다. 승운은 포크에 찍은 사과 한 조각을 미래에게 먹여주었다. 미래는 엄지손가락을 내보였다.

"맛있어."

"사과 고르는 것도 내가 좀 잘해."

"질문 있습니다. 박승운 씨가 못하는 건 뭔가요?"

미래는 학생처럼 한 손을 번쩍 들었다. 승운은 한 손으로 턱을 괴며 짐짓 생각하는 척했다.

"글쎄요. 박승운 씨가 못하는 거라, 없는 것 같은데요?"

"에이, 하나는 있을 거 아니에요. 하나만 말해주세요."

"하나 있긴 한데 공짜로 말해줄 순 없네요."

"키스해 주면 말해줄 겁니까?"

승운은 고개를 앞으로 끄덕였다.

"키스라. 뭐, 그 정도면 대가로 괜찮네요."

미래는 약속한 것을 해주었다. 아주 진하게.

"자, 이제 답을 말해주세요."

"비밀이니까 어디 가서 말하지 않겠다고 맹세부터 해주세요."

승운이 고개를 숙여 속닥거리듯 말하자, 미래는 한 손을 가슴에 얹었다.

"네. 걸스카우트의 명예를 걸고 맹세할게요."

"사실, 박승운 씨가 못하는 건—"

승운이 이어 말할 때, 휴대폰 소리가 요란하게 울렸다. 승운의 얼굴에 가득한 장난기가 순간 사라진 건 바로 그때였다. 그는 식탁 위에 놔둔 휴대폰으로 손을 뻗었다. 미래는 액정 위로 떠오른 이름을 흘긋 보았다.

〈큰형.〉

"안 받아?"

"잠깐만."

승운은 일어나 바로 옆에 있는 서재로 들어가더니 문을 닫았다. 쿵 하고 귀에 거슬리는 소리가 나자, 미래는 저도 모르게 얼굴을 찡그렸다.

[나다.]

"네, 큰형님."

승운이 답하자마자 큰형은 걱정하는 목소리로 질문했다.

[어디 아프니? 저번 주에도 안 오더니 오늘도 안 왔더구나.]

매주 일요일 정오에 가족들은 큰형인 승안의 식당에 모이곤 했다. 사정이 생기면 빠지는 형제들이 있긴 하지만, 승운이 말도 없이 2주나 모습을 드러내지 않아서 그런지 걱정이 된 모양이었다.

"아뇨, 아니에요. 일이 좀 있어서요."

[일? 그래.]

큰형은 더 묻지 않았고, 잠시 휴대폰을 통해 무거운 침묵이 오갔다.

[토요일, 제사 있는 거 알지?]

"네."

[그래. 토요일에 보자꾸나.]

곧 통화가 끊겼다. 승운은 잠시 휴대폰을 바라보다가 부엌으로 갔다. 미래의 얼굴에는 질문이 떠올라 있었다.

"말해줄 거야?"

"음, 나 글씨 못 쓴다고. 악필이야."

내가 알고 싶은 건, 박승운 씨가 못하는 게 아니라 방금 큰형과 무슨 대화를 나눴냐는 거야.

하지만 미래는 생각을 내뱉지 않았다. 승운이 그런 것처럼 그냥 빙그레 웃을 뿐.

"이만 가봐야겠어. 밥 잘 챙겨먹어. 그 이상한 즙도 꼭 마시고. 알았지? 일요일 아침에 보자.”

승운은 미래의 이마에 부드럽게 입을 맞춘 뒤 자리를 떴다. 그가 가버린 뒤 미래는 한참 동안 식탁에 그대로 앉아 있었다. 생각하고 또 생각해도, 이 지끈거리는 감정의 이름은 하나였다.

불쾌감.

미래는 인상을 쓴 채 스스로에게 질문을 던졌다.

오미래, 어떻게 하고 싶어?

다음날, 점심시간이 가까워졌을 때 승운은 뜻밖의 방문자를 맞았다.

“안녕.”

정장 차림의 미래가 치과 안으로 들어오고 있었다. 승운은 환하게 웃으며 인사했다. 직장인답게 월요일이라는 사실 자체만으로 약간 짜증이 나 있었는데 미래를 보자 갑자기 기분이 날아갈 것 같았다.

“박승운 씨, 점심 같이 할래?”

“좋아. 3분만 기다려 줄래?”

미래는 고개를 끄덕였고 정확히 3분 뒤 승운은 가운과 마스크를 벗고 헐레벌떡 나섰다.

“고 간호조무사님, 저 식사하고 올게요.”

“그러세요.”

승운은 고 간호조무사의 호기심 어린 눈길에 씩 웃는 것으로 답하고는 미래의 손을 잡고 아무도 없는 계단으로 이끌었다. 바로 미래를 벽으로 밀어붙여 뜨거운 키스를 선사했다.

"웬일이야?"

"2시 일정이 여기에서 10분 거리에 있거든. 가는 김에 점심식사 같이 하면 좋을 것 같아서."

미래는 승운의 입술에 쪽 소리가 나게 뽀뽀하고는 시계를 보았다.

"가까운 곳에서 식사하자. 1시 50분에는 나가야 되거든."

"그래."

발걸음이 떨어지질 않았다. 이 자리에서 욕망을 채우고픈 충동이 들었으나 승운은 미래의 손을 꼭 잡고는 바로 아래층에 있는 비빔밥 식당으로 갔다.

"내가 해줄게."

주문한 음식이 나오자 승운은 미래의 것을 가져와 맛깔스럽게 비벼주었다. 미래는 그를 흘겨보았다.

"어제도 그렇고 나 어린애 아니거든?"

"알아. 아주 잘 알지."

승운은 은근한 눈으로 미래의 몸을 훑었다. 미래는 갑자기 더워지는 것 같았다.

"내가 해주고 싶어서 이러는 거야. 아주 잘해주기로 했잖아."

"그렇긴 하지. 근데, 사실 말이야. 조건을 하나 더 만들까 싶어."

승운은 미래의 표정과 목소리에서 뭔가를 읽어냈다.

"어떤 조건?"

"솔직하게 질문에 답할 것."

미래는 미소를 띤 채 말했지만 눈동자에는 웃음기가 없었다. 승운은 그녀가 화가 난 상태라는 것을 그제야 알아보았다.

"어제, 제대로 답 안 해서 화났구나."

"응. 맞아."

미래는 솔직하게 말했다.

"어떤 관계든, 모든 것을 다 말하는 법은 없다고 생각해. 부부든 연인이든…… 부모 자식이든 마찬가지겠지."

마지막 관계를 생각하는 미래의 얼굴에 그림자가 졌다.

"선의의 거짓말도 할 수 있다고 생각하고. 하지만 뭘 묻는지 분명하게 알면서도 다른 답을 하는 건 거짓말이라고 생각해. 그리고…… 그걸 단순히 기분 나빠하는 게 아니라 불쾌하게 여긴 나 자신에게…… 놀라긴 했어. 박승운 씨를 생각보다 더 많이 마음에 담고 있다는 뜻이니까."

복작복작한 식당에서 비빔밥을 앞에 두고 고백 아닌 고백을 하는 미래의 표정은 담담했다. 하지만 승운은 얼굴이 달아올랐고, 몸이 깊은 곳에서부터 떨렸다.

생전 처음으로 고백받는 사춘기 소년도 아니고 이 야릇한 기분은 대체 뭐지?

"난 손해 보는 일은 하지 않아. 앞으로도 그럴 거야. 일에 있

어서도, 사적인 부분에 있어서도. 난 박승운 씨한테 솔직해. 박
승운 씨도 앞으로 똑같이 그래 줬으면 싶어. 물론 사람 마음이
라는 게, 감정이라는 게 마음먹은 대로 조절할 수 있는 건 아니
지만.”

미래는 어깨를 들어 올렸다가 짐을 내려놓듯 내린 뒤, 빙긋
웃으며 숟가락을 들었다.

“내 얘기는 다 끝났어. 밥 먹자.”

나쁜 새끼.

소년은 이를 악물었다. 휘두르고픈 충동에 휩싸인 주먹이 부
들부들 떨렸지만, 그렇게 할 수는 없었다. 담임에게 무슨 말을
들을지 뻔했으니까.

부모 없는 후레자식.

그리고 큰형이 불려오겠지. 저 악마 같은 놈의 부모에게 허리
를 깊숙하게 숙일 테고.

때려선 안 된다. 폭력을 써서는 안 된다. 하지만…….

소년은 10분 전을 떠올렸다. 미래의 도시락을 먹으려는 순간,
수환이 교실 문을 벌컥 들어왔다. 거지라고 소리치며. 그리고
뒤따라 등교한 아이들도 입을 모아 같이 놀렸었다.

“거지! 거지!”

너무도, 뭐라고 말할 수 없을 만큼 너무도 화가 났다. 그래서 소년은 놀림받게 된 원인인 도시락을 손으로 거세게 내리쳤다.

미래가 얼마나 놀라던가. 얼마나 상처받았던가.

터프한 주먹질로 수환은 물론 다른 악마들도 곧잘 때리곤 하던 미래는 소년의 손짓 하나에 눈물이 그렁그렁했다. 그리고 소년은 외면하듯 몸을 돌려 도망치고 말았다.

미안해. 정말 미안해. 하지만…….

미웠다. 수환이가, 수환이한테 동조해서 거지라고 부르는 다른 아이들이 정말 미웠다. 그리고 소년을 이렇게까지 비참하게 만드는 미래도 미웠다.

나는, 네게 동정받고 싶지 않아. 이런 기분 느끼고 싶지 않아. 널, 차라리 널 좋아하지 않았다면…….

"승운아!"

소년은 등 뒤에서 들려오는 목소리에 몸을 움찔거렸다. 숨을 깊게 훅 내쉰 뒤 등을 돌렸다. 미래가 서 있었다.

"왜?"

소년은 삐딱하게 서서 노려보았다. 하지만 미래의 얼굴에 자리한 눈물자국을 보는 순간, 차가운 표정을 유지할 수가 없었다.

"미, 미안해."

"뭐라고?"

"나 때문에 애들이 놀렸잖아. 미안해."

미래는 주눅 든 자세로, 하지만 분명하게 사과했다. 소년은 심장 속에 박힌 날카로운 얼음가시가 스르륵 녹아내리는 기분이었다.

"저기, 승운아. 오늘 내 생일인데 끝나고 같이 놀이공원 갈래? 나랑 아빠랑, 너랑 이렇게 말이야."

승운은 이해가 가질 않았다.

"왜 나랑 놀이공원에 가자는 거야?"

미래의 하얀 얼굴이 새빨갛게 달아오르기 시작했다. 언제나 당당한 공주님답지 않게 한참 동안 땅바닥만 쳐다보더니 종이 울리자 그때 입을 열었다.

"승운아, 나 말이야, 너 좋아해."

미래는 고개를 들었다. 토마토 같은 얼굴색으로 소년의 눈을 똑바로 바라보며 다시 말했다.

"정말 좋아해."

"나도 네가……."

승운은 읊조림 같은 말을 희미하게 내뱉으며 눈을 떴다. 천장의 벽지가 눈에 들어오면서 꿈속에 나타났던 어여쁜 소녀가 사라져 갔다.

가지 마.

마음속으로 말했지만 소녀는 무정했다. 빙그러니 웃더니 19년 전의 세상으로 돌아가 버렸다. 남은 건 성인이 된 소년뿐.

미래야, 날 왜 기억 못하니?

때때로 승운은 그렇게 묻고 싶었다. 첫사랑을 기억하느냐고. 하지만 미래는 19년 전의 거지 소년이 멀끔한 치과의사 박승운이라는 것을 알지 못했다. 아니, 어쩌면 기억하고 있을지 몰랐다. 하지만 그렇다고 해도 동일 인물인 줄은 몰랐을 것이었다. 그가 나이를 속였으니까.

"말을, 해야겠지."

침대에서 일어나며 승운은 눈을 감고 길게 한숨을 내쉬었다. 나이, 밝혀야 했다. 그리고 왜 사실대로 말하지 않았는지도 털어놔야 했다. 큰형을 비롯한 가족들에 대해서도 말해줘야 했다. 그게 바로 예의였고 존중이었다. 바로, 그를 곧은 눈으로 바라보는 여자에 대한.

정말이지 오미래에겐 저항할 수가 없군.

어제, 코로 먹었는지 입으로 먹었는지 알 수 없는 점심식사를 끝내고 미래는 곧장 사라졌다. 그리고 그 뒤부터 승운은 미래가 남긴 말을 곰곰이 되새기고 있었다.

미래는 직설적이긴 했으나 침착하고 차분하게 마음을, 진짜 마음을 말했다. 그의 눈을 똑바로 바라보면서.

……변하지 않았구나.

현재의 오미래는 다른 아이들이 거지라고 놀리던 그를 순수한 애정으로 곧게 바라봐 주던 19년 전과 같았다. 달라진 건, 소녀가 성장해 여자가 됐다는 사실이었다. 그리고 성인으로서 성숙한 눈빛으로 서로를 바라본다는 것.

미래에게 가진 감정은 단순하지 않았다. 이끌림만이 아니다. 욕망만이 아니다. 소유욕만이 아니다. 즐거움만이 아니다. 기쁨만이 아니다.

이제까지 승운은 진짜 연애는 해본 적이 없었다. 심장 속에 들어온 여자를 만난 적도 없었다. 하지만 그가 미래에게 느끼는 이 모든 감정의 이름이 아주 복잡하다는 건 잘 알고 있었다. 어쩌면 세상에서 가장 복잡한 건지도 몰랐다.

어제 미래가 한 말은 경고였다. 그녀가 보여주는 것만큼만 그도 보여달라고. 만약 그러지 않을 경우…….

승운은 그 뒷일은 상상하는 것조차 불쾌했다. 그러니 하지 않을 것이다. 그리고 그대로 해줄 것이다. 미래가 원하는 것을, 들어줘야 했다. 그래야만 곁에 있을 수 있으니까.

무엇이든 하겠어. 네가 바라는 건.

물론 아직 마음 한구석이 불편하긴 했다. 진심으로 끌려서 연애하자고 했지만 미래의 모친에게 얄팍한 복수를 하고팠던 건 사실이니. 더군다나 나이까지 거짓말을 했다.

말을 하지 않은 것과 거짓말은 차원이 다른 일이었다. 미래가 잘못된 방향으로 오해할 수도 있는 부분. 그렇게 되기 전에 바로잡아야 했다.

하지만 어떻게 이야기를 해야 할지는 알지 못했다. 분명한 건 그녀의 새로운 조건을 들어주겠다는 소식을 서둘러 알려야 한다는 것이었다. 대답을 기다리고 있을 테니까.

승운은 빠른 걸음으로 피트니스센터로 내려갔다. 미래는 곧 왔다. 눈인사를 주고받은 뒤 승운은 상황을 살폈고 미래가 정수기 앞으로 가자 러닝머신에서 내렸다.

"안녕."

승운은 눈웃음을 지은 뒤 고갯짓으로 몇 미터 떨어져 있는 바(bar) 쪽을 가리켰다. 다이어트 음료나 샐러드 등을 파는 곳으로 오늘따라 사람이 한 명도 없었다. 판매 담당 직원이 화장실로 가는 것을 보며 미래와 승운은 그곳으로 자리를 옮겼다.

"추가 조건, 들어줄게."

승운은 미래의 눈을 똑바로 응시하며 거두절미하고 말했다.

"그러니까 앞으로 뭐든 물어봐."

미래는 잠시 놀란 표정을 짓고 있을 뿐 말이 없었다.

"으흠. 이렇게 쉽게 들어줄 줄은 예상 못했는데……."

"나도 예상 못했어. 그런데 그럴 수밖에 없더라."

승운은 눈웃음을 살살 쳤다.

"우리 공주님 매력이 대단해서 말이야. 난 공주님한테 푹 빠졌거든."

"내, 내가 무슨 늪이야? 푹 빠지게."

미래는 저도 모르게 말을 더듬고 말았다. 승운은 크게 웃어버렸고, 주변에 있는 사람 몇몇이 쳐다보았다. 남의 시선을 신경 안 쓰는 성격임에도 미래는 이번만큼은 왠지 부끄러웠다. 아니, 시선 때문이 아니라 승운의 말 때문인가?

갑자기 더운 것 같자 미래는 손부채로 얼굴을 부치며 말했다.

"일요일에 다시 이야기해. 아침에 와. 같이 장보자. 그 뒤에 난 구경하고, 박승운 씨는 요리하고."

"그래. 그러자."

"난 이만 출근할 거야."

승운은 미래의 등 뒤에서 말을 던졌다.

"일 잘해, 늪 나라의 공주님."

미래는 어깨 너머로 그를 흘겨본 뒤 사라졌다. 승운은 다시 크게 웃은 뒤 나머지 운동을 하러 갔다. 피트니스센터의 매니저가 눈을 빛내며 그들을 관찰했다는 것을 모른 채.

매니저는 휴대폰을 들어 방금 목격한 그대로 정희에게 문자를 쳤다. 승운과 미래가 아주 사이가 좋아 보인다고.

"5일 남았네."

출근한 뒤 미래는 사무실 벽에 붙어 있는 달력의 날짜를 셌다. 일요일까지는 5일이 남아 있었다. 시간으로 치면 120. 아니, 일요일 아침이라면 10시 정도일 테고 지금은 화요일 오전 8시니까 120시간이 아니라 거기다가 2시간을 더 더해야⋯⋯.

미래는 거기까지 생각하다가 두 손으로 뺨을 톡톡 쳤다.

내가 회사에서 대체 무슨 생각을 하는 거야? 물론, 집중하기 어려울 만큼 심장이 두근거리긴 했다.

요구 조건을 그렇게 쉽고 빠르게 들어주다니.

경고를 하긴 했지만 하루 만에 빗장을 풀 줄 예상하지 못했다. 그건 승운의 말대로 그만큼 그녀에게 빠져 있다는 뜻이었다. 같은 감정을 느낀다는 것.

물론 진지하게 연애하기로 한 만큼, 이전과는 사이가 다르긴 했다. 하지만 이렇게 명확한 증거를 보여주는 건……

그만. 딴생각은 그만 하고 일하자. 일. 일.

승운의 섹시하면서도 달콤한 웃음이 눈앞에 어른거렸지만 잠시 후 미래는 일에 집중하는 데 성공했다. 의식할 겨를도 없이 일에 몰두하고 있을 때였다.

[회장님이십니다.]

인터컴을 통해 통화를 요구하는 사람을 말하는 윤 비서의 목소리는 다소 뻣뻣했다. 미래는 서류철에서 눈을 떼고 미간을 찌푸렸다.

"연결해 줘요."

삐, 하는 소리가 들리더니 FUTURE KOREA의 이름뿐인 회장이자 미래의 엄마, 인자의 목소리가 흘러나왔다.

[미래야, 나다. 신종플루에 걸렸다는 말을 들었어. 이제 괜찮니?]

목소리는 아주 나긋나긋했다. 그러면서도 다소 어색했는데, 걱정하는 것처럼 들렸기 때문이었다.

"네. 다 나았어요."

[다행이구나. 소식을 이제야 들었지 뭐니. 진작 알았으면 한

국으로 갔을 텐데.]

정말 그러셨을까요?

미래는 질문을 내리눌렀다.

[거기 시간으로 금요일에 도착할 거야. 토요일에 저녁 같이 할래?]

"선약이 있어요."

[무슨 약속이니?]

"정희 언니랑 만나기로 했어요."

신종플루 회복 기념으로 한잔하기로 했다. 사실 승운을 만나고 싶었지만 그에게 일이 있다니 어쩔 수 없었다.

아무리 승운이 좋더라도 정희 언니를 만나는 게 서운한 일이 될 줄이야.

[그런 거면 미뤄도 되겠네. 토요일 저녁에 보자.]

"엄마—"

[네가 네 아빠처럼 사무실에서 쓰러졌다는데, 걱정이 돼서 그래. 얼굴 좀 봐야겠어. 저번에 내가 너한테 잘못했으니—]

미래는 잘못 들은 줄 알았다.

엄마가, 사과를?

[내가 이렇게까지 말하는데 안 들어줄 거니? 저녁 한 끼 같이 먹는 것도 못해?]

엄마는 미래가 싫어하는 특유의 쏘아대는 말투로 말했다. 미래는 고민했지만 고개를 끄덕였다.

“네. 그럼 그날 봬요.”

미래는 엄마가 알려준 시간과 장소를 메모지에 적었다. 전화를 끊은 뒤, 잠시 생각에 빠졌다. 휴식 시간을 틈타 정희에게 전화를 걸었다.

“언니, 미안해. 토요일 저녁에 엄마가 식사하자고 하시네.”

[네 어머니가?]

“응. 나도 놀랐어. 저번에 마음대로 선 잡아놓은 것도 사과하시고……. 아빠처럼 내가 사무실에서 쓰러진 것 때문에 놀라셨나 봐.”

사실, 미래는 말하면서도 믿기지 않았다. 하지만 수긍이 가기도 했다. 자신도 크게 쇼크받긴 했으나 아빠의 갑작스러운 죽음에 가장 큰 충격을 받은 건 엄마였으니까. 당시, 엄마는 아예 드러누웠었다. 자리를 털고 일어난 건 한참 뒤의 일로, 그때부터 엄마는 쇼핑에 미친 듯이 몰두하기 시작했었다.

[그렇구나. 미안해하지 않아도 돼. 사실 날짜 바꾸자고 말하려고 했어. 시부모님 제삿날인 걸 깜빡 잊었지 뭐야. 나 정말 빵점 며느리인가 봐. 다음주 일요일에 보자.]

정희는 툴툴거렸다. 미래는 머릿속에 둔 질문을 했다.

“그래, 그러자. 근데 언니, 혹시 알고 있나 싶어서 묻는데, 정이라는 한식당에 가본 적 있어? 강남에 있는 곳이야.”

[뭐라고?]

“예전에 그 한식당에 대해서 말한 적 있지 않아?”

자세한 건 기억나지 않았으나 미래는 정희가 언급한 적이 있다는 건 알았다.

"혹시 그 한식당이 선보는 곳으로 유명한지 알아? 엄마가 거길 딱 집어서 말한 게 좀 이상해서. 비서들에게 물어도 되겠지만…… 엄마를 의심하는 것처럼 보일 것 같거든."

사실 의심하는 게 맞긴 했다. 모친을 아주 잘 아는 만큼 곧이곧대로 볼 수만은 없었다.

[……으음.]

왠지 정희가 당황스러워하는 것 같았다.

"언니?"

미래가 뭔가 이상하다고 생각할 때 정희는 서둘러 말했다.

[나 이만 가봐야 해. 나중에 다시 통화하자.]

"응. 그래."

전화는 뚝 끊겼다. 미래는 고개를 갸웃거리며 전화기를 쳐다보았지만 곧 일에 빠져들었다.

토요일 저녁, 승운은 식당 앞에 서서 간판을 올려다보았다.

정 한식당.

정(情)을 담은 음식을 만들겠다는 뜻도 담겨 있었지만, 돌아가신 어머니와 아버지 두 분 모두의 성함에 '정'이라는 글자가 들어갔기에 그렇게 지어진 것이었다.

20년 전, 부모님이 갑작스런 뺑소니 사고로 돌아가셨을 때

 임플란트 황자님

승운은 열두 살이었다. 당시 어린 나이였긴 하지만, 애초에 부모님에 대한 기억은 적었다. 부모님은 자그마한 만두가게를 운영하고 계셨는데, 아이들을 먹여 살리느라 얼굴을 제대로 볼 수 없을 만큼 아주 바빴기 때문이었다. 형제들과 놀았던 게 기억의 대부분이었다. 그리고 부모님이 돌아가신 뒤, 지옥이 시작되었다.

그야말로 찢어지는 가난을 겪은 경험은 칠 남매 모두에게 큰 영향을 끼쳤다. 낭비없는 검소한 생활을 하게 된 건 기본으로 재테크와 불우이웃 돕기, 자원봉사, 기부 등에도 큰 관심을 가지게 됐는데 승운의 경우 치과의사가 되기로 결심한 건 바로 당시의 경험 때문이었다.

아직 집이 가난했을 때 큰형이 사랑니로 고생을 한 적이 있었다. 하지만 동생들이 입에 풀칠이라도 할 수 있도록 일만 하느라 사랑니를 뽑으러 병원에 갈 시간은 물론 돈도 없었다. 조금이나마 돈이 생겼을 때, 큰형은 소풍을 가는 쌍둥이들에게 간식을 사 먹으라고 주었고 결국 사단이 났다. 격심한 통증을 이기지 못하다가 쓰러지고 말았고, 사랑니를 방치한 대가로 어금니까지 잃었다.

승운은 그때, 치과의사가 되기로 결심했다. 나중에 커서 형제들에게 꼭 공짜로 치아를 치료해 주겠다고. 그리고 페이닥터가 되어 첫 월급을 탄 날, 그동안 모았던 돈을 합쳐서 큰형의 어금니를 임플란트로 새로 해주었다. 눈물날 만큼 기뻤던 일. 살아

있길 잘했다는 생각도 들었다.

승운은 치대를 졸업한 뒤 수련의를 거치지 않고 공중보건의와 페이닥터로 일하다가 개원한 케이스였다. 서른두 살이라는 비교적 적은 나이에 임플란트 부분에서 솜씨를 발휘할 수 있는 건, 바로 큰형을 위해 치대에 입학하자마자 임플란트 부분에서 여러 가지로 연구 및 공부를 해왔기 때문이었다. 결과적으로 보면 직업적인 부분 또한 큰형에게 도움을 받은 것과 다를 바 없었다.

큰형을 위해서라면 못할 게 없었다. 하지만 결혼이라…….

미래는 그에게 의미있는 존재였다. 유일하게 진심으로 대하는 여자이기도 했다. 그럼에도 결혼 생각은 쉽게 나지 않았다. 현실적으로 볼 경우, 미래 본인의 의향과 그 질 낮은 모친이 걸리기 때문도 있었지만 그것보다 그의 영혼 어딘가에 아로새겨진 어떤 것 때문이 아닌가 싶었다. 항상, 누군가가 귀에 대고 이런 말을 하는 것 같았다.

넌 결혼하기엔 준비가 덜 됐어.

사실 승운 또한 동의하는 말이었다. 물론 법적인 나이는 훨씬 지났지만 주변 상황적으로는 아니었다. 그의 명의로 된 30평짜리 오피스텔이 있었으나 독신자를 위한 장소이지 따뜻하고 푸근한 가정을 이룰 만한 장소는 아니었다. 그리고 무엇보다 그는 이제 갓 개업한 애송이일 뿐이었다. 좀 더 자리가 잡혀야 했다. 좀 더 많은 돈을 벌고, 좀 더 높은 명예를 얻었을 때, 결혼은 완벽하게 준비된 상태로 하는 게 옳았다.

승운은 두고 볼 생각이 없었다. 혹 그에게 비극적인 일이 닥치더라도 남겨진 가족들이 아등바등 살아가는 건 결코 원하지 않았다. 그의 아버지와 어머니가 그랬던 일을 자식들에게 반복하지 않을 것이다. 절대, 그러지 않을 것이다.

물론 승운은 잘 알고 있었다. 만약 지금 그가 결혼을 했고 아이들이 있는 상황에서 무슨 일을 당한다면, 나머지 형제들이 잘 돌봐줄 거라는 걸. 하지만 그래도 싫었다. 승운은 이렇게 준비되지 않은 상태로 결혼하고 싶지 않았다. 아직은 가정을 갖고 싶지 않았다. 아직은 아이들을 낳고 싶지 않았다.

내 아이들이, 나 같은 굴욕을 겪으며 자라게끔 두지 않을 것이다.

절대로.

"오빠."

승운이 간판을 노려보며 주먹을 꾹 쥘 때 등 뒤에서 허리를 감아오는 손이 있었다. 저절로 따스한 미소가 떠올랐다. 승운은 몸을 돌렸고 막냇동생이자 칠 남매 가운데 유일한 여자인 승리를 발견했다. 이제 임신 6개월에 들어선 승리는 배가 볼록 나와 있었고 얼굴에는 행복의 빛이 반짝반짝이고 있었다.

"우리 토끼, 왔구나."

언제나 승운은 승리를 토끼라고 불렀다. 닭살 돋는 애칭이긴 했으나, 승운은 정말로 막내가 세상에서 가장 귀여운 동물인 토끼처럼 사랑스러웠다.

"응. 오빠 언제 왔어?"

"5분 정도 전?"

"으흠. 그럼 5분 동안 고민하면서 간판을 노려보고 있었다는 말이네."

승운은 막냇동생의 코를 잡아 살짝 비틀었다. 승리는 빨개진 코를 만지더니 오빠를 흘겨보았다.

"나 꼬집었다고 대경 씨한테 이를 거야."

대경은 미래와 함께 갔던 '붉은 밤' 클럽의 사장이자 승리의 남편으로, 둘은 결혼한 지 얼마 안 된 신혼부부였다. 결혼하기까지 약간 험난했는데 승운이 도와준 덕분에 고비를 넘길 수 있었다.

"그래. 일러라. 으이구. 너 지금 하늘 같은 오빠를 떠본 거니, 토끼야?"

"응. 무슨 고민 있어? 나한테 말해봐."

승운은 어이가 없어서 코웃음을 쳤다.

"어이, 막내님. 내가 고민이 있어도 너한테 말할 것 같아?"

"그 말은 고민이 있다는 건데."

승운은 고개를 절레절레 젓고는 동생의 손목을 잡아 부드럽게 한식당 안으로 이끌었다. 아직 다른 형제들은 도착하지 않은 상태였다. 승운은 승리가 맛있는 음식 냄새에 눈을 빛내며 조리실로 쏜살같이 달려가는 것을 지켜본 뒤 큰형을 찾아 걸음을 옮졌다. 그러다가 막 들어오는 손님과 부딪히고 말았다.

"죄송합니다."

승운은 사과하며 빙긋 웃어주었다. 상대방은 그와 비슷한 체격과 나이의 남자로 최고급 슈트를 입고 있었다. 매끈한 이목구비를 갖춘 미남이었는데 다소 날티가 나는 이미지임에도 공손하게 머리를 숙였다.

"아닙니다. 제가 죄송합니다."

남자는 사과한 뒤 몸을 돌렸다. 승운은 남자가 3층으로 올라가는 전용 계단으로 향하는 것을 보았다.

토요일 저녁에 3층이면 역시 돈 좀 있는 사람이군.

한식당 '정'은 다른 곳과는 달리 영업시간이 그다지 길지 않았다. 매주 화요일은 휴식일이었고 월요일과 수요일, 목요일은 아침 11시부터 오후 3시까지만 열었는데, 그 뒤부터 밤까지는 재료를 다듬고 음식을 만드는 데 정성을 기울였다. 그만큼 맛에 신경을 썼기에 언제나 손님들로 들끓었다.

금요일부터 일요일까지는 영업시간이 좀 더 길었다. 아침 10시부터 오후 3시까지 한 시간 더 열었고, 두 시간 정리 겸 휴식한 뒤 5시부터 밤 10시까지 열었다. 사람이 너무 많아서 시장 바닥처럼 복작복작한 점심때와는 달리 저녁때는 좀 더 우아하고 고급스러운 느낌으로 세팅을 했다. 때문에 주말 저녁만 시간을 낼 수 있고 부촌인 이 근처에 주거하는 소위 있는 집안의 모임이 VIP만 사용 가능한 3층에서 가끔 이뤄지곤 했다.

"다섯째 도련님, 왜 그러세요?"

큰형수가 승운을 발견했고, 그의 눈길이 닿은 곳을 보았다.

"저 손님과 무슨 일이 있었어요?"

"아니에요. 무슨 일로 왔나 싶어서요."

"선보러 온 것 같아요. 여자 쪽 사람이 전화하더니 분위기 있
는 세팅을 부탁하더라고요. 3층 전체를 빌렸고요."

승운은 휘파람을 불었다.

"정말 돈 많은 집인가 봐요. 아, 넷째 형수."

입구로 들어오는 사람을 발견한 승운은 손을 흔들었다. 승연
의 아내 정희가 건성으로 고개를 끄덕여 인사를 받았다.

"음? 표정이 왜 저러지?"

승운은 정희에게 다가갔다. 뭔가 좀 불편한 표정이었다. 아
니, 안절부절못하고 있는 것 같다고나 할까.

"형수, 무슨 일 있어요?"

"네? 아니에요."

정희는 손을 내젓더니 고개를 슬쩍 들어 밖을 바라보았다.

"누구 기다리는 거예요?"

"그런 거 아니에요. 아휴."

정희는 고개를 휘휘 내젓더니 휴대폰을 꼭 쥐고 안으로 성큼
들어갔다. 승운은 평소와는 확연히 다른 형수가 걱정이 됐지만
여자 화장실까지 쫓아갈 순 없었다. 고개만 갸웃거리고 있을 때
였다. 제1조리실에서 큰형, 승안이 나왔다.

"일찍 왔구나."

지금은 8시로, 제사는 자정에 치르기 때문에 아직 시간이 많이 남아 있었다.

"운아, 피곤해 보이는데 깨워줄 테니 눈 좀 붙이겠니?"

"그렇게 해요. 얼굴이 좀 아니에요, 도련님."

큰형수도 한마디 보탰고 승운은 순간 피로감이 다가오자 고개를 끄덕였다.

"본가로 가렴."

본가는 식당에서 도보로 10분 거리로, 승운이 독립 겸 개업을 하기 전까지 다른 형제들과 함께 살았던 곳이었다. 승운은 고개를 끄덕인 뒤 식당 밖으로 나왔다. 막 정문을 나설 때였다. 낯익은 고급 승용차 한 대가 주차장으로 들어왔다.

승운은 눈을 가늘게 뜨고 보았다. 뒷좌석 오른쪽에서 여자 한 명이 문을 열고 나왔다. 날씬하고 연약해 보이는 얼굴. 하지만 강단있어 보이는 맑은 눈빛.

"미래야?"

승운이 불렀지만 듣지 못했는지 미래는 의구심으로 가득한 얼굴로 멋스러운 3층짜리 한옥인 '정' 식당을 올려다보고는 안으로 걸어갔다. 승운은 몇 초 가만히 서 있다가 다시 식당으로 달려갔다.

오늘 미래는 친한 언니와 만난다고 했었다. 여기서 만나기로 한 건가?

반가운 마음이 솟구쳤다. 승운이 다시 나타나자 큰형수가 물었다.

"안 주무시게요?"

"아는 사람을 봐서요."

승운은 큰형이 정신없이 일하는 것을 확인한 뒤 큰형수에게 다가가 귓가에 속닥거렸다.

"큰형수가 준비해 준 도시락을 먹은 여자가 여길 왔거든요."

"오."

큰형수는 눈을 반짝였다.

"어느 자리에 앉아 있는지 알려줄래요? 눈 높은 우리 다섯째 도련님이 만나는 여자분이 얼마나 예쁜지 보고 싶은데."

승운은 잠시 고민했지만 고개를 끄덕였다.

정식으로 소개하는 게 아니니, 큰형수가 얼굴을 보는 것 정도는 혹 미래가 안다고 해도 부담을 안 느끼지 않을까? 더군다나 사실 승운은 미래를 자랑하고 싶었다.

"방금 들어온 여자예요. 키는 좀 크고 말랐어요. 가냘프면서도 예쁘게 생겼고. 아, 혹시 오미래가 예약되어 있나요?"

"네. 있어요. 방금 들어온 여자분 맞네요. 근데……."

컴퓨터를 확인해 본 큰형수의 얼굴이 순간 굳어졌다.

"3층이에요."

"3층…… 이면."

승운은 벼락같은 사실을 깨달았다.

선을 보러 왔다?

이상한데.

약속한 장소에 도착한 뒤 미래는 잠시 한식당을 노려보았다. 3층짜리 한옥은 건물 디자인에 그다지 관심이 없는 사람이 보기에도 아주 멋졌지만 감탄할 마음은 나지 않았다. 미래의 마음은 의구심으로 가득했다.

선을 보게 하려는 건가?

퇴근하기 전에 간단하게 인터넷으로 검색한 바에 의하면 음식이 정갈하고 아주 맛있는 곳이라 자리 잡기 힘들다는 평을 봤는데, 선에 이용되는 장소라는 말은 없었다. 하지만 미래는 엄마를 믿을 수가 없었다. 속여서 선을 보게 만든 게 한두 번이 아니지 않은가.

어째서 엄마는 그렇게 탐욕스러운 걸까?

원래는 그런 사람이 아니었다. 미래가 어렸을 때만 해도 좀 속물적일 뿐이었는데 회사가 커진 그 순간부터 쇼핑에 맛을 들이더니 아빠가 돌아가신 이후로 완전히 빠져 버렸다. 너무 심했는데, 사실 미래는 엄마를 아주 조금은 이해했다. 무분별한 소비에 미래가 화를 내자 언젠가 아빠가 조심스럽게 말해준 게 있기 때문이었다. 엄마는 그야말로 찢어지는 가난을 겪고 살아왔다고 한다. 돈이 없어서 외할머니와 외할아버지를 병원에도 못 데려가 돌아가시는 걸 그대로 지켜볼 수밖에 없었을 정도라 돈과 돈이 가진 힘에 집착하게 됐다고. 그리고 아빠가 일만 하기 때문에 쇼핑하는 것으로 시간을 때울 수밖에 없다고.

그 뒤로 미래는 조금은 엄마를 이해하게 됐지만, 그렇다고 잘못된 행동이 아니라고 생각하는 건 아니었다. 더군다나 엄마는 집착이 너무도 심한 나머지 돈 이외에 중요한 건 없다고 생각하니까. 애초에 광후와의 약혼을 찬성했던 이유도 돈을 만지는 은행가라는 사실 때문이었고 파혼 후에 밀어붙이는 상대들 모두 굉장한 거부(巨富)였다.

오늘도 역시 선이려나?

저번에 통화할 때 엄마는 다소 약한 목소리를 들려주었으나, 미래는 방심할 수 없음을 알았다. 하지만 마음 한구석에서 들리는 소리가 있었다.

미래야, 엄마 한 번만 믿어주렴.

아빠의 목소리였다. 언제나 자상하고 포근한, 세상에서 가장 존경하는 사람.

네, 네. 이번엔 믿을게요. 의심이 생기지만요.

미래는 운전기사를 퇴근시킨 뒤 천천히 안으로 들어갔다. 사람이 아주 많았는데, 깔끔하고 은은하면서도 중후한 인테리어를 보니 꽤 괜찮은 곳 같았다.

맛있으면 승운과 같이 와야지.

"오미래로 예약했어요."

미래는 안쪽에 있는 데스크에 서 있는 귀엽고도 세련된 인상

 임플란트 황자님

의 여자 직원에게 다가가 말했다. 직원은 상냥하게 미소 짓고는 3층이라고 말해주었다. 바로 옆에 있는 다른 직원이 오더니 안내하겠다고 했고, 미래는 따라갔다.

"이곳입니다."

3층으로 올라온 뒤 직원은 꽃잎이 수놓아진 아름다운 창호지 문을 열어주었다. 오동나무로 된 넓은 상을 중심으로 양옆에 두 개의 비단 방석이 놓여 있었는데 상 위와 방 가장자리에 켜져 있는 금색의 호롱불은 나른하면서도 고급스러운 분위기를 풍겼다.

엄마가 좋아할 만한 장소기는 한데…… 선이 아닌 건가? 그러면 오늘은 화내지 말아야지. 날 생각해서 한국까지 오신 거니까…….

엄마를 떠올리면 자동적으로 차가워지는 마음에 훈풍이 살며시 밀려들어 왔다. 미래가 저도 모르게 엷은 미소를 지으며 앉았을 때 문이 천천히 열렸다. 큰 키에 날렵한 몸매, 빼어난 이목구비를 가진 남자가 서 있었다. 다소 매끈거리는 인상이었으나 표정은 아주 차분하고 단정했다.

"아, 잠시 자리 비운 틈에 오셨군요."

"네? 혹시 잘못 들어오신 것 아닌가요?"

남자가 맞게 들어왔다는 것을 무의식중에 알면서도 미래는 확인을 위해 그렇게 물었다.

"오미래 씨, 맞으시죠?"

남자는 상냥하게 말했고 미래는 두 주먹을 불끈 쥐고 부들부들 떨 수밖에 없었다.

결국, 또 이런 거구나. 또…….

"혹시 선보는 자리인 줄 모르고 오신 건가요?"

어느새 맞은편에 앉은 남자는 미래가 딱딱하게 굳은 얼굴로 상 위를 노려보고만 있자 알아차린 모양이었다. 미래는 물 잔을 들어 꽉 채운 다음 한번에 꿀꺽꿀꺽 삼켰다. 물은 차가웠지만 몸속에서 부글거리는 분노는 식지 않았다.

"네. 몰랐어요."

미래는 잔을 탁 소리가 나게 상 위에 내려놓았다. 그런 뒤 주먹을 계속 쥐었다 폈다. 뭔가 말을 하고 싶었지만 나오지 않았다.

"선보는 게 싫은 모양이군요. 이해합니다. 그리고 사실 저도 다른 목적 때문에 이 자리에 나온 거예요."

남자의 말은 한참 뒤에나 귀에 들어왔다. 미래는 뻣뻣하게 굳은 몸을 움직여 삐딱한 자세로 남자를 쏘아본 뒤 무례한 어투로 되묻고 말았다.

"뭐라고요?"

"오미래 씨를 만나러 왔어요. 하고 싶은 말이 있어서—"

쾅!

남자의 말이 끝나기도 전이었다. 창호지 문이 크고 거친 소리와 함께 옆으로 박히듯이 열렸다. 미래와 남자 모두 깜짝 놀라

몸을 흠칫 떨며 문 쪽을 바라보았다. 미래는 눈을 껌뻑였고, 승운이 문의 가장자리 쪽을 우그러뜨리듯이 거세게 쥐고 있는 것을 발견했다.

부모님을 잃은 뒤, 소년의 마음속에는 바로 이 말이 깊게 새겨졌다.

똑바로 정신 차리자. 그래야, 살아남는다.

승운은 그렇게 행동했다. 국민학교 아이들이 거지라고 우롱하며 때때로 폭력을 행사할 때도 주먹을 휘두르지 않았다. 그저 묵묵히 맞으면서도 공부에만 열중했다. 그게 바로 이기는 길이라고 생각했고 큰형을 위한 일이라고 생각했으니까.

물론 국민학교 때의 이수환 같은 악마 중의 악마를 후려치고 싶지 않은 건 아니었다. 사실 죽여 버리고 싶었다. 정말로……죽여 버리고 싶었다. 미래가 떠밀리듯 유학을 가게 된 그 사건 이후로 특히 그랬다. 그때 승운은 어린 나이였으나 이성이란 게 사라지는 건 순식간이라는 사실을 알게 되었다. 그래서 그 뒤로 감정을 더 절제하며 언제나 타인들에게는 매끈한 웃음만을 보여주었다. 그게 바로 성공하는 길이기도 했고.

하지만 이 순간 더 이상 억누를 수가 없었다.

미래가 선을 보러 왔다?

0.1초의 찰나의 순간, 승운의 이성은 소멸해 버렸다. 완전히.

"도련님!"

승운의 얼굴에서 무얼 보았는지 큰형수는 기겁한 표정으로 다가왔다. 하지만 키가 작은 그녀는 긴 다리로 계단을 뛰어올라가는 승운을 붙잡을 수 없었다.

온몸이 뜨거웠다. 심장에서 터져 버린 폭탄 같은 거친 불길 때문에 세포 하나하나가 횃불에 타오르는 것처럼 뜨거웠다. 머릿속에 굳게 뿌리박은 채 자리 잡고 있던 이성이 재가 되어버렸고, 남은 건 금방이라도 주변을 녹여 버릴 듯 폭발한 분노뿐이었다.

승운은 3층의 VIP 서빙 담당 직원이 놀란 눈으로 그를 바라보는 것도 무시한 채 그대로 돌격하듯 앞으로 가서 창호지 문을 부숴 버릴 듯 열어젖혔다. 온몸에서 뿜어져 나오는 분노 때문에 시야가 어두워졌으나 분명하게 보였다. 아까 그와 부딪혔던 남자 그리고 미래가 있었다.

"오미래."

입 밖으로 말이 아니라 불을 토해내는 것 같았다. 승운은 얼핏 미소로 보일 만한, 그러나 사실은 쓰디쓴 격분이 담긴 비웃음으로 한쪽 입가를 일그러뜨렸다.

"지금, 선을 보고 있는 거니?"

"승운 씨, 오해하지 마."

승운의 이름을 말하자 맞은편에 앉은 남자가 놀랐는지 몸을 움찔거리는 게 느껴졌다. 이유가 궁금했지만 상관없었다. 지금 중요한 건 승운이었다.

"모르고 나온 거야. 난 엄마가 식사 같이 하자고 해서—"

"네 어머니가 아니라 친한 언니와 만난다고 했잖아? 거짓말 작작해!"

승운은 말을 자르더니 윽박지르듯 외쳤다. 미래는 그가 무서울 만큼 얼굴을 일그러뜨린 채 격분을 토해내는 모습에 놀라 순간 말도 잊고 말았다. 이전의 승운이 나른한 미소를 지어주는 천사였다면, 지금의 그는 분노를 내뿜는 악마 같았다.

"똑같은 감정을 가져 달라고, 모든 걸 다 말해달라고 하더니 이게 그거야? 결혼 따윈 생각없다고 하더니 선을 보러 와?"

미래는 불같은 분노를 폭발시키는 승운을 멍한 눈으로 잠시 지켜보았다. 그녀는 승운이 쥐고 있는 창호지 문의 가장자리가 뚜득, 하는 귀에 거슬리는 소리를 내며 구겨지자 그제야 정신을 차렸다.

"자리 좀 피해주세요."

미래는 승운에게 못 박은 것처럼 시선을 고정한 채 맞은편에 앉아 있는 사람에게 말했다. 지금 이 순간 승운 말고 다른 남자에게, 특히나 맞선을 보러 온 남자에게 한 점의 시선도 흘릴 순 없었다.

남자는 아무 대답도 하지 않았지만 자리에서 일어났고 승운이 자리를 지키고 있는 공간이 아닌, 다른 쪽 문을 통해 나갔다. 흥미로운 눈빛으로 승운과 미래를 쳐다본 뒤에.

남은 건 승운과 미래였다. 그리고 공기가 금방이라도 터질 듯

달아올라 부글부글 끓고 있었다.

"박승운 씨."

승운의 눈빛은 마치 사냥감을 눈앞에 둔 야수 같았다. 날카로운 이로 상대를 갈가리 찢어버리고 싶어하는 짐승의 모습. 그의 온몸에서 뿜어져 나오는 살기에 미래는 온몸이 저릿저릿할 정도였다.

화내는 건 당연했다. 하지만 어째서 저렇게 화를 내는 거지? 어째서 저렇게나 격분하는 걸까?

어째서?

"내 말 잘 들어."

미래는 움직이지 않았다. 그냥 그 자리에 앉은 채로, 턱을 살짝 든 채로 노려보듯 승운을 쳐다보았다.

"언니와 약속이 있었어. 하지만 시부모님 제삿날이래. 그래서 약속이 취소됐어. 믿지 못하겠다면 언니한테 전화해 봐. 사실인지 아닌지 알 수 있을 거야."

승운은 반응하지 않았고, 미래는 그가 이어질 말을 기다리고 있음을 알았다.

"엄마가 저녁식사를 같이 하자고 하셨어. 여기서, 이 시간에. 난 선 자리인 줄 모르고 나왔어."

"그래?"

마치 동상처럼 한 자세로 서 있던 승운의 입이 달싹거리듯 움직였다. 온몸을 난도질하는 듯한 무서운 눈빛은 그대로였기에 미래는 그가 자신을 믿는지 아닌지 알 수 없었다.

"그래. 그러니까 이번엔 내가 질문할게."

미래는 자리에서 일어났다. 그러고는 승운에게 못 박은 시선을 그대로 유지한 채 아주 천천히 움직였다. 몇 걸음에 불과했지만 아주 먼 길 같았다. 자칫 잘못 디디면 끝을 알 수 없는 절벽 아래의 세상으로 추락할 것만 같은 느낌.

하지만 무섭지 않았다. 그가 어떤 눈빛으로 자신을 쳐다보든 말든, 이젠 두렵지 않았다. 그저 궁금할 뿐이었다.

"왜 그렇게 화를 내는 거야?"

승운은 대답하지 않았다. 미래는 순간 그의 눈빛이 혼란스러워진 것을 보았고, 깨달았다.

"박승운 씨도 모르나 보네."

승운은 외면하듯 고개를 옆으로 돌렸지만 미래는 체온을 느낄 수 있을 만큼 바싹 다가가 턱을 잡아 그녀를 바라보게 했다. 승운은 짜증으로 가득해 보였다. 그녀를 압박하던 살기는 어느새 사라졌지만 분기는 그대로 남아 있어 얼굴은 철처럼 딱딱할 따름이었다.

미래는 한일자로 굳게 다물린 승운의 입술을 본 뒤 눈을 올려 시선을 마주했다. 그러고는 입을 열었다.

"왠지…… 난 알 것 같은데."

갑자기, 정전이 되어 암흑천지였던 온 세상에 형광등이 켜진 것처럼 눈부신 무언가가 반짝하고 떠올랐다. 어쩌면 세상에서 가장 환상적인 빛일지도 몰랐다.

심장이 모든 힘을 다해서 100미터 달리기를 하는 것처럼 빠르고 거칠게 박동하기 시작했다. 미래는 바싹 마른 입가를 축이며 다소 떨리는 목소리로 이어 말했다.

"이 생각이 맞을 것 같아. 이것밖에 답이 없거든."

승운은 말없이 대답을 요구했다.

"사실, 박승운 씨는 화를 낸 게 아니야."

미래는 승운이 무슨 말인지 알아듣지 못하겠다는 의미로 눈을 찌푸리는 것을 발견했고, 마음속으로 크나큰 즐거움을 느꼈다. 승운이 모르는데 그녀는 알고 있다는 사실이 기뻤다. 미래는 발꿈치를 들어 승운의 오른쪽 귓가에 비밀을 이야기해 주듯 자그맣게 속삭였다.

"질투를 한 거지."

미래는 승운과 얼굴을 마주했다. 그는 이제 멀뚱한 표정을 짓고 있었다. 마치 무슨 뜻인지 이해하지 못한 듯했다.

"순간적으로, 아주 많이 질투한 거야. 왜냐하면."

미래는 두 손으로 승운의 허리를 감아 바싹 붙었다. 격렬한 질투심 때문에 뜨거워진 그의 체온을 고스란히 느낄 수 있었다.

미래는 한쪽 입술 끝을 들어 올리는 만족스러운 미소를 지으며, 승운의 영혼까지 꿰뚫을 것 같은 강렬한 눈빛으로 그를 바라보았다.

"박승운 씨는 날 사랑하니까."

미래는 다시 말했다.

"나한테 완전히 빠졌으니까. 그래서 그렇게나 질투를 한 거야. 그렇지?"

승운이 미래의 말뜻을 알아들은 건 몇 초가 지난 뒤였다. 뇌가 바로 이해하지 못했으니까. 승운은 잠시 숨도 쉬지 않은 채로 기다렸다. 곧 물방울이 고요한 수면 위에 떨어진 것처럼 파장이 생겨났다.

온몸에 다시 열이 일어났다. 모든 것을 다 갈가리 찢어버리고픈 광폭한 분노가 아닌, 단순히 쑥스러움의 열기였다. 체온을 한번에 솟구치게 만든 열은 작동 버튼이 눌러진 것처럼 한번에 승운의 온몸을 점령했고, 미래가 지켜보는 앞에서 그의 얼굴이 토마토보다 더욱 선명한 붉은색으로 변해 버렸다.

"와."

휘익. 미래는 저도 모르게 휘파람을 길게 불었다.

"진짜 빨갛다. 신기하네."

미래는 두 손을 올려 승운의 뺨을 이리저리 만져 댔다. 그의 열기가 너무 높아서 그런지 미래의 손가락은 서늘하게 느껴졌다. 승운은 미래가 귀 끝과 목을 더듬거리면서 손톱 끝으로 살짝 긁자, 그제야 어딘가 손이 닿지 않은 곳으로 여행을 떠났던 정신이 돌아왔다는 것을 깨달았다.

"아유, 우리 박승운 씨. 알고 보니 참 순진했구나?"

미래는 빙글빙글 웃었다. 도저히 웃음을 참을 수가 없었다.

“사랑한다는 사실을 들키니까 이렇게 새빨개지고 말이야.”

“말조심해.”

승운의 경고 같은 말은 우물거림에 지나지 않았다. 미래는 복부에서 희미하게 느껴지던 그의 남성이 점점 뚜렷해지는 것을 알아차렸다. 온몸으로 쾌감 같은 전율이 일어났다. 승운의 육체 때문이었지만, 단순히 그 이유만은 아니었다.

사랑한다.

승운이 그녀를, 사랑한다!

“뭐라고? 소리가 작아서 못 들었어. 다시 말해봐.”

희열에 가득한 채로, 미래는 한쪽 손을 귀로 가져가 더 크게 말해보라는 시늉을 했고 승운은 지금 이 상태로는 말로 미래의 입을 막을 수가 없음을 깨달았다. 그렇다면 남은 방법은 하나였다.

“박승운 씨, 소녀처럼 부끄러워하지 말고 다시 말해봐. 응? 이번엔 주의해서 들을— 읍!”

승운은 미래의 입술을 강탈한 뒤, 두 손목을 잡아채 방 안으로 끌고 갔다. 그러고는 벽에 손목을 누르고는 혀로 숨도 쉬지 못하게 했다. 공기가 타오를 만큼 뜨겁고 축축한 키스가 오갔고, 승운은 기꺼이 반기는 미래의 반응에 넋이 나갈 것 같았다.

갖고 싶다. 이대로, 안으로 들어가 내 것이라는 도장을 찍고 싶다. 오로지 나만의 여자라는 사실을 각인시키고 싶다!

승운은 격하게 존재를 주장하는 하체를 미래에게 문질렀다.

 임플란트
왕자님

미래는 신음을 내뱉었다가 두 손은 그의 목에, 두 다리는 그의 허리를 감았다. 승운이 미래를 짓누르듯 벽에 붙였을 때였다. 비명 같은 숨소리가 등 뒤에서 났다. 승운은 처음에는 무시할 생각이었으나 곧 등에 콩 하고 작은 주먹이 와 닿았다.

"뭐야!"

승운은 버럭 고함을 지르며 뒤돌아보았다. 미래 또한 거칠게 숨을 내쉬며 눈을 깜빡이는 것으로 어느새 흐릿해진 시야를 맑게 했다. 승운의 등 뒤에 두 명의 여자가 서 있었다. 귀여운 얼굴의 임산부가 주먹을 쥔 채로 승운에게 가까이 서 있었고, 뒤로는 아까 데스크에 서 있던 여자 직원이 있었다. 두 명의 표정은 같았는데 반쯤은 놀라고 당황했으며, 나머지 반쯤은 호기심으로 눈이 밤하늘의 별처럼 반짝반짝이고 있었다.

"에. 흠, 흠."

미래는 승운의 허리를 감았던 다리를 재빨리 바닥으로 내린 뒤 승운을 올려다보았다. 그의 얼굴은 여전히 빨갰고 입술은 그녀가 빨아 먹은 흔적이 남아 있어 반들거리는 데다가 다소 부어 있었다. 하지만 표정 자체는 아까와 많이 달랐다. 간신히 아무 일도 아닌 것처럼 웃고 있었으나 어지간히 놀라고 당황했는지 상당히 찌그러진 미소였다.

"미래."

승운은 더듬거리다가 미래의 손을 잡았다.

"오미래. 제가 진지하게 만나는 여자예요, 큰형수. 승리야, 인사해.”

“안녕하세요.”

두 명의 여자가 동시에 한목소리로 합창했다. 정신이 하나도 없었지만 미래 또한 무의식중에 고개를 반쯤 숙여 인사를 했다.

“미래야, 소개할게.”

승운은 구겨진 미소를 지은 채로, 땀을 흘리며 이어 말했다.

“큰형수, 그리고 막냇동생 승리야.”

미래는 눈만 껌뻑껌뻑거렸다. 우스꽝스러운 침묵은 몇 초 뒤에나 사라졌다. 막냇동생이자 임산부는 큰 눈을 데굴데굴 굴리더니 씩 웃는 것으로 표정을 바꿔서 미래에게 손을 내밀었다.

“만나서 반가워요.”

“네. 저도요.”

악수를 손으로 하는 건지 발로 하는 건지 정신이 하나도 없었지만, 미래는 역시 자동적으로 그렇게 답했다.

미치겠네. 어디서부터 본 거지?

“식사 아직이시죠?”

큰형수는 승운보다 훨씬 어려 보였다. 막냇동생과 비슷한 20대 중후반으로 보였는데 난감한 상황임에도 빙글빙글 웃고 있었으며 태도는 꽤 침착했다.

“네.”

“그럼 여기서 도련님과 같이 식사하세요.”

“아뇨, 괜찮아요.”

약간이나마 정신을 차린 미래는 저도 모르게 그렇게 답했다. 쥐구멍이라도 찾고 싶었으므로, 일단은 이 자리에서 빠져나가는 게 우선이었다.

"에이, 그냥 가지 말고 식사하고 가세요. 네?"

이번엔 눈이 큰 임산부가 제안해 왔다. 아주 귀엽게 생겼는데, 미래는 왠지 승운의 막냇동생이 하는 말은 다 들어주고픈 마음이 생겼다. 하지만.

"아뇨. 다음에요. 지금은 쥐구멍에 들어가고 싶은지라 먹어도 소화가 안 될 것 같아요."

미래는 저도 모르게 머릿속을 꽉 메우고 있는 생각을 톡 내뱉었다. 막냇동생은 눈을 꿈뻑대더니 빛이 날 만큼 환하게 웃었다. 그러더니 승운에게 시선을 던졌다. 마치, 미래가 마음에 든다고 눈빛으로 말하는 것 같았다.

"그래. 오늘은 이만 들어가."

승운은 다시 구겨진 얼굴로 씩 웃더니 속삭이듯 말했다. 미래는 그가 당황한 자신을 배려해 준다는 사실을 알아차렸다. 물론 그녀 못지않게 놀란 그 스스로를 추스르려는 게 분명하기도 했다.

"이만 가볼게요."

"다음번에 같이 식사하기로 약속한 거예요."

승운의 막냇동생은 눈웃음을 살살 쳤고, 미래는 저도 모르게 고개를 끄덕이고 말았다.

"주차장까지 데려다 주고 올게요."

승운은 미래의 손목을 잡고 후다닥 내빼듯 건물 밖으로 나왔다. 봄날의 공기가 아주 시원하게 느껴질 만큼 온몸이 뜨거웠다.

"아오, 쪽팔려."

차 앞에서 미래는 손으로 부채를 만들어 부쳤다. 그래 봤자 조금도 시원해지지 않았지만.

"얼마나 본 걸까?"

"나도 모르겠어. 키스 이후부터는 확실히 봤겠지. 아, 망했다. 꼬투리 잡혔으니 계속 놀림당하겠네. 큰형수는 몰라도 승리 녀석은 입을 막을 수가 없거든."

승운의 한탄에는 한숨이 깃들어 있었다. 그는 시계를 보며 말했다.

"오늘 밤 자정에 부모님 제사가 있거든. 내일 점심에 보자."

미래는 고개를 끄덕인 뒤 차에 탔다. 키를 꽂을 때, 정신없는 와중에서도 한 가지 생각은 분명히 났다.

"박승운 씨."

미래는 사악하게 웃었다.

"나 얼마나 사랑해?"

승운의 얼굴이 다시 달아올랐다. 미래는 깔깔 웃고는 핸들을 움직였다. 사이드미러를 통해 승운이 땅이 꺼져라 한숨을 내쉬는 모습이 작게 보였다. 싫어서 저러는 게 아니었다. 마음을 들켰다는 당황스러움 때문일 터.

 그나저나 큰형수와 막냇동생을 그런 식으로 만나다니……. 좀 더 제대로 만났어야 했는데. 그래야 내 이미지에도 좋을 테고, 나중에 결혼을 한다고 해도…….

 미래는 생각을 멈추고 신호가 얼마 남지 않은 빨간색 신호등마냥 눈을 깜빡거렸다.

 결혼? 나, 지금 결혼 생각한 거야?

6

"그만 좀 해."

승운은 모여 있는 가족들에게 으르렁거리며 경고했다. 하지만 소용없었다. 집안의 셋째, 승언은 눈을 반짝이며 열심히 재잘대는 승리에게 물었다.

"우와, 진짜 찐했나 봐?"

"응. 찰싹 달라붙어 있었다니까."

승리는 박수를 치듯 두 손을 딱 붙이는 행동까지 보여주었다.

"이렇게 말이야. 내가 기겁해서 불렀는데도 못 듣고 계속 붙어 있더라. 오빨 때려서 중단시켰는데, 안 그랬으면 더 했을 것 같아."

"왜 때렸어? 그냥 놔두지."

이번엔 승리와 이란성 쌍둥이이자 여섯째인 승원이 가담했다.

"에이, 그래도 신성한 식당에서 그러는 건 아니지. 엄청 뜨거웠다면서? 식당 다 태워먹었을걸?"

셋째 승언이 키득거리며 비웃자, 승운은 도저히 참을 수 없었다. 주먹으로 상을 쾅 소리가 나게 치고는 버럭 고함쳤다.

"그만 좀 해! 형들은 연애 안 했어? 그리고 승리, 너! 내가 다들 반대하는 네 결혼을 도와줬는데 오빠 이렇게 놀릴 거야?"

"도련님."

잠자코 뒤에 있던 큰형수가 입을 열었다. 오른손 검지를 들더니 옆으로 흔들었다.

"임산부 앞에서 큰소리 내면 안 되는 거, 아시잖아요."

"아, 네."

뜨끔한 승운은 임신 6개월째인 승리의 볼록한 배를 바라봤다가 어깨를 움츠렸다. 승리는 고소하다는 눈빛으로 혀를 쏙 내밀었다.

저 콩알만 한 게 정말.

큰형수와 승리에게 들킨 뒤, 승운은 승리가 다른 형제들에게 다 불어버리고 말 거라는 사실은 알고 있었다. 건수만 찾았다 싶으면 놀려먹는 게 가족들 간의 애정 방식이니까. 사실 그도 다른 형제들에게 그랬었다.

하지만 이 정도로 그러다니.

미래가 가는 것을 본 뒤, 승운은 멍한 정신으로 식당으로 돌아왔다. 그때만 해도 승리는 빙글거리며 웃을 뿐이었다. 그래서 승운은 이번엔 놀림을 안 당할 거라고 생각하며 안도의 한숨을 내쉬었지만, 착각이었다.

자정에 맞춰 본가에서 제사를 치른 뒤 음복(飲福)을 할 때, 승리는 그제야 무슨 일이 있었는지 줄줄이 늘어놓았다. 아주 자세하게. 그러자 다른 형제들은 물론 형수들도 낄낄거리며 승운을 놀려댔는데, 승리와 같은 어린 나이를 자랑하지만 어른스러운 큰형수는 이제까지 아무 말도 보태지 않았었다.

그래. 큰형수는 날 도와주겠지.

"근데, 도련님."

큰형수는 눈을 깜빡깜빡거리면서 승운을 바라보았다. 눈동자에는 장난기가 그득했다.

"미안해요."

"네?"

"접착제로 붙은 것보다 더 딱 달라붙어 계셨는데 식당에서 그러는 건 좀 아닌 것 같아서 방해한 거, 정말정말 미안해요. 저 미워하지 마세요."

큰형수는 머리를 조아리기까지 했다.

승운은 그냥 고개를 숙여 이마를 상에 박았다. 쿵 하고 소리가 나자 다른 형제들 모두 크게 웃음을 터뜨렸고, 또다시 신나게 집안의 다섯째를 놀렸다.

"얼마나 이쁘디? 쟤 눈 높을 텐데. 많이 예쁘겠지?"

"이름은 뭐라고 했지? 미래? 직업은 뭐야?"

형제들이 놀리듯 물었지만 승운은 묵묵하게 상에 이마를 대고 있을 뿐이었다. 승리가 미래의 외모를 묘사할 때, 가족들의 왁자지껄한 수다를 잠시 멈추게 하는 한마디가 울렸다.

"결혼할 생각으로 만나는 거니?"

큰형, 승안이었다. 승운은 고개를 천천히 들어 맞은편에 앉아 있는 큰형을 보았다. 그는 큰형이 대답을 기다리고 있다는 것을 알았다. 다른 형제들 또한 마찬가지였다.

"결혼한다면."

여전히 승운은 자신이 아직 준비가 되어 있지 않다고 생각했다. 하지만 미래는 달랐다. 다른 존재. 모든 것을 다 부수고 마음속으로 들어온 여자.

"미래와 할 생각입니다."

"그래."

그것으로 끝이었다. 큰형은 더 말하지 않았고, 정종을 다시 따라 마셨다. 승운은 큰형의 입가에 아주 짧은 순간 미소가 떠오른 것을 보았다.

역시, 날 많이 걱정하고 계신 거구나.

마음이 아려왔다. 어렸을 때, 승운은 미래가 얽힌 그 일 이후로 큰형의 속을 썩인 적은 단 한 번도 없었다. 공부도 잘했고 집

안일을 도와주었으며 동생들과 잘 놀아주는 것으로 착한 동생
으로서 완벽한 모범을 보여주었다. 단, 여자 문제만 빼고.

많은 여자들과 일정 이하의 감정만 주고받는다는 사실을 알
아챈 건 가족들 가운데 큰형이 최초였다. 뚜렷하게 의사를 표현
하진 않았으나 큰형은 언제나 그를 걱정했었다. 특히 다른 형제
들이 다 자기 짝을 찾아 행복한 결혼 생활을 하게 되자 염려의
눈길은 더욱 깊어져만 갔다. 동생이 나름의 방식으로 방황하고
있다는 것을 알아차렸기 때문이리라. 그래서 큰형답지 않게 저
번에 결혼 독촉까지 한 것일 터.

하지만 이젠 걱정을 끼치지 않을 것이다. 마음을 한곳에, 한
여자에게 정했으니 이제 큰형의 염려를 살 일은……. 물론 결혼
은 다른 일이지만.

가장 우선되는 질문은 이것이었다. 일벌레 오미래, 나와 결혼
하고 싶니? 아니, 결혼이 하고 싶니?

"우리 바람돌이가 드디어 정착하는 건가?"

승운이 깊은 생각 속에 잠시 몸을 담그고 있을 때, 둘째 형 승
열이 다가와 씩 웃더니 정종을 내밀었다. 승운은 빈 잔이 채워
지자 한번에 마셨다. 깊은 향과 맛은 아주 일품이었다.

형제들의 놀림을 꿋꿋하게 받아내면서 계속 마실 때였다. 승
운은 넷째 형수인 정희가 오늘따라 아주 조용하다는 사실을 알
아차렸다. 보통 활발하게 다른 가족들과 대화했는데 오늘은 확
실히 이상했다.

그래도 기분은 좋아 보이는데.

아까 한식당에 왔을 때는 좀 안절부절못하더니 지금은 환한 미소를 짓고 있었다. 아주 기뻐하는 얼굴이었다.

가만있자, 언제부터 저렇게 기분 좋아 보였지? 그래. 방금 내가 결혼 이야기를 꺼냈을 때부터인데. 으흠. 내가 결혼하는 게 그렇게 기쁜가?

승운은 큰형만큼 자신을 걱정하는 사람이 바로 넷째 형인 승연이라는 것을 알고 있었다. 사실 승연 형과 딱히 많은 대화를 나누는 사이인 건 아니었다. 승연이 야구를 하기 위해 열아홉 살 때 미국으로 떠났고 아직도 1년에 최소 8개월은 미국에서 보내고 있으니까.

하지만 같이 있는 시간과는 상관없이 넷째 형은 승운을 항상 염려하고 있었다. 이제 서른이 된 여섯째를 제외하고 다른 형제들은 다들 결혼해서 잘살고 있기 때문이었다. 결혼이 진짜 남자가 되는 길이라고 굳게 믿고 있는 넷째 형이 보기엔 서른둘임에도 가벼운 만남만 지속해 온 다섯째가 걱정거리일 터.

"넷째 형수."

승운은 놀림이 덜해진 틈을 타 정희에게 다가갔다. 정희는 무슨 생각을 하고 있었는지 화들짝 놀랐다.

"연이 형한테, 걱정하지 말라고 해주세요."

승운은 정희가 방금 무슨 생각을 했는지 궁금했지만 마음속에 품어둔 말을 했다. 다른 형제들이 듣지 못하게끔 아주 작은 목소리로.

"이제 괜찮으니까. 100퍼센트 확실하진 않지만요."

미래의 마음과 생각, 행동을 아직 알 수 없었다. 그래서 승운은 100프로가 아니라고 생각했다.

"다섯째 도련님, 사실……."

가만히 침묵을 지키던 정희는 한참 뒤에나 입을 열었다. 그때 여섯째인 승원이 다가와 승운의 등을 퍽 소리가 나게 쳤다.

"형, 그 언니 언제 정식으로 소개시켜 줄 거야?"

승운은 등이 너무 아파 아무 말도 할 수 없었다. 그는 멍이 들었을 거라고 생각하며 버럭 소리 질렀다.

"야, 이 자식아! 넌 네가 얼마나 무식하게 힘센지 몰라?"

"아이고, 우리 치과샘 연약하기는."

승원은 빙글빙글 웃으면서 다섯째 형을 놀렸고, 승운은 눈에 불을 켜고 동생에게 주먹질을 했다. 승원은 도망가면서도 주먹에 솜이 들었냐고 이죽거렸다. 승운이 쫓아가서 동생을 기어코 응징하자, 정희는 터져 나오는 웃음을 막을 수가 없었다.

"정말 이 형제들은 사이가 좋다니깐. 그래서……."

정희는 미래를 떠올렸다. 마구 웃음이 터져 나올 것 같아 정희는 손으로 입을 가린 뒤 휴대폰이 들어 있는 핸드백을 슬쩍 보았다. 몸이 달 정도로 남편과의 통화가 기대됐다.

이 일을 이야기해 주면, 얼마나 기뻐할까?

일요일에도 미래는 언제나처럼 새벽 6시에 눈을 뜨곤 했다. 휴일이라는 것을 떠올리고 다시 늘어지게 잠을 자곤 했지만 오늘은 달랐다. 미래는 그대로 일어나 샤워한 뒤 에스프레소 머신을 작동시켰다. 거의 유일하게 제대로 다룰 수 있는 부엌 용품이었는데 몇 개를 고장 내버린 뒤 김 비서에게 특강을 들은 덕분이었다.

에스프레소를 더블로 추출해 낸 뒤 미래는 조금 기다렸다가 바로 한번에 삼켜 버렸다. 뜨거운 기운이 다 사라지지 않은 터라 목구멍이 따끔거렸지만 커피가 들어가자 잠이 좀 깼다. 아니, 사실 잠은 아예 달아나 있었다. 하지만 최면이라도 걸린 듯 몽롱한 느낌은 에스프레소를 한 잔 더 마신 뒤에도 남아 있었다.

"정신이 없네……."

미래는 길게 한숨을 내쉰 뒤 두 손으로 얼굴을 감쌌다. 실이 엉킨 것처럼 머릿속은 뒤죽박죽이었다. 물론 그 와중에서도, 동쪽에서 태양이 떠오른다는 것만큼이나 분명한 사실이 있었다.

승운은 그녀를 사랑한다.

"으흠, 눈은 높아."

미래는 만족스럽게 웃으며 다시 에스프레소를 더블로 뽑아서 거실로 갔다. 소파에 비딱하게 앉은 뒤 앞에 있는 탁자에 두 다리를 턱하니 걸쳤다.

세상의 모든 것을 다 가진 기분이, 이런 건가?

　물론 회사가 온연히 그녀의 것이 됐을 때, 아빠의 회사를 더욱 발전시켰을 때도 이런 느낌을 받았었다. 하지만 승운의 사랑을 받는 것에는 약간 다른 느낌이 하나 더 있었다.

　심장이 간질거렸다. 솜사탕처럼 몽글몽글거리고 달콤한 무언가가 온몸을 포근하게 감싸고 있는 느낌.

　어제저녁, 돌아온 뒤 미래는 잠을 제대로 이루지 못했었다. 속마음을 들켜 새빨갛게 변한 얼굴로 당황해하던 승운의 얼굴이 눈앞에서 아른거렸기 때문이었다.

　그렇게 귀여운 면이 있을 줄이야.

　하나하나 알아갈수록 더 마음에 들었다. 그리고…….

　미래는 새벽까지 뒤척이게 만든 질문을 다시 떠올렸다.

　나도, 사랑하는가?

　미래는 얼굴을 미미하게 찌푸리고는 한 손으로 턱을 괴었다.

　"으흠."

　그렇게 한숨 같은 말을 길게 흘린 채 깊은 생각에 잠겼다.

　"거즈는 한 시간 뒤에 뱉으세요. 코피가 날 수도 있으니까 코도 풀지 마시고요."

　승운은 주의사항이 적힌 종이를 쥐어주면서 친절한 어조로 일일이 하나씩 말을 해주었다. 50대 후반의 아주머니는 막 임플란트 식립을 마친 상태였다. 승운은 한 번 더 수술 부분을 살핀 뒤 문까지 아주머니를 바래다주었다.

"젊은 사람이 참 꼼꼼하네."

아주머니는 칭찬 한마디를 해주고 사라졌다. 잠시 틈이 나자, 승운은 만족감을 느끼며 차트를 다시 확인했다.

임플란트는 많은 것을 요구하는 시술이었다. 특히 치유 시간의 경우 아래턱의 경우 최소 2~3개월, 위턱의 경우 최소 4~6개월이 필요한데 뼈가 약하거나 뼈 이식을 한 경우는 보통 6~9개월의 시간이 필요했다.

교과서적인 기간은 더 길 수도 있었지만 완전히 자리 잡기까지 많은 시간을 요구하는 시술이라는 건 확실했다. 다행히 방금 나간 아주머니의 경우 뼈가 단단해서 반년 정도를 예상으로 잡고 있었지만.

승운은 차트를 덮은 뒤 짧게 한숨을 내쉬었다. 시간이 필요한 건 세상에 임플란트만이 아니니까.

사람과의 관계 또한 마찬가지.

승운은 첫눈에 반하는 사랑도 있지만 아주 오랜 시간이 지나야 생기는 사랑도 있다는 것을 아주 잘 알고 있었다. 그리고 미래에 대한 자신의 사랑이 두 가지 경우 모두라는 것도.

열두 살 어린 나이, 국민학교 5학년 학기말에 미래가 전학 왔던 날, 소년은 공주같이 예쁜 옷을 입고 있는 소녀에게 심장을 빼앗겼다. 그리고 현재, 남자는 완전히 공주님이 된 여자를 사랑하게 되었다.

첫사랑이 이어진 걸까? 서른두 해를 살아온 인생에서, 진심이 가는 여자는 단 한 사람이었다. 나는, 평생 미래만 사랑해 온 걸까?

아무래도 좋았다. 미래가 그를 사랑한다면 아무래도 좋았다. 하지만 그의 진심을 알아챘으나 미래는 아무 말도 하지 않고 있었다.

일주일도 안 됐는데 내가 너무 조급한 걸까?

승운은 저도 모르게 손가락으로 초조하게 책상을 두드렸다. 5일 전, 마음을 들켰다. 그리고 그 뒤로 미래가 놀려먹을 거라고 각오했지만 그녀는 아무 말도 하지 않고 있었다. 평상시처럼 대할 뿐.

기다려야 해. 얼마 안 됐잖아. 더군다나 사랑한다는 말은 없어도 진심이잖아?

미래는 더 이상 그를 가볍고 얕은 연애 상대로 보지 않았다. 고백을 한 다음날인 일요일에 그가 솜씨를 발휘해 포크커틀릿을 만들어줬는데, 밤늦게까지 함께 시간을 보내는 내내 미래는 더 깊은 눈빛을 하고 있었다. 그의 사랑을 기쁘게 생각한다는 증거.

하지만 그건 미래도 그를 사랑한다는 증거는 아니었다. 그래서 승운은 목이 타는 것 같았다. 겨우 며칠밖에 되지 않았는데도 이렇다니. 미래가 의도적으로 그러는 건 분명 아니었지만 승운은 이대로 바싹 말라 미라가 되는 게 아닌가 싶을 정도였다.

노크 소리가 들리자 승운은 의자에서 일어났다. 막 문을 닫을

 임플란트 왕자님

때 책상 위에 올려둔 휴대폰이 진동하는 소리가 났다. 승운은 손을 뻗어 휴대폰을 쥔 뒤 액정을 확인했다. 모르는 번호였다.

광고 전화인가? 아니면 중매쟁이?

종종 마담뚜가 번호를 알아내서 집요하게 전화를 하곤 했기에 승운은 모르는 번호는 아예 받지 않았다. 환자에겐 개인번호가 아니라 병원 번호를 주고 있었고.

"원장님, 예약 환자분 오셨어요."

"네."

승운은 휴대폰을 서랍에 넣은 뒤 등을 돌렸다. 몇 번 더 울리는 소리가 났지만 곧 들리지 않게 되었다. 일과가 끝난 뒤, 그는 어쩐지 거부감이 일어나는 부재중 통화 목록을 무시한 채 집으로 돌아가 다음날 있을 데이트를 준비했다.

"어딜 가는 거야?"

아침 9시 정각에 맞춰 미래를 데리러 온 승운은 30분이 지나도 목적지를 말하지 않았다.

"10분이면 돼. 다 왔어."

"궁금하단 말이야."

"그럼 맞혀봐."

미래는 운전석에 앉은 승운의 옷차림을 훑었다. 얇은 터틀넥과 청바지를 입고 있었는데 고급 브랜드가 아니었음에도 모델이 워낙 좋아서 그런지 세상에서 가장 근사한 남자로 보였다.

그리고 아주 맛있어 보이기도 했다.

"난 맞혀보라고 했지 입맛 다시라고 안 했는데."

"내가 언제 입맛 다셨어?"

미래가 입에 침도 바르지 않고 거짓말을 하자 승운은 빙그레 웃었다.

"이제 다 왔으니 그만 궁금해해."

교차로에서 차가 잠시 멈췄을 때, 승운은 턱짓으로 표지판을 가리켰다.

"놀이공원?"

순간적으로 미래는 온 세상이 흐릿해지는 것 같았다. 잊고 있었던 어린 나날이 떠올랐으니까.

"이제 바쁜 일은 끝났으니, 요번 미래 생일에는 우리 미래가 가고 싶어하는 놀이공원에 갈 수 있어."

아빠와 가기로 약속한 곳. 하지만 이런저런 일로 결국 가지 못했다. 이루지 못한 꿈으로 남겨둔 장소.

"와본 적 있어?"

입안이 바싹 마르자, 미래는 말없이 그냥 고개를 저었다. 승운은 운전에 집중하느라 미래의 표정을 읽지 못했다.

"역시 없구나."

승운은 휘파람을 불면서 주차장으로 차를 몰았다.

"사실 나 연간회원권 가지고 있어. 어렸을 때 한 번도 못 와봤거든. 그래서 그런지…… 놀이공원이 좋더라. 시간이 되면 형제들과 종종 오곤 해."

"그렇구나."

주차가 끝났을 때 미래는 표정을 수습한 뒤였다. 싱긋 웃어주자 승운은 미래의 손을 잡고 이끌었다.

입장하자 곳곳에 사람들이 보였다. 몇몇 사람들은 앙증맞은 고양이 머리띠나 커다란 리본 머리띠를 두르고 있었고 손에는 풍선 등을 들고 있었다. 눈을 빛내며 놀이기구 사이를 뛰어다녔고 동시에 디지털 카메라로 열심히 찍어댔는데 다들 아주 신나 보였다.

미래는 광장시장에 처음 갔을 때처럼 저도 모르게 두리번거렸다. 실내는 그다지 크지 않았지만 공간 활용을 잘했는지 있을 건 다 있어 보였다. 열차가 높은 곳으로 올라갔다가 떨어지듯 내려오자 즐거운 비명이 연이어 터져 나왔고, 바이킹을 탄 사람들은 위로 올라가면 겁에 질린 표정이었지만 두 팔을 번쩍 들었다. 물보라를 일으키며 밑으로 내려오는 작은 보트도 있었는데, 승운이 미래를 가장 먼저 데려간 곳은 파라오의 분노라는 기구였다.

"여기가 테스트하는 곳이야."

"테스트?"

"응. 무서운 걸 탈 수 있는지 알아보는 테스트."

승운은 씩 웃으며 말했다. 토요일이지만 시간이 이른 편이라 그런지 사람이 많지 않아 곧 탈 수 있었다. 여덟 명이 지프차에 앉은 채 주변을 구경하는 것이었는데 길이 좀 덜컹거리고 주변이 어두울 뿐 무서운 건 아니었다. 미래가 왜 이 기구가 테스트하는 곳인지 생각할 때, 지프차 앞에 레이저 쇼가 나타났다. 레이저 위로 구름 같은 그림이 나타나 미래가 그림에 정신을 집중할 때였다. 그림을 통과하자마자 지프차가 밑으로 뚝 떨어졌다.

"꺄악!"

미래는 저도 모르게 비명을 지르며 앞의 손잡이를 꼭 붙들었다. 지프차는 언제 그랬냐는 듯 다시 평탄한 움직임을 시작했지만 미래는 긴장을 놓을 수가 없었다.

"어때?"

밖으로 나온 뒤 승운은 두 뺨을 붉힌 채 입을 꾹 다물고 있는 미래에게 물었다. 미래는 눈을 혜성처럼 반짝였다.

"재밌어! 정말 짜릿해!"

허공에서 흘러 다니다가 바닥으로 뚝 떨어지는 느낌은 반쯤은 무섭기도 했지만, 나머지 반쯤은 심장에 전류가 흐를 만큼 즐거웠다. 미래는 만족스럽게 웃으며 손목을 잡아끄는 승운을 따라갔다.

"이거 재밌을 것 같아."

후렌치 레볼루션이나 바이킹, 자이로드롭 등 무서운 기구만 골라서 실컷 탄 뒤 점심식사를 하면서 잠시 쉴 때, 미래는 후룸

라이드를 발견했다.

"물이 많이 튀기거든. 내가 앞에 탈게."

탈 차례가 되자 미래는 승운의 뒤에 바싹 붙었다. 가슴을 문질러 볼까 생각할 때 보트가 움직였다. 다른 무서운 기구에 비하면 아무것도 아니었지만 덜컹거리는 느낌의 보트를 타는 건 꽤 재밌었다. 물론 가장 마음에 드는 건 급경사에서 떨어질 때였다.

"와아!"

순간 허공에 뜬 듯한 짜릿한 느낌에 미래는 비명 같은 소리를 지르며 승운에게 더 달라붙었다. 파도가 일어나 보트 앞으로 물방울이 후두둑 떨어졌다. 보트에서 내려온 뒤, 미래는 승운의 상의 3분의 1정도가 젖은 것을 보았다.

"꽤 젖었네. 보통 안 이러는데."

승운은 내려다보더니 어깨를 들썩였다.

"내가 앞에 타길 잘했어."

그는 미래에게 싱긋 웃어주었다. 아주 일상적인 미소. 하지만 그럼에도 미래는 뭔가를 깨닫고 말았다.

심장박동은 평소와 같았다. 호흡 또한 다르지 않았다. 즉, 몸의 반응은 평소에 비해 조금도 변화하지 않았다. 마음도 마찬가지였다.

아주 일상적인 일이었다. 박승운이라는 남자와 함께 있고, 대화를 나누는 건. 그리고 갑자기 밀려온 이 감정 또한 마찬가지였다. 원래 그래 왔던 것처럼 아주 자연스러웠다. 태양이 지면 달이 떠오르는 것처럼, 달이 지구와 함께 공전하는 것처럼, 지구에 그녀와 그가 살고 있는 것처럼 너무 당연해서 평소 굳이 생각하지 않는 그런 일 같았다.

아.

찰나의 순간이었다. 0.1초도 안 되는 시간.

아, 난 이 남자를.

미래는 알아버렸다. 당연한 사실을, 깨달아 버렸다.

"허니."

몰랐던 감정을 알았으나, 미래는 평소처럼 행동했다. 승운을 사랑하는 건 숨 쉬는 것처럼 그냥 자연스러운 감정이니까.

"허니?"

"응. 우리 박승운 허니."

미래는 속눈썹을 깜빡이며 그를 올려다보았다. 승운은 미래의 눈동자가 장난기로 반짝이자 경계하는 표정을 지었다.

"왜?"

"나 할 말이 있어."

"뭔데?"

"허니는 날 사랑하잖아."

미래는 장난스럽게 말을 던지고 있었지만, 순간 승운은 심장이 쿵 하고 바닥에 떨어지는 기분이었다.

설마…….

“그렇지? 나 사랑하지?”

“흠. 음. 그, 그래.”

승운은 목기침을 하다가 말을 더듬고 말았다. 얼굴에 열이 올랐다. 미래는 발꿈치를 들어 승운의 귓가로 입술을 가져갔다.

“난 말이야…….”

미래는 이어 툭 말했다.

“목말라.”

승운은 고개를 뒤로 뺐다.

“날 정말 사랑한다면, 음료수 좀 사줘.”

승운은 눈을 가늘게 뜨고 미래를 노려보았다. 미래는 뻔뻔한 얼굴로 건너편에 있는 식당을 가리켰다.

“목마르다니까. 어서 가자.”

잠깐 앉아서 음료수를 마시는 내내 승운은 돌이라도 씹은 것 같은 표정을 지었다. 미래는 빙글빙글 웃으면서 콜라를 승운에게 들이밀었다.

“어서 마셔. 에너지 보충해야 더 놀지.”

“난 갑자기 놀기 싫어졌는데.”

승운은 달콤한 간식을 빼앗긴 어린아이처럼 투덜거렸다. 미래가 깔깔 웃자 승운은 그녀가 정말 얄미웠다.

“허니, 나 또 할 말이 있어.”

“뭔데?”

“우리 호텔 가자.”

승운은 마시던 것을 뱉을 뻔했다. 미래는 다시 크게 웃음을 터뜨렸다.

"뭘 그렇게 놀라? 저기 바이킹 옆에 호텔 있잖아. 저녁까지 놀다가 하루 자고 가자."

"으흠. 아예 지금 갈까?"

"내가 그렇게 좋아? 하긴 내가 많이 사랑스럽긴 하지."

미래는 속눈썹을 과장되게 깜빡이며 고운 목소리를 냈다.

"가끔 생각하는데, 허니는 웃음소리도 아주 섹시해. 가자."

그러고는 승운의 손목을 낚아채서 호텔로 걸어갔다. 미래가 데스크의 직원에게 스위트룸을 달라고 말하자 승운은 직원에게 잠깐 기다려 달라고 했다.

"여기 좀 재밌는 방이 있는데 거기로 가볼래? 캐릭터 상품이 있는 룸이야."

"그래? 그럼 거기로 가자."

미래는 직원에게 키를 받아 들고 갔다. 하지만 엘리베이터에 둘만 타게 되자 지우개를 쓴 것처럼 얼굴에서 웃음을 싹 지우고 승운을 매섭게 노려보았다. 승운은 괜히 찔려서 움찔거렸다.

"왜?"

"캐릭터 룸이 있는 건 어떻게 알았어? 누구랑 와본 거야?"

미래의 쏜살같은 공격에 승운은 빙긋 웃었다.

"동생들이랑. 작년에 열심히 놀아서 그런지 너무 피곤해서 자러 들어온 적 있거든."

“정말이야?”

“물론 정말이지.”

질투를 했군.

미래의 앙칼진 표정이 풀어지는 것을 보며 승운은 쾌감을 느꼈다.

미래가, 질투를 했다. 그건 그만큼 그에게 많은 감정이 있다는 뜻.

승운이 저도 모르게 입을 헤벌리고 웃을 때, 미래는 룸을 둘러보고 있었다. 침대에는 놀이공원 캐릭터의 얼굴이 박힌 쿠션과 베개, 알록달록한 그림이 그려진 이불이 있었고 벽에는 다양한 색깔을 자랑하는 원 모양의 쿠션이 다닥다닥 붙어 있었다. 두 개의 소파 가운데 하나는 선명한 주황색이었고 다른 하나는 눈부신 분홍색이었다. 2인용 소파도 있었는데 위에는 캐릭터 인형이 정답게 앉아 있었다. 바닥의 무늬도 귀여운 종류였고 천장에는 새파란 하늘 벽지가 붙어 있었다.

“딱 놀이공원스러운 방이네. 독특한걸?”

“로맨틱하네. 그렇지?”

승운은 침대 가장자리에 풀썩 앉았다. 미래는 히죽 웃고 있는 얼굴의 캐릭터가 그려진 쿠션을 잡아 던졌다. 승운은 베개를 받아 그림을 보더니 웃고는 침대에 등을 대고 누웠다. 미래는 옆에 앉은 뒤 그를 내려다보면서 니트를 벗었다. 뽀얀 살결이 드러나자 승운의 눈동자에 욕망이 번뜩이기 시작했다. 미래는 더

폭발적인 반응을 예상하며 브래지어를 벗으려 했지만, 승운이
일어나 미래의 손목을 잡았다.

"오미래 씨."

"응."

"공주님."

"응."

"세상에서 가장 예쁘고 섹시한 여자."

"응."

미래는 갈수록 어깨가 으쓱 올라가는 기분이었다. 승운은 싱
긋 웃고는 미래의 손바닥 중앙에 입을 맞추었다.

"사랑해."

승운은 다시 눈가에 주름이 살짝 잡히는 눈웃음을 지어주었
다. 세상에서 가장 근사하고도 달콤한 미소. 미래는 순간 숨이
막혔다.

"아주 많이 사랑해, 공주님."

승운은 눈을 감은 채 잠시 숨을 훅 내쉬었다. 그러고는 다시
눈을 뜬 뒤 미래의 눈동자를 그 어느 때보다 진지하게 응시하며
물었다.

"너는, 어떻지?"

"나는, 어떨까?"

미래는 두 손으로 승운의 두 뺨을 감쌌다.

"박승운 씨, 내가 어떻게 생각할 것 같아?"

승운은 입을 열었지만 아무 말도 할 수 없었다. 미래는 손을 미끄러뜨려 손가락 끝으로 그의 입술을 살며시 매만졌다. 짜릿한 전기가 미래와 승운 모두에게 흘렀다. 대화에 집중할 수 없을 것 같자 미래는 손을 떼며 다시 물었다.

"모르겠어?"

"모르겠어."

미래는 쿡 하고 웃어버렸다.

"내 참, 꼭 말로 해줘야 아는 거야?"

"그…… 말의 뜻은 뭐야?"

심장이 전속력으로 달리기를 하는 것처럼 박동하기 시작했다. 이대로 가다간 심장이 입 밖으로 튀어나올 것 같아 승운은 잠시 입을 꾹 다물었다가 다시 열었다. 미래는 먹이를 낚아채는 독수리처럼 승운의 입술에 돌격했다. 떠밀린 승운은 침대에 풀썩 눕게 되었고 미래는 그의 입술을 탐욕스럽게 핥고 빨았다.

"나 말이야."

한참 뒤, 미래는 승운의 입술을 놓아준 뒤 거친 숨을 골랐다. 그의 복부에 올라가 어딘가 모르게 씁쓸해 보이는 눈동자로 말했다.

"광후 오빠한테 파혼당한 뒤에 결국 난 짝사랑을 한 거라는 걸 깨달았어. 열렬하게 상대를 사랑했지만 이어지지 않은 거지."

승운의 눈동자에 거친 불길이 번쩍였다. 솔직히, 미래는 승운이 질투하는 걸 보는 게 재밌었다. 하지만 지금은 그 쾌감을 즐길 때가 아니었다.

"그러다 보니까…… 신기하다는 생각이 들더라. 지구에 살고 있는 수많은 사람들 가운데 단 두 명이 서로만을 사랑한다는 거 말이야. 정말 신기한 것 같아. 회사 일과는 다르게 노력한다고 되는 것도 아니고 말이야. 어쩌면 그렇게 파혼당해서 그다음부터 더 가볍게 연애만 한 건지도 모르겠어. 약혼 전에도 가벼운 연애만 했지만 파혼 후에 더 심해졌거든. 그때 사랑을 거부당한 게 너무도 좌절스럽고 상처도 커서 다시는 그런 경험을 하고 싶지 않았어."

미래는 고개를 숙여 승운의 목과 어깨 사이에 얼굴을 묻었다. 단단하면서도 매끄러운 근육 위에 뜨거운 숨을 내쉬자 자극받았는지 승운이 움찔거리는 게 느껴졌다.

"내가 약하다고 생각하긴 싫어. 아니, 약하게 되는 상황이 만들어진다는 것 자체가 싫어. 그리고 회사 말고 다른 것에 많은 감정을 품고 싶지도 않아. 회사만이 날 배신하지 않으니까. 회사는 내가 한 만큼 돌려주거든. 혹은, 더 많은 걸 주기도 해. 그래서 결혼하기 싫었어. 연애도 깊게 하기 싫었어. 그냥, 적당히 즐기고만 싶었지."

순간 벼락을 맞은 것처럼 승운은 미래가 과거형으로 말한다는 것을 깨달았다.

과거형. 현재와는 다르다는 의미.

"지금도 난 손해 보기 싫어. 내가 약하게 될지도 모르는 상황이 닥치는 게 너무 싫어. 다시 배신당하기도 싫어. 그러지 않을 거야. 싫으니까. 정말, 싫으니까. 내가 투자한 만큼 돌려받고 싶어. 아빠가 남긴 회사를 키우는 게 내 인생의 최우선이야. 다른 건, 회사 일에 방해되는 건 하지 않을 거야. 그럴 거야. 그러니까."

"그러니까?"

미래는 불쑥 머리를 들어 승운과 얼굴을 마주했다. 딱 10㎝ 앞에서 그녀는 그의 눈을 아주 매섭게 쏘아보았다.

"그러니까 참아줘."

미래의 목소리는 마치 어린아이의 것 같았다. 불만 많고 요구도 많은, 항상 투덜거리기만 하는 땡깡쟁이 소녀.

"참아달라고. 알겠어? 평일에는 자정에나 집에 들어올 거야. 아침밥도 못 챙겨줘. 알지? 나 과일도 못 깎아. 집안일 하나도 못해. 할 시간도 없어. 그럴 시간에 도우미 고용하는 게 더 효율적이라고 생각해. 그리고 시댁 행사 같은 것도 일일이 참여하거나 다 챙기는 건 무리야. 하지만 비서한테 말해놓으면 나한테 때마다 알려줄 테니 잊지는 않을 거야. 못된 거 알아. 이기적인 것도 알아. 하지만 난 많이 변할 수가 없어. 나한테는 일이 필요하니까. 일을 해야 하니까. 그러니까 박승운 씨가 참아줘야 해. 안 그러면 안 돼. 알겠어?"

미래는 이제 따지듯이 외치며 승운의 멱살을 잡고 있었다. 승운은 입술을 축였다.

"시댁?"

"그래, 시댁. 박승운 씨 형제들 말이야. 일곱 명이나 된다면서?"

"으흠."

애타는 기다림으로 가득했던 승운의 눈동자에 장난기가 슬며시 돌아왔다.

"난 나 사랑하냐고 물었지 프러포즈를 한 게 아닌데. 지금 나한테 프러포즈하는 거야?"

당황한 미래는 입술을 꾹 다물었다가 몸을 일으켜 두 주먹으로 그의 가슴을 쿵 쳐버렸다. 어찌나 아픈지 승운은 순간 숨을 쉬지 못했다.

확실히 어디 내놔도 걱정은 안 돼.

승운은 기침을 하는 것으로 통증을 애써 감추었다. 미래는 불타는 눈으로 노려볼 뿐이었다.

정말이지, 이렇게 진지한 순간에도 이렇게 얄밉다니.

"박승운, 빨리 말해."

"뭘?"

"참아주겠다고. 평생, 참아주겠다고."

승운은 생각하는 척했다. 그는 미래가 주먹을 번쩍 들자 그제야 손을 들어 말리는 시늉을 한 뒤 말했다.

"네가 조건 하나만 들어준다면."

“뭔데?”

승운은 몸을 일으키며 미래를 밀었다. 이번엔 미래가 침대에 등을 대고 눕게 되었다. 승운은 미래의 이마에 부드럽게 입술을 눌렀다.

“나만.”

승운은 소중한 보물을 대하듯 조심스럽게 입술을 미끄러뜨려 미래의 양 눈꺼풀에 번갈아 키스했다.

“영원히.”

이번엔 앵두 같은 미래의 입술 위에 살포시 입술을 포갰다. 깃털처럼 부드럽고 초콜릿보다 더 달콤한 키스.

“사랑하기.”

승운은 한쪽 눈을 감았다 떠서 윙크했다.

“쉽지?”

미래는 천천히 고개를 위아래로 끄덕였다. 따스한 봄날에 꽃이 피어나듯 미래의 얼굴에 미소가 번졌다.

“응. 쉽네.”

“그럼, 말해봐.”

승운은 진지하게 요구했다. 미래는 꽃잎 같은 두 입술을 모아 속삭여 주었다.

“오랑해.”

“뭐라고?”

“오랑한다고.”

승운은 눈을 가늘게 뜨고 미래를 노려보았다. 미래는 아이처럼 까르르 웃어버렸다.

"이봐, 장난칠 거야?"

"장난친 건 박승운 씨가 먼저잖아? 그리고 말이야, 자매품 육랑해도 있어."

"이 아가씨가 정말."

"생각해 봐. 응응해의 사는 너무 적은 것 같아. 오랑해나 육랑해가 더 많이 응응하는 것 같지 않아?"

"아예 만랑해, 아니, 억랑해나 조랑해로 하자고 하지 그래?"

"영원의 시간이니까 영랑해가 더 나은— 음……."

더 이상 말장난에 안 당하려면 조물조물거리는 미래의 입술을 막는 게 가장 좋은 방법일 터. 승운은 냉큼 미래의 입술을 한 입에 삼켜 자근자근 씹기 시작했다. 물론 혀로 길게 핥고 빠는 건 기본이었고.

"정말 제대로 말 안 할 거야?"

한참 뒤 승운은 미래의 부어오른 입술 앞에서 버럭 고함을 질렀다. 소리는 컸지만 화가 난 게 아니라는 걸 미래는 잘 알았다. 고백을 듣고 싶어서 안절부절못하는 것일 터.

"응응해, 박승운 씨."

"정말!"

승운은 눈을 부릅뜨더니, 재빠르게 미래의 옷을 홀랑 다 벗겼다. 알몸이 되었으나 미래는 느긋했다. 한 손으로 턱을 괴고 옆

으로 누웠고 두 다리를 살짝 교차시켜 거뭇한 삼각지를 은근하
게 가려서 상상력을 자극시켰다. 그 모습에 승운은 흥분이 더욱
솟구쳤으나 으르렁거리듯 선포했다.

"고백하게 만들어주지."

"어떻게?"

대답으로서 승운은 옆에 던져 둔 브래지어를 덥석 잡았다. 다
행히 와이어가 없고 신축성이 아주 좋은 제품이었다. 승운은 미
래의 두 손목을 낚아채 브래지어로 힘껏 묶었다. 승운이 아주
재빠르게 움직였기도 하고, 생각도 못한 일이라 미래는 그대로
당하고 말했다.

"뭐야, 이거?"

"가만히 있어."

승운은 침대에서 내려온 뒤 하나씩 벗기 시작했다. 미래는 순
간 손을 봉쇄당했다는 것도 잊고 넋을 잃은 채 불끈거리는 대흉
근과 두껍고 단단한 허벅지를 바라보았다. 그리고 하늘을 향해
솟구친 두 다리 사이의 굵은 것도.

"이거 흥분되는데?"

승운은 사악하게 웃고는 두 팔이 묶인 미래의 알몸을 머리끝
부터 발끝까지 훑었다. 노골적인 시선에 미래는 다리 사이가 젖
어들어 갔다. 그녀는 다리를 꼭 붙였지만 소용없었다. 승운이
앞에 풀썩 앉더니 우악스럽게 허벅지를 잡아 옆으로 벌렸다.

"지금이라도 늦지 않았어."

　승운은 경고했지만 미래는 듣지 않았다. 해볼 테면 해보라는 얼굴로 한쪽 눈썹을 들어 올릴 뿐이었다. 승운은 눈을 가늘게 뜨더니 고개를 숙여 허벅지 안쪽의 여린 살 부분을 아주 길게 핥았다. 축축한 혀가 불길을 일으키자 미래는 순간 움찔거렸지만 승운은 그녀가 움직이게 놔두지 않았다. 손자국이 남을 만큼 허벅지를 더욱 꼭 쥘 뿐이었다.

　장인이 예술 작품을 만드는 것처럼 승운은 열과 성을 다해 공을 들였다. 허벅지 안쪽을 빠짐없이 핥고 깨물어 빨갛게 만드는 동시에 잇자국을 듬뿍 남겼다. 다소 아프기도 했지만 모두 다 쾌감이었다. 미래는 허벅지 안쪽이 많은 흥분을 안겨다 주는 부위라는 것을 이제 알게 되었다.

　승운은 좀 더 위로 올라갔다. 앙증맞은 배꼽. 뜨거운 숨을 훅 불어넣자 미래는 저도 모르게 온몸을 꿈틀거렸다. 승운은 사악하게 웃고는 천천히 밑으로 내려갔다. 거뭇한 숲 주변을 혀로 슬슬 쓸자, 미래는 불길이 몸에 붙는 기분이었다.

　"좀."

　"좀?"

　승운은 느릿느릿하게 입술로 숲을 건드리다가 코를 들이밀었다. 달콤하면서도 향긋했다.

　"좀 빨리 움직여 주면 안 될까?"

　미래의 목소리는 다소 말라 있었다. 조급함으로 들끓고 있기 때문일 터. 승운은 마냥 즐거웠다.

“말하면.”

“응응한다고 말했잖아.”

“어허, 아직 이 아가씨가 정신을 못 차렸네?”

승운은 고개를 저은 뒤 움직였다. 혀를 뾰족하게 만들어 진주알 같은 부분을 톡 건드렸다. 미래의 몸이 다시 움찔거렸고, 승운은 아무 일도 없었던 것처럼 숲을 입술로 쓸었다. 그러다 한참 뒤에야 혀로 다시 진주알을 매만졌다.

“흥. 그런 걸로 날 위협할— 아학!”

미래는 말을 끝맺지 못했다. 승운의 혀가 더 깊게 들어왔기 때문. 승운은 축축한 혀로 길게 핥은 뒤, 진주알을 아주 살짝 깨물었다. 미래는 순간 전류의 바다에 풍덩 빠진 느낌이었다. 미래가 몸 전체를 부르르 떨자 승운은 잠시 물러나 기다렸다.

헐떡거리던 숨이 조금 잠잠해졌을 때 승운은 다리로 미래의 다리를 눌러 옆으로 벌리게 한 다음, 두 손은 위로 올려 가슴을 쥐었다. 풍만하지는 않으나 둥근 모양은 아주 예쁘고 탐스러웠다.

“오른쪽을 먼저 해줄까? 아니면 왼쪽?”

승운은 짧고 강렬한 쾌락의 파도에 휩쓸렸던 미래가 흐릿해진 눈을 깜빡이자, 정말로 궁금하다는 듯 물었다. 미래가 입을 열려고 할 때, 승운은 장난꾸러기처럼 씩 웃었다.

“동시에 해야지.”

승운은 말한 대로 했다. 두 손을 뻗어 한번에 쥐더니, 쥐어짜

듯 가슴을 주물렀다. 이어 그는 존재감을 증명하듯 솟아난 유두를 손끝으로 잡아 매만지기 시작했다. 누르고 잡아당기는 손짓은 거칠었지만 동시에 아주 능숙하기도 했다.

"왜 그렇게 잘해?"

원래도 승운은 침대에서 아주 능수능란하긴 했다. 하지만 오늘따라 미래는 화가 났다. 그는 그녀만의 남자 아닌가?

미래가 가쁘게 숨을 내쉬면서도 버럭 소리 지르자, 순간 승운은 눈만 깜빡이다가 고개를 뒤로 젖혀 크게 웃고 말았다. 그는 눈물 한 방울이 새어 나온 눈을 문질러 닦은 뒤, 여전히 웃음이 어린 얼굴이었으나 맹세하듯 진지하게 내뱉었다.

"너한테만 이렇게."

"당연하지. 다른 여자한테 이러면 죽어."

"쳐다보지도 않을 테니 걱정하지 마세요. 그러니까 말해."

미래는 입을 조개처럼 다물었다. 승운은 휘파람을 불더니 눈을 더욱 진하게 빛냈다.

"끝까지 그러시겠다 이거군요."

승운은 이번엔 얼굴을 미래의 다리 사이에 박았다. 그러고는 열심히 핥아 먹기 시작했다. 미래는 색정적인 소리를 들을 정신조차 없었다. 숨도 쉬지 못한 채 눈앞에서 터지는 별의 밝기에 압도당할 뿐.

"……들어와."

진동이 가라앉을 때까지 기다린 승운은 이번엔 검지를 그녀

안으로 깊게 넣었다. 미래는 저도 모르게 빨아들이듯 죄었지만, 부족했다.

"들어와. 들어오라고!"

온몸에 희열의 벌레가 떼를 지어 기어다니는 것 같았다. 세포 하나하나 모두 목소리를 높여 단 한 가지를 갈구했다.

박승운. 그가 필요했다. 굵고 단단한 그가 꿰뚫듯이 들어와 채워주기를 바랐다. 그렇게 해야 했다. 그렇게 해야 살아갈 수 있을 것 같았다.

"들어오란 말이야!"

미래가 쾌락으로 들끓는 얼굴로 빽 소리 질렀지만, 승운은 눈 하나 깜빡하지 않았다. 그는 느긋하게 검지로 미래의 안을 휘저을 뿐이었다. 그의 단단한 입술이 요구하는 건 한결같았다.

"말해."

"무슨 말을 해?"

이 순간 미래는 승운이 무엇을 요구하는지 정말로 알지 못했다. 채우지 못한 부분 때문에, 그저 죽을 것 같다는 생각만 들었다.

"박승운을, 날 사랑한다고 말해."

"젠장. 아직도야?"

"어허, 아가씨가 입이 험하네."

승운은 징벌하듯 손가락을 뺐다. 약간이나마 아쉬움을 달래주던 것마저 사라지자 미래는 뛰어넘을 수 없는 장벽을 만난 것처럼 눈앞이 막막해졌다.

"한마디만 하면 되는데, 응? 이게 그립지 않아?"

승운은 그의 것을 잡고 미래의 입구 앞에 슬쩍 찔렀다. 뜨겁게 달궈진 기둥과 문이 서로에게 닿는 순간, 승운은 이를 악물었고 미래는 신음을 터뜨렸다.

"한마디만 하면, 줄게."

지고 싶지 않았다. 하지만.

미래는 얼굴을 일그러뜨린 채 톡 내뱉었다.

"……사랑해."

"응? 안 들려."

얄미운 자식. 묶여 있지만 않다면 당장 달려들어 내가 직접 가져오는 건데.

미래는 툴툴거렸지만 어쩔 수 없다는 것을 잘 알았다.

다음번에 두고 보자.

"사랑해, 박승운. 못된 놈. 나쁜 놈. 빨리 집어넣어 줘."

"싫어."

미래는 경악하고 말았다.

"뭐라고?"

"싫다고. 지금은 넣기 싫어."

미래가 말을 잃었을 때, 승운은 미래의 묶인 손을 머리 위로 가게 눌렀다. 자세가 마음에 안 들어 미래는 일어나려고 했지만 승운이 제지했다. 그는 고개를 숙여 쇄골에 입술을 대더니 아주 느릿하게 움직였다. 밑으로 죽 입술을 미끄러뜨렸는데, 배꼽으로 내려오자 미래는 입술이 더 밑으로 갈 거라고 예상했다. 하지만 승운은 다시 올라와 쇄골을 이로 갉을 뿐이었다.

"박승운!"

"왜?"

참다못해 미래는 비명 지르듯 빽 소리쳤지만 승운은 아주 느긋했다.

"사랑한다고 했잖아!"

"응. 나도 사랑해."

"빨리 안 들어와? 이러다 식겠어!"

승운은 손을 뻗었다. 미래는 뜨거운 숨을 훅 내쉬었고 본능적으로 손가락을 붙잡기 위해 두 다리를 모았지만 승운이 더 빨랐다. 그는 바로 손을 뺀 뒤 씩 웃었다.

"안 식었네. 아직 뜨거워."

미래는 아무 말도 할 수 없었다. 그저 이를 부득부득 갈 뿐. 그 뒤로도 승운은 거북이처럼 움직였다. 처음 먹는 음식 맛을 보듯 미래의 가슴을 아주 천천히 깨물고 핥았다가 미래가 신음하자 고개를 뗐다. 그러다가 밑으로 움직여 다리 사이의 뭉클한 부분은 혀로 한 번 핥아 쾌감을 선사했고, 미래가 정점에 도달하기 전에 고개를 뺐다.

미치겠네.

고문이었다. 완전히, 고문.

미래는 온몸에 기어다니는 쾌락의 벌레가 이젠 온몸을 뜯어먹는 것 같다고 생각했다. 환희의 기운이 고통이 되어버리자, 황홀한 동시에 괴로웠다. 갈증 때문에 죽을 것 같지만 승운은 여전했다. 느릿느릿하게 그녀를 달궈놓고는 또 다른 부분을 만지작거릴 뿐이었다.

"진짜, 계속 이럴 거면—"

미래가 다시 버럭 소리를 지를 때였다. 승운은 꿰뚫어 버릴 듯이 한번에 들어왔다. 부들부들 떨었던 육체의 움직임이 멎었고, 아무 말도 할 수 없었다. 신음조차 할 수 없었다.

순간, 미래의 눈 위로 뭔가가 뚝 떨어졌다. 땀. 승운의 이마에 고여 있던 땀.

아, 이 남자도 힘들었구나. 끓는 땀으로 흥건한 나처럼 이 남자도 날 달아오르게 하느라 괴로웠구나.

나쁜 놈.

미래는 기운을 다 소진한 다리에 힘을 끌어 모아 승운의 허리를 감았다.

더 깊게 들어와. 더, 더 깊게!

미래는 그를 꽉 조였다. 승운의 입에서 소리없는 신음이 터져 나오는 것을 뚜렷하게 느낄 수 있었다.

나의 것이다. 저 신음조차 나의 것. 평생, 영원히, 나만의 것!

승운이 선사하는 천국의 쾌감만큼 황홀한 사실. 진실. 영원.

손은 묶여 있었다. 하지만 두 팔을 올려 사이에 승운의 목을 넣을 수는 있었다. 미래는 숨이 막힐 만큼 압착되게 그를 끌어 안았다.

사랑해.

심장과 심장을 맞댄 채로 고백했다.

사랑해.

"나도."

태고의 움직임이 거칠고 빠르게 진행되는 가운데 미래가 마음으로 한 고백을 들었는지, 승운은 입으로 말했다.

"나도 사랑해, 오미래."

"나도."

미래는 눈을 감았다. 어둠은 더 이상 없었다. 찬란한 쾌감으로 그득한 곳에, 눈웃음을 짓고 있는 한 남자가 그녀를 포근하게 안아주고 있을 뿐.

"사랑해, 박승운."

평생, 영원히.

"네가 좋아."

소녀였던 때, 소년 박승운에게 고백했었다.

"네가 좋아, 승운아."

소녀의 얼굴이 잘 익은 딸기색이 돼버린 것처럼 소년 또한 새빨갛게 변했다. 미래는 소년의 답변이 궁금해서 죽을 지경이었다.

“너, 넌 어때?”

미래는 한 걸음 다가가 어느새 손바닥을 흥건하게 적시는 땀을 치마에 문질렀다. 엄마가 기겁할 행동이었지만 아무래도 상관없었다.

“너도 나 좋아하니?”

“나는, 나는…….”

소년이 더듬거리며 입을 열었을 때였다. 소녀는 소년의 얼굴이 창백하게 질리는 것을 보았다. 소년의 시선을 따라 뒤를 돌았고, 항상 소년을 괴롭히는 악마 같은 놈, 이수환을 발견했다.

“야! 오미래! 너 거지 좋아하는 거야?”

미래는 눈을 반짝 떴다. 흐릿한 시야는 곧 선명해졌지만, 반대로 꿈에서 본 과거의 기억은 모래바람처럼 흩어졌다. 하지만 내용은 분명히 기억이 났다. 첫사랑 소년에게 고백했었다. 얼굴도 이름도 제대로 기억 안 나는 악마에게 방해받아서 대답을 못 들었고.

“으음.”

미래는 침대에서 일어나 세수를 하며, 생각을 해보았다.

그 악마 같은 놈에게 안 들켰다면 어땠을까? 소년 박승운이 대답할 수 있는 상황이었다면 뭐라고 했을까? 그 아이도 날 좋아했을까?

생각을 아무리 해봤자 답을 알 수 없는 데다가 설사 그 아이가 소녀였던 자신을 좋아했다 해도 소용없는 일이긴 했다. 어린 시절의 일 아닌가. 현재 그녀는 성인이었고 사랑하는 사람이 있었다. 우연의 일치지만, 첫사랑과 이름이 같은 남자.

세안을 끝낸 미래는 거울 속의 자신이 소녀같이 배시시 웃음을 지은 것을 발견했다. 피트니스센터에 가까워질수록 미소는 더욱 커졌다. 확실히, 좋긴 좋았다. 곧 승운을 만날 수 있으니까.

"안녕."

센터에 도착한 미래는 벌이 꽃을 찾듯 승운에게 다가갔다. 막 러닝머신에서 내려온 그의 몸에서는 열기와 땀이 후끈거렸다. 미래는 침을 꼴깍 삼켰고, 승운은 환하게 웃으며 제안했다.

"운동 끝나고 아침 같이 먹을래?"

"음. 딱 30분밖에 안 될 것 같은데."

"30분이면 식사 시간으로는 충분하지. 또 뭘 할 생각이었는데?"

미래는 승운의 놀림에 눈을 흘겼다. 승운은 빙글거리며 이어 말했다.

"마법의 된장찌개가 있어."

"마법의 된장?"

"응. 큰형이 식당에서 된장이든 간장이든 다 만들어. 그런 걸 우리 가족은 다 마법의 모모라고 부르곤 해. 뭐든 간에 그걸 넣기만 하면 아주 맛있게 만들어지거든."

"그런 걸 식당에서 만드는구나."

미래는 신기한 사실을 하나 배웠다고 생각했다. 그냥 백화점 식품매장에서 사는 건 줄 알았는데.

승운은 미래가 고개를 끄덕거리는 것을 보고 재밌다는 듯 크게 웃었고, 미래는 이번에도 그가 자신의 생각을 읽었음을 알았다.

하여간 눈치 하나는.

미래는 승운을 노려보았으나 이전처럼 얄미워서 그런 게 아니었다. 오히려, 기뻤다. 천성이고 어느 정도는 자라면서 얻은 것이겠지만, 이렇게 빠르게 꿰뚫는 건 그만큼 그녀에게 관심이 많다는 증거니까.

"어젯밤에 큰형 식당에 다녀왔거든. 반찬도 받아왔고."

미래에게 고백을 들은 다음날인 어제, 일요일이라 가족 모임에 가야 했지만 승운은 미래의 집에서 시간을 보냈다. 형제들이 또 놀려댈 게 분명한데다가 무엇보다 미래와 있고 싶었기 때문이었다.

오후에나 나와서 큰형의 식당으로 갔는데, 예상과는 달리 큰형은 정오에 오지 않았던 것을 뭐라고 하지 않았다. 대신 평소보다 두 배 분량의 반찬을 챙겨주었다.

"운동 다 하고 여기 20층 7호로 와. 식사 준비해 놓을게."

승운은 남들이 보건 말건 미래의 이마에 번개같이 입을 맞추고는 남자 탈의실로 들어갔다. 주변 사람들이 쳐다보자, 남들의 시선을 전혀 신경 안 쓰는 성격이었음에도 미래는 이 순간은 왠지 쑥스러웠다. 간신히 평소의 페이스대로 운동을 한 뒤 씻고 20층으로 올라갔다. 문득, 한 가지 사실이 떠올랐다.

승운의 집으로 가는 건 처음이구나.

사귄 지 얼마 안 됐기도 하지만 그동안 항상 그가 그녀의 집으로 왔었다. 어떻게 꾸며놓고 살고 있을까? 혼자 사는 게 맞겠지?

현관문 벨을 누르며 이것저것 생각하던 미래는 또 다른 것을 깨달았다.

그러고 보니 박승운에 대해 아는 게 별로 없네. 결혼 약속까지 한 사이인데. 뭐, 앞으로 알아보면 되겠지. 승운도 솔직하게 답해주기로 했으니까 뭐든 말 잘해주겠지?

"어서 와."

새하얀 셔츠에 갈색 면바지를 걸친 승운은 상큼해 보였다. 미래는 출근 전까지 시간이 빡빡하다는 사실을 아쉬워하며 안으로 들어갔다.

오피스텔은 30평쯤 되어 보였다. 침실 두 개와 화장실 겸 샤워실이 하나, 거실과 부엌이 있는 구조로 새로 지어진 건물답게 깨끗했다. 현대적인 인테리어도 아주 깔끔해 보였는데 방은 문이 닫혀 있어 살펴볼 수 없었고 거실에는 평면 텔레비전, DVD 플레이어, 홈씨어터 시스템 등의 전자기계가 많은 것 이외에 별다른 건 보이지 않았다.

“다 구경했어?”

승운은 미래의 눈이 호기심을 담고 집 안을 훑어보는 것을 알았다.

“방 안도 둘러봐도 돼?”

“그럼. 근데 볼 건 없어.”

곧 미래는 그의 말대로라는 것을 알게 되었다. 작은 방은 치의학 관련 서적이 많다는 것 이외에 별다를 게 없는 서재였고, 침실도 마찬가지였다. 푹신해 보이는 침대와 큰 옷장이 있을 뿐 다른 건 없었다.

“나도 집이 넓은 것 빼곤 심심한데 허니도 마찬가지네? 아니, 허니가 더 심한 것 같아.”

허니라고 하자 승운의 귀가 살짝 빨개지는 것이 보였다. 미래는 빙글빙글 웃으며 놀려먹을 생각이었으나 승운은 그전에 그녀의 손목을 이끌어 식탁에 앉혔다. 세팅은 다 되어 있었다.

“이게 마법의 된장찌개야.”

냄비의 뚜껑을 열자 구수한 된장 냄새가 확 퍼지기 시작했다. 미래는 입안에 침이 고이자 얼른 수저를 들어 먹기 시작했다. 감탄이 절로 나왔다.

“와, 정말 맛있네.”

“그렇지? 대체 뭘로 만드는데 이렇게 맛있는지 모르겠어.”

“짜지도 않고 진짜 맛있다.”

“도우미 아주머니가 아침밥 만들어주신다고 했지?”

승운은 밥을 푼 미래의 숟가락 위에 장조림 한 조각을 올려주었다. 아이 취급에 미래는 그를 흘겨보았지만 맛있게 먹은 뒤 고개를 끄덕였다.

"결혼 전까지 여기서 아침 같이 먹을래?"

"음, 좀 미안한데. 준비하는 거 번거롭지 않아?"

"원래 아침밥 해 먹었는걸. 숟가락 하나 더 놔두는 건데, 괜찮아. 이렇게 더 같이 있을 수 있으니까 좋은데?"

온몸이 젤리처럼 흐물흐물거렸다. 미래는 시계를 보고는 길게 한숨을 내쉬었다.

"시간만 많으면 우리 허니한테 감사의 인사를 하는 건데, 너무 아쉽다."

"주말에 몰아서 해줘."

미래는 손을 걸어 약속을 했다. 그리고 식사를 끝내고 나가기 전, 세상에서 가장 달콤하게 입을 맞추었다. 승운은 짐짓 얼굴을 찌푸리는 척했다.

"아휴, 된장 냄새."

"뭐야?"

미래가 발끈하자 승운은 빙그러니 웃고는 다시 키스했다. 그는 눈웃음을 지으며 속삭였다.

"사랑해."

"나도 사랑해."

"내가 더 사랑해."

"아냐, 내가 더 사랑해."

미래는 승운과 아웅다웅거리면서 입술을 주고받았다. 행복의 미소를 얼굴 가득 걸었지만, 시간이 되자 미래는 아쉬운 발걸음을 옮길 수밖에 없었다.

벌써 보고 싶은데, 어쩌지?

미래가 땅이 꺼져라 한숨을 내쉬면서 집으로 갈 때, 승운 또한 같은 생각을 하고 있었다. 갑자기 일에 대한 의욕이 떨어지는 기분이었다. 간신히 힘을 그러모아 출근한 뒤 일에 집중했을 때였다. 열한 시쯤, 잠시 틈이 났을 때 고 간호조무사가 물었다.

"원장님, 오늘 점심 약속 따로 없으시죠?"

"네. 왜요?"

"아까 수술 중에 전화한 분이 점심에 시간 비워놓으라고 했거든요. 제가 그냥 메모만 남겨달라고 했는데, 시간 딱 잡아서 강조하시더라고요. 그래서 일단 그렇게 해놨어요."

"누군데요?"

혹시, 미래인가?

승운은 활기차게 박동하기 시작한 심장을 안고 물었다.

"강인자 씨요. 그쪽 분이 하라는 대로 점심 약속 잡아놓은 거, 괜찮나요? 그전에 원장님이랑 직접 통화하고 싶어서 휴대폰으로 걸었는데 안 받았다고 계속 퉁명스럽게 말을 하더라고요."

부재중 통화를 누가 걸었는지 승운은 그제야 알 수 있었다. 하지만 이름은 낯설었다.

“강인자?”

승운이 얼굴을 찌푸리자 고 간호조무사는 메모해 놓은 것을 읽어주었다.

“오미래 씨의 모친이라고 하면 알 거라고 했어요.”

7

미래는 시간을 확인했다. 12시 50분. 점심시간이 끝나려면 10분이 남은 상황이었다.

승운에게 전화해 볼까? 하지만 점심시간이 FUTURE KOREA는 12시부터 1시까지인 데 반해 승운의 빅토리 치과는 1시부터 2시까지였다. 즉, 승운은 지금 일하고 있을 터.

목소리 듣고 싶은데. 으음. 전화를 한번 해볼까?

겨우 통화에 안달복달하는 자신이 짜증나자 미래는 툴툴거리다가 결국 수화기를 들었다.

[나야.]

짜증이 여름을 맞은 눈처럼 순식간에 녹아내리는 것을 느끼며 미래는 저도 모르게 싱긋 웃었다.

"내 목소리 듣고 싶어할 것 같아서 전화했어."

[네가 내 목소리 듣고 싶었던 게 아니고?]

"뭐, 그것도 좀 있지."

승운의 맑은 웃음소리가 들려왔다.

[점심 맛있게 먹었지?]

"응. 허니는?"

[으흠, 난 이제 먹으러 가려고.]

허니라는 호칭 때문인지 승운이 목기침을 하는 소리가 들렸다.

"누구랑 먹는데?"

[아아, 고 간호조무사님이랑.]

"으음. 그분 예쁘더라."

이번에 들리는 웃음소리는 좀 더 컸다.

[고 간호조무사님은 애가 둘이거든? 그러니까 질투하지 마. 나한텐 너뿐인 거, 알잖아?]

"물론 알지. 질투한 거 아니야. 난 그냥 예쁘다는 말만 했을 뿐이라고."

미래는 우겼고, 승운은 다시 웃었다.

[그래, 그래. 나 이만 가봐야 할 것 같아.]

"점심 맛있게 먹어."

[잠깐.]

미래가 아쉽게 종료 버튼을 누르려고 할 때, 승운이 외치는 소리가 들렸다. 미래는 서둘러 다시 휴대폰을 귀에 바싹 댔다.

[사랑해, 오미래.]

수십 번 들은 고백이지만 언제나 마음이 울렸다. 미래는 저도 모르게 심장 위에 손을 올린 뒤 눈을 감고 승운을 떠올리며 속삭였다.

"나도 사랑해, 박승운."

승운은 조용히 휴대폰을 심장 위에 올려두었다. 미래의 따듯한 고백은 곧 만날 사람 때문에 차가워진 온몸을 데워주었다.

미래의 모친, 강인자.

승운은 가운을 벗은 뒤 옷매무새를 다시 다듬고 천천히 건물 1층으로 내려갔다. 발걸음이 무거웠다.

"박승운 씨?"

정문에 서 있던 남자가 다가왔다.

"전 강 회장님의 비서입니다."

딱딱한 인상의 남자는 예전에 미래와 모친이 싸울 때 옆에 있던 사람이었다. 승운이 고개를 끄덕이자 위압적인 검은색의 커다란 고급차로 안내했다. 차 안에는 운전기사뿐이었다.

"어디로 가는 겁니까?"

제복을 입은 기사는 목적지와 걸리는 시간을 말해주었다. 한 시간 후에 있는 예약 환자가 떠올랐을 때 조수석에 앉은 비서가 입을 열었다.

"2시 전까지 모셔다 드릴 테니 걱정하지 마십시오."

길게 대화하지 않겠다는 말이로군. 역시, 반대한다는 건가?

고 간호조무사에게 말을 들은 순간 승운은 깨달았다. 미래의 모친, 인자가 모든 것을 알고 있음을. 그의 재정 상태는 물론 형제들의 모든 것까지 다 조사했으리라. 그리고 국민학교 때 멸시했던 그 박승운이라는 것도 알아챘겠지.

그렇게나 속물적인 사람이 치과의사를 사윗감으로 마음에 들어할 리 없었다. 하지만 승운은 인자가 형제들의 배경을 아주 좋아하리라는 것 또한 알고 있었다. 그래서 미래에게 결혼 이야기를 꺼냈을 때부터 인자의 반응에 대해서 가늠하고 있었다. 사윗감으로 받아들일 것인가, 아닌가.

역시 아닌 건가?

비서가 등장해서 돈 봉투를 내던지지 않는 건 희망적이었지만 긴 만남을 갖지 않겠다는 건 긍정적인 신호가 아니었다.

차가 도착하자 승운은 일그러지는 얼굴을 바로 하며 비서를 따라갔다. 으리으리한 한옥 건물이었는데 큰형의 식당 '정'과는 달리 부를 과시하는 분위기였다. 천박해 보이는 느낌이 물씬 풍겨 나오자 승운은 속으로 쓴웃음을 내리눌렀다.

예약된 방 또한 마찬가지였다. 단 두 명이 식사하는 곳인데도 스무 명은 들어갈 수 있을 만큼 아주 넓었으며 안에 있는 수공예 탁자와 비단 방석, 은수저 모두 엄청난 가격을 자랑하는 고

가품으로 보였다.

"회장님께선 곧 오실 겁니다."

기다리게 해서 긴장하게 만들 생각이군. 자신이 더 높은 위치이고 주도권을 가지고 있다는 걸 인식시켜 주려는 건가?

비서가 나간 뒤 승운은 면밀하게 관찰한 결과를 생각했고 상대의 의중대로 놀아날 필요가 없다는 결론이 나왔다. 그는 벨을 눌러 직원에게 차를 한 잔 부탁하며 음식을 주문했다. 막 차를 한 모금 머금었을 때였다. 문을 열리더니 한 여자가 모습을 드러냈다.

인자는 여전했다. 봄이라 모피는 사라졌지만 걸맞지 않은 디자인의 명품으로 온몸을 휘감은 채 거만하게 턱을 치켜들고 사람을 깔아보고 있었다. 차디찬 경멸의 눈빛. 하지만 승운은 빙긋 웃는 것으로 답했다.

"어서 오세요, 어머님."

"어머님?"

"미래의 어머님이시니 저한테도 어머님이지요. 아니, 곧 장모님이 되시겠군요. 장모님으로 불러 드릴까요?"

승운은 직설적으로 찔렀다. 인자는 순간 움찔거렸고 승운은 방석을 깔아주었다.

"이리 와서 앉으시죠. 죄송하지만 제가 2시에 예약 환자가 있는 터라 식사는 길게 못하겠습니다. 주문을 미리 해뒀는데 양해 부탁드립니다."

“하.”

인자는 당혹스런 기색이었으나 승운이 빙글빙글 웃은 채로 공손하게 말하자 일단 건너편에 앉았다. 승운은 바로 다음 말을 던졌다.

“미래가 왜 그렇게 미인인가 했더니.”

그는 세상 모든 여자들이 살살 녹아내릴 것 같은 눈웃음을 지었다.

“어머님을 닮아서 그런 거군요.”

“흠, 미래가 날 닮아 예쁘긴 하지. 그런데 말이야.”

승운은 인자의 말을 부드럽게 낚아챘다.

“나중에 저희 딸도 어머님을 닮아야 할 텐데요.”

인자의 눈이 두 배로 커졌다.

“서, 설마 미래가—”

“네?”

승운은 인자가 무슨 생각을 하는지 모르겠다는 표정으로 눈을 껌뻑거렸다. 인자는 말이 막혔는지 입을 어버버거리다가 옆에 있는 차가운 물을 꿀꺽꿀꺽 소리를 내며 한 컵 다 마셨다. 그러더니 숨을 훅 내쉬고 승운을 쏘아보며 단도직입적으로 물었다.

“미래, 임신시켰나?”

“네? 아니요. 저희는 건전하게 사귀고 있습니다.”

승운은 입에 침도 바르지 않고 거짓말을 했다. 인자의 얼굴이 찌그러졌지만 승운은 생글생글 웃었다.

"결혼을 전제로 만나고 있습니다. 원래대로라면 어머님께 먼저 허락을 구해야 했지만 제가 늦었군요. 사과드립니다, 어머님."

"안 그래도 결혼에 대해 이야기하려고 불렀어. 치과의사던데—"

노크 소리에 이어 문이 열리더니 직원 두 명이 쟁반 그득히 반찬을 내왔다. 쓸데없이 많아 보이는 반찬 중에는 반드르르한 빛을 내뿜는 고품질의 커다란 굴비, 전복죽, 성게젓갈 등이 보였는데 가격이 엄청날 것으로 짐작되었다. 인자는 매일 보는 사람처럼 반찬을 훑다가 승운을 차가운 눈으로 쳐다보았다.

"우리나라에선 여기가 최고지. 가격도 품질도 말이야. 자네 큰형도 한식당을 운영하더군. 그렇지?"

승운은 그제야 깨달았다. 미래가 큰형의 한식당에서 선을 본 게 결코 우연이 아니라는 것을.

"둘째 형네도 그렇고, 넷째도 그렇고 이래저래 형제들 배경이 아주 좋아. 결혼도 잘했더군. 전 검찰총장의 딸에다가 재벌가라."

인자의 목소리에선 순수한 감탄이 우러 나왔다. 하지만 눈동자는 탐욕의 빛으로 번뜩이고 있었다.

"부모도 없이 자랐는데, 대단해."

문득, 경련이 일어날 것 같았다. 하지만 승운은 웃음을 유지

했다. 인자는 그런 승운의 앞에서 내지르듯 말했다.

"하지만 안 돼. 결혼, 반대야."

"어째서입니까?"

승운이 전혀 흔들리지 않는 기색으로 되묻자 인자는 살짝 당황한 듯싶었다. 하지만 한 글자 한 글자 또박또박 말해주었다.

"자네 직업은 수준이 낮아. 남의 입안이나 쳐다보는 게 직업인가? 여러 가지로 모아둔 건 있던데, 그래도 직업적으로 아주 많이 벌어봤자 기껏해야 1년에 1억 정도겠지. 그런 걸론 성이 안 차."

"저는 제 직업이 자랑스럽습니다. 그리고 미래에 비하면 적게 벌지만, 제 성에는 찹니다. 저는 제가 가진 게 결코 적다고 생각하지 않습니다. 미래 또한 마찬가지로 생각할 겁니다."

"난 그렇게 생각하지 않아!"

"제게 중요한 건 미래입니다."

승운은 어디까지나 웃으면서 말했다.

"저는 어머님이 아니라 따님과 결혼하는 겁니다."

인자의 얼굴이 붉으락푸르락 변했다. 입술을 달싹거리더니 따지듯 내뱉었다.

"너 때문에 내 딸이 인생을 망친 건 어쩌고?"

침착해야 한다.

승운은 치달아오는 긴장감에 저며지는 기분이었다. 그는 스스로에게 계속 말했다.

침착해, 박승운. 침착해.

"어머님이 무슨 말씀을 하시는지 모르겠군요."

"모르긴 뭘 몰라! 국민학교 6학년 때, 너 때문에 내 딸이 학교에서 쫓겨났지!"

인자는 아무것도 모르겠다는 표정의 승운에게 이젠 삿대질을 했다. 승운은 이제 기억난다는 듯 내뱉었다.

"아, 그 일 말입니까? 근데, 쫓겨나다니요? 말은 바로 하셔야죠. 미래는 유학을 간 것뿐이지요. 미래가 말하길, 반 학기 일찍 유학을 간 게 오히려 적응하는 데 좋았다고 하더군요. 학교에서 쫓겨난 건 미래가 아니지요."

말하면 안 돼. 그냥, 이대로 물러나. 그래야 돼. 하지만…….

"접니다."

졸업식 날이 생생하게 기억났다. 동네 아이들이 즐겁게 학교로 갔던 날, 그는 집 안에 틀어박혀 있었다. 갈 수가 없었으니까.

"제가, 제가 쫓겨났지요."

승운은 탁자 밑으로 둔 주먹을 불끈 쥐었다. 여전히 입술은 웃고 있었지만, 그의 눈빛은 형형하게 번뜩이기 시작했다.

"바로, 어머님 때문에 퇴학당했죠. 그래서 전 국민학교 졸업장도 없습니다."

이사장의 손자로 하여금 피를 흘리게 한 건 분명 미래였다. 당시 미래는 분노한 이사장에 의해 다른 학교로 쫓겨 나갈 뻔했지만 FUTURE KOREA라는 배경이 있기에 반 학기 뒤로 예정했던 미국 유학을 앞당기는 형식으로 마무리되었다. 그리고 승운에겐 더 가혹한 벌이 내려졌다.

어째서 미래가 이수환을 때리게 됐는지 이유를 듣게 된 뒤, 인자는 교장에게 강력하게 요구했다. 착한 자기 딸이 꼬인 거니 저 거지에게 마땅한 벌을 내리라고. 물론 그전에 인자는 승운을 때렸었다. 집안일이라고는 한 번도 안 해본 듯한 손으로 몇 차례 폭력을 행사했다.

"너 때문에 우리 미래가 망가졌어! 너 같은 후레자식 때문에!"

승운은 아직도 생생하게 기억했다. 인자가 어떤 폭언을 내뱉었는지, 한마디 한마디 다 기억했다.

여전한 인간. 여전히, 질 낮은 인간. 어떻게 미래가 이런 여자의 딸인 걸까? 도저히 이해할 수 없었다.

"그때, 교장한테 뇌물을 주고 절 퇴학시켰지요? 덕분에 인생에서 큰 교훈을 배웠습니다. 높은 사람이 돼야겠다는 것, 돈을 많이 벌어야겠다는 것, 그러려면 공부를 열심히 해야겠다는 것. 그대로 했지요. 그래서 이렇게 젊은 나이에 실력있는 치과의사가 된 거랍니다."

승운은 인자가 그의 말속에 담긴 차디찬 격분과 눈빛에서 풍겨 나오는 살기에 눌렸다는 것을 알았다. 생각 같아서는 속 안에 품어둔 온갖 말을 다 내뱉고 싶었지만, 상대는 미래의 어머니였다. 바로 그 점이 문제.

"좋은 모양새를 위해 되도록이면 허락을 받을 생각이었지만, 상관없습니다."

"뭐라고?"

"결혼을 허락하든 말든 마음대로 하십시오. 중요하지 않은 일이니까요."

"미래가 내 허락 없이 결혼할 것 같아?"

승운은 분명한 비웃음을 흘렸다. 상대가 똑똑히 알아챌 수 있도록.

"어머님이 뭘 하든 무슨 생각을 하든 미래가 신경 쓴다고 생각하시나요?"

예상대로의 반응이 왔다. 인자는 물 잔을 집어 그대로 승운의 얼굴에 뿌렸다. 물은 아주 차가웠지만 승운이 느끼는 분노를 식혀주진 못했다.

그는 처음으로 진짜 표정을 드러냈다. 경멸과 혐오로 뒤범벅이 된 얼굴로 상대를 깔아보았다. 그리고 두 주먹으로 상을 내리쳤다. 상 위에 있던 모든 그릇이 허공에 튀어 올랐다가 자기들끼리 부딪혀 귀를 찢는 소리를 냈다.

"저를, 이따위로 대하지 마십시오. 난 당신이 함부로 대할 수 있는 사람이 아닙니다. 더 이상 어리고 약하고 가난하지 않아요. 알겠습니까? 다시는, 다시는 날 이따위로 대하지 마!"

인자는 승운에게서 폭발적으로 흘러나오는 격분의 살기에 찔린 듯 잠시 새하얗게 질린 얼굴로 입만 달싹거릴 뿐이었다. 그러다가 야수를 만난 사람처럼 쏜살같이 방 밖으로 탈출했다.

승운은 손끝으로 긁듯이 탁자의 끝을 부여잡았다. 상당한 무게였음에도 탁자가 부들부들 떨렸다. 그리고 그의 마음과 몸, 영혼 또한 마찬가지였다.

한참의 시간이 지난 뒤에야 승운은 떨림을 멈추었다. 그는 쿵 소리가 나게 탁자에 이마를 댄 뒤, 눈을 질끈 감았다. 또다시 긴 시간이 흐르자 그의 입에서 신음 같은 한숨이 흘러나왔다.

"미래야……."

미래는 고개를 들어 주변을 바라보았다. 사무실에 혼자 있으니 다른 누군가가 그녀를 부를 일은 당연히 없었다. 그런데 방금 들은 건 뭐지?

승운의 목소리가 들린 것 같자 미래는 얼굴을 찌푸렸다. 일하는 도중에 이런 환청을 듣다니. 나 정말 어지간히 사랑에 빠졌나 보네.

미래는 책상 끝에 놔둔 휴대폰을 슬쩍 보았다. 잠깐 전화해서 목소리나 들을까? 근무시간에 딴짓을 할 순 없었지만 오늘따라 유혹이 넘실거렸다. 1분만 통화할까? 나중에 1분 더, 아니, 두 배만큼 더 근무하고.

미래가 휴대폰으로 손을 뻗었을 때였다. 반대편에 놓은 인터 컴이 삐릭 하고 울렸다. 화들짝 놀란 미래는 간신히 심장을 진 정시키고 수화기를 들었다.

[이수환 씨가 전화하셨습니다. 연결해 드릴까요?]

"이수, 누구 전화라고요?"

[이수환 씨라고 합니다.]

미래는 김 비서가 인터컴을 통해 말해준 이름을 다시 생각해 보았다. 어딘가 모르게 익숙하긴 했지만, 기억이 나질 않았다.

"모르겠는데. 김 비서, 알아요?"

[세두재단의 이사장이라고 합니다. 그리고…….]

김 비서는 잠시 머뭇거렸다.

[얼마 전에 선을 본 남자라고 하면 아실 거라고 말씀하시더군 요.]

미래는 눈을 감아 손으로 미간을 비볐다. 구름 위를 동동 떠 다니는 듯한 행복한 기분이 지우개로 지워진 듯 저 앞으로 사라 지고 있었다.

이 남자가 갑자기 왜 전화한 거지? 아니, 그러고 보니 엄마가 아예 연락이 없네.

승운의 사랑 고백을 받은 뒤부터 근 2주간, 미래는 단 한 번 도 엄마에 대해서 생각하질 않았다. 엄마한테 속아서 선을 봤었 다는 사실 자체도 완전히 까먹은 채 승운이 주는 희열과 행복감 에 폭 감싸여서 지냈었다.

엄마가 가만히 지켜보지 않을 거라는 걸 생각하고 있어야 했는데. 그동안 또 무슨 일을 꾸민 건가? 그 남자는 나와 승운을 봤으면서도 이러는 게— 잠깐, 세두재단?

이수환이라는 이름처럼 어딘가 모르게 낯이 익었다. 대체 어디서 들은 거지?

[사장님, 어떻게 할까요?]

"연결해 줘요."

미래는 결정했다. 승운이 오해할 만한 상황은 만들고 싶지 않았으니까. 그러니 확실하게 뒤처리를 해야 했다. 승운과 그녀의 사이를 눈치 챘음에도 2주나 지나서 전화를 한 걸 보면 이수환이라는 남자에겐 명확하게 답변을 해주는 게 맞다는 생각이 들었다. 그리고 엄마가 또 무슨 짓을 했는지 궁금하기도 했고.

[안녕하세요, 이수환입니다.]

"무슨 일이죠?"

미래는 인사도 하지 않은 채 거두절미하고 딱 잘라서 물었다.

[갑자기 죄송합니다. 하지만 꼭 알고 싶은 게 있어서 전화드렸습니다.]

남자의 목소리는 포근했고, 아주 예의 발랐다. 톡 질문한 미래가 무례하게 비춰질 정도였다.

[혹시, 저 기억하시나요?]

남자의 목소리는 여전히 차분한 동시에 조심스러웠지만, 미래는 갑자기 불쾌감을 느꼈다. 뜬금없게 느껴지는 질문 때문이 아니었다. 발끝에서 생겨난 무언가가 스멀스멀 올라왔기 때문이었다.

"기억, 하냐고요?"

[네. 세두국민학교 5학년 2반과 6학년 3반의 이수환, 기억하나요?]

세두국민학교.

이수환.

이수환?

미래는 눈을 깜빡였다. 순간, 19년 전의 일이 흑백영화를 보듯 한순간에 좌라락 펼쳐졌다.

그때 내가 밀어뜨린 남자애?

"이딴 거지를 좋아하다니?"

수환의 비아냥거림에 소녀는 아주 뜨거운 열의 폭탄이 온몸에 터진 것 같았다. 언제나 당당했던 소녀가 입을 오물거릴 뿐 아무 말도 하지 못하자 수환은 그게 더 화가 난 모양이었다. 눈에서 불꽃이 튀더니 두 주먹을 꼭 쥐고는 소년 박승운을 후려쳤다. 소년은 뒤로 떠밀려 바닥에 풀썩 주저앉고 말았다.

"날 놔두고 이런 거지 놈을 좋아하다니!"

수환은 으르렁거리더니 발을 들어 소년을 걷어찼다. 무방비하게 앉아 있던 소년은 그대로 발길질에 당했다.

소년의 입가에서 붉은 핏방울이 튀었다. 고백의 순간을 다른 아이에게 들켰다는 사실 때문에 잠시 눈앞이 아득해졌던 소녀가 정신을 차린 건 그 순간이었다. 소녀는 순간 또 다른 열기를 느꼈다. 분노의 열기.

"승운이 때리지 마!"

소녀는 쏜살같이 뛰어갔다. 열 손가락을 쫙 벌려, 달려가는 힘 그대로 수환을 떠밀었다. 수환은 뒤로 날아가듯 넘어갔다. 1미터 정도 뒤에 있는 나무 쪽으로. 무서울 만큼 아주 크고, 두꺼운 기둥의 나무였다.

쿵!

수환은 거친 소리를 내며 정통으로 뒤통수를 나무에 박았다. 수환의 작고 통통한 몸은 옆으로 쓰러졌고 다시 쿵 하는 불길한 소리가 났다.

미래는 눈을 깜빡였다. 분노로 가득했던 시야에 붉은 것이 들어왔다. 액체. 붉은 액체. 피.

기절한 듯 움직이지 않는 수환의 머리에서 붉은 액체가 흘러나와 바닥을 흥건히 적시고 있었다.

[오미래 씨?]

수환의 목소리가 먼 곳에서 울리는 것처럼 들렸다. 미래는 눈을 꾹 감았다가 뜨는 것으로 과거의 기억을 흘려 버렸다. 하지만 19년 만에 갑작스럽게 찾아온 기억은 사실 당황스러웠다.

왜 갑자기 선명하게 떠오르는 거야?

분명 어느 정도는 기억하고 있긴 했다. 첫사랑인 소년 박승운을 때린 이수환을 떠밀었고, 그 결과로 이수환이 다쳤던 것을. 하지만 피만 많이 흘렸던 것일 뿐 큰 상처는 아니었다. 약간 아쉽게도.

사람이 다쳤는데, 더군다나 그녀 때문에 그렇게 됐는데 고소하다고 생각하는 건 사실 나쁜 일이었다. 하지만 이수환은 예외였다. 정말 악마 같은 놈이니까.

회사 사옥 이동 때문에 집을 옮겼기에, 미래는 5학년 때 세두국민학교로 전학을 왔었다. 첫날 도착하자마자 수환은 다른 아이들이 다 보는 앞에서 미래의 치마를 훌러덩 치켜 올렸는데, 그런 장난은 애교일 뿐이었다. 재단 이사장의 손자라 교사들조차 자신을 어쩌지 못한다는 것을 알고 있는 소년은 악마가 되었다.

부잣집 아들이면서 다른 아이들의 돈을 갈취하는 건 기본으로 연필이 얼마나 잘 깎였는지 궁금하다면서 주변 아이들을 찌르곤 했다. 칼로 그래서 문제가 된 적도 있었지만 뒷배경 덕분에 무사히 넘어갔다. 그뿐만이 아니었다. 쉬는 시간에는 이 반 저 반을 다니면서 마음에 안 드는 아이들에게 발길질을 했으며 온갖 비속어가 담긴 모욕을 퍼부었다.

지금 생각해도 정말 악마같이 사악한 놈이었다. 그런데 그 자식이 19년 만에 갑자기 연락을 해와? 또 무슨 짓을 하려고?

미래는 저도 모르게 콧방귀를 뀌었다. 이미 자신은 수환을 건

드린 대가를 톡톡하게 치렀다. 애지중지하던 손자가 피를 흘리자, 재단 이사장이 아주 난리를 피웠다. 때문에 미래는 국민학교 졸업 후로 예정했던 미국 유학을 반 학기 당겨서 가야 됐었고, 한국에서의 유년시절은 그것으로 끝이었다. 그리고 수환이 다친 날 이후로 소년 박승운도 만나지 못했다.

그 첫사랑이라면 반갑게 전화를 받았으리라. 어떻게 성장했는지, 그녀의 연인인 박승운처럼 귀여운지 무척이나 궁금하니까. 하지만 악마인 이수환?

[오미래 씨? 전화 받고 계신가요?]

"그러니까 댁이 그 악마 이수환이란 말이죠?"

노골적인 비꼬임에 이번엔 수환이 아무 말도 하지 않았다. 미래는 얼굴을 험상궂게 만들며 2주 전을 떠올렸다.

그 남자가, 악마 이수환?

어린 이수환은 통통했다는 것 하나만 기억났다. 그리고 선 상대였던 남자는, 애초에 제대로 쳐다보질 않았기에 떠오르는 게 없었다. 아니, 한 가지가 생각났다.

"사실 저도 다른 목적 때문에 이 자리에 나온 거예요."

그리고 또 뭐라고 했더라?

"오미래 씨를 만나러 왔어요. 하고 싶은 말이 있어서—"

거기까지 말하다가 승운이 등장했었다. 그가 자신을 사랑한 다는 것을 알게 되었고.

"으흠."

미래는 승운에게로 향하는 생각을 가까스로 막아놓은 채 삐딱하게 수화기를 들어 캐묻듯이 물었다.

"왜 전화했죠?"

[질문드릴 게 있습니다.]

잠시 동안의 침묵 뒤 수화기 저편의 남자는 다시 공손하게 답을 했다.

뭐야? 그 악마 이수환답지 않은데? 그러고 보니 선을 봤을 때도 얌전했었다. 자리를 피해달라고 요구하니까 패악을 부리는 대신 바로 그렇게 해줬었고.

"해봐요."

[죄송합니다만, 직접 뵙고 이야기하고 싶습니다.]

남자는 아주 깍듯했다. 미래는 남자를 19년 전의 악마와 연결할 수가 없었다.

정말 동일 인물 맞나?

"싫은데요. 아무리 어렸을 때라고는 하지만 인간답지 않은 인간을 만날 생각은 없어요."

미래는 그대로 속마음을 날려 버렸다.

[직접 뵙고 싶다고 한 건 전화로 사과드리는 건 예의가 아니

라고 생각하기 때문입니다.]

"뭐라고요?"

[어렸을 때의 잘못, 사과드리고 싶습니다. 선 자리에 나간 것도 그래서입니다.]

사과라고?

"사과라고?"

미래는 떠오른 생각을 그대로 내뱉었다.

[네.]

수화기 저편에서 이수환은 길고 긴 한숨을 내쉬었다. 미래로서는 짐작할 수 없을 만큼 많은 감정이 실려 있는 쓰디쓴 것이었다.

[최근에야 제가 얼마나 악랄하게 살아왔는지 알게 됐습니다. 오미래 씨와 선을 보게 된 김에 사과를 드리고 싶었습니다. 그리고 부탁 하나 하고 싶습니다.]

"뭔데요?"

[박승운 씨의 연락처를 받고 싶습니다. 되도록이면 직접 뵙고 용서를 빌고 싶으니까요.]

"박승운? 국민학교 동창 박승운을 말하는 건가요?"

[네.]

정말로, 사죄하려는 건가?

악마가 소년 박승운을 얼마나 많이 짓밟았는지 미래는 누구보다 잘 알고 있었다. 아무리 어린 시절의 일이라고 해도 분명

상처는 상처였다. 아니, 어렸기에 더 깊고 큰 충격을 받았을 터. 19년이 지났지만 만약 자신이었다면 이수환을 아직도 격렬하게 증오하고 있을 터였다.

사과를 받는다면 마음이 풀릴까? 그리고 이수환은 정말 사과하려는 건가?

짧게 만났지만 그때 성인 이수환은 공손했었다. 지금도 그녀가 노골적으로 비꼬고 있는데도 예의를 차리고 있었다. 그리고 무엇보다 수화기를 통해서도 진심을 느낄 수 있었다.

사과하고픈 마음.

"연락처 없어요. 유학 간 뒤로 한 번도 만난 적 없는걸요."

[네? 저번에 분명 같이 있는 걸 봤습니다.]

"저번이라면, 선 자리요? 아, 이름이 같아서 그렇게 생각했군요. 이름만 같은 사람이에요. 나이, 달라요. 같은 사람 아니에요."

[그랬군요. 어렸을 때와 외모도 비슷해서 같은 사람인 줄 알았는데…….]

그런가?

사람 얼굴을 잘 기억하지 못하는 편이라 그런지 미래는 소년 박승운의 얼굴은 생각나지 않았다. 웃는 게 왕자님같이 아주 근사했다는 것 하나만 떠오를 뿐.

혹시…… 내가 미소가 멋진 남자를 좋아하는 건 소년 박승운의 영향인가?

[연락이 된다면 제게 전화주실 수 있을까요?]

"글쎄요. 19년이나 지났으니 갑자기 연락이 될 것 같지도 않지만, 된다고 해도 그 박승운 본인의 의향이 중요하지 않을까요? 이수환 씨야 사과하면 끝이라고 생각할지 몰라도 본인은 사과받는 것조차 싫을 수 있거든요. 그렇게 생각 안 해요?"

미래는 마음껏 비꼬았다. 수환은 수화기 저편에서 쓰디쓴 한숨을 내쉬었다.

[네. 그럴 수도 있겠군요. 퇴학까지 당했는데…….]

어이없는 나머지, 분명 들었지만 미래는 되묻고 말았다.

"퇴학?"

[모르셨나요? 퇴학당했습니다.]

국민학교에서 쫓아냈다는 말이야? 자기 잘못도 아닌 일로?

미래는 얼굴을 일그러뜨리고 말았다. 수화기를 쥔 손에 저절로 힘이 들어갔다.

"그 어린애를, 쫓아버리고는 이제 와서 사과하겠다고 해? 참 뻔뻔하네."

[쫓아낸 건…… 제가 아닙니다.]

수환은 한참 망설이더니 한마디 내놓았다. 미래는 윽박지르듯 물었다.

"뭐라고?"

[이만 끊겠습니다. 어린 시절에 오미래 씨께 한 행동, 다시 한번 사과드립니다.]

전화는 끊겼다. 분노가 일어나자 미래는 비서에게 전화번호를 알아내라고 닦달하려 했으나, 생각은 곧 바뀌었다. 징글징글한 악마와 더 통화하고 싶지 않았다. 지금은 양이 된 것처럼 순하고 예의 발라 보였지만.

근데, 자기가 그 어린 소년을 퇴학시킨 게 아니라고?

"웃기네."

이사장의 손자 말고 누가 또 그 아이를 퇴학시킬 만큼 힘이 있단 말인가? 지금은 세두재단이 상당한 힘을 자랑하긴 하지만, 19년 전의 세두국민학교는 사립이라고 해도 생긴 지 얼마 안 돼서 공립과 다른 게 없었다. 거진 뺑뺑이로 들어온 아이들이라 서민층에 가까워서 전학 온 자신을 제외하고 중산층 이상은 거의 없다고 봐도 무방했었다. 재단 이사장의 손자인 수환을 제외하고 뭔가가 있는 집안이라고 말할 수 있는 건 당시 급성장 중이었던 FUTURE KOREA라는 배경을 가진 자신뿐이었다.

순간, 미래는 얼어붙었다.

설마…… 설마, 엄마가?

멍청한 짓이라는 건 알고 있었다. 하지만 승운은 퇴근하자마자 피트니스센터로 올라갔다. 러닝머신에서 미칠 듯이 뛰었고, 땀으로 온몸을 흠뻑 적신 뒤에야 내려왔다. 평소 몇몇 여자나 동네 환자가 인사를 해왔으나 오늘은 온몸에서 내뿜는 이글거리는 분노 때문인지 아무도 그에게 접근하지 않았다.

 임플란트
왕자님

승운은 사우나실에 틀어박혔다가 쓰러지기 직전에 나왔다. 집으로 돌아가 침대에 풀썩 몸을 뉘었다. 탈진한 지 오래되어 호흡도 간신히 할 정도였지만 정신은 멀쩡했다. 지나칠 정도로 곤두선 신경 끝에는 온갖 생각이 휘몰아치며 그를 난도질하고 있었다.

강인자, 미래……. 미래, 강인자. 미래의 모친. 강인자의 딸…….

미래야, 넌 어째서 그런 여자의 딸인 거니? 나는 왜 감정을 조절하지 못하고 분기를 드러낸 걸까? 아직, 모자라기 때문인가?

"오미래……."

승운은 눈을 감으며 연인의 이름을 속삭였다. 빙긋 웃으며 유혹하는 미래의 모습이 어둠 속에 떠올랐다. 심장이 익숙하게 두근거리는 동시에 무겁게 울렁거렸다.

새벽녘에나 겨우 잠든 승운은 언제나처럼 5시에 눈을 떴다. 하지만 그는 미래가 있는 피트니스센터에 가지 않았다. 그럴 수가 없었다.

"왜 안 나왔지?"

미래는 중얼거리면서 센터를 살폈지만 보이지 않았다. 항상 먼저 와서 열심히 운동하던 사람이 왜 그러지? 잠깐 화장실엘 갔나?

미래는 화장실 쪽을 기웃거려 보았지만 승운의 그림자도 찾을 수 없었다. 그녀가 나중에 연락해 봐야겠다고 생각하며 탈의실로 갈 때였다. 매니저가 싱긋 웃으며 인사해 왔다.

"축하드려요, 오미래 씨. 운이 형이랑 결혼하실 거라고 들었어요."

매니저는 30대 초반으로 보이는 넉살 좋은 사람이었다. 승운과 절친한 사이라더니 사귄다는 것을 안 뒤로 미래에게 더 아는 척을 하고 있었다.

"고마워요."

그러고 보니 나 결혼하는구나.

말이 오갔긴 하지만 구체적으로 생각한 적은 없었다. 결혼식은 어떻게 해야 하지? 김 비서한테 말하면 되나?

"승운 형 찾는 거예요? 오늘은 안 올 것 같은데."

"그래요?"

"어젯밤에 아주 난리였거든요. 혹시…… 두 분 싸우셨어요?"

미래는 고개를 저었다.

"어제 퇴근 후에 엄청 화가 난 상태로 오더니 러닝머신 위에서 미칠 듯이 뛰더라고요. 사우나실에도 오랫동안 콕 박혀 있었고요. 오늘 아침에 힘들어서 못 일어났을걸요? 제가 형 안 지 오래됐지만 화난 거 한 번도 본 적 없는데, 무서웠어요. 아는 척도 못했다니까요."

어지간히 무서웠는지 매니저는 몸을 부르르 떨었다. 미래는 생각에 잠겼고, 인사한 뒤 씻으러 갔다. 그러고는 집으로 가는 대신 20층으로 올라갔다. 2007호.

벨을 눌렀지만 반응은 없었다. 휴대폰도 마찬가지였다. 미래는 주먹을 꾹 쥐고는 쿵쿵 두드렸다. 한참을 그랬지만, 문은 열리지 않았다.

집에 없는 걸까 아니면…….

미래는 고민에 빠졌고, 출근한 뒤에도 일에 집중하지 못하는 자신을 발견했다. 손바닥으로 이마를 툭툭 치다가 사무실 전화기를 들었다.

"오늘 스케줄 다시 말해줄래요?"

김 비서가 줄줄 말해주자 미래는 얼굴을 찌푸렸다.

"도저히 못 빼겠네."

승운을 만나려면 주말까지 기다려야 할까? 내일 새벽에 평소와 같은 얼굴로 센터에 나타날 수도 있겠지만 왠지 예감이 좋지 않았다.

그렇게까지 화가 날 일이 대체 뭐였을까? 왜 내겐 말하지 않는 거지?

말하기 싫은 종류일지도 몰랐다. 그런 거라면 미래도 이해했다. 하지만 왜 연락도 없단 말인가? 평소라면 센터에 빠졌다는 사실을 알리기 위해 전화 한 통 혹은 문자라도 보냈을 테지만 오후가 되어가는데도 승운으로부터 아무 말도 없었다. 혹시 못 일어났나 싶어서 치과로 전화해 보니 출근해서 지금 진료 중이라고 간호조무사가 말했었다.

대체 무슨 일인 걸까? 간호조무사한테 전화해 달라고 부탁한 지 몇 시간이나 흘렀는데, 왜 연락을 안 하고 있는 거지? 휴대폰도 계속 꺼져 있었다.

마땅히 그녀의 것이라고 생각되는 이 의자가, 오늘은 마치 잘못된 자리에 앉은 것인 양 불안하고 불편했다. 집중이 잘 되지 않는 건 물론이었다.

역시, 일에 영향을 받는구나. 하지만…….

미래는 고개를 갸웃거렸다가 결론을 내렸다.

불쾌감은 일지 않았다. 승운은, 어느 정도는 희생할 만한 가치가 있는 남자 아닌가. 아예 일을 못하게 된 것도 아니고.

"내일은 10시쯤에 끝날 수 있도록 스케줄 조정해 줄래요?"

주말까지 기다릴 수 없었다. 평일이지만, 아무래도 승운을 만나는 게 좋을 듯싶었다.

[사장님.]

김 비서는 바로 대답하는 대신 조심스럽게 말을 걸어왔다.

[방금, 회장님께서 전화를 하셨습니다.]

"왜 전화하셨는지 알아요?"

[만나자고 하셨습니다. 그래서 오늘 저녁 스케줄은 꽉 차 있다고 말씀드렸고, 내일 저녁에 보자고 하셨습니다. 밤 10시로 잡아뒀습니다. 사장님이 저어하시는 일이 반복될까 싶어 사장님 댁으로 장소를 지정해 뒀고요.]

"고마워요."

설마, 집까지 선 상대를 데려오는 건 아니겠지?

미래는 일단 수화기를 내려놓았지만 불안했다. 승운이 오해할 일이 또다시 생길까 봐, 그리고 엄마에게 결혼 이야기를 꺼내야 하니까.

승운도 어느 정도는 엄마가 어떤 사람인지 알고 있을 터. 승운이라면 선을 잘 긋고 현명하게 행동할 게 분명했지만 사실 약간 불안했다. 엄마가 가만히 있지 않을 듯싶었으니까. 치과의사를 과연 순순히 사위로 받아들일까?

미래는 눈을 질끈 감고 어제 이수환과의 통화를 떠올렸다.

엄마가 그 소년을 쫓아냈을 가능성이 높았다. 충분히 그러고도 남을 사람이니까.

그 아이는, 어떻게 자랐을까?

미국으로 유학을 간 뒤 한동안은 꽤 떠올렸었다. 하지만 낯선 장소에 적응하는 데 분투하다 보니 자연스럽게 한국에서의 기억은 과거의 일이 되어갔다. 첫사랑이라 처음에는 애틋하게 생각했으나 성인으로서 이성에 눈을 뜨게 되면서부터 추억의 한 조각으로만 생각하게 됐고 그 뒤로는 돌아볼 틈이 없었다. 일이 인생의 모든 것이 되었으니까.

나는, 잘 성장했어.

이수환을 떠민 사건 때문에 좀 더 빨리 떠나게 됐지만 유학은 예정된 일이었다. 열심히 공부했고, 나름 알아주는 학위를 받아

아버지의 회사에 입사한 뒤 열심히 일하며 잘살아왔다. 정말 사랑하는 남자를 만나서 결혼을 앞두고 있는, 성공적인 인생을 영위 중인 사람.

나와는 다른 그 아이는, 어떻게 됐을까?

어린 나이에 보호자이자 부모를 잃고 세상에 덩그러니 남겨진 존재. 미소는 동화 속의 왕자님처럼 근사했지만 구멍이 난 낡은 옷을 입고 다녔던 아이. 도시락조차 제대로 싸오지 못할 만큼 가난하기 이를 데 없었던 불쌍한 소년. 그런데 그렇게 애처로운 아이는 사회의 첫걸음인 국민학교에서 쫓겨났다.

그 뒤에 어떤 인생을 살고 있을까?

미래는 다시 모니터로 고개를 돌렸지만, 일에 다시 집중하게 되기까지 꽤 시간이 걸렸다.

승운은 오늘도 피트니스센터에 나타나지 않았다. 미래는 짜증을 느끼는 자신을 발견했다. 아니, 짜증 정도가 아니라 화가 치밀었다.

대체, 무슨 일이야?

겨우 이틀뿐이었다. 모습을 보지 못한 지, 목소리를 듣지 못한 지 겨우 이틀밖에 되지 않았다. 그런데 어째서 이렇게나 화가 나는 걸까?

무슨 일이 있었는지 궁금하고 걱정도 됐지만 미래는 그것보다는 문자 한 통 없다는 게 더 속이 쓰렸다. 몇 년 전에 위궤양에 걸렸을 때보다 더 아팠고, 신경 쓰였다.

……이런 통증, 다신 안 느낄 줄 알았는데.

광후에게 파혼당했을 때 미래는 한동안 끼니도 제대로 안 챙기고 일에만 파묻혔는데, 그 대가로 위궤양에 걸려 꽤 고생했었다. 잘못하면 위암으로 발전할 수 있다는 주치의의 강한 경고에 정신을 차리고 철저하게 관리를 한 뒤에야 나았는데, 당시 실연에 대한 충격과 일에 대한 스트레스 때문인지 완전히 치유되기까지 상당한 시간을 소모했었다. 그런데 또다시 이런 느낌을 받게 되다니. 더군다나 겨우 이틀뿐인데.

그럼에도 꽤 아팠다. 짜증과 분노가 솟구쳐 일을 하기 싫을 만큼. 그래서 더 충격적이었다.

나, 이 정도로 박승운을 깊게 사랑하는 거야?

싫은 건 아니었다. 놀라울 뿐. 안 그래도 만난 지 얼마 안 됐는데도 홀랑 사랑에 빠져서 내심 당황스러웠는데…… 역시, 운명인가?

승운은 그녀에게 인연과 운명에 대해서 이야기했지만 미래는 사실 깊게 생각하지 않았었다. 서류 위에 정확하게 나열된 숫자처럼 눈에 보이는 것만 신뢰할 수 있다고 보니까. 그럼에도 지금 이 순간 승운의 말이 떠올랐다.

뭐, 무슨 상관이랴. 인연이든 우연이든 뭐가 중요하단 말인가. 사랑하면 사랑하는 거고, 아니면 아닌 거지.

지금 가장 신경 써야 할 부분은 승운이었다. 이틀이나 연락이 없는 승운.

아니, 지금 당장은 엄마가 중요한 건가?

10시에 집에서 만나기로 한 약속을 지키기 위해 퇴근하면서 미래는 머리를 굴려보았다. 엄마와 빨리 대화를 끝내고 승운의 집에 가봐야지.

남자는 자신만의 동굴이 필요하다는 말을 듣긴 했다. 하지만 컴컴하고 좁은 곳에 처박혀서 고민하는 건 이틀이면 충분했다. 정확히 무슨 일이 있는 건지 궁금하기도 했고.

미래가 막 집에 가서 옷을 갈아입었을 때, 현관문 벨소리가 났다.

"왜 이 비서를 못 들어오게 한 거야?"

엄마는 쿵쾅거리는 걸음으로 복도를 걸어오며 소리를 내질렀다.

"경비원한테 나 혼자만 건물에 들어올 수 있게 말해놨더라?"

"선 상대를 데리고 들어오실 것 같아서요."

악을 써도 안 통한 모양인지 분을 누르지 못한 엄마가 온몸을 파르르 떨었지만 미래는 심드렁하게 대꾸했다.

"이 비서만 데리고 오셨군요. 선 상대를 안 데리고 오시다니, 의외예요."

미래는 팔짱을 낀 채로 거실로 통하는 복도에 기대어 섰다. 못된 딸이라는 건 잘 알았으나 엄마와 거실에 앉아 대화를 나누고 싶지 않았다.

"선 이야기가 나왔으니 말인데, 너 세두재단 이사장하고는 어떻게 된 거야? 아무리 물어봐도 이사장이 아무 말 안 하던데."

내가 난처해질까 봐 배려해서 이수환이 입을 닫고 있는 건가?

예전의 악마였다면 미래에게 다른 남자가 있다고 꼬치꼬치 고자질하다 못해 나름대로 다른 응징을 가하고도 남았을 텐데, 확실히 예상외였다.

"세두재단이 얼마나 돈이 많은지 아니? 더군다나 그 집안엔 이수환 하나라고! 꽉 잡아!"

"싫어요."

미래는 단호하게 고개를 저었다.

"이수환처럼 인간이 덜된 남자는 최악이에요. 왜 그런 놈을 상대로 정한 거예요? 기억 못하세요? 어렸을 때 걔가 얼마나 악질이었는지."

"그래. 걔가 좀 그랬지. 하지만 얼마 전에 죽다 살아난 뒤로 정신차렸다고 하더라."

미래는 얼굴을 살짝 찌푸렸다. 그래서 그렇게 사람이 달라진 건가?

"그리고 널 지목해 온 게 바로 걔야. 너한테 관심이 많아서 그런 거라고. 이 기회에 시집이나 가. 일 그만 좀 하고 이전처럼 그 뭐더라, 경영전문가 고용해. 대체 왜 그렇게 일만 하는 거니?"

"FUTURE KOREA는 아빠가 설립하고 키워온 회사예요. 내가 능력이 모자라는 것도 아닌데 왜 또 전문경영인을 고용해요? 나보다 더 회사에 헌신적이고 일 잘하는 사람은 없어요."

"그래도 안 힘든 거 아니잖아? 네 아빠가 남긴 회사긴 해도 사서 고생할 필요는 없어. 편하게 살아. 나랑 같이 쇼핑이나 다니자."

미래는 용암처럼 부글거리는 마음을 토해내지 않기 위해 노력했다. 어차피 말해봤자, 엄마에겐 들리지 않을 테니까.

찢어지게 가난하게 살아온 강인자에겐 아무나 살 수 없는 명품을 소유하는 건 삶의 원초적인 즐거움이었다. 힘든 과거에 대한 보상이기도 할 터. 하지만 부유하게 살아온 강인자의 딸에겐 회사가, 일이 바로 삶의 기둥 그 자체였다.

왜 엄마는 날 이해하지 못하는 걸까? 왜 자꾸 부유한 남자와 결혼해서 일을 그만두라고 하는 걸까? 왜 항상 내 말을 듣지 않는 걸까?

"여자가 일은 무슨 일이야? 너 거울 좀 봐. 만날 야근해서 피부가 칙칙하잖아? 내가 좋은 피부 물려줬는데 대체 그게 뭐니?"

"엄마."

"여자는 피부가 생명이야. 나이도 많은 애가 그래 가지고 어떻게 결혼하려고 그래? 애는 언제 낳을 거야?"

"엄마!"

미래는 결국 악을 쓰듯 소리 질렀다. 집 전체가 울릴 만큼 큰 소리에 인자는 움찔거릴 수밖에 없었다.

"난 싫어요! 쇼핑이 싫다고! 일이 좋아요! 내가 대체 이 말을 몇 번이나 해야 돼요? 왜 내 말을 안 들어요?"

"넌? 넌 내 말 듣니? 넌 네 아빠와 똑같아! 만날 일! 일! 그러다 네 아빠처럼 갑자기 쓰러지면 어쩔 거야? 아무리 관리한다지만, 니네 아빠는 건강 관리 안 한 줄 아니? 일만 그렇게 하면 안 돼! 왜 그렇게 다른 건 일절 신경 안 쓰고 항상 일만 하니? 일이 그렇게 중요해? 엄마보다 중요해?"

인자는 눈에 불을 켠 채 딸에게 삿대질을 했다.

"너, 오늘이 니 엄마 생일인 건 알고 있어?"

미래는 입을 벌렸지만 아무 말도 할 수 없었다. 아침에 김 비서가 뭔가를 말하긴 했으나 승운에 대해 생각하느라 고개만 대충 끄덕인 채 알아서 하겠다고 답변한 기억이 났다.

"죄송해요."

미래는 마른침을 삼킨 뒤 곧바로 사과했지만 인자는 누그러지지 않았다. 오히려 더 펄펄 날뛰었다.

"죄송하면 다야? 너 작년에도, 재작년에도 마찬가지였어. 전화 한 통 안 했지. 너, 내가 너 신종플루 걸렸을 때 안 온 게 섭섭하지? 근데 말이야. 난 네가 신종플루에 걸렸다는 걸 일주일 뒤에나 알았어. 무슨 일이 있어도 넌 절대 엄마한테 연락 안 하지? 내가 정말 네 엄마 맞니? 네가 날 엄마라고 생각한다면 넌 날 그런 눈으로 볼 수 없어.”

“그런 눈? 무슨 말을 하시는 거예요?”

그렇게 질문했지만 미래는 가슴 한 부분이 날카로운 송곳에 눌리기라도 한 듯 뜨끔거리는 것을 느꼈다.

“넌 날 항상 무시하고 경멸해! 네 엄마인데도!”

“엄마…….”

“내가 사치가 심한 건 나도 알아. 하지만 내 딸이 날 무시하고 아무리 이름뿐인 회장이라고 해도 회사 직원들까지 날 무시하는데 스트레스 해소할 수 있는 방법이 쇼핑밖에 더 있어?”

미래는 엄마가 사실을 말한다는 걸 알았다. 다른 것에 전혀 소질이 없는 엄마가 할 수 있는 건 쇼핑뿐.

“내가 좋은 엄마가 아니라는 건 알아. 아니, 나쁜 엄마지. 하지만 넌 항상 내 말을 안 들어! 네 아빠처럼 일만 해대고. 하나뿐인 딸이 다른 평범한 여자들처럼 시집가서 손자 보는 게 내 꿈인데, 이뤄질 가능성은 전혀 없구나.”

“엄마.”

머리가 어지러웠고 심장은 욱신거렸다. 화가 나기도 했지만 부끄럽기도 했고, 죄송하기도 했다.

“나 결혼할 거예요.”

미래는 아주 잠깐 생각한 뒤 덧붙였다.

“아이도 가질 거고요.”

아마도요. 승운과 이야기한 적은 없지만.

“안 돼.”

“결혼하라면서요?”

인자의 즉각적인 입장 전환에 미래는 어이가 없었다.

“그놈하곤, 안 돼.”

순간 쾅 하고 망치로 얻어맞은 기분이었다. 쓰러질 것 같다는 생각이 들자, 미래는 얼른 벽에 손을 뻗어 지탱했다. 마른 입술을 축인 뒤 확인하듯 캐물었다.

“승운 씨를 만났어요?”

“그래.”

“엊그저께?”

인자는 입술을 한일자로 다문 채 고개를 끄덕였다.

그래서 승운이 연락조차 안 하고 있는 거였구나. 그래서였어. 그래서!

너무 화가 나면 아무 말도 할 수 없다는 걸, 지금 느끼고 있었다. 미래는 입을 벌렸다 닫고 꽉 쥔 주먹을 부르르 떨었다.

“너 대체 눈이 있는 애니? 그런 바람둥이는 절대 좋은 남편감이 아니야! 기껏 치과의사 따위와 엮이려고 이제까지 결혼 안 했던 거니?”

“승운 씨는 치과의사 따위가 아니라 치과의사나 되는 사람이에요. 똑똑한 사람이라고! 그리고 그 사람만큼이나 나도 남자 만나고 다녔어요! 난 약혼까지 했던 적 있다고! 잊었어요?”

“어쨌거나 좋은 남편감이 절대 아니야!”

미래가 악을 쓰는 만큼 인자도 목에 핏대가 드러날 만큼 소리를 지르고 있었다.

"부모도 없이 가난하게 살아왔는데 결혼 생활을 잘할 것 같니? 성장환경이 불우한 남자는 절대 좋은 남편감이 아니야. 풍족한 환경에서 부모한테 아낌없이 사랑받고 자란 남자가 좋은 거야."

역시, 힘들게 살아왔구나.

지나치게 눈치가 빠른 것을 보고 짐작하긴 했지만, 엄마에게 직접 듣게 되자 분노한 와중이었음에도 미래는 마음이 저려왔다.

"부모님이 일찍 돌아가신 게 승운 씨 탓이에요? 선택할 수 없는 부분인데 왜 그걸 따져요?"

"그래. 좋게 봐줘서 그 조건은 빼자. 하지만 인성이 문제야. 인간도 덜 됐고 폭력적이던데, 절대 안 돼!"

"폭력적? 승운 씨가?"

어이가 없었다. 미래가 못 믿겠다는 얼굴로 비웃자 인자는 발끈한 채 토해냈다.

"내가 화내니까, 위협하면서 죽일 듯이 노려봤어. 내가 바로 안 도망쳤으면 주먹 휘두를 기세더라?"

안 봐도 뻔한 상황이었다. 미래는 목구멍까지 올라온 불길 같은 분노를 간신히 내리누르고 쏘아붙였다.

"엄마가 치과의사 따위라고 노골적으로 무시하니까 화낸 거

겠죠."

"아니. 정말로 칠 기세였어. 나한테 원한이 깊어 보이더라. 어렸을 때의 일을 가지고 아직까지 그러다니. 그렇게 앙심 품은 걸 보니 나한테 복수하려고 널 이용하는 게 틀림없어."

미래는 미간을 찌푸리며 엄마를 쏘아보았다.

"승운 씨가 왜 엄마한테 원한을 가지고 있겠어요? 착각하시는 거예요. 분명 엄마가 승운 씨를 화나게 해서—"

"너 설마 모르는 거니?"

인자는 딸의 말을 잘라 버렸다.

"니가 지금 만나는 그놈이 너랑 같이 국민학교 다녔던 박승운이잖아. 걔 때문에 네가 유학 빨리 가게 된 거, 기억 안 나?"

심장이 불안하게 두근거렸다. 미래는 가슴을 꾹 누르고 말았다.

"당연히 기억하죠. 하지만 내가 잘못한 거지 걔 잘못이 아니었어요. 그리고 이름이 같아서 엄마가 착각한 모양인데 그 박승운은 지금 내가 만나는 사람이 아니에요."

"아니긴 뭐가 아니야? 조사해 봤어. 퇴학당한 뒤에 검정고시 쳤더라."

"나이가 다른데, 같은 사람 아니에요."

미래는 고개를 흔들며 부정했다. 인자는 답답한지 주먹으로 가슴을 쿵쿵 치다가 짜증나는 기색으로 휴대폰을 들었다.

"이 비서, 미래한테 박승운 그놈 주민번호 좀 읊어줘."

인자는 던지듯이 딸에게 휴대폰을 건네주었고, 미래는 손끝이 돌처럼 무거워진 느낌이었으나 휴대폰을 받아 들어 귀에 댔다. 이 비서가 항상 들고 다니는 PDA의 버튼이 작동되는 소리가 희미하게 들려왔다. 그리고 이 비서는 승운의 주민번호를 말해주었다.

같다.

미래는 한 번 더 듣고서야 깨달았다.

승운은 그녀와 같은 나이였다.

"간단하게 확인이 되는 걸 내가 왜 거짓말하겠니? 정 못 믿겠다면 그놈한테 신분증 보여달라고 해. 그놈, 안 보여주려고 할걸? 내기할 수 있어."

인자는 아주 당당했다. 그리고 미래는 엄마가 저렇게 굴 때는 켕기는 게 전혀 없기 때문이라는 것을 잘 알고 있었다.

정말로 승운이 그 소년인가? 만약 그렇다면…… 왜 나이를 속인 거지?

"확인하고 빨리 헤어져. 그놈이 나이 속인 거네. 아니, 나이만 사기 친 게 아니지. 나한테 앙갚음하려고 너 이용하고 있는 거야. 너한테 상처 주려고 그런 거라고."

"엄마가 퇴학시켰으니까, 복수하려는 거라고?"

생각하기도 전에 말이 튀어나갔다. 미래의 말이 끝나자마자 인자는 한순간 몸을 움찔거렸다. 미래는 확실히 깨달았다.

"정말, 엄마가 그 죄없는 어린애를 쫓아낸 거구나."

너무 기가 막혀서 미래는 웃고야 말았다. 입맛이 쓰다 못해 토하고 싶었다. 미래는 손으로 입을 가렸고 토기를 억누르기 위해 최선을 다했다.

"애, 미래야. 너 얼굴이 창백해."

속아 넘어간 딸을 비웃고 있었으나 인자는 금방 알아보았다. 미래는 얼굴이 백지장만큼 새하얗게 질려 있었다.

"어디 아프니? 병원에 가서—"

"가!"

인자는 손을 뻗었지만, 딸의 이마에 닿지 않았다. 아니, 못했다. 미래가 두 손으로 힘껏 엄마의 손을 쳐냈기 때문이었다.

"가버려요! 엄마 따윈! 정말 꼴도 보기 싫어요!"

엄마한테 그렇게 굴면 안 돼.

멀리서 아빠가 야단치는 소리가 들리는 듯했다. 하지만 미래는 차갑게 귀를 닫았다.

"어떻게 그 어린애한테 그럴 수 있어요? 그 애가 대체 무슨 잘못을 저질렀는데?"

"잘못, 했지. 가난하고 부모도 없는 주제에 널 꼬였잖아! 국민학교도 못 마치고 유학 간 게 넌 좋니? 그건 다 그 후레자식 탓이야!"

"후레자식? 걔한테 그렇게 말했어요?"

분노로 활활 타오르는 미래의 눈에는 인자가 창백한 얼굴로 주먹을 부르르 떨고 있는 것은 보이지 않았다.

“그래! 그놈한테 그렇게 말했어! 가난한 후레자식이라고 욕하면서 때렸다! 왜? 왜 그렇게 쳐다봐? 내가 못할 행동 했니? 넌네가 국민학교 졸업증도 없는 게 쪽팔리지도 않아? 네가 그렇게됐으니, 그놈도 그렇게 당해야지!”

미래는 목구멍에 걸려 있던 날카로운 가시를 결국, 내뱉고 말았다.

“부끄러워! 내가 강인자의 딸이라는 게 정말 부끄러워! 엄마가 없었으면 좋았을 텐데. 아빠가 아니라, 차라리 엄마가—”

짝!

폭탄처럼 터져 나온 말은 인자의 손찌검에 의해 중단되었다. 고개가 돌아갈 정도로 세게 얻어맞았지만 미래는 육체적인 아픔은 느끼지 못했다. 하지만 다른 고통이 날카로운 발톱이 되어그녀의 영혼을 세차게 갈겼다.

“엄마.”

미래는 눈을 꾹 감았다. 시커먼 어둠이 펼쳐져 있는 세상은무척이나 공포스러웠다. 스스로에 대한 실망감과 분노, 혐오감으로 가득 차 있는 곳이었으므로.

“엄마, 죄송, 죄송해요. 너무 화가 나서— 엄마!”

간신히 실낱같은 용기를 내서 무겁기만 한 눈을 떴을 때였다. 미래는 엄마가 뒤돌아 달려나가는 것을 보게 되었다. 그리고 엄마의 눈에 맺힌 눈물 한 방울도.

“엄마!”

미래는 쫓아갔지만 다리가 부들부들 떨려 제대로 뛸 수가 없었다. 엘리베이터가 전속력으로 도망치듯 내려갔다. 미래는 계단으로 갔지만 몸이 말을 듣지 않았다. 계단 턱에 걸려 그대로 나뒹굴고 말았다.

통증은 몇 초 뒤에야 찾아왔다. 몸 전체를 찌르는 둔통은 별 게 아니었지만 왼쪽 팔꿈치는 불이라도 붙은 듯처럼 화끈거렸다. 미래는 눈가에 찔끔 맺힌 눈물을 참으며 간신히 앉았다. 일어서서 엄마를 쫓아가고 싶었지만 다리에 힘이 들어가질 않았다.

"미치겠— 아."

중얼거리다가 미래는 입안에 피가 고였음을 깨달았다. 날카로운 통증이 입안에 가득했다. 미래는 손을 더듬었고, 간신히 주머니에서 휴대폰을 꺼냈다. 승운에게 연락이 올까 봐 몸에서 떼놓지 않고 있던 차였다.

미래는 일그러지는 얼굴을 바로 하며 잠시 휴대폰을 꼭 쥐고 있기만 했다.

전화한다고 해도, 여전히 꺼져 있겠지. 하지만…….

미래가 망설이며 승운의 단축번호를 누르려고 할 때였다. 휴대폰은 웅웅거리며 진동을 시작했다. 미래는 깜짝 놀라 액정도 확인하지 않고 통화 버튼을 눌렀다.

[미래야?]

승운의 목소리가 기적처럼 들려왔다.

"원장님, 큰형님께 전화 왔어요."

고 간호조무사는 승운이 할머니 환자를 문밖까지 데려다 주고 들어올 때 수화기를 한쪽 귀에 대고 불렀다. 승운은 전화를 받았다.

"네, 큰형."

[운아, 혹시 휴대폰 고장났니? 계속 꺼져 있던데.]

승운은 가운에 넣어둔 무거운 휴대폰을 만지작거렸다. 이틀 전, 미래의 모친을 만난 뒤로 꺼두었었다. 그럼에도 계속 가지고 다녔지만.

"배터리 충전을 깜빡했네요. 혹시 무슨 일 있나요?"

[아무 일도 없다. ……아니에요.]

뒷말은 여자 목소리였다. 승운은 큰형수의 것임을 알아들었다. 곧 가볍게 투닥거리는 소리가 나더니 큰형수가 수화기에 대고 말했다.

[큰형님한테 충치가 하나 생겼는데 치과에 가야 할 것 같거든요. 근데 치과에 안 가려고 안 아픈 척하네요. 혹시 오늘 큰형 치료해 줄 수 있어요?]

승운은 수화기에 웃음소리가 들어가지 않게끔 가린 뒤 고 간호조무사에게 예약 환자 리스트를 보여달라고 했다.

"이따 밤에 오실래요? 오늘은 야간 진료하는 날이거든요. 8시 30분에 비어 있어요."

[큰형님 그때 보낼게요. 안 오면 나한테 알려줘야 해요. 알았죠?]

승운은 쿡쿡 웃었다.

"그럴게요. 그럼 이따 봬요."

큰형은 시간에 맞춰 왔다. 평소처럼 근엄하긴 했으나 어딘가 모르게 좀 불편한 표정이었다. 승운은 예전에 페이닥터로 일하던 병원으로 큰형이 임플란트를 하러 왔을 때 저런 표정이었다는 것을 기억하고 있었다.

"치과가 싫으세요?"

동생의 놀림에 큰형의 짙은 눈썹이 꿈틀거렸다. 승운은 속으로 웃음을 참으며 체어로 안내한 뒤, 일단 검진을 했다. 방사선 촬영으로 치아와 치수강*의 형태를 확인했는데, 신경 치료가 필요해 보였다.

"신경 치료?"

치과에 들어온 뒤 침묵을 지키던 큰형은 그제야 말을 내뱉었다. 눈썹을 더욱 꿈틀거리면서.

"네. 좀 많이 썩었네요. 누워 계세요. 바로 해드릴게요."

"지금 바로?"

"바쁘시잖아요. 마취 들어갑니다. 약간 따끔할 거예요."

승운은 큰형의 얼굴이 찌그러지는 것을 보면서 국소용 마취

---

* 치수강:치아의 드러난 부분인 치관과 치근(뿌리) 부위의 치수가 들어 있는 공간 전체

주사를 들었다. 치아 내부로 접근하기 위한 구멍을 만들어 치수강과 치근 속의 치수도 제거했다. 큰형의 얼굴은 더욱 험상궂게 변해갔다.

“오늘은 여기까지 할게요. 3일 뒤에 오세요.”

“그날은 안 돼.”

“괜찮은 날짜를 큰형수하고 상의해 볼게요.”

큰형이 노려보았지만 승운은 빙글빙글 웃으며 주의사항을 알려주었다.

“저녁 아직 안 먹었지? 같이 하자꾸나.”

승운은 고 간호조무사에게 뒷정리를 부탁한 뒤 큰형과 함께 바로 밑에 있는 비빔밥 전문점으로 갔다.

“여기 괜찮더라고요. 큰형 솜씨보다는 아니지만요.”

큰형의 얼굴에 미소 비슷한 것이 살짝 떠올랐다. 비빔밥이 나오자 승운은 무의식적으로 받아 비빈 뒤 큰형에게 내밀었다. 그는 큰형의 표정을 보고야 깨달았다.

“아.”

“만나는 아가씨한테 이렇게 해주나 보구나.”

큰형은 쿡 웃더니 그릇을 받아 들었다. 승운은 왠지 쑥스러워졌다. 그리고 미래가 떠올랐다. 이틀간 연락 자체를 차단하고 있다는 사실도.

승운이 말없이 열심히 먹기만 할 때, 큰형은 동생이 주의를 준 대로 치료받은 쪽을 피해 씹다가 조심스러운 어조로 입을 열었다.

"그런데 운아, 혹시 그 아가씨가 너와 같이 국민학교를 다녔던 오미래니?"

승운은 입을 딱 벌렸다. 큰형은 동생의 반응에 고개를 끄덕였다.

"역시 그랬구나. 결혼…… 괜찮겠니? 오래전 일이긴 하지만 아가씨 어머님의 성정이 다소 걱정되는구나."

큰형 또한 미래의 모친, 강인자를 만난 적이 있었다. 승운이 퇴학당했을 때 집안의 유일한 성인이자 보호자인 큰형이 학교로 달려와 인자와 마주쳤었다. 하지만 다행스럽게도 그전에 승운에게 실컷 욕을 하고 때려서 지친 탓인지 인자는 큰형에게는 별다른 말을 하지 않았다. 경멸하는 시선으로 노려봤을 뿐.

"큰형, 사실…… 이틀 전에 미래의 어머니를 뵈었어요. 결혼, 반대하시더라고요."

"그랬구나."

무거운 침묵에 압도당하는 느낌이었다. 승운은 솟구친 감정을 내리누르느라 잠시 아무 말도 하지 못했다.

"그 뒤로 미래를…… 어떤 얼굴로 봐야 할지 모르겠어요. 어떻게 그런 여자한테서 미래가 나왔는지도 모르겠고요."

"운아, 그분은 미래의 어머님이시다. 그리고 네 장모님이 될 분이야."

큰형은 단호한 어조로 꾸짖었고, 승운은 고개를 숙였다. 이틀 전, 분기를 이기지 못했던 스스로의 못난 모습도 떠올랐다. 부끄러움이 붉은 기운이 되어 얼굴로 올라왔다.

"알고 있어요. 하지만…… 뵈었을 때, 너무 화가 나서 실수를 했어요."

"네 마음을 이해 못하는 건 아니란다."

큰형의 말투가 누그러졌다.

"하지만 네 아이의 외할머니가 될 분이잖니. 그러면 안 되는 거란다. 사과드리렴. 그리고 미래 양에게도 더 잘해주렴. 과거는 과거야. 미래 양이야말로 네 미래잖아. 그렇지 않니?"

큰형의 다독이는 목소리가 부드럽게 동생을 감싸 안았다. 승운은 눈을 감고 숨을 훅 내뱉었다. 지난 이틀간 온몸을 뒤틀리게 만들었던 분노가 빠져나가기 시작했다. 그리고 다른 감정 하나만이 남았다.

"큰형, 저 가봐야겠어요."

그동안 외면했던 감정이 파도처럼 온몸으로 밀려오자, 순간 승운은 아찔해졌다. 그는 바싹 마른 입술을 축이고는 자리에서 일어났다. 큰형은 잠시 놀란 표정이었으나 곧 고개를 끄덕였다. 승운은 뛰기 시작했다. 그는 한달음에 미래의 집이 있는 건물에 도착했다.

긴 거리는 아니었지만 100미터를 달리는 선수처럼 뛰어서 그런지 거친 숨결이 튀어나왔다. 승운은 허리를 숙인 채 호흡을 고르며 휴대폰을 꺼내 들었다.

 임플란트
왕자님

집에 있을까?

이제 겨우 10시 30분이었다. 평소 자정 근처에나 퇴근하니 아직 회사에 있을 확률이 컸다. 전화조차 안 받을지도 몰랐지만, 이 순간 승운은 생명줄이라도 되는 양 휴대폰을 꼭 쥐고는 꺼놓았던 전원을 켰다. 휴대폰이 부르르 눈을 뜨자마자 미래의 단축번호를 눌렀다. 손이 떨렸다.

신호음은 딱 한 번 울렸다. 곧바로 통화가 연결되었다.

"미래야?"

[아…….]

미래가 한숨과 함께 답하는 것이 들렸다. 승운은 미래가 옅게 숨 쉬는 소리조차 감사하게 생각하는 자신을 발견했다.

어떻게, 난 이틀이나 연락을 차단했던 걸까? 어떻게, 목소리조차 듣지 않고 견뎠던 걸까? 어떻게, 난 그렇게나 바보 같은 짓을 저질렀던 걸까?

"미래야, 지금 집이니?"

[집이기도 하고…… 혹시 근처면 와줄래? 계단에서 넘어졌거든. 움직이기가 힘드네.]

"다쳤어? 얼마나?"

승운은 심장이 쿵 하고 바닥에 떨어지는 기분이었다. 그는 의식하기 전에 움직였다. 미래가 건물에 출입할 수 있는 비밀번호를 알려주자 쏜살같이 번호를 누르고는 엘리베이터로 갔다.

[많이 다친 건 아니야.]

승운은 걱정과 초조감으로 엘리베이터 안에서 발을 굴렀다. 땡 하는 소리와 함께 열리자마자 돌진하듯 나갔고, 곧 아래층으로 내려가는 계단 끝에 힘없이 앉아 있는 미래를 발견했다.

옷이 구겨져 있을 뿐 방금 말한 대로 많이 다친 건 아닌지 팔다리 등은 멀쩡해 보였다. 하지만 머리카락은 잔뜩 헝클어져 있었으며 무엇보다 입술이 터져 있었다. 자세히 보니 미래의 오른손 옷깃에는 피가 꽤 묻어 있었는데, 입가의 피를 닦은 게 아닌가 싶었다.

"괜찮아?"

승운은 가까이 다가가 조심스럽게 턱에 손을 대서 살펴보았다. 입술 상처가 꽤 심해 보였다. 승운은 가슴이 찢어지는 것 같았다.

"병원으로 가자."

"그냥 넘어진 것뿐인걸. 아."

미래의 뒷말은 신음에 가까웠다. 승운은 미래가 얼굴을 일그러뜨리며 왼팔을 부여잡자 더 생각하지 않고 휴대폰으로 콜택시를 부른 뒤 조심스럽게 안아 들었다. 예상과는 달리 밑으로 내려가 택시에 탈 때까지 미래는 내려달라는 말은커녕 입을 굳게 다문 채 아무 말도 하지 않았다.

많이 아픈 건가?

승운은 걱정으로 타 들어가는 가슴을 안고 미래의 주치의가 있는 병원으로 데려갔다. 가는 길에 비서에게 연락했더니 병원에 도착한 뒤에 곧바로 진찰을 받을 수 있게 되었다.

"다행히 큰 상처는 없네요. 근육통은 오늘과 내일 물리치료를 받으면 괜찮아질 거예요."

집이 바로 근처라지만 늦은 시간임에도 주치의는 한달음에 달려와 성의를 다해 미래를 대했다.

"입안이 문제인데 꽤 상처가 크니까 아물 때까지 왼쪽으로 씹지 말아요. 그리고 여기, 금 간 거 보이죠?"

엑스레이를 통해 왼쪽 팔꿈치에 미세하게 금이 가 있는 것을 볼 수 있었다.

"4주간 깁스를 해야 해요. 계단에서 넘어졌다고요?"

미래는 쓰디쓴 한숨을 내쉬며 고개를 끄덕였고, 심각한 상처가 아니라는 진단에 안도한 승운의 눈이 그제야 맑아졌다. 그러다 문득, 그는 미래의 얼굴이 알 수 없는 이유로 아주 어둡다는 것을 깨달았다. 단순히 상처 때문이 아니리라.

미처 생각하지 못한 근본적인 질문이 떠올랐다.

왜 계단에서 넘어진 거지?

"물리치료 받고 가요. 아니면 늦었으니까 병실 하루 내줄까요?"

"아니요. 집에 가고 싶어요."

"그럼 그렇게 해요. 조심해서 팔을 사용하고, 당분간은 운동 금지예요. 그런데……."

주치의의 호기심이 담긴 눈이 승운에게 향했다. 질문이라는 것을 알아차린 승운이 입을 열 때였다.

"그냥 친구예요. 승운 씨, 이제 가봐. 곧 김 비서가 올 거야. 데려다 줘서 고마워."

승운을 쳐다보는 미래의 눈동자는 평소와는 달랐다. 빛이 없었고, 뭔가 모르게 무감각해 보였다.

그가 알기로 미래는 분노하면 곧바로 토해내는 성격이었다. 그런데 오히려 저렇게 벽을 쌓은 듯한 반응을 보여준다는 건, 정말 많이 화났다는 증거였다.

이런 실수를 하다니.

미래의 모친 때문에 자괴감과 분노로 지난 이틀간 괴로워했었다. 그러면서 미래를 밀어낸 건 바로 그였다. 실수. 치명적인 실수.

모친과 미래는 다른 사람이었다. 낮과 밤처럼 다른 존재. 또한 모친이 그런 사람인 건, 미래의 잘못이 아니었다. 그가 어린 아이처럼 감정을 그대로 표출해 내고 울분에 찬 모습을 보여준 건 미래가 아닌, 바로 스스로의 실수였다.

"아니야. 내가 집까지 데려다 줄게."

승운은 눈웃음을 보여주며 미래의 다치지 않은 오른손을 부드럽게 붙들었다. 주치의는 놀란 표정을 지었지만 아무 말을 하지 않았다. 승운은 물리치료가 끝날 때까지 기다렸다가 미래를 집으로 데려다 주었다.

"고마워."

　승운이 침대로 데려다 주자 미래는 그제야 입을 열어 짤막하게 감사를 표했다. 승운은 그녀가 자신을 바라보지 않는다는 것을 눈치 챘다. 그는 옆에 앉은 뒤 미래의 오른손을 살짝 잡았다. 미래는 마주 잡지도 않을뿐더러 여전히 그를 쳐다보지도 않고 있었다. 승운은 가슴이 다시 뻐근해졌다.

　"미안해."

　승운은 한숨과 함께 내뱉었다.

　"이틀 동안, 벽을 쌓고 있어서 미안해. 일이 좀 있었어."

　"무슨 일?"

　되묻는 미래의 목소리는 지나치게 낮았다.

　"어떻게 말을 해야 할지 모르겠어."

　사실이었다. 나이를 거짓말한 것부터 말해야 할 텐데, 승운은 어떻게 시작해야 할지 알 수가 없었다.

　"모르겠으면 말하지 마."

　승운은 여자가 진심으로 말하는지 아닌지 모를 정도로 바보가 아니었다. 그는 미래의 손을 잡고 있지 않은 손을 뻗어 조심스럽게 턱을 만졌다. 그를 마주 보게 했지만 미래는 눈을 내리깔아 시선을 피했다. 아니, 마치 싫어서 외면하는 것 같았다.

　"미래야, 내가 너한테 거짓말을 한 게 있어."

　미래의 눈동자가 그제야 그에게 향했다. 승운은 미래의 눈썹 끝이 위로 올라갔고, 눈동자가 눈이 쌓인 겨울의 땅바닥처럼 딱딱하게 변한 것을 발견했다.

어째서 이렇게까지 차갑게 구는 거지? 화가 난 건 이해가 가지만…….

"그게 뭐냐면 말이야."

"설명 듣기 싫어. 내 질문에 대답이나 해. 아주 솔직하게."

내지르는 듯한 미래의 목소리가 어찌나 싸늘한지 승운은 한기를 느꼈다.

"엄마가 퇴학시켜서, 그거 복수하려고 나와 사귄 거야?"

승운은 입을 벌렸다. 하지만 아무 말도 할 수 없었다.

"그런 거야?"

"어떻게, 어떻게 내가 그 박승운인 줄 알았어? 네 어머니가 말씀하셨니?"

"대답이나 해!"

미래는 비명 지르듯 소리쳤다. 머릿속이 텅 비어버린 것 같았지만, 승운은 단 한 가지 사실을 알았다.

이 순간이, 이 대답이 그의 인생에서 매우 중요하다는 걸.

"미래야, 널 사랑해. 진심이야. 내 인생에서 의미있는 여자는 너뿐이야. 어렸을 때도, 지금도."

"복수하려고 했던 거야? 엄마 말대로, 정말 엄마한테 앙심 품고 나한테 그런 거야?"

"미래야, 너에 대한 내 마음은 진심이야. 모르겠니?"

"응. 모르겠어."

승운은 미래의 솔직한 답변에 얻어맞은 것처럼 움찔거렸다.

"난 정말 모르겠어. 그래서 묻는 거야. 대답해. 엄마한테 복수하려고 나와 사귄 거야? 대답해. 대답하라고!"

미래는 목에 핏대가 올라올 만큼 소리 높여 요구했다. 승운은 바싹 마른 입술을 축였다.

"끌리지 않았다면, 처음에 사귀자고 말하지 않았을 거야."

"그러니까 엄마 말이 틀렸다는 거야? 얄팍한 복수심이 아니라 처음부터 끝까지 진심이었다는 거지? 그런 거지? 똑바로 말해봐. 똑바로!"

"처음에는……."

말해야 했다. 결국, 선택의 여지가 없었다.

승운은 신음하듯 이어 말했다.

"처음에 끌려서 시작한 게 맞지만…… 네 어머니가 여전한 걸 보고 복수하고픈 마음이 들었던 건 사실—"

짝!

말이 끝나기도 전에 승운의 손 밑에 굳어 있던 미래의 오른손이 움직였다. 미래는 그대로 승운의 뺨을 때려 버렸다. 승운의 새하얀 뺨에 붉은색의 선명한 자국이 도장처럼 박혔다.

엄마에게 맞았을 때, 내 뺨도 저랬을까?

미래는 몇 시간 전의 일을 떠올리고는 멍하니 생각했다.

맞을 만했다. 엄마에게 맞을 만한 말을 했었다. 해서는 안 되는 잔혹한 실수니까. 그리고 지금 승운은…….

"미래야."

승운은 필사적으로 내뱉었다.

"널 사랑해. 복수하고 싶다는 그런 생각을 했던 건 사실이야. 하지만 아주 잠깐뿐이야. 난 처음에 네가 그 오미래인지 몰랐을 때부터 너한테 끌렸어. 마음 자체는, 감정 자체는 진짜야. 내겐 너뿐이고, 난 너와 결혼하고 싶어."

"이를 어쩌나?"

미래는 마음껏 빈정거렸다.

"난 이제 결혼하기 싫어졌는데."

"미래야!"

"나가!"

미래는 주먹을 꾹 쥔 손을 내밀어 승운의 가슴을 쿵 하고 쳤다.

"당장 내 집에서 나가! 꼴도 보기 싫어!"

"내 말 좀 들어봐! 그렇게 생각했던 건 정말 한순간이었어! 난 네게 진심이야! 널 사랑한다고!"

"난 모르겠는걸."

방금까지 살기등등하게 승운을 노려본 미래는 한순간에 달라졌다. 흐느적거리듯 어깨를 축 늘어뜨리고는 기운없는 목소리로 속삭였다.

"모르겠어. 지금은…… 모르겠어. 그러니까 가. 가버려. 가버리라고. 가버려!"

읊조림은 절규로 바뀌었다. 눈동자를 활활 불타오르게 했던 살기 또한 사라졌고, 대신 한 방울의 눈물이 고였다. 승운은 날카로운 비수가 심장을 가르고 지나가는 것을 느꼈다. 그러나 지금 이 순간, 미래는 더한 고통을 느끼고 있을 터.

승운은 천천히 일어섰다. 그는 팔에는 깁스를 한 채 통증에 압사당할 것 같은 표정을 짓고 있는 미래를 다시 한 번 눈에 담고는 등을 돌렸다.

현관문이 닫히는 소리가 멀리서 들려오자, 미래는 그제야 눈을 질끈 감았다. 고여 있던 눈물이 뺨을 타고 흘러 손등 위로 떨어졌다.

미래는 깨달았다. 아버지가 돌아가신 이후, 처음으로 흘리는 눈물이라는 걸.

8

이제 40대에 들어선, 보통 김 비서라 불리는 김이윤은 FUTURE KOREA 대표이사 비서팀의 최고 책임자였다. 미래의 아버지 오한장이 대표이사로 재직할 당시 이윤이 몸을 담고 있던 고아원을 후원했는데, 그때 큰 도움을 받았었다. 그래서 이윤은 FUTURE KOREA에 입사한 뒤 충성을 다했고 빠르게 승진한 끝에 비서실장이 되었다. 그 뒤에도 항상 최선을 다해왔는데 현재 가장 중요하게 생각하는 건 바로 대표이사, 미래였다.

"우리 미래, 잘 부탁해."

오한장 전 사장은 갑작스러운 심장마비로 사망하기 일주일 전, 마치 자신의 운명을 예감하기라도 한 듯 술자리에서 간곡하게 말했었다.

"아직 어린 게 약점이지만, 능력있어. 옆에서 중심을 잘 잡아주면 크게 될 거야. 잘 좀 부탁하네."

"제가 무슨 도움이 되겠습니까."

"아니야. 내가 이렇게 일에 집중할 수 있게 된 것도 자네 덕이야. 자네가 미래 곁에서 도와줘. 그럼 잘될 거야."

"네. 미욱하지만 최선을 다하겠습니다."

"고맙네. 근데…… 미래가 인생에서 일 하나만 아는 사람은 안됐으면 좋겠어. 내가 그런 것처럼 가족을 외롭게 만들어서는 안 되는데…… 걱정이야."

술잔을 기울이는 한장의 눈은 아주 쓸쓸해 보였었다. 그리고 일주일 뒤 갑작스럽게 세상을 떠났고 이윤은 그때부터 미래를 보좌했다. 일에만 몰두하고 다른 것은 일체 외면한 채 남자는 흥밋거리로만 가볍게 만나는 한장의 딸을 걱정하며.

이번엔 다를 줄 알았는데.

만난 지 얼마 되지 않았으나 이윤은 미래가 치과의사 박승운과 남다른 감정을 주고받고 있음을 알고 있었다. 그런 눈빛을 하는 건 처음이었으니까. 무난하게 결혼까지 갈 거라고 예상했는데 이게 대체 무슨 일이지?

미래가 계단에서 넘어졌다는 소식을 승운에게 들은 뒤 이윤은 병원에 갔다가 미래의 집으로 달려갔다. 자리를 지킬 거라고 예상했던 승운이 없는 건 물론이거니와 당황스럽게도 미래의 눈에는 눈물자국이 말라붙어 있었다.

"괜찮으십니까?"

"4주 동안 깁스를 해야 된대요."

미래는 목기침을 한 뒤 말했다. 목소리는 잠겨 있었다.

"그건 오면서 주치의분께 들었습니다. 제가 물은 건 그런 상처가 아닙니다."

"김 비서님."

미래는 고개를 떨어뜨려 이윤의 시선을 피했다.

"오늘, 나 정말 힘들었어요. 엄마에다가 승운이에다가······. 김 비서까지 그러지 말아요."

"죄송합니다."

이윤은 고개를 숙여 사과했다. 미래는 잠시 그렇게 서 있기만 했고, 미래의 어깨가 얼마나 좁고 여린지 새삼 깨달았다.

"내일, 출근하지 말고 쉬세요."

"그렇게 할게요."

예상과는 달리 미래는 순순히 말을 들었다. 일중독자가 저러다니. 이윤은 미래가 얼마나 큰 충격을 받았는지 확인하게 되었다.

"이만 가보겠습니다. 쉬십시오."

미래는 끝까지 얼굴을 보여주지 않았다. 이윤은 다시 인사하고 집 밖으로 나갔다. 현관문을 닫기 전, 언뜻 울음소리를 들은 것 같았다. 이윤은 주먹을 꾹 틀어쥐고는 목적지를 바로잡았다.

승운은 잠을 이루지 못했다. 집에 어떻게 돌아왔는지 그것조차 기억나지 않았다. 머릿속을 터질 듯 가득 메우고 있는 이미지는 단 하나였다.

미래의 눈동자에 담긴 눈물.

생각도 못했던 통증이 다시금 심장을 묵직하게 두들기자 승운은 저도 모르게 눈을 질끈 감고 말았다. 끝이 보이지 않는 어둠이 그를 반기고 있었다.

여자를 울리다니. 어째서 이따위가 되어버린 건가. 결국 난 이 정도밖에 안 되는 남자인가?

어렸을 때 국민학교에서 쫓겨난 뒤 최선을 다해 살아왔다. 큰형을 실망시키지 않기 위해, 다른 형제들에게 누를 끼치지 않기 위해 열심히 공부해서 사회적으로 인정받는 직업을 가졌다. 하지만 그게 다 무슨 소용인가. 내 여자가 눈물 흘리게 만들었는데.

이틀 전에 피트니스센터에서 지쳐 쓰러질 때까지 운동했을 때보다 더 몸이 무거웠다. 수렁보다 더 깊고 어두운 곳으로 끌려들어 가는 기분이었다. 이대로, 다시 솟아오르지 못할 수도 있었다.

다시는 미래에게 사랑이 담긴 따듯한 시선을 받지 못할지도 모른다. 다시는 미래를 만나지 못할지도 모른다.

다시는 미래를…….

승운은 자신이 고열을 앓는 사람처럼 몸을 떨고 있음을 깨달았다. 이런 고통이 계속된다면…….

승운은 벌떡 일어나 현관문으로 갔다. 하지만 문을 열려는 순간, 한 자락의 이성이 그를 잡아끌었다.

시간이 필요하다. 미래에겐 감정을 가라앉히고 생각을 할 시간이 필요했다. 지금 당장 다시 찾아간다고 해서 상황이 좋아질 것 같지 않았다. 오히려 더 악화될 터. 하지만 이대로 가만히 있다간…….

승운이 평소 단정한 얼굴을 일그러뜨린 채 현관문 앞에 우두커니 서 있을 때였다. 무거운 발소리가 들리더니 이어 주먹으로 문을 치는 소리가 났다. 미래의 것이라고 생각하기엔 거칠었으나 승운은 기대감에 휩싸여 바로 문을 열었다.

실망스럽게도, 문 밖에 서 있는 건 미래의 비서였다.

"박승운 씨."

언제나 무표정했던 김 비서의 얼굴은 험상궂게 변한 상태였다.

"저는 전 사장님께 부탁을 받았습니다. 따님을 잘 보살펴 달라고요."

승운은 잠자코 경청했다.

"무슨 일이 있었는지 모르겠지만 사장님께 상처를 준다면 용서하지 않을 겁니다."

이윤은 승운이 볼 수 있게끔 의도적으로 주먹을 불끈 쥐었다. 미래의 아버지가 언급되자 승운은 솔직해질 수밖에 없었다.

"의도는 아니었지만 상처는 이미 줬습니다. 하지만 치유해 줄 겁니다. 어떤 방법을 동원하든 간에 그렇게 할 겁니다."

"남자 대 남자로서 약속하세요."

남자 대 남자? 남자라고?

승운의 몸속에 숨겨져 있던 불같은 무언가가 꿈틀거리기 시작했다.

"네, 약속합니다. 그러니 빠지십시오. 이건 미래와 저의 사생활입니다."

승운은 이윤에게 처음으로 진짜 얼굴을 보여주었다. 심약한 사람이 보면 무서워서 움찔거릴 만큼 차디찬 미소와 함께 비수 같은 경고를 날렸다. 하지만 이윤은 냉기에 물러서는 대신 웃었고, 느물거리며 말했다.

"치과의사니까, 치아 몇 개가 없어지면 얼마나 보기 흉할지 잘 아실 겁니다."

"비서니까, 사장의 사생활에 지나친 관심을 두면 안 된다는 걸 잘 아실 겁니다."

승운은 자동적으로 날카로운 송곳니를 계속 보여줄 수밖에 없었다. 상대는 수컷이었다. 공식적으로 미래의 뒤에 서 있을 수 있는 남자.

불현듯 격렬한 불쾌감이 승운을 거세게 할퀴고 지나갔다. 아주, 기분이 더러웠다.

"사장님을 걱정하는 건 비서로서의 올바른 자세입니다."

"과연 사장을 걱정하는 건지 궁금하군요."

승운은 매서운 눈으로 김 비서의 왼손을 훑었다. 걱정한 대로 반지는 보이지 않았다.

"혹 여자로서 걱정하는 것 아닙니까?"

이윤은 그저 웃을 따름이었고, 승운은 그제야 상대가 동류라는 것을 깨달았다. 겉으로는 웃으면서 속으로는 무슨 생각을 하는지 알 수 없는, 짜증나는 사람.

욱하고 감정이 치달아오자 승운은 그대로 현관문을 소리나게 닫아버렸다. 김 비서의 얼굴이 사라지자 속이 시원해졌지만 그건 아주 잠깐이었다.

항상 미래의 곁을 지키는 남자. 미래의 모든 것을 알고 있는 사람.

등골이 서늘했다. 소름이 끼쳤다.

"어떻게 해야 하지?"

승운은 주먹을 꾹 쥔 채로 허공을 노려보며 필사적으로 스스로에게 소리쳤다.

"생각해 봐, 박승운. 어떻게 해야 할지, 머리 좀 굴려봐!"

미래는 언제나처럼 6시에 눈을 떴다. 습관적으로 새벽 운동을 위해 일어나던 그녀는 움직이는 동시에 통증을 느꼈다.

어제…….

미래는 도로 누우며 다치지 않은 오른손으로 얼굴을 가렸다. 다시 눈물이 흘러나올 것 같았다.

남자 때문에 울다니.

승운은 보통 남자가 아니긴 했다. 아버지가 곁에 없는 현재, 세상에서 가장 의미있는 존재. 하지만 그렇다고 눈물을 흘리다니. 광후에게 파혼당한 뒤에도 그러지 않았기에 당혹스럽기 그지없었다. 물론 충격이 두 배였기 때문도 있었다.

엄마에게 그런 말을 하다니.

산산조각난 도자기는 이전과 같은 형체로 되돌릴 수 없다. 엎지른 물은 다시 주워 담을 수 없다. 그리고 내뱉은 말은 하지 않은 것으로 취급할 수 없었다.

어떻게 사죄한단 말인가.

상처를 준 뒤에야 정신을 차린 스스로가 혐오스러웠다. 곰곰이 생각해 보면 엄마의 말이 틀린 건 아니었으니까.

엄마가 지나친 과소비를 일삼는 등 잘못한 게 없진 않았으나, 그렇다고 무시한 건 결코 잘한 행동이 아니었다. 딸이 그런 눈으로 보니까 다른 직원들도 덩달아 엄마를 더 얕잡아본 것도 사실이었고.

또한, 자신이 일 하나만 신경 쓰고 살아온 것도 사실이었다. 아빠처럼 가족은 뒷전으로 흘린 채 일만 해왔다. 결국 아빠는 심장마비로 돌아가셨고.

미래는 엄마가 항상 원망스러웠다. 일만 하는 자신을 이해 못 했으니까. 그녀가 바라는 것을 안 들어줬으니까.

하지만 그건 자신도 마찬가지 아닌가.

엄마가 바라는 건 딸의 행복이었다. 물론 일을 그만두는 것과 결혼, 아이 등은 딸이 바라는 게 아니었으나, 어쨌든 엄마는 딸을 걱정해 왔다. 그리고 딸은 엄마의 말은 귓등으로도 듣지 않았고.

어떻게 마음을 풀어드리지?

인간관계에 미숙한 자신에겐 그 어느 것보다 더 어려운 일이었다. 더군다나 문제는 하나만이 아니었다. 승운 또한 걸려 있지 않은가.

자신이었어도 복수하고 싶었을 것이다.

어렸던 나날, 승운이 얼마나 힘들게 살아왔는지 아직도 기억에 생생했다. 그런데 다른 사람의 잘못으로 최소한의 울타리인 학교에서마저 쫓겨나다니. 더군다나 엄마가 욕하고 때렸으니 그 굴욕감은 평생 갈지도 모르는 것이었다.

하지만…… 정말 앙갚음하고 싶다는 마음 하나만으로 만난 걸까? 승운이 처음에는 그런 마음이 들었다고 인정하긴 했지만

 임플란트 왕자님

이어 말했다. 지금은 진심이라고.

이런 상황임에도 승운이 사랑한다고 달콤하게 속삭인 말은 아직도 미래의 심장을 두근거리게 했다. 나른한 행복감 또한 찾아왔다.

하지만 어디까지 믿어야 할까?

겁이 났다. 승운을 무척이나 사랑하기 때문에 미래는 그의 마음 중 어느 한 조각이라도 사실이 아닐까 봐 두려웠다.

광후에게 당한 것처럼 또 배신당하면 어쩌지? 물론 처음부터 광후는 그녀를 사랑하지 않았다. 하지만 약속했었다. 집안끼리 맺어진 결혼이지만 최선을 다하겠다고. 결과는 그럼에도 소용없는 것으로 드러났지만.

또다시 상처받지 않을 것이다. 위궤양 같은 병을 앓지도 않을 것이다. 그래야 회사 일을 등한시하지 않게 될 테니.

하지만 엄마와 문제가 생긴 것도 근본적으로 보자면 회사와 일만 너무 중요시했기 때문이었다.

어디서부터 균형을 제대로 잡아야 할까? 어디서부터 생각을 가다듬어야 할까? 어디서부터 엄마의 마음을 치유해 드려야 할까?

머릿속이 너무 복잡해서 터질 것 같았다. 지금으로서는 뜻을 알 수 없는 단어와 문장, 말이 눈앞에서 쏜살같이 날아다니자 미래는 다친 왼팔을 조심스럽게 감싼 뒤 침대에 일어나 앉았다. 어젯밤의 쇼크 때문인지 아직도 몸이 너무 무거웠다. 도로 눕고 싶었지만 아침식사를 챙겨먹어야 했다. 그래야 김 비서를 비롯한 다른 사람들이 걱정하지 않을 테니까.

미래는 욱신거리는 몸을 움직여 굼벵이보다 느리게 침실 문을 열었다. 구수한 된장찌개 냄새가 흘러나왔다.

도우미 아주머니가 일찍 오셨나?

미래는 천천히 부엌으로 갔다. 가스레인지 앞에 낯익은 사람이 등을 보여준 채 서 있었다. 180cm가 넘는 큰 키에 늘씬한 뒷모습을 자랑하는 남자.

"일어났어?"

인기척을 들은 승운은 뒤를 돌았다. 그의 얼굴에는 평소와 같은 느긋한 미소가 실려 있었다.

"마법의 된장찌개 대령했어. 새로 담근 김치도 가져왔는데 아주 맛있어."

미래는 그 자리에 멈춰 선 채로 한숨을 내뱉었다. 몇 초간 바닥으로 시선을 던졌다가 매섭게 승운을 노려보았다.

"왜 왔어?"

"아침 식사 차려주려고."

승운은 된장찌개를 국그릇에 담아 식탁에 내려놓았다.

"와서 먹어. 아플 때는 더 잘 먹어야지."

"너 말이야."

미래는 삐딱하게 선 채로 비꼬았다.

"얼굴 진짜 두껍다?"

“내가 좀 그래. 이리 와. 다 식겠다.”

웃으면서 저렇게 말하니 할 말이 없었다. 미래는 확 그를 떠밀어 버리고픈 충동을 느꼈지만 힘이 없었다. 식사부터 해서 기운을 차리는 게 우선이었다.

미래는 비틀거리듯 걸어가 식탁 의자에 앉았다. 승운은 김이 따끈따끈 올라오는 잡곡밥도 대령해 주었다. 미래의 손에 수저를 쥐어줄 생각이었으나 미래가 차갑게 그를 쳐다보자 옆에 놔두는 것으로 대신했다.

미래는 승운이 건너편에 앉아 그녀에게 시선을 고정한 채 조용히 숨만 내쉬는 것을 알았다. 그가 아직 식사 전이라는 것도 눈치 챘으나 권하지 않았다. 아예 쫓아내고 싶었지만 승운의 눈빛은 견고했다. 그녀가 식사를 끝내기 전까지 절대 자리를 뜨지 않으리라.

“다 먹었어.”

미래는 꼭꼭 씹어 먹었다. 승운 때문에 체하고 싶지 않으니까.

“이제 가. 그리고 오지 마.”

수저를 던지듯 내려놓았다. 숨을 훅 내쉰 뒤 고개를 들어 승운을 노려보았다.

“결혼이 아니라, 우리 관계 자체를 다시 생각해 볼 거야.”

“시간이 필요한 건 알아. 하지만 난 매일 아침저녁마다 이렇게 올 거야.”

승운은 미소를 지었다. 단순히 보여주기 위한 것이 아니라 진심이 닿기를 바라면서 만든, 진짜 마음이 담긴 것.

"새벽까지 내내 고민했어. 어떻게 해야 할지."

미래는 승운의 눈이 붉게 충혈된 것을 그제야 발견했다. 한숨도 자지 못한 게 분명했다.

"네가 날 미워하는 건 당연해. 원망스럽겠지. 지금까지 99프로의 시간 동안 네게 진심이었지만, 1프로는 아니었으니까."

미래는 즉시 반응했다. 그녀는 주먹을 꾹 쥔 오른손으로 식탁 위를 내리쳤다. 그릇이 튀었다가 떨어지는 소리가 귀를 찔렀으나 승운은 담담하게 들었다. 감당해야 할 몫이었다.

"미래야, 오미래."

승운은 몸을 앞으로 내밀어 거리를 좁힌 뒤, 마음을 담아 속삭였다.

"너를 사랑해. 그래서 노력할 거야."

"뭘?"

"내 마음을 보여줄게."

승운은 심장 위를 한 손으로 두드렸다.

"이게 진짜라는 걸 네가 믿을 수 있게끔, 최선을 다할 거야. 물론, 생각할 시간을 줄게. 일하는 시간과 잠자는 시간, 그 사이사이에 생각해. 하지만 그 외에는 내가 옆에 있을 거야. 내 진심을 보여주면서."

미래는 아무 말도 할 수 없었다. 눈을 가늘게 뜨고 승운을 노려보기만 했다.

"뭐라고?"

"들었잖아."

승운은 번복하지 않았다. 그는 눈사람도 녹여 버릴 듯한 달콤한 눈웃음을 지어 보이고는 미래에게 다가왔다. 미래는 그를 멀리 밀어버리고픈 충동과 끌어당겨 키스하고픈 충동을 동시에 느꼈다.

"자, 후식 먹자. 과일 깎아줄까?"

미래는 고개를 옆으로 돌려 승운을 외면했다. 언제나처럼 완벽한 매너를 보여주는 그를 보고 있자니 마음 한구석이 아파왔다.

미래는 그대로 일어나 침실로 뛰듯이 걸어갔다. 쾅 소리가 나게 문을 닫은 뒤 침대로 뛰어들어 이불을 갑옷처럼 둘렀다. 하지만 봄용 이불이라 얇았다. 침실 밖에 있는 남자를 막기에는 역부족으로 느껴졌다.

미래는 쓴 한숨을 길게 내쉬고는 눈을 감았다. 맛을 제대로 느끼지 못했지만 일단 식사를 하고 나니 몸이 노곤해지면서 졸음이 밀려왔다.

승운이, 한집에 있다. 사랑을 증명하기 위해…… 왔다.

분노, 슬픔 등으로 어젯밤을 뒤척이게 만든 침대가 지금은 달랐다. 감정의 찌꺼기가 여전히 남아 있긴 했으나 보다 편안하게 그녀를 꿈속으로 이끌었다.

“안녕.”

국민학교 5학년, 전학 첫날이었다. 수줍게 자기소개를 마친 뒤 쉬는 시간이 되자마자 이수환이 득달같이 달려들어 치마를 치켜 올렸었다. 새로운 친구들을 만나는 자리라 고르고 고른 분홍색의 치마는 그렇게 아이들의 웃음거리가 되었다. 하지만 다 웃었던 건 아니었다.

“난 박승운이라고 해.”

다른 것은 다 선명했지만 소년의 얼굴은 흐릿했다. 하지만 소녀는 알 수 있었다. 소년이 위로를 전해주고 있음을.

“난 오미래야.”

“알아. 이름……”

“응?”

소녀는 눈을 깜빡이며 고개를 갸웃거렸고, 소년의 볼에는 홍조가 떠올랐다.

“다시 말해줄래?”

소녀의 부탁으로 소년이 다시 입을 열었을 때였다. 천사처럼 환하게 빛나는 소년의 모습이 흐릿해졌고 대신 벽지가 눈에 들어왔다. 무미건조하고 단순한 무늬가 박혀 있는 천장의 벽지.

미래는 고개만 움직여 창밖을 바라보았다. 어느새 해가 지고 있었다. 몸은 더 이상 무겁지 않았지만 대신 공복감이 느껴졌다. 미래는 천천히 일어나 부엌으로 갔고 식사가 차려져 있는 것을 발견했다.

밥과 국 모두 식었지만 데워서 먹긴 귀찮았다. 사실 전자레인지에 몇 분이나 돌려야 할지 정확하게 알지 못했기 때문도 있었다.

"맛있네."

차가워도 확실히 맛은 있었다. 된장찌개와 김치 모두.

승운과 결혼하면, 평생 이렇게 맛있는 걸 얻어먹게 되는 건가?

"결혼이라······."

머리가 텅 빈 것 같았다. 그리고 자동적으로 엄마가 떠올랐다. 낳아주고 키워줬는데도 딸은 몇 년째 엄마의 생일을 알지 못했다.

미래는 일어나 비틀거리듯 거실 한 켠에 있는 와인저장고 앞으로 갔다. 부엌으로 가져와 따려고 했지만 한 손에 하고 있는 깁스 때문에 힘들기 그지없었다. 두 다리 사이에 와인을 끼운 뒤 한참 만에야 코르크를 따냈다.

미래는 그대로 병에 입을 댈 생각이었지만 한 손으로 들기엔 병이 무거운 데다가 코르크를 따느라 송송 솟아난 땀 때문에 짜증이 났다. 미래는 두리번거리다가 저편에서 목욕실을 발견했다.

근무를 끝낸 뒤 승운은 총알같이 미래의 집으로 뛰어갔다. 비밀번호를 누르자 경쾌한 소리와 함께 문이 열렸다.

"미래야?"

안에 있는 게 분명했음에도 이름을 불러도 답이 없었다. 아니, 대답하기 싫어서 아무 말도 하지 않는 건지도.

승운은 무거워진 발걸음으로 미래를 찾아다녔다. 부엌이나 거실은 물론 침실과 손님방, 서재 등에도 보이지 않았다. 고개를 갸웃거리던 승운은 곧 목욕실의 전등 버튼이 켜져 있는 것을 발견했다.

심장을 데우는 피의 박동이 빨라지는 것을 느끼며, 승운은 천천히 문고리를 잡아 돌렸다. 뜨거운 김과 달콤한 피아노 소리가 흘러나와 그를 유혹했다. 승운은 문을 좀 더 열었고 널찍한 직사각형의 공간 왼쪽 벽에 원 모양의 하얀 욕조가 놓여 있는 것을 발견했다. 성인 두 사람이 충분히 들어갈 수 있을 만한 크기의 고급스러운 욕조는 보글거리는 하얀색 거품으로 가득했고, 미래는 바로 그 안에 있었다.

미래는 젖은 머리카락을 늘어뜨린 채 욕조에 등을 기대고 앉아 있었다. 옆에 설치되어 있는 오디오 시스템에서 흘러나오는 사랑스러운 피아노의 선율을 감상하는 듯 눈은 감겨 있었고 다치지 않은 오른손에는 와인글라스가 들려 있었다.

미래가 편안하게 휴식을 취하는 모습은 반가웠다. 하지만 동시에 승운은 묵직해진 하체 때문에 약간의 통증을 느꼈다. 짜증스럽게 느껴지는 거품 때문에 어깨 위 정도밖에 보이지 않았지만 미래는 분명 알몸이었다. 그리고 승운은 그 새하얗고 유혹적인 몸을 생생하게 떠올릴 수 있었다.

"미래야."

평온했던 미래의 얼굴이 살짝 흔들렸다. 그녀는 눈을 뜨고 승운을 노려보았다.

"왜 또 왔어?"

"보고 싶어서."

승운은 웃을 따름이었다. 그는 천천히 걸어가 욕조 가장자리에 엉덩이를 걸쳤다. 당황한 듯 미래의 눈이 커졌지만 잠시였다. 그녀는 깁스를 한 손으로 문을 가리켰다.

"나가."

"손 때문에 힘든 거 알아. 그러니까."

승운은 빙긋 웃었다.

"씻겨줄게."

미래는 승운의 제안에 솔깃해하는 자신이 싫었다.

"싫어. 나가. 나 쉬고 싶어."

"쉬지 못할 만큼, 내가 의식돼?"

"그래. 의식돼. 불편해. 싫어. 짜증나. 그리고……."

미래는 눈을 내려 오른손에 들고 있는 와인글라스를 바라보았다. 보랏빛의 액체를 담고 있는 크리스털 잔은 아름다웠지만, 너무도 연약했다.

"갖고 싶어."

미래는 승운을 바라보지 않았다. 이전처럼 그와 시선을 마주한 채 대화를 나눌 수가 없었다.

"하지만 버리고 싶기도 해. 솔직히 말하자면, 사실 이해가 돼. 복수하고 싶은 그 마음 말이야. 엄마가 너한테 한 짓…… 미안하게 생각해."

"사과하지 않아도 돼."

그렇게 말했으나 승운은 따듯하게 위로를 받는 기분이었다.

"아냐. 해야 된다고 생각해."

잘못한 건 엄마였다. 하지만 미래는 잘못을 저지른 당사자가 인정하지 않으리라는 사실을 알고 있기에 대신 말했다.

"그렇지만 말이야. 나에게 100프로가 아니었다는 게 정말 화가 나. 1프로라도 날 그렇게 생각했다는 게 용납이 안 돼."

이게 바로, 그의 오미래였다. 그가 사랑하는 오미래.

승운은 그제야 약간이나마 안심이 되었다.

"원래 그렇게 욕심이 많았니?"

승운은 더 이상 가볍게 말하지 않았다. 그의 얼굴이 진지해졌다.

"이게 욕심이라고 생각해?"

미래는 그제야 눈을 올렸다.

"난, 100프로를 요구할 권리가 있어!"

"날 사랑하니까?"

정말이지 승운이 얄미웠다. 미래는 눈초리를 세우고는 매섭게 그를 쏘아보았지만 예상대로 승운은 표정의 미동이 없었다.

"나 또한 널 사랑해."

승운은 손을 뻗어, 미래의 턱을 살짝 감싸 쥐었다.

"아주 많이."

미래는 아무 말도 하지 않았다. 외면하듯 고개를 옆으로 돌릴 뿐. 승운은 앙다문 미래의 입술이 가늘게 떨리는 것을 보았다. 그는 고개를 숙여 눈을 감고 신성한 의식을 치르듯 미래의 입술 위에 입을 맞추었다. 미래는 입술을 열지 않았고, 승운 또한 굳이 시도하지 않았다. 그는 그저 속삭일 뿐이었다.

"사랑해. 진심으로."

승운은 고개를 살짝 들었고, 미래가 잘 볼 수 있게끔 주름이 살짝 잡히는 눈웃음을 지었다. 욕조를 가득 메운 거품마저 녹아 내릴 듯한 황홀한 웃음.

"그리고 거짓말해서 미안해."

승운의 목소리는 사랑을 노래하는 피아노 선율보다 더 달콤했다.

"앞으로 그러지 않을게. 용서해 줘. 잘해줄게. 내 형제들을 걸고 맹세할 수 있어. 평생, 사랑해 줄게. 평생, 잘해줄게. 나를 이전처럼 믿어줘. 나를 이전처럼 사랑한다고 말해줘."

미래는 보았다. 말이 울릴수록 승운의 눈동자가 더욱 그윽해 지는 것을. 손에 들고 있는 와인보다 더.

미래는 갑자기 갈증으로 죽어버릴 것처럼 목이 탔다. 승운의 눈동자 앞에서 안절부절못하다가 시선을 돌리고 와인글라스를 들어 한번에 다 마시고 말았다.

"제발, 미래야."

와인이 어떤 맛인지 조금도 알 수 없었다. 미래가 느낄 수 있는 건 영혼을 걸고 간절하게 호소하는 승운의 마음뿐.

잠시 텅 빈 와인글라스를 멍하니 쳐다보았던 미래는 자석에 이끌리듯 다시 승운을 바라볼 수밖에 없었다. 그의 눈빛은 그대로였다.

"난……."

미래의 영혼을 꿰뚫어 보는 것 같았던 승운의 시선이 밑으로 내려갔다. 힘들게 달싹이는 미래의 입술로.

"승운 씨, 아니, 승운아, 난……."

막 미래가 이어 말하려고 할 때였다. 승운은 배경으로 들리는 피아노 운율 뒤로 다른 소리를 들었다. 현관문 벨소리였다.

"누가 왔나 보네."

승운은 짧게 한숨을 내쉬었다. 생각 같아서는 무시하고 싶었지만 현관문 벨소리는 계속되고 있었다. 그는 미래의 이마에 부드럽게 입술을 누른 뒤 일어났다.

"김 비서인가? 내가 나가볼 테니 쉬고 있어."

승운은 다시 눈웃음을 보여주고 목욕실 밖으로 나섰다. 안과는 다르게 공기는 다소 차가웠다. 승운은 얼굴을 찌푸린 뒤 인터컴 앞으로 가서 수화기를 들었다.

“누구시죠?”

[김 비서, 문 열어. 미래 안에 있지?]

날카로우면서도 앙칼진 목소리였다. 바닥을 바라보고 있던 승운은 눈을 들어 인터컴의 화면을 바라보았다. 미래의 모친이었다.

[빨리 열어. 언제까지 현관에 세워둘 생각이야?]

승운은 손끝으로 미간을 문지른 뒤, 열림 버튼을 눌렀다.

아직 결론을 내리지 못했다. 물론 밤새워 고민한 끝에 미래에게 사랑을 보여주기로 결심하긴 했다. 어떤 방법을 쓰든 미래와 결혼할 생각이기도 했고. 하지만 미래의 모친을 어떻게 대할지 알 수가 없었다. 장모님이자 훗날 가질 아이의 외할머니가 될 존재니, 사과하고 잘 대하라고 큰형이 당부하긴 했지만.

“미래, 너 다쳤다면서? 김 박사가 연락하던데— 헉!”

짜증을 내며 집 안으로 들어온 인자는 승운을 발견하고 기겁했다. 눈을 댕그랗게 뜨고 움찔거렸는데, 그 우스꽝스러운 모습에 승운은 다시 질문을 떠올릴 수밖에 없었다.

정말 친딸이 맞나? 어떻게 모녀가 저렇게 하나도 안 닮았지?

저번에 미래가 모친을 닮아서 미인이라는 말을 했으나, 사실 거짓말이었다. 성격은 물론이거와 외모가 정말 달랐다. 아니, 완전히 다른 건 아니었다. 반듯하고 오뚝한 코 하나는 똑같았다. 단지 그것만 같을 뿐. 그럼에도 어머니이기 때문에 참아야 할 터.

"니놈이 여기 왜 있어?"

인자는 한 걸음 뒤로 가긴 했으나 버럭 소리를 내질렀고, 승운은 순간 참아야겠다고 다짐한 것을 잊고 말았다.

"누가 니놈입니까?"

"여기 너밖에 더 있어?"

인자는 이제 삿대질을 하고 있었다. 승운은 부글거리기 시작한 속을 다스려야 된다는 건 잘 알고 있었지만, 참을 수가 없었다.

"사위 될 사람한테 놈이라뇨?"

"누가 사위야? 내 눈에 흙이 들어가도 너 같은 놈은 안 돼!"

"제가 어때서요?"

"몰라서 물어?"

"네. 모릅니다."

인자는 답답한지 발로 바닥을 탕 굴렀다.

"부모도 없지, 돈도 별로 없지, 직업은 나쁘지, 여자도 많지. 마음에 드는 게 하나도 없어!"

"부모님이 일찍 돌아가신 건 제 잘못이 아니죠."

솔직한 심정으로 승운은 버럭버럭 고함을 지르고 싶었지만 꾹 눌러 담았다.

"돈은 미래가 지금 회사를 그만둔다고 해도 평생 먹여 살릴 수 있을 정도는 있습니다. 직업도 어머님은 나쁘다고 착각하고 계시지만 괜찮습니다. 여자는."

승운은 한 박자 쉬었다.

"적지 않았던 건 사실입니다. 부인하지 않겠습니다. 하지만 제가 사랑하고 결혼하고 싶은 여자는 미래뿐입니다. 그러니까."

승운은 앞으로 걸어가며 으르렁거렸다.

"결혼, 허락해 주시죠."

인자는 화들짝 놀랐지만 승운이 빨리 움직인 터라 멀리 도망갈 수가 없었다. 뒤로 한 발자국 움직였을 때 승운은 바로 앞에서 인자를 내려다보고 있었다.

"너, 너 지금 협박하는 거야?"

"협박이라뇨. 전 평화주의자입니다."

승운은 씩 웃어 보였지만 일그러진 웃음이었다.

"허락해 주세요. 저와 미래, 서로 깊이 사랑합니다."

"안 돼!"

인자는 부들부들 떨었음에도 빽 소리를 질렀다.

"절대 안 돼! 내 귀한 딸, 너 같은 놈한테 못 줘!"

"좋아요. 좋아."

승운은 눈을 가늘게 뜨더니 고개를 끄덕였다. 그는 항복한다는 뜻으로 두 손바닥을 보여주며 한 걸음 뒤로 물러났다. 인자는 갑작스러운 반응 전환에 당황스러운 표정을 지었다.

"결혼, 허락해 주실 때까지 기다리죠."

"뭐라고?"

"들으셨잖아요. 어머님을 존중하는 의미에서 허락해 주실 때까지 기다리겠습니다. 제가 지난번에 잘못한 것도 사실이니 사죄의 뜻도 담겠습니다."

"평생을 기다려 봐! 내가 허락하나!"

"어머님, 전 말입니다."

승운은 뭔가를 생각하는 척 아주 잠깐 입을 다물었다.

"사실 결혼식이라는 행사 자체가 반드시 필요하다고 보지 않아요. 미래와 이미 결혼했다고 생각하거든요. 제 아내가 될 사람은, 평생 함께 살고 싶을 만큼 사랑하는 여자는 미래뿐이니까요. 사회적인 의례인 결혼식을 치르는 것도 좋지만 마음이 중요하지 의식은 둘째입니다. 평생 허락 안 하신다고 해도 괜찮습니다."

인자는 붕어처럼 입을 뻐끔거렸다. 그 모습도 우스꽝스러웠고, 승운은 그제야 약간 숨을 돌릴 수 있었다.

"물론 동거만 하면 주변에서 안 좋게 볼 수도 있긴 하네요. 하지만 전 상관 안 합니다. 미래는 제 아내니까요. 아이가 태어났는데도 호적에 안 올라가는 건 문제가 생길 수 있긴 하지만, 어쨌든 약속드릴 수 있어요. 어머님이 허락하기 전까지 결혼하지 않겠다고요."

"뭐라고? 동거? 아이?"

인자는 입에 거품을 물었고 승운은 속으로 사악하게 웃었다.

"네. 이미 같이 살고 있습니다. 제가 지금 이 시간에 여기 있는 걸 보면 모르시겠어요? 그리고 아이는…….”

승운은 어깨를 슬쩍 위로 올렸다가 내렸다.

“모르죠. 지금 미래가 가지고 있을지 어떨지.”

“너, 너…… 건전하게 만나고 있다면서!”

“저흰 서른두 살입니다. 나이도 있는데 그런 뻔한 거짓말을 믿으시면 곤란하죠.”

승운은 하하 웃을 뿐이었다. 인자는 기가 막힌지 얼굴이 붉으락푸르락하다가 무지개색으로 변해갔다.

“이, 이 근본도 모르는 놈! 내 딸을!”

인자는 몸을 부들부들 떨며 입에서 불을 뿜었다. 하지만 훨씬 크고 강건한 몸집의 승운에게 감히 달려들 생각은 하지 못했고, 그 사실을 눈치 챈 승운은 이미 알고 있었던 한 가지 사실을 다시금 체감했다.

그는 어른이었다. 19년 전, 인자에게 맞던 어린 소년이 아니었다. 힘과 육체를 갖춘, 성인.

이제 인자든 누구든 그를 건드리지 못한다.

더 이상, 난 약하지 않다.

“나쁜 새끼! 이, 이 후레자식아!”

인자의 집에서 최악의 욕이 튀어나왔을 때였다. 목욕실 문이 벌컥 열리더니 쿵쾅거리는 소리를 내며 미래가 달려왔다.

“엄마!”

제대로 씻지 않고 그대로 나왔는지 미래의 머리칼이나 가운을 걸친 몸 여기저기에 거품이 묻어 있었다. 그녀는 승운을 보호하듯 그의 앞으로 와서 섰다. 그리고 순간, 승운은 다른 것을 볼 수 있었다.

19년 전, 소년의 앞을 가로막고 보호해 줬던 소녀를.

"승운이한테 그런 말 하지 마!"

"너, 너 또 엄마한테 대드는 거야?"

인자는 빽 소리를 질렀고 미래의 얼굴이 순간 창백해졌다. 미래는 눈에 띄게 움츠러들더니 고개를 푹 수그렸다.

"엄마, 어제…… 죄송해요."

"됐다. 니가 나한테 막말하는 게 처음도 아니고."

인자의 얼굴은 벌겋게 변해 있었다. 그리고 미래의 얼굴은 더한 부끄러움으로 새빨갛게 변해갔다.

"뭐, 들은 대로 크게 다친 건 아니구나."

인자는 매서운 눈으로 딸의 온몸을 훑었다. 깁스에 시선이 머물렀을 때 눈매가 약간 부드러워진 듯했으나 찰나의 순간뿐이었다.

"그럼 됐다."

인자는 등을 홱 돌렸다. 미래는 입을 열면서 손을 뻗었으나 무슨 말을 더 해야 할지 전혀 알지 못했다.

"넌 안 가?"

현관문 앞에서 인자는 다시 몸을 돌리더니, 승운을 보며 빽 소리쳤다. 승운은 반사적으로 쏘아붙이듯 말했다.

“여기가 집인데 어딜 가나요?”

“뭐, 뭐라고!”

“엄마.”

미래는 경악한 엄마에게 천천히 걸어갔다. 멀지도 가깝지도 않은 거리에 멈춰 서서 잠시 바닥만 쳐다보다가 고개를 들었다.

“안에서 엄마와 승운이가 한 말, 들었어요. 나도…….”

승운은 미래의 뒷모습만 볼 수 있었다. 새하얀 가운은 두꺼운 데다가 커서 미래의 얇은 몸이 오늘따라 가냘파 보였다.

“나도 승운이와 의견을 같이할게요. 엄마가 허락할 때까지…… 결혼 안 할 거예요.”

인자의 눈이 커졌다. 어지간히 놀랐는지 잠시 아무 말도 못할 정도였다. 하지만 곧 다시 심술궂은 표정을 지었다.

“지금 결혼이 문제야? 동거는 그대로 한다는 말이잖아? 당장 헤어져!”

“그건, 안 돼요.”

미래는 속삭이듯 말했다.

“그건 못하겠어요. 하지만 결혼은 엄마가 허락하면 할게요. 그건 약속드릴 수 있어요. 그리고 앞으로 엄마한테 잘할게요. 정말이에요.”

인자는 붉으락푸르락 변하는 얼굴로 이를 악물었다. 미래와 승운을 번갈아가며 활활 타는 눈으로 쏘아보더니 바람처럼 나가 버렸다. 미래는 현관문이 쾅 하는 소리와 함께 닫히자 그 자

리에 풀썩 주저앉았다. 승운은 미래에게 달려갔지만 미래는 그
의 팔을 뿌리쳤다.

"힘들어."

미래는 두 손으로 얼굴을 가렸다.

"나, 힘들어. 엄마 때문에. 너 때문에."

"미안해."

"사과 따윈 듣고 싶지 않아."

"사랑해."

미래는 진심을 담뿍 보여주는 고백에는 더 이상 쏘아붙일 수
없었다. 그녀는 스스로도 알 수 없는 내용의 말을 읊조리다가
천천히 일어났다. 목욕실로 도로 들어가 문을 쾅 소리가 나게
닫고는 거품을 씻어내고 나왔다. 승운이 기다리고 있었다.

"재워줄게."

그는 미래를 안아 침대로 데려갔다. 깁스를 한 손으로 힘들게
샤워를 해서 그런지, 아니면 엄마와 대화를 해서 그런지, 그것
도 아니면 승운 때문에 스스로의 감정을 들여다보느라 그런지
무척이나 피곤했다.

"좋은 꿈 꿔."

침대 가장자리에 앉아 미래를 지켜보던 승운은 미래의 눈이
감기는 것을 보고는 이마에 부드럽게 키스했다. 보드랍고 따스
한 촉감이 온몸을 부드럽게 감싸는 것을 느끼며, 미래는 천천히
평화로운 꿈속으로 밀려들어 갔다.

승운의 하루는 새로운 패턴으로 고정되었다. 아침 일찍 일어나 미래의 집으로 가서 식사를 차려주고 함께 식사했다. 미래가 꼭꼭 씹어 먹는지 확인한 뒤에야 아침 운동을 하고 출근했다. 퇴근한 후에도 미래의 집으로 가서 미래가 올 때까지 기다렸다.

"왜 자꾸 와?"

열흘이 흘렀지만 미래의 말투는 여전히 퉁명스러웠다. 승운은 이제 익숙하게 받아들이고 있었다.

"보고 싶으니까."

승운은 빙긋빙긋 웃으면서 답했고 미래는 그를 노려보았다. 승운은 더 크게 웃고는 손에 들고 있는 접시를 내려놓았다.

"부꾸미 좋아해?"

"그게 뭔데?"

승운은 접시의 은박지를 벗겨냈다. 팥 색깔의 만두 같은 것이 가득 들어 있었다. 고소한 기름 냄새에 미래는 저도 모르게 침을 꼴깍 삼켰다.

"먹어본 적 없구나. 맛있어. 자."

승운은 젓가락을 가져와 집은 뒤 미래의 입으로 가져갔다. 미래는 반걸음 뒤로 물러났다.

"지금 먹으면 살쪄."

"그럼 냉장고에 넣어놓을 테니까 내일 먹어. 데우는 거 잊지 마."

미래는 알아차렸다.

"내일 아침에 안 와?"

"응."

미래는 기다렸지만 승운은 이유를 말해주지 않았다. 대신 이렇게 물었다.

"서운해?"

미래는 대답하지 않았고 승운은 크게 웃어버렸다. 미래가 주먹을 꾹 쥔 채로 한 걸음 앞으로 성큼 다가가자, 승운은 잽싸게 뒤로 피했다.

"어어, 무섭습니다."

미래는 그를 노려보았다. 승운은 여전히 웃는 채로 은박지를 도로 씌운 뒤 접시를 냉장고에 넣었다. 그는 벽시계를 확인했다.

"나 이만 가볼게."

"벌써?"

평소 승운은 그녀가 잠드는 자정에나 집으로 돌아가곤 했지만, 지금은 10시밖에 안 된 상황이었다. 미래는 놀라서 저도 모르게 물었고 곧 승운의 눈동자가 반짝이는 것을 발견할 수 있었다.

"저런. 우리 미래가 나랑 더 오래 있고 싶나 보구나. 가지 말까?"

"가."

“키스해 주면 좀 더 있다 갈게.”

미래는 소파의 쿠션을 잡아 승운에게 던졌다. 얄밉게도 꽤 세게 던졌는데도 승운은 쉽게 받았다.

“나도 더 있고 싶지만 준비할 게 많거든. 가봐야겠어.”

“뭘 준비하는데?”

“그것도 키스해 주면 말해줄게.”

미래는 두 번째 쿠션을 잡았다. 승운은 씩 웃더니 항복한다는 듯 두 손바닥을 보여주면서 뒤로 한 걸음 물러났다.

“하하. 이만 갈게. 내 꿈 꿔.”

승운은 부리나케 사라졌다. 현관문이 닫히는 순간 미래는 얼굴을 팍 찌그러뜨린 채 중얼거렸다.

“토요일인데 대체 어딜 가는 거야?”

다음날, 미래는 부꾸미가 든 접시를 앞에 두고 고민에 빠져 있었다.

전자레인지에 몇 분이나 데워야 하는 거지? 실험 삼아 일단 1분만 돌리면 되나?

버튼은 여러 개가 있었지만 돌리는 것 정도는 할 수 있었다. 미래는 일단 생각대로 1분만 돌렸다. 하지만 부꾸미는 여전히 차가웠다. 3분을 더 해봤지만 마찬가지였다. 10분 정도 더 해야 되나?

미래는 고민에 빠졌고 곧 승운을 생각해 냈다.

전화해서 물어보면 되려나?

"으흐으으음."

미래는 길게 숨을 흘린 뒤 휴대폰을 꺼내 들었다.

지금 어디에 가 있는지 궁금해서 전화하는 게 아니야. 몇 분 돌려야 되는지 궁금해서 거는 거지.

미래는 그렇게 생각하며 통화 버튼을 눌렀다. 짜증나게도 승운은 받지 않았다. 미래가 저도 모르게 씩씩거릴 때 전화가 왔다.

[사랑하는 미래야, 전화했었어? 나 보고 싶어서 했니?]

"부꾸미 몇 분 돌려?"

미래는 심장이 두근거렸지만 질문부터 했다.

"데우려면 전자레인지에 돌려야 하잖아. 몇 분 돌려야 돼? 3분 돌렸는데도 안 되더라."

[음. 혹시 은박지 그대로 씌운 채로 돌렸니?]

"그러면 안 돼?"

미래는 희미한 웃음소리를 들었다.

"지금 웃은 거야?"

[아냐, 아냐. 은박지 말고 랩을 씌워서 3분만 돌려.]

랩이 어디에 있지?

[랩은 오른쪽 싱크대 첫 번째 서랍에 들어 있어.]

승운은 미래의 생각을 읽은 듯 덧붙였다.

[원래 프라이팬에 데우는 게 좋지만 그냥 전자레인지를 쓰는

게 낫겠네. 아니면 놔둬. 내가 저녁에 해줄게. 아, 맞다. 오늘 저녁에 못 가는데.]

"왜 못 와? 거기 어딘데?"

미래는 반사적으로 물었고, 동시에 낚였다는 것을 깨달았다.

[대구야. 간만에 이곳에서 임플란트 관련 학회가 개최돼서 내려왔어. 내일 오후에 올라가기로 했는데 오늘 밤에라도 갈까?]

왠지, 미래는 마음이 놓였다. 하지만 역시 퉁명스럽게 되물었다.

"그걸 왜 나한테 물어?"

[우리 미래가 나 보고 싶다면, 빨리 올라갈 텐데.]

"안 보고 싶어."

[정말?]

"정말이야."

미래는 입에 침도 바르지 않고 거짓말을 했다.

[아, 이거 너무 슬프다. 난 정말 보고 싶은데. 미래야, 날 위해서 한마디만 해줘. 보고 싶다고 말이야. 그러면 내가 크림 브륄레도 사줄게.]

"김 비서한테 사달라고 하면 돼."

여전히 퉁명스럽게, 하지만 저도 모르게 미소를 지었던 미래는 잠시 아무것도 듣지 못했다. 휴대폰이 아주 고요했다.

"여보세요? 끊어졌나?"

[아냐. 음, 미래야, 김 비서 결혼했니?]

"아니."

[사귀는 여자 있어?]

"없어. 갑자기 왜 물어?"

미래는 고개를 갸웃거렸다. 뜬금없었다.

[아무것도 아니야.]

승운의 목소리는 방금과는 달랐다. 내내 장난스럽게 말하던 것과는 달리, 짜증으로 가득했다. 순간 미래의 머릿속을 관통하는 생각이 있었다.

설마.

"지금 질투하는 거야? 김 비서를?"

답은 없었다. 그리고 미래는 웃음이 나왔다. 그녀는 배를 잡고 크게 웃기 시작했고 그 소리는 고스란히 승운에게 전달되었다. 그는 짧게 신음했다.

[내일 봐.]

그러고는 뚝 끊었다. 미래의 웃음소리는 더 커졌고 소파 위에서 구르듯이 웃고야 말았다. 한참 뒤에야 그쳤는데 눈물이 흘러나올 지경이었다.

김 비서를 질투하다니.

어이가 없었고, 웃겼다. 그리고 동시에 미래는 태양이 동쪽에서 떠오른다는 아주 당연한 사실처럼 어떤 한 가지 진실을 깨달았다.

승운은 날 정말 사랑하는구나. 질투를 하다니.

“질투쟁이 같으니라고.”

하도 웃어서 그런지 배가 당겼는데, 그래도 미래는 다시 웃고야 말았다. 가만 생각해 보면 오해할 수 있긴 했다. 김 비서는 그녀의 모든 것을 관리하고 모르는 게 없었으니까. 사적으로도 사실 미래는 엄마보다 김 비서를 더 가까운 존재라고 생각했지만, 이성적으로 서로를 바라본 적은 단 한 번도 없었다. 김 비서가 그녀의 취향이 아니라는 사실도 있었지만 그것보다는 김 비서는 게이였기 때문이었다.

“김 비서는 질투할 필요가 없는데.”

그렇게 중얼거렸지만 미래는 승운에게 말해줄 생각이 요만큼도 없었다. 김 비서의 프라이버시인 데다가 질투하는 게 재밌기 때문이었다. 승운이 그녀를 사랑한다는 증거이기도 했고.

“그래.”

미래는 승운이 눈앞에 있는 것처럼 떨리는 어조로 말했다.

엄마에게 큰 잘못을 저지른 것 때문에 충격을 받았었다. 100퍼센트 믿고 사랑했던 남자가 한 조각의 그림자를 숨겼다는 것 때문에 배신감을 느꼈었다. 그래서 더 상처받지 않기 위해, 스스로를 보호하기 위해 방어막을 곤두세웠다.

하지만 더 이상은 아니다.

“네 말이 맞아.”

안개가 걷히듯 그동안 어두웠던 눈앞이 환해졌다. 그러자 사랑한다고 속삭이던 승운의 고백이 더욱 가슴 떨리게 다가왔다.

그의 눈웃음이 더욱 황홀하게 느껴졌다.

"네 마음은 거짓이 아니야."

미래는 눈을 감고 떠올렸다. 승운이 눈웃음을 지으면서 사랑한다고 고백하는 모습을.

"사랑해."

나도 사랑해, 오미래.

승운이 그렇게 속삭이는 게 심장으로부터 들려왔다.

미래에겐 어떤 꽃이 어울릴까?

승운은 꽃가게 앞에서 잠시 고민했다.

연인에게 주는 꽃으로는 붉은 장미가 가장 무난했지만 그의 미래에겐 더 특별한 것이 필요했다. 승운은 진열된 색색의 꽃을 보며 하나하나 따져 보다가 주인의 추천을 받고 제비붓꽃으로 결정했다.

선명한 보랏빛의 제비붓꽃은 녹색의 긴 줄기와 대비되어 상큼해 보였다. 행운이 온다는 꽃말을 생각하며 승운은 경쾌한 걸음으로 미래의 집으로 향했다.

삐쳤겠지?

어디에 다녀왔는지 제대로 말도 안 해줬고 하루 동안 모습을 보이지 않았으니, 겉으로야 아무렇지도 않은 척하겠지만 속으로는 섭섭하게 생각할 게 분명했다.

승운은 현관문을 열고 들어가 부엌 식탁 위에 꽃다발을 두고 살펴보았다. 일요일 오후니 쉬고 있을 것 같았다. 낮잠을 자고 있을지도 몰랐기에 그는 소리없이 움직였다. 예상이 맞았다. 침실 문을 열어보니 미래는 잠들어 있었다.

속옷만 입은 채로.

조용히 자게 둬야 한다는 걸 알았지만 본능은 승운을 침대가로 튀어가게 했다. 그는 마른침을 삼키며 미래를 내려다보았다. 더운지 평소 잠옷으로 입고 자던 가운과 얇은 봄 이불을 옆자리에 아무렇게나 던져 둔 채 침대 중앙에 옆으로 누워 있었다.

브래지어는 평범한 종류였다. 흰색으로 무늬는 전혀 없었고 가슴을 반쯤 가렸는데 뽀얀 두 가슴을 더욱 풍만하게 만들어 깊고 매혹적인 계곡이 돋보였다.

승운은 마른침을 꿀꺽 삼켰다. 정적으로 가득한 넓은 침실에 침 삼키는 소리가 퍼지는 것도 모른 채 손을 뻗었다. 하지만 차마 건드리진 못했다. 대신 승운의 타는 듯한 눈동자가 가슴을 헤매다가 밑으로 내려갔다. 꾸준한 운동으로 다져진 납작한 복부와 잘록한 허리 밑으로 앙증맞은 배꼽이 있었다.

목이 탔다. 아주, 탔다. 승운의 시선은 사막에 살고 있는 사람이 오아시스를 찾아낸 것처럼 미래의 매끈한 하체에 집중되었다. 길고 늘씬한 다리 또한 승운의 눈동자를 잡아끌었지만 배꼽 아랫부분의 삼각지만큼은 아니었다. 삼각지에는 손바닥만 한 팬티가 걸쳐져 있었는데 팬티 자체가 브래지어처럼 무늬가 없는 데다가 새하얀 색이었기에 거뭇한 그림자가 비쳤다.

미치겠군.

승운은 눈을 꾹 감았지만 몇 초 버티지 못했다. 다시 눈을 뜬 뒤 탐욕스럽게 다시 구석구석 훑어보았다. 새하얀 침대에 누워 있는 미래는 머리끝부터 발끝까지 먹음직스러웠다. 지금 당장 먹어치우지 않으면 죽어버릴 것 같은 욕구가 치밀어 오르자 승운은 더 이상 저항할 수 없었다. 그는 침대 가장자리에 주저앉아 미래의 길고 우아한 목에 입술을 갖다 댔다.

"음……?"

승운이 목을 빨기 시작하자, 미래는 짧은 신음과 함께 눈을 떴다. 화들짝 놀랐는지 그녀는 승운을 떠밀면서 침대에 일어나 기둥 쪽에 등을 대고 앉았다.

"미래야."

승운은 기침을 했지만, 목에 가득 맺혀 있는 욕망은 사라지지 않았다. 온몸에 들끓고 있는 갈망 또한 마찬가지였다.

"왜?"

상황을 파악했는지 미래의 얼굴에서 놀란 표정은 사라졌다. 대신 눈을 가늘게 뜨고 그를 노려보고 있었다. 손을 뻗어 이불을 가져와 가슴을 가리려고 하자 승운은 저도 모르게 미래의 손목을 잡아챘다.

"뭐 하는 거야?"

미래는 짜증내듯 말하며 다시 가슴을 가리려고 했지만 승운의 힘은 아주 셌다.

“안 돼?”

“잠깐, 보기만 할게.”

승운의 눈동자가 욕망으로 형형하게 빛을 내며 미래의 가슴을 훑었다. 그의 시선을 느꼈는지 미래의 가슴이 위로 올라갔다가 내려갔다.

“미래야.”

승운은 부탁하듯 말했다.

“만져도 돼?”

그는 대답을 기다리지 않았다. 오른손 검지를 뻗어 가슴 계곡을 위에서 아래로 그어 내리듯 만졌다. 미래가 숨을 들이켜는 것이 보였다. 승운은 입꼬리를 올리는 미소를 지은 뒤 손이 하던 것을 입술이 대신하게 했다. 경건하게, 그러나 축축하게 입을 맞추면서 미래의 손목을 잡고 있던 왼손을 풀었다. 자유로운 두 손을 미래의 등 뒤로 가져가 브래지어의 후크를 풀어냈다.

브래지어가 스르륵 미끄러져 봉긋한 가슴이 모습을 드러냈다. 승운은 순간 아찔했다. 그가 막 이성을 날리기 직전이었다.

“안 돼.”

미래는 두 손을 교차시키며 가슴을 가렸다. 그러면서 고개를 돌려 옆얼굴만 보여주었다. 뺨은 살짝 붉었는데, 마치 수줍어하는 처녀 같은 행동이었다. 승운은 하체가 굉장히 불편해지자, 미래의 팬티를 잡아 찢을 뻔했다. 그는 두 손으로 침대 가장자리를 꾹 붙잡는 것으로 충동을 제지했다.

“안 돼?”

“당연히 안 되지.”

미래는 그 자세 그대로 입만 열었다.

“미래야, 아직도 나 못 믿겠어? 난 너 사랑해. 정말 사랑해. 진심이라고. 너뿐이야. 너도 알잖아.”

“글쎄, 아직도 잘 모르겠는걸.”

뾰로통하게 아랫입술을 내미는 미래는 정말이지 귀여움 그 자체였다. 물론 섹시하기도 했고.

“어떻게 해야 믿을 건데? 응?”

승운은 필사적으로 말했다. 눈앞에 미래의 가슴이 있는데 바라보는 것조차 제대로 못하니 죽을 것 같았다. 등과 손바닥에 벌써 땀이 차 있었다.

“평생 잘할 거라고 했잖아. 잘못한 거 평생 보상해 줄게. 잘해주고 항상 널 내 인생에서 최우선으로 삼을게.”

“그건 당연한 거지. 결혼하면 다 그러는 거잖아?”

미래는 홋 하고 비웃었다.

“날 정말 사랑한다면 그 정도는 기본인 거지. 기본인 것 말고 또 뭐 없어? 좀 구체적으로 말해봐. 평생 사랑하겠다, 잘해주겠다 그런 건 그냥 쉽게 할 수 있는 말이잖아. 안 그래? 신빙성이 떨어져. 믿을 수가 없다고.”

“음, 그럼……..”

미래의 살내음이 바로 느껴지는 이 거리에선 머리를 굴릴 수가 없었다. 승운은 눈을 꾹 감고 미간을 찌푸렸다. 안 보는 틈을 타서 미래가 만족스럽게 히죽거리는 것을 보지 못한 채.

"미안해. 지금 당장은 생각이 안 나. 잠깐 시간 줄래?"

"그래? 그럼 그건 나중에 말하고 오늘은 나한테 벌 좀 받아."

"벌?"

승운은 눈을 떴고 미래가 샐쭉한 표정으로 자신을 쏘아보는 것을 발견했다.

"솔직히, 네가 날 사랑한다는 걸 완전히 못 믿는 건 아니야."

승운은 순간 천국에 온 기분이었다. 밤처럼 어두웠던 그의 얼굴이 한낮의 태양만큼 빛나는 것을 보며 미래는 말을 이었다.

"엄마한테 크게 실수한 것 때문에 그날 내 상태가 안 좋았어. 그래서 너한테 화를 많이 낸 것도 있어. 그 점은 미안하게 생각해."

"믿긴 믿는다 이거지?"

"완전히는 아니야. 하지만 어쨌든 간에 말이야. 네가 날 100프로 생각했던 게 아니라는 건 참 속상해. 화도 나고."

미래의 눈초리가 위로 올라갔다. 승운은 미안해하는 표정을 지으며 두 손으로 미래의 양어깨를 덥석 잡았다. 매끄러웠다.

"다시 한 번 사과할게. 그러니까."

"그러니까 키스 한 번만 해달라고?"

승운은 씩 웃었다.

"와, 우리 미래가 내 마음을 참 잘 아네. 기왕이면 다른 것도 허락해 주면 좋을 텐데."

"다른 것 뭐?"

승운의 손이 밑으로 슬쩍 미끄러졌다. 가슴 위에서 딱 멈춘 뒤 눈을 깜빡이며 슬그머니 미래의 눈치를 보았다. 먹이를 앞에 두고 허락을 기다리는 강아지 같은 표정. 미래는 이를 악무는 것으로 간신히 웃음을 터뜨리지 않을 수 있었다.

"안 돼."

"진짜 안 돼?"

"진짜 안 돼. 어쨌든 100프로가 아니었던 건 사실이니 넌 벌을 받아야 해."

"벌? 무슨 벌? 설마……."

미래는 담담하게, 하지만 빙그러니 장난꾸러기 같은 미소를 보여주며 선고했다.

"오늘 나랑 같이 자. 하지만 나한테 손대면 안 돼."

"뭐라고?"

"말 그대로야."

미래는 천천히 브래지어를 다시 입었다. 승운의 눈이 자동적으로 봉긋한 두 가슴에 집중되었지만 가슴은 곧 브래지어에 의해 사라졌다. 그는 본능적으로 손을 뻗었지만 미래는 찰싹 소리가 나게 쳐냈다. 그러고는 침대에 풀썩 눕고는 오른손으로 옆자

 임플란트 왕자님

리를 가리켰다.

"같이 자자."

"싫어."

승운은 버럭 소리쳤다.

"어떻게 손을 안 대고 같이 자? 그게 얼마나 힘든 일인지 몰라?"

"그러니까 벌이지. 싫으면 관둬."

미래는 콧방귀를 뀌었다.

"대신 내 화는 안 풀어질 거야."

승운은 이를 갈았다. 하지만 할 수 있는 말이 없었다. 그는 미래를 한껏 노려본 채 몸을 부르르 떨었다가 결국 침대 옆으로 갔다. 그는 이불을 덮지 않고 위에 올라가 누웠다. 미래와 약간의 거리를 유지한 채. 하지만 공기를 타고 흐르는 미래의 살내음은 물론 체온도 느낄 수 있었다.

"정말 이러면 화 풀 거지?"

미래에게 등을 돌린 뒤 승운은 이를 악문 채로 물었다. 미래는 피식 웃고는 그의 등에 찰싹 붙었다. 승운의 단단한 몸이 굳어버리는 게 분명하게 느껴졌다.

"음, 생각해 보고."

"뭐라고?"

"조건이 아직이잖아. 내가 널 믿어주는 대신, 조건을 생각해 내. 알았지? 그전까진 이렇게 잠만 자자."

승운은 부글부글 끓어오르는 욕망과 실망감을 내색하지도 못하고 숨만 훅훅 내쉬었다. 미래는 그의 등에 얼굴을 묻어 웃음을 참았다.

"자기엔 좀 이른 시간 아니야? 낮잠도 잤잖아."

승운은 시간을 좀 더 벌어볼 요량으로 내뱉었다. 한두 시간쯤 여유가 있다면 그사이에 미래를 꼬드겨서 이 고문을 취소시킬 수 있을지도 몰랐다.

미래는 하품을 한 뒤 고개를 저었다.

"아냐. 잠 안 잤어."

"안 잤다고? 그럼 침대에서 왜 자고 있는 척을……."

뭔가가 머릿속에 딱 떠올랐다. 승운은 다시 이를 갈았다. 아까보다 더 세게.

"혹시 너, 기다렸던 거야? 일부러 그렇게 입고?"

"하하, 들켰네. 역시 눈치 끝내줘."

미래는 승운의 등을 꼬옥 안았다. 승운은 눈을 꾹 감고 숨이 끊어질 것처럼 훅훅 내쉬는 것으로 참았다. 미래는 까르르 웃어 버렸다.

"오미래, 너 정말—"

"사랑해."

미래는 그의 등에 다시 얼굴을 묻으며 속삭였다.

"박승운 씨, 나도 정말 사랑해. 근데 허니가 얄밉더라. 1퍼센트라고 하지만 어쨌거나 나 속인 건 사실이잖아? 그러니까 오늘

 임플란트 왕자님

은 좀 고생해. 그리고 내일 말해줘. 믿어주는 조건 말이야.”

미래가 고백한 뒤부터 승운은 아무 말도 할 수 없었다. 젤리처럼 물렁물렁하게 변한 몸으로 그저 숨만 내쉴 뿐.

“나 이만 잘게. 어제 허니가 집에 없으니까 잠을 잘 못 잤거든.”

“조건, 듣고 자.”

미래는 승운의 단호한 목소리에 하품을 멈췄다.

“벌써 생각했어?”

“응. 최소 하루에 한 번은 사랑한다고 말해줄게.”

“그건 기본이잖아.”

“그리고 말이야.”

승운은 허리를 감고 있는 미래의 손을 살짝 잡았다. 따듯했다.

“네…… 어머니와 잘 지낼게.”

“그건…….”

“상대방 가족과 잘 지내는 건 기본이지만, 네 어머니와 난 경우가 좀 달라. 그렇지만 널 세상에 태어나게 한 분이야.”

승운은 눈을 감은 채 조용히 말을 이었다.

“네 어머니지. 언젠가 빛을 볼 우리 아이의 외할머니이기도 하고. 어렸을 때 내게 많은 상처를 준 건 사실이야. 현재도 결코 날 좋게 대하지 않으셔. 미래에도 마찬가지겠지. 하지만…….”

승운은 미래의 손을 위로 끌어 끝에 살짝 입을 맞추었다. 맹세의 키스.

"네가 행복했으면 좋겠어. 널 위해 네 어머니를 용서하고 잘 지낼게. 시간은 걸리겠지만 결혼 허락도 받아낼 거야. 그러니 너무 염려하지 마. 천천히 해보자. 알았지?"

"박승운."

미래의 목소리는 벅차오르는 감정 때문에 떨리고 있었다.

"응, 공주님."

"사랑해, 왕자님."

"왕자님?"

"내가 공주님이라면서? 그럼 허니는 왕자님이지. 어렸을 때 말이야. 웃는 게 꼭 동화 속의 왕자님같이 근사해서 허니를 좋아했었다?"

"동화 속의 왕자님?"

승운은 웃음을 터뜨렸다. 그의 등 뒤에 얼굴을 댄 미래는 맑은 웃음소리에 풍덩 빠져 버렸다. 상쾌한 기분도 들었고 동시에 흥분이 차올랐다.

벌준다고 해놓고 내가 이러면 안 되는데.

미래는 고개를 흘끔 움직여 벽시계를 바라보았다. 아직 7시로 확실히 자기에는 일렀다. 하지만 오늘이라고 말한 건 자신이었다.

지금 자고 일찍 일어나서 덮쳐야지.

미래는 음흉하게 웃으며 승운의 등에 더욱 찰싹 붙었다. 승운이 움찔거리는 게 느껴졌다. 재미있었다.

"난 이만 잘 거야."

"진짜 자려고? 나 사랑한다면서? 조건도 다 들었잖아."

"그래도 오늘은 아닌 거지. 잘 자, 왕자님."

미래는 크게 하품을 하며 눈을 감았다. 승운은 뭔가 더 말하고 싶었지만, 미래의 의지가 느껴졌기에 조용히 있었다. 몇 분 지나지 않아 고른 숨소리가 들려왔다. 고문을 가하는 미래의 두 팔에서 빠져나갈 기회라는 건 알았지만 승운은 가만히 있었다. 미래의 고요한 호흡 소리를 심장 속으로, 영혼 속으로 저장하면서 미래의 존재 자체를 음미했다.

사랑한다. 나를, 사랑한다.

승운은 그 어느 때보다 더 찬란한 미소를 지으며 전율 속으로 빠져들었다. 한참 그러던 그는 고개를 살짝 돌려 벽시계를 바라보았다.

일찍 잤으니 일찍 일어나겠지? 그때 사랑을 나누면 되겠네.

승운은 끝내주는 아이디어를 떠올린 사람처럼 기쁘게 웃은 뒤, 눈을 감았다. 출근하기 전에 뜨겁게 불타오르려면 체력 비축이 우선이었다.

어서 자고 일어나야지. 그다음엔 미래의 저 보기 싫은 속옷을 벗겨서……

다음날 새벽, 평소보다 더 일찍 일어난 승운은 전날에 한 결심을 실천하기 전에 미래에 의해 먼저 알몸이 되었다. 하지만 결과는 목표한 그대로, 아니, 더 즐겁고 짜릿한 것을 얻었다.

FUTURE KOREA의 회장, 강인자는 화가 나 있었다. 오랜만에 모임에 나와 사람들을 만난 건 좋았지만, 지난달에 간신히 구한 한정판 새틴 소재 클러치백을 자랑하려고 손에 꼭 쥐고 나왔는데 같은 것을 갖고 있는 사람이 있었다. 바로, 다운병원네 신 여사.

"호호, 강 여사가 눈 좀 있네."

신 여사는 어울리지도 않게 새빨갛게 칠한 입술로 미소를 지었지만 눈은 차가웠다. 인자는 신 여사가 모임이 끝나자마자 클러치백을 쓰레기통에 처박을 거라는 걸 알았다.

무식하고 돈만 많은 졸부 같으니라고.

남편이 아주 큰 병원의 원장인데다가 제약 회사를 가지고 있어서 그런지 밥 먹듯이 돈이 쌓이는 모양이었다. 하지만 그래봤자 무슨 소용인가? 사람이 저질인데. 더군다나 남편도 문제가 많은 모양이었다. 허구한 날 20대 초반의 여자애와 놀아난다는 소문이 자자했다.

그렇기에 인자는 신 여사를 보면서 비웃을 수 있었다. 돈이야 그녀도 차고 넘치니까. 남편이 없는 건……

인자는 익숙한 통증이 심장을 찌르자 얼른 생각을 넘어갔다.

암튼, 내가 더 나아. 딸도 번듯하게 컸고.

신 여사도 딸이 있긴 했다. 하지만 3류 대학인데도 도서관을 지어준 뒤에야 학적부에 겨우 이름만 올린, 바보 중에 바보였다. 거기다가 얼마나 못생겼는지 몇 번이고 뜯어 고쳤는데도 소용이 없었다. 성질도 못된 건 지 엄마하고 똑같았고.

우리 미래가 훨씬 더 낫지. 아암, 그렇고말고.

인자가 고개를 끄덕이며 딸을 뿌듯하게 생각할 때였다. 신 여사는 다른 세 명의 여자들이 자기들끼리 수다를 떨 때 가슴을 앞으로 내밀며 한마디 톡 던졌다.

"우리 딸, 날짜 정했어."

"어머, 정말?"

"상대는 누구야? 저번에 말한 그 검사?"

세 명의 수다쟁이들은 눈을 빛내며 새로운 소식을 캐내기 시작했다. 신 여사는 어깨를 거들먹거리면서 자랑을 줄줄 풀어놓았다.

"맞아. 검사고 이번에 임용됐어. 검찰총장감이라고 주변에 칭찬이 자자해."

검찰총장은 아무나 되나? 떡검이나 되겠지.

인자는 속으로 비아냥거렸다. 문득 생각나는 게 있었다.

그러고 보니 박승운 그놈, 둘째 형의 장인이 전 검찰총장이던데. 청렴하고 능력있다고 했지? 둘째 형네 부부도 그렇고.

"생기기도 진짜 잘생겼다? 이것 봐봐."

신 여사는 품속에서 사진을 꺼냈다. 딸과 사윗감이 함께 찍은 사진으로 인자가 보기엔 야수와 미남이었다.

"와, 정말 잘생겼네."

"진짜 그렇다. 배우 해도 되겠네?"

흠, 박승운 걔가 더 잘생겼네. 그놈이 생긴 건 좀 괜찮긴 하지. 아니, 내가 왜 그놈 생각을 자꾸 하는 거야?

최근 들어 인자는 딸을 홀리는 나쁜 놈을 종종 떠올리곤 했는데, 그런 자신이 짜증났다.

"요즘 말로 훈남이라고 하던가? 진짜 괜찮다. 그지?"

수다 3인방 중에 한 명이 인자를 툭 치면서 물었다. 인자는 사진을 보고는 고개를 아주 조금 끄덕였다.

"뭐, 괜찮네."

"괜찮다니? 이 정도면 최고지! 우리 사위 죽이지?"

죽이지가 뭐야? 말투하고는 정말.

인자는 눈을 가늘게 뜨고 노려봤지만 신 여사의 표정은 더욱 거만해졌다. 그러더니 인자에게 공격을 개시했다.

"자기 딸은 언제 시집가서 애 낳아? 벌써 서른넷 아니야?"

"서른셋이거든?"

인자는 저도 모르게 이를 악물고 내뱉었다. 신 여사는 콧방귀를 뀌었다.

"서른셋이든 넷이든 노처녀인 건 맞는데 구분할 필요 있어?"

"요즘 서른셋이 뭐가 노처녀야?"

"내 딸은 스물여덟에 결혼하니까 비교하면 노처녀가 맞지. 미래는 시집 언제 가? 아직도 파혼당한 상처가 안 나았나 보지?"

"나은 지 오래됐거든?"

"그럼 왜 결혼 못하고 있어?"

"못하긴? 안 하는 거지. 내 딸 회사 경영하는 거 알잖아? 얼마나 바쁜데?"

부글부글 끓어오르는 분노가 인자를 덮쳤다. 인자는 테이블 밑으로 둔 주먹을 꾹 쥐었다. 확 덤벼들어서 머리끄덩이를 잡으면, 남들이 안 좋게 보겠지?

카페는 백화점 최고층의 중앙에 있었다. 벽이 투명한 유리로 된지라 지나다니는 사람들 모두 안에 누가 있는지 볼 수 있었는데, VIP만을 위한 장소라서 사람들에게 부를 과시하기에 딱 좋은 곳이었다. 그런데다가 직원들도 아주 친절하고 인테리어도 고급스러워서 백화점에 쇼핑하러 올 때마다 방문하곤 했지만,

인자는 갑자기 이곳이 싫어졌다.

그냥 이 망할 여편네 확 들이박고 다신 여기 안 올까?

인자가 생각을 실행할지 심각하게 고려할 때였다.

"어머, 저기 봐봐."

신 여사와 인자가 불꽃 튀기는 싸움을 벌이는 것도 모른 채 눈치없는 3인방은 자기들끼리 웃으며 수다를 떨었다. 그러다 3인방 가운데 젊은 남자를 밝혀서 가끔 호스트바에 가는 것으로 소문난 이 여사가 목소리를 높이더니 손짓으로 밖을 가리켰다.

"근사한데?"

"어디? 진짜네."

수다 2인방은 이 여사가 가리킨 쪽을 보더니 눈을 빛냈다.

"저 남자야말로 훈남이네."

"잘생겼다. 그지? 봐봐."

인자는 그제야 신 여사와 눈싸움을 멈추고 옆자리에 앉아 있는 이 여사가 손끝으로 가리키는 곳을 보았다. 카페 바깥쪽에 있는 분수대에 한 남자가 오른손에는 휴대폰을, 왼손에는 화사한 장미 꽃다발을 들고 앉아 있었다. 30대 초반으로 짙은 감색의 캐주얼한 슈트를 입고 있었는데 늘씬한 몸매와 긴 다리가 한번에 눈에 들어왔다. 또한 단정하고도 매끈한 이목구비는 눈부실 정도였다.

인자가 당황한 나머지 눈만 깜빡거릴 때였다. 남자는 인자의 시선을 눈치챘는지 갑자기 인자에게로 고개를 돌렸다. 눈이 마주치자 남자는 씩 하고 웃었다. 그러더니 휴대폰에 대고 뭔가 말을 한 뒤 주머니에 넣고 일어났다.

"어머, 여기로 오네?"

"혹시 나한테 반했나? 오호호~"

신 여사는 물론 다른 수다 2인방도 어이가 없어 이 여사를 노려보았다. 인자 또한 마찬가지였다. 그리고 몇 초 뒤, 남자는 바로 앞에 도달했다.

"안녕하세요, 어머님."

승운은 얼음도 녹여 버릴 듯한 눈웃음을 지으며 인자에게 인사했다. 그리고 다른 네 명의 여자들과도 한 명 한 명 눈을 맞춰 인사했는데, 그럴 때마다 다들 정신이 혼미해지는 게 딱 보였다.

"누, 누구?"

이 여사가 눈이 하트가 된 채 승운 앞으로 몸을 가까이했다. 인자는 왠지 모르게 이 여사를 후려치고 싶었다.

"미래와 교제 중인 사람입니다."

승운은 명함을 꺼내 다 돌렸다. 인자만 빼고.

"어머, 치과의사네?"

"네. 언제 한 번 오세요. 어머님들께 특별히 잘해 드리겠습니다."

승운은 다시 사르르 눈웃음을 치며 한 명씩 시선을 마주했다. 인자에게도 그랬는데, 딸을 홀리는 나쁜 놈이라는 것을 1초 동안이나 잊고 말았다.

"잠깐, 박승운? 혹시 다운병원에서 일했어?"

신 여사는 기억을 되새기는지 얼굴을 살짝 찌푸렸다가 금세 폈다. 인자가 보기엔 주름이 갈까 봐 저러는 것 같았다.

"네. 아, 혹시 다운병원장님 사모님 되시나요? 예전에 먼발치에서 본 기억이 나네요."

"응, 맞아. 기억력 좋네."

승운은 다시 웃었다. 왠지 빛이 나는 것 같았다.

"제가 미인은 잘 기억하거든요."

입에 발린 말이 분명했음에도 듣는 이를 기분 좋게 하는 근사한 목소리였다. 승운에게 신 여사를 비롯한 다른 여자들의 환한 미소가 다시금 쏟아졌다.

"어머님, 이거 받으세요."

승운은 한 손에 들고 있던 꽃다발을 인자에게 불쑥 들이밀었다. 장미향은 아주 향긋했다.

"나?"

"네."

승운이 힘차게 고개를 끄덕이자 인자는 얼떨결에 받고 말았다. 신 여사를 비롯한 여자들의 눈빛이 부러움으로 터질 것 같았다.

"전 이만 가볼게요. 요 밑에서 미래를 만나기로 했거든요. 어머님들, 다음에 또 뵙겠습니다."

승운은 다시 초콜릿보다 달콤한 눈웃음을 지어주고는 물러났
다. 그가 사라지자마자 수다 3인방은 인자에게 몸을 가까이한
뒤 총알같이 질문을 내쏘았다.

"미래 애인이야? 야, 멋지다."

"언제 결혼해?"

"진짜 잘생겼네. 치과의사면 똑똑하겠네?"

말을 들을수록 인자는 어깨가 으쓱해지는 기분이었다. 더군
다나 3인방에 이어 신 여사까지 이렇게 말했다.

"미래가 보는 눈이 약간 있네?"

"우리 딸이 좀 그래."

인자가 저도 모르게 콧대를 세우며 그렇게 말하자 신 여사는
쏘아보듯 눈을 흘겼다.

"그래도 결혼하긴 무릴걸?"

"뭐?"

"지금 기억이 났는데, 박 닥터가 우리 병원에서 일했을 때 인
기 되게 좋았거든? 실력도 아주 좋았고. 집안도 적당해서 우리
딸이랑 한 번 만나게 해줄까 했는데 눈이 하늘 높은 줄 모르고
높더라고."

신 여사는 코웃음을 쳤다.

"그렇게 높은데 미래가 성이 차겠어?"

"당연히 성이 차지. 우리 미래한테 목매달고 있는데? 결혼시
켜 달라고 막 조르고 있는데 내가 반대하고 있어. 우리 미래는

 임플란트
왕자님

엄마 말대로 따르겠다면서 그냥 만나주고 있는 거고."

인자는 열변을 토하듯 말했다. 사실은 사실이니까.

"왜 반대하는데?"

이 여사가 고개를 갸웃거렸다. 인자는 거만하게 어깻짓을 했다.

"우리 미래가 좀 아까운 것 같아서."

"내 참, 딸을 너무 과대평가하는 거 아냐? 아깝긴 박 닥터가 아깝지. 집안도 아주 쨍쨍하던데."

신 여사가 다시 비웃자 젊은 남자를 좋아하는 이 여사는 호기심을 가지고 물었다.

"어떤데?"

"형제가 많은데 다들 장가를 잘 갔어. 장인이 전 검찰총장인 형도 있고, 부인이 일산그룹 같은 재벌가도 있고. 또 누구더라, 그 있잖아. 메, 메이저 뭐더라? 하여간 되게 유명한 투수가 형이야. 박승, 뭐던데."

"아, 나 알아. 연봉이 200억이 넘는다는 야구선수 말이야?"

이 자리에 모인 여자들의 남편은 다들 이름있는 기업체를 가지고 있었지만 재벌보다는 준재벌 정도에 가까웠다. 그래서 이 여사가 200억을 운운하자 다들 눈이 보름달만큼 커졌다.

"야, 굉장하네. 결혼 계속 반대할 거야?"

다른 여자가 입을 딱 벌리더니 인자에게 물어왔다.

"나중에 헤어지면 연락해. 내 딸 좀 들이밀어 봐야겠네."

“나한테 연락해. 난 조카 있어. 미래보다 훨씬 예쁘다? 어리기도 하고.”

인자는 불끈 치솟은 분노를 감추지 못하고 싸늘하게 다른 여자들을 노려보았다. 다들 움찔거렸지만, 눈에는 탐욕이 담겨 있었다.

인자의 화는 쉬이 가라앉지 않았다. 이 뒤에 쓸데없는 잡담을 한 시간 정도 이어간 뒤 집으로 향할 때까지도 인자는 주먹을 꼭 쥐고 있었다.

“이 비서.”

“네, 회장님.”

차에 탄 뒤, 인자는 조수석에 앉아 있는 이 비서에게 내지르듯 명령 내렸다.

“점 잘 본다는 곳 있다고 했지?”

“네.”

“지금 거기로 가지.”

원래 인자는 점 같은 건 관심이 없었다. 하지만 얼마 전에 무당 관련 텔레비전 프로그램을 봐서 그런지, 한번 보는 건 어떨까 싶어 이 비서 앞에서 말한 적이 있었다. 그때 이 비서가 잘 보는 곳이 있다고 했었는데, 내키지 않아서 관뒀었다.

미래 사주가 어떤지 딱 한 번만 봐야지.

1시간 뒤, 서울 외곽 어딘가에서 차가 멈추었다. 주변에 논밭

임플란트 황자님

이 펼쳐진 곳이었는데 어두운 분위기가 나는 낡은 암자가 서 있었다.

"이곳입니다."

인자는 차에서 내려 안으로 조심스럽게 걸어 들어갔다. 돌 위에는 신발이 두 켤레 있었는데 하나는 단순한 고무신이었고 다른 하나는 값비싼 브랜드의 힐이었다. 창호지 문 사이로 드문드문 말소리가 들려오자 인자는 마루에 앉아서 기다렸다.

5분쯤 흐른 뒤 문이 열리더니 최고급 브랜드로 온몸을 휘감은 중년 여자가 나왔다. 혀를 내두르고 있었는데, 정말 잘 맞힌다고 중얼거리고 있었다. 인자는 갑자기 긴장이 되는 것을 느끼며 안으로 들어갔다.

내부는 아주 낡았고 어두운 분위기였다. 거의 비어 있다고 할 수 있었는데, 향 냄새를 풍기는 촛불이 있는 탁자와 그 뒤에 앉아 있는 사람뿐이었다. 새파랗게 젊은 20대 여자는 평범한 외모였으나 눈에서는 형형한 무언가가 쏟아져 나오고 있었다.

"쯧쯧."

인자가 주춤거리며 자리에 앉자마자 여자는 혀를 찼다.

"니 딸년이 그리 잘난 것 같냐?"

인자는 너무 놀라 눈만 크게 떴다.

"니 딸년 팔자 안 좋아. 돈이야 많지. 근데 독하고 일밖에 몰라서 주변에 남아나는 남자 없어. 너처럼 평생 외로울 거야."

인자는 하늘이 무너지는 기분이었다.

"저, 정말요? 정말인가요?"

"그래. 근데 그놈이 떡하니 나타났네."

여자는 핏 비웃었다.

"천생연분이야. 그렇게 딱 맞는 인연 거의 없는데 말이지. 못
된 니 딸년 평생 업고 잘살 거야. 그러니 빨리 결혼시켜. 어차피
허락 안 해도 도망갈 놈은 아니지만 애 생기기 전에 호적 정리
해야지?"

멍하니 듣기만 하던 인자는 찬물에 맞은 느낌이었다.

"애?"

"그래. 니 손자."

인자는 순간 떠오른 것을 물었다.

"언제 나와요? 남자? 여자?"

여자는 눈을 찌푸렸다. 작은 표정 변화였음에도 인자는 두려
움을 느끼고 몸을 더 작게 만들었다.

"더 이상은 말 못해. 복채 내놓고 이만 나가."

"네? 저기, 조금만 더 알려주시면……."

여자는 이번엔 눈을 부라렸다. 안광이 쏟아져 나오는 것 같자
인자는 너무 무서운 나머지 지갑에서 수표 여러 장을 내놓고 도
망치듯 움직였다. 문을 닫으려고 할 때였다.

"그놈한테 잘해줘."

인자가 흠칫거리며 뒤돌아보자 여자는 여전히 쏘아보며 내뱉
었다.

 임플란트
왕자님

"된 놈이니까 니년한테도 잘할 거야. 니네 모녀한테 복인 줄 알아야지, 어디서 그렇게 못된 짓을 해? 썩 꺼져."

여자는 손을 휘휘 저어 나가라고 했고 기세에 눌린 인자는 조심스럽게 문을 닫았다. 차 안으로 돌아온 그녀는 정신을 차리지 못했다.

미래의 팔자가 그렇다고? 그리고 박승운 그놈이 복?

겉모양이 망가지는 터라 밖에서는 절대 하지 않는 짓이었지만, 이 순간 인자는 머리를 쥐어뜯고 말았다.

"……사이비겠지."

인자는 중얼중얼거렸다.

"사이비일 거야. 분명히."

하지만 그녀가 한마디도 하지 않았는데 줄줄 말했다. 더군다나 그녀보다 먼저 점을 보러 들어갔다가 나온 여자도 혀를 내두르지 않았던가.

정말 박승운 그놈이 복덩어리인 건가?

"이 비서, 정말 저 점쟁이가 잘 보는 거 맞아?"

이 비서는 절대 허튼소리를 하지 않았고, 사주나 점에 관심이 많아 아주 잘 알고 있는 사람이었다.

"네. 제 와이프가 3개월 전에 다녀왔는데 아주 잘 본다고 했습니다."

인자는 눈을 질끈 감고 한숨만 내쉬었다.

"사주 잘 보는 곳, 알지?"

"네. 거기로 모실까요?"

"지금은 머리 아파. 박승운 그놈 사주 알아내서 결과 가져와. 미래 사주랑 둘 궁합도."

그로부터 이틀 뒤, 인자는 보고를 받았다. 읽을수록 열불이 났다.

"미래 사주가 왜 이래?"

이틀 전의 점쟁이가 한 말과 비슷했다. 재물운은 있지만 남자운은 나빴고 특히 결혼운은 최악이었다.

"내 참. 이놈은 꽤 좋네?"

박승운은 부모운은 전혀 없었다. 하지만 형제운이 굉장히 훌륭한데다가 다른 부분도 고루고루 아주 좋았다.

"이건 궁합입니다."

인자는 빼앗듯이 종이를 받아 들어 읽었다. 아주 좋았다. 천생연분이라는 이야기도 있었는데, 짜증나게도 미래는 박승운이 아니면 평생 불운하고 외롭게 살 거라는 말이 추가되어 있었다.

인자는 부르르 떨다가 다른 점술가와 사주가에게도 알아오라고 시켰다. 며칠이 지난 뒤 받은 결과는 이전 것과 흡사했다.

미래에겐 승운이 있어야 한다는 것.

"아, 정말…… 허락해야 되나?"

넓은 거실 바닥에 사주와 궁합 결과가 담긴 수십 장의 종이를 아무렇게나 던진 채 인자는 한숨만 내쉬었다. 아직도 19년 전의 그 가난한 아이가 눈에 선했다. 감히 그녀의 귀한 딸이 국민학

 임플란트
왕자님

교 졸업장을 받지 못하게 만든 원인 제공자.

거지치고 훌륭하게 크긴 했다. 사실 조건이 좀 빠진다고 생각했지만 그 재수없는 다운병원네 신 여사가 사윗감으로 생각했을 정도라면, 굉장히 괜찮은 배경이라는 뜻이었다. 그리고 외모나 매너 모두 상당하니 데리고 다니기에 아주 좋기도 했다. 신 여사조차 부러워할 게 분명했다.

그래도, 허락하고 싶진 않았다. 그래서 인자는 헤어지라고 미래를 계속 타박했지만 전혀 통하질 않았다. 무려 1년이나 흘렀음에도.

바로 1년 전에 미래는 앞으로 엄마에게 잘하겠다고, 허락을 받기 전까지는 결혼하지 않겠다고 선언했었다. 그리고 지금까지 말한 것을 지키고 있었다. 동거는 하고 있는 모양이었으나 엄마에게 이전에 비해 잘했다. 예전에는 생전 전화조차 안 했지만 이젠 일주일에 한 번 꼭 전화를 걸어왔으며 한 달에 한 번 약속을 잡아 식사를 하곤 했다. 그 외에도 몇 차례 쇼핑을 다니곤 했는데 바로 오늘이 같이 백화점에 가기로 한 날이었다.

"다 왔습니다, 회장님."

운전기사는 인자를 백화점까지 태워다 주었다. 인자는 고개를 빳빳이 든 채 최고급 명품만 취급하는 '더 로열' 백화점으로 갔다. 익숙한 얼굴의 도어맨이 허리를 90도로 숙이며 문을 열어 주었다. 1층에 있는 화려한 조각상 앞으로 갔지만 미래는 보이지 않았다. 항상 5분 전에 먼저 와 있는 딸이 나타나지 않자 인자가 이 비서에게 전화해 보라고 시킬 참이었다.

"안녕하세요, 어머님."

인자는 휙 뒤돌아보았다. 승운이 반듯한 옷차림을 한 채 서 있었다. 사람 홀리는 예의 그 사근사근한 웃음을 지은 채로.

"뭐야?"

"미래가 오늘 못 온대요. 날씨 문제로 비행기가 결항돼서 내일 아침에나 한국에 도착할 것 같대요. 그래서 제가 왔어요."

실망감이 밀려오자 인자는 입을 꾹 다물었다.

"미래보단 저랑 쇼핑하는 게 더 재밌으실 거예요."

"뭐라고?"

"미래, 쇼핑 아주 싫어하잖아요. 전 좋아하거든요. 그리고 미래보다 보는 눈도 있고요."

미래가 패션에 관해 눈도 없고 취향도 요상한 건 사실이었다.

"오늘 가방 사신다고 했죠? 좀 알아보니 8층에 있는 브랜드에서 신상품이 나왔대요. 같이 가봐요."

승운은 싱글싱글 웃은 채로 인자를 잡아끌었다. 인자는 확 승운을 떠밀고 싶었으나 차마 행동으로 옮길 수가 없었다. 신 여사와 다른 여자들의 부러워하는 시선이 떠올랐기도 하지만 그때 받은 꽃다발이 갑자기 생각났기 때문이었다. 일만 중요시 여기는 남편에게도 한 번도 받은 적이 없었다. 즉, 환갑이 넘은 강인자가 인생에서 처음으로 받은 꽃 선물. 원래 버릴까 했지만, 현재 곱게 말려서 거실에 장식해 둔 참이었다. 물론 인자는 지시만 내렸고 말리는 건 도우미가 했지만.

"저게 어울리실 것 같네요."

승운은 신상품 여러 종류를 살펴보다가 한 가지를 가리켰다. 그의 미소를 받은 직원은 냉큼 가방을 내주었다.

"어머님, 어떠세요?"

인자는 팔에 든 뒤 거울에 비춰 보았다. 괜찮았다.

"뭐, 나쁘진 않네."

확실히 보는 눈은 좀 있네. 미래랑은 다르게.

미래는 쇼핑을 너무 싫어한 나머지 얼른 끝내고 싶다는 생각이 잔뜩 박힌 얼굴로 다 예쁘다고 말하곤 했었다.

"저것도 괜찮은 것 같아요."

"저게 더 낫지 않나?"

인자는 다른 것을 가리키며 물었다. 승운은 고개를 저었다.

"어머님은 피부가 하얀 편이라 저런 색은 다소 언밸런스하게 느껴져요. 저 색은 피하시는 게 좋을 것 같아요."

"안목있으시네요, 손님."

직원은 승운을 아낌없이 칭찬했고 인자는 왠지 기분이 좋아졌다. 한참 동안 여러 가방을 비교해 보다가 결정했다.

"제가 사드릴게요."

"뭐? 안 돼."

인자는 놀라서 고개를 저었다.

"가난뱅이가 이런 걸 왜 사? 안 돼."

"에이, 어머님. 저 가난뱅이 아니에요. 아실 텐데요."

기분 나쁜 말일 수도 있었으나 승운은 싱글싱글 웃는 것으로 넘겼다. 그러고는 플래티넘 카드를 꺼내 직원에게 건네주었다.

"우리 어머님, 미인이시죠? 특별히 더 신경 써서 포장해 주세요."

인자는 왠지 뺨이 붉어지는 기분이었다.

"어머님, 혹시 시간 더 있으세요?"

"왜?"

"저도 쇼핑할 게 있거든요. 반지요."

"뭐야?"

인자의 목소리가 높아졌다.

"결혼 반지 맞출 거야? 니네 내가 허락해야 결혼한다면서?"

"결혼 반지 아니에요. 커플링이요."

승운은 씩 웃었다.

"치과에서 여자 손님들이 종종 치근거리거든요. 이전까진 가짜로 맞춘 아무 반지를 커플링인 것처럼 끼고 다니는 걸로 관심을 차단했는데 더 이상은 그걸로 안 될 것 같아서요. 그 반지는 낡아서 커플링 느낌이 안 나거든요. 새로 사는 김에 미래랑 맞추려고요."

차근차근한 설명은 설득력이 있었다. 인자는 뭔가 소리치고 싶었으나, 정신이 들고 보니 근처의 주얼리 상점에서 같이 고르고 있었다.

“다이아몬드는 무조건 큰 게 좋은 거야.”

인자는 콕 찍어서 가장 밝게 번쩍이는 것을 골랐지만, 승운은 고개를 저었다.

“이건 결혼 반지가 아니라 커플링인걸요. 더군다나 결혼 반지로 저걸 사더라도 미래는 안 끼고 다닐 게 뻔해요. 아니, 못 끼고 다녀요. 무거우면 일할 때 불편하잖아요.”

확실히 미래를 잘 알고 있군.

“미래에겐 색이 선명하면서도 우아하고 심플한 디자인의 반지가 어울릴 거라고 생각해요. 아, 저거 괜찮네. 어떠세요?”

승운이 가리키는 반지는 얇은 백금 링에 작지만 환한 빛을 내뿜는 물방울 다이아몬드가 박혀 있는 종류였다. 말한 대로 심플했지만 우아하고 선명했다. 인자는 거만하게 고개를 끄덕여 주었다.

“뭐, 괜찮네.”

승운은 직원에게 사이즈를 말했다. 직원은 반지를 내주었고, 승운은 행복한 듯 반지를 지켜보다가 인자에게 보여주었다.

“어떠세요?”

“다이아몬드가 작은 게 좀 그렇지만 일할 때는 부담 없겠네.”

“이걸로 포장해 주세요.”

승운은 씩 웃은 뒤 반지를 다시 직원에게 주었다. 직원은 꼼꼼하게 포장을 해주었고 승운은 신중하게 받아 들었다. 그의 얼굴에는 광채가 어려 있었다.

그렇게 좋은가?

승운에게서 행복의 빛이 어른거리자 인자는 저도 모르게 그렇게 생각할 수밖에 없었다.

"반지 산 게 그렇게 좋아?"

"네. 미래가 제 것이라는 표시잖아요. 진작 할 걸 그랬네요."

승운은 눈을 반달 모양으로 만든 채 상자를 소중하게 쥐었다.

팔불출이 따로 없군.

인자는 저도 모르게 혀를 찼다.

"오늘 쇼핑 같이 해주셔서 감사드려요. 조심해서 들어가세요."

승운은 허리를 90도 각도로 숙여 인사했다. 인자는 그를 잠시 노려보다가 한마디 했다.

"가방, 잘 쓰지."

그러고는 휙 뒤돌아 총총 걸음으로 갔다. 승운이 뒤에서 만족의 웃음을 지은 것을 보지 못한 채.

[얼마 안 남았다고?]

"그런 것 같아."

승운은 휴대폰을 귀에 더욱 바싹 댔다.

"마음이 좀 기울어지신 것 같아. 나쁜 말씀은 거의 안 하셨어."

[으흠, 역시 사주와 점, 궁합 때문인가?]

"그런 것 같아. 손 써두길 잘했어."

승운은 씩 웃었다. 어머니에게 잘하겠다고 다짐한 뒤 승운은 인자의 수행비서인 이 비서를 포섭했다. 이 비서는 메이저리그 열혈팬인지라 넷째 형인 승연의 경기를 좋은 자리에서 관람하게 해주고 사인을 해주자 한 방에 넘어왔다. 덕분에 승운은 여러 가지 전략을 짜낼 수 있었다.

인자가 백화점에서 사교계의 다른 여자들과 식사한다는 사실을 알아낸 뒤, 승운은 근사하게 차려입고 꽃다발을 든 채 근처로 갔다. 외모에 자신이 있는 데다가, 다운병원의 원장을 남편으로 둔 신 여사가 자신을 칭찬할 거라는 걸 알았기 때문이었다. 신 여사와 경쟁하고 있고, 남의 이목을 중요하게 생각하는 인자가 누그러질 거라고 봤는데 예상은 적중했다.

그리고 승운은 인자가 점이나 사주 등을 좋아하지 않는 사람이라는 것도 알고 있었다. 하지만 얼마 전에 이 비서에게 점에 관해서 물었다는 소식을 듣고는 이 비서의 부인이 가본 점집에 미리 갔다. 험한 말투의 그 젊은 여자는 진짜 신기가 있는 모양인지 승운이 왜 왔는지 말도 안 했는데 바로 알아채고는 걱정 말라며 나가라고 손을 흔들었다. 그전에 사랑이 그렇게 좋냐고 혀를 찼지만.

승운이 그다음으로 이 비서를 통해 손을 쓴 건 사주와 궁합이었다. 그렇다고 조작한 건 아니었다. 미래와 그의 궁합은 천생연분이라는 말이 나올 만큼 아주 좋았기 때문이었다. 미래가 사주에서 남자운이 나쁜 것도 사실이었는데, 승운은 그대로를—사실 약간 과장을 섞긴 했지만—인자에게 전하게 했다.

그리고 방금 쇼핑도 마찬가지였다. 마침 미래가 중국에서 발이 묶이자 냉큼 대신 나왔고, 쇼핑을 싫어하는 미래와는 달리 좋게 반응하며 인자의 비위를 맞춰주었다. 선물 공세에 약하다는 걸 알고 있기에 가방도 선물해 줬고 반지를 맞추는 것으로 미래를 깊이 사랑하는 마음도 드러냈다.

이 정도면 점수가 좀 올라갔겠지. 그래도 아직 확실한 건 아니지만.

[내년 상반기에는 결혼할 수 있을까?]

"아마도. 으흠, 나랑 빨리 결혼하고 싶어? 그렇게 내가 좋아?"

승운이 은근하게 캐물었다.

[그럼. 얼마나 많이 사랑하는데.]

미래는 직설적으로 답하는 것으로 받아쳤다. 그러고는 수화기에 입술을 대고 쪽 하는 소리를 냈는데 유치한 행동이긴 했으나 승운은 얼굴이 달아올랐다. 그리고 몸도 그랬다.

"내일 오후에 도착하지?"

[응. 바로 집으로 갈게.]

"회사에 안 들르고?"

미래는 출장을 다녀올 경우 아무리 늦게 한국에 도착해도 항상 회사에 들렀다가 집으로 오곤 했다. 몸을 혹사하는 것 같아

 임플란트 왕자님

승운은 매번 탐탁지 않게 여겼으나 겉으로 드러내진 않았다.

[허니가 싫어하잖아.]

"으흠. 알아차렸어?"

[응. 허니 말 들을게. 그리고 좀 피곤하네. 사이사이 잤는데도 자꾸 졸려.]

승운은 잠시 눈만 껌뻑였다.

[듣고 있어?]

"아, 응. 조심해서 와."

[잘 자. 내 꿈 꿔. 19금으로.]

미래가 목소리를 내리깔고 속삭이자 승운 또한 같은 말을 한 뒤 끊었다. 그는 침대로 가는 대신, 휴대폰을 내려놓은 채 멍하니 생각에 잠겼다.

여자가 갑자기 졸리고 피곤해하는 건…….

출장 가기 전에도 미래는 몸 상태가 저랬고 체중도 약간 늘었었다. 가슴이 커져서 좋으니 빼지 말라고 했다가 미래에게 꼬집힌 적도 있었고.

미래의 생리 날짜가……. 혹시……?

승운은 세상이 빙글빙글 도는 기분이었다. 이날, 그는 잠을 잘 이루지 못했다. 그리고 다음날 아침 약국에 들렀다.

"다녀왔어."

오후가 되어 미래는 집에 들어오자마자 달려오더니 점프해서 승운에게 폭 안겼다. 승운은 미래를 조심스럽게 내려놓았다.

"왜?"

승운이 알 수 없는 눈빛으로 얼굴을 뜯어보자 미래는 고개를 갸웃거릴 수밖에 없었다.

"미래야, 아직도 졸려?"

"응? 아, 약간. 비행기 안에서 계속 잤는데도 이러네."

"배도 고파?"

미래는 고개를 끄덕였다.

"많이 먹었는데도 계속 허전하지?"

"맞아."

"미래야."

승운은 숨을 훅 내쉬고는 주머니에 넣어두었던 것을 꺼냈다. 미래는 받아 든 뒤 살펴보았다. 순간적으로 떠오르질 않았다.

"이게 뭐야?"

"임신 진단기. 해봐."

미래는 잠시 입을 벌린 채로 승운만 쳐다보고 있었다. 승운이 고갯짓으로 화장실을 가리키자 그제야 주춤거리다가 걸어갔다. 승운은 초조하게 문 앞에서 서성거렸고, 몇 분 뒤 미래가 밖으로 나오자 심장이 입 밖으로 튀어나올 것 같았다.

"임신이래."

미래는 나오자마자 성격대로 거두절미하고 말했다. 승운의 반응은 즉각적이었다. 어지럽고 초조했던 그의 얼굴은 크리스

마스트리 제일 위에 장식된 전구가 켜진 것처럼 환하게 변했다. 그는 미래의 허리를 잡아 번쩍 안아 들어서 빙빙 돌리다가 아이 생각에 행동을 우뚝 멈추고 내려놓았다.

"아, 역시 100퍼센트 완벽한 피임법은 없구나."

미래는 발이 땅에 닿자마자 다소 멍한 얼굴로 소감을 내뱉었다.

"미래야."

승운은 조심스럽게, 그리고 마음을 담아 미래를 소중하게 끌어안았다. 이마에 쪽쪽 연이어 뽀뽀를 한 뒤 감동과 환희로 일렁이는 눈동자로 시선을 맞추었다.

"결혼하자."

승운은 다른 주머니에 넣어둔 푸른색의 반지 상자를 꺼냈다. 상자 안에는 한 쌍의 반지가 반짝이고 있었다.

"어제, 어머님 뵈었을 때 이걸 샀어. 사실 커플링으로 산 거지만."

승운은 숨을 훅 내쉬고는 미래의 영혼을 들여다보는 눈동자로 달콤하게 속삭였다.

"오미래, 내 공주님, 내 첫사랑, 내 마지막 사랑, 결혼해 줄래?"

"응."

미래는 천천히 고개를 끄덕였다. 승운과 같이 살기 시작한 지 1년이 흘렀고, 결혼식은 올리지 않았지만 결혼했다고 무의식중에 생각하며 살아왔다. 그럼에도 이렇게 청혼을 받는 건, 심장이 무척이나 떨리는 일이었다.

“박승운, 내 왕자님, 내 첫사랑, 내 마지막 사랑. 결혼하자.”

승운은 다시금 환하게 웃었다. 그는 미래를 품에 꼭 안은 뒤 반지를 꺼내 끼워주었다. 미래 또한 떨리는 손으로 승운의 왼손 약지에 영원히 빛나는 반지를 끼워주었다. 미래는 두 손을 내밀어 승운과 손바닥을 맞댔다. 각자의 왼손에 낀 반지의 감촉이 와 닿았다. 단단했다. 절대로 깨지지 않을 터.

“음, 엄마는 어떻게 설득하지?”

웃기만 하던 미래가 갑자기 얼굴을 살짝 찌푸리며 걱정했다. 승운은 씩 웃었다.

“임신했다고 말씀드리면 기뻐하실 것 같은데? 손자 바라시는 눈치던데 뭐.”

“그렇긴 한데…….”

“한숨 쉬지 마. 나쁜 생각도 말고. 태교에 안 좋아.”

승운은 고개를 숙여 미래의 이마에 살짝 맞댔다.

“내가 다 알아서 할게. 걱정하지 마. 오빠 믿지?”

“흥.”

미래는 콧소리를 냈지만 환하게 웃고 있었다. 승운을 세상 그 무엇보다도 믿는 건 사실이니까.

“어머님께 전화드리자.”

승운은 휴대폰을 꺼내서 단축번호를 눌렀다.

“어머님, 접니다. 좋은 소식이 생겨서 전화드렸어요.”

미래는 귀를 휴대폰에 가까이 댔다.

"방금 테스트기로 검사해 봤는데 미래가 임신했대요. 기쁘시죠? 손자 보시는 거예요. 미래 닮은 예쁜 딸이었으면 좋겠어요."

승운이 주절거리듯 말했으나, 잠시 아무 말도 없었다. 그러더니 인자는 기쁨으로 가득한 목소리로 쏟아내듯 물었다.

[병원은 가봤어?]

"아뇨. 방금 테스트기로만 해봤어요."

[당장 미래 데리고 나와. 제대로 검사해 봐야지.]

"방금 중국에서 집으로 와서 미래가 좀 피곤해 보여요. 오늘은 안 될 것 같네요."

승운의 목소리는 단호했다.

[그래도 검사해 봐야지.]

"미래가 우선이죠. 내일 점심에 같이 가요, 어머님."

승운은 그렇게 말하고 뚝 끊었다. 씩 웃고는 휴대폰을 주머니에 넣고 미래를 안아 들고는 조심스럽게 침실로 데려가 침대에 눕혔다.

"졸리지? 어서 자."

"같이 자자."

미래는 옆을 툭툭 쳤고, 승운은 누워서 미래를 편안하게 안아 주었다.

"사랑해, 왕자님."

"나도 사랑해, 공주님."

승운은 미래의 이마에 부드럽게 입을 맞추었다. 미래는 만족스러운 미소를 지으며 눈을 감았다. 행복한 꿈속에 누군가가 서 있었다.

"난 박승운이라고 해."

전학을 온 날, 열두 살의 소년 박승운이 수줍게 웃으며 이름을 소개하고 있었다. 미래 또한 뺨이 붉어지는 것을 느끼며 자그맣게, 하지만 분명하게 말했다.

"난 오미래야."

"알아. 이름……."

"응?"

소녀는 눈을 깜빡이며 고개를 갸웃거렸고, 소년의 볼에는 홍조가 떠올랐다.

"다시 말해줄래?"

소녀의 부탁으로 소년은 입을 열었다.

"이름, 예쁘다고."

그리고 소년은 환하게 웃었다. 어느 해피엔딩 영화에 나오는 왕자님만큼 근사한 미소.

두근, 두근.

승운을 처음 만난 날. 심장에 첫사랑이 깃든 날. 그리고 평생의 사랑이 시작된 날.

미래는 그 어느 때보다 행복한 미소를 지었다.

"박승운 씨."

미래는 차에서 내리는 승운의 손목을 잡았다.

"나 긴장돼."

승운은 놀란 표정을 지을 수밖에 없었다.

"긴장된다고? 겨우 식사 한 끼인데?"

"겨우 식사 한 끼가 아니잖아. 정식으로 만나는 건데."

"다들 봤잖아."

평소엔 자상했지만 승운의 이번 반응은 무디기 그지없었다.
미래는 눈을 흘겼다.

"그냥 일요일 점심에 같이 밥 먹는 거랑 정식으로 상견례하는 게 같아? 더군다나 우리 가족은 나랑 엄마밖에 없는데, 허니는 형제만 여섯 명이고 배우자까지 치면 다섯 명이 더 있잖아.”

“나 네 가족이야. 그렇게 생각 안 해?”

“그렇게 생각하지. 근데 이건 상견례잖아.”

아무리 여자를 잘 안다고 해도 승운은 이번은 이해할 수 없었다. 같이 살기 시작한 뒤 미래는 매주 일요일 정오마다 큰형의 식당인 ‘정’에서 식사를 맛있게 해왔으니까. 그동안 미래는 형제들과 아주 잘 지내왔다. 정확하게 말하자면, 첫 만남에 미래가 형제들을 제압한 뒤로 화기애애한 분위기가 연출되었다.

“그분이시죠?”

미래가 승운과 함께 식당에 온 첫날, 형제들은 반갑게 맞으면서도 대놓고 능글거렸다.

“네?”

“같은 피트니스센터 다니시죠?”

미래는 형제들이 무슨 말을 하는지 몰랐으나 승운은 알아들었다. 그는 손을 뻗어 둘째 승열 형의 입을 막았으나 여섯째인 승원의 혀는 막을 수 없었다.

“센터 매니저한테 들었는데 운이 형 엉덩이를 좋아하시나 봐요?”

다른 사람들은 보지 못한 모양이지만, 승운은 미래의 얼굴에 0.01초 동안 당황스러운 표정이 떠올랐던 것을 캐치할 수 있었다. 하지만 미래는 미래였다.

“네.”

미래는 당연한 사실을 말하는 듯한 말투로 빙긋 웃었다.

“머리끝부터 발끝까지 다 좋아해요.”

당당한 대답에 여섯째 승원은 입만 뻐끔거렸다. 하지만 둘째 승열 형은 포기하지 않았다. 제법이라고 생각한다는 얼굴로, 하지만 아주 짓궂게 물어왔다.

“근데 정말 피트니스센터에서 운이 엉덩이를 만졌어요?”

미래는 고개를 끄덕인 뒤 이번에도 뻔뻔하게 대응했다.

“내 거 내가 만지는데 뭐 잘못됐나요?”

승열 형은 아주 잠깐 눈만 깜빡이다가 웃음을 터뜨렸다. 한참 동안 배를 잡고 웃더니, 눈물을 닦으며 알았다는 듯 고개를 끄덕이는 동시에 오른손 엄지를 치켜 올렸다.

“잘 어울리네요, 우리 운이랑.”

언제나처럼 근엄한 자세로 대화를 지켜보던 큰형 또한 나중에 환영한다는 말로 미래를 허락한다는 의사를 보여주었다. 그 뒤로 매주 일요일마다 식사했고, 생일잔치 등 여러 가족 행사에 참여하며 잘 지내왔다.

그런데 갑자기 왜 긴장하는 거지?

“어머님 때문에 걱정돼서 그래?”

승운은 생각을 하다 물었다. 미래는 어깨를 살짝 올렸다가 내렸다.

“그것도 약간 있어.”

“어머님은 걱정 안 해도 돼. 임신 소식 들은 뒤부터 아주 기뻐하고 계시잖아.”

승운의 말이 맞았다. 3주일 전, 산부인과에 같이 가서 임신을 확인한 뒤부터 엄마는 입이 귀에 걸리는 웃음을 짓고 있었다. 더 이상 승운에게 나쁜 말도 하지 않았고, 성은을 베푼다는 태도였으나 결혼을 허락해 주었다. 대신 결혼식은 당신이 처음부터 끝까지 다 알아서 하겠다는 조건을 걸었지만.

아마 엄청나게 성대한 결혼식이 될 듯싶었다. 이미 결혼했다고 생각하는 데다가 결혼식은 허례허식이라고 보기에 미래는 사실 싫었지만, 어쩔 수 없었다. 그동안 불효를 저질러 왔는데 이렇게라도 엄마가 원하는 대로 하게 둬야 할 터. 거기다가 태아의 안전을 생각해야 된다고 승운이 은근하게 말하고 있기에 생각보다 거창하지 않을 것 같기도 했다.

“그래도 엄마가 가끔 말씀이 지나칠 때가 있어서 살짝 걱정이 되네.”

“아무 말 못하실걸?”

승운은 생각한 바를 말했다.

“우리 형들이 좀 덩치가 크잖아. 그리고 다들 한 카리스마 하지.”

승운의 말대로, 유일한 여자인 막냇동생 승리를 제외한 다른 형제들은 곰 같은 덩치와 거친 얼굴을 자랑하는 사람들이었는데, 날렵하고 섬세한 이목구비를 가진 승운과는 좀 달랐다. 그

 임플란트
왕자님

럼에도 신기하게도 칠 남매는 같이 있으면 딱 형제 같은 느낌이 났지만.

"어머님은 당신보다 기운이 센 사람한테는 아무 말 못하시는 것 같아. 형들한테도 마찬가지일걸."

"어째 나보다 더 엄마를 잘 아네?"

"이젠 내 어머님이시니까."

승운은 빙긋 웃었다. 미래는 훈훈해진 심장 위에 손을 얹었다. 승운은 조수석으로 와서 문을 열어주었고, 손을 꼭 잡고 들어갔다.

승운의 말이 맞았다. 처음에는 턱을 쳐들고 좀 거만하게 등장했으나, 엄마는 날렵하고 샤프한 이미지의 승운과는 달리 형제들이 다들 곰처럼 엄청난 덩치를 자랑하는 것을 보고 질렸는지 약간 창백한 얼굴로 별말을 하지 않았다.

"잠시만요."

미래는 상견례가 완전히 끝날 때까지 참으려고 했지만 임신한 뒤 으레 그래 왔듯이 기다릴 수가 없었다. 양해를 구하고 나온 뒤 화장실로 향했다.

용무를 끝낸 뒤 미래는 문으로 갔다. 엄마가 조용하긴 했지만 상견례 내내 긴장한 탓인지 시원한 공기가 필요했기 때문이었다. 문을 열려고 손을 뻗었는데, 이미 열려 있었다. 그리고 틈 사이로 말소리가 들려오고 있었다.

"응. 맞아. 역시 그러길 잘했어."

까르르 웃는 소리가 났다. 익숙한 목소리였는데, 미래는 자신보다 몇 분 전에 잠깐 자리를 뜬 정희의 것임을 알아들었다. 승운의 넷째 형, 승연의 아내이자 자신과 가장 친한 언니.

남편과 통화 중인가?

형제들 가운데 넷째인 승연만 오늘 참석하지 못했다. 한참 메이저리그가 시즌 중이기 때문이었는데, 미래는 승운과 본격적으로 같이 살기 시작한 뒤에야 정희에게 말했다. 승운과 사랑하는 사이라고. 많이 놀라워할 거라고 예상했지만 의외로 정희는 그러지 않았다. 대신 아주 기뻐하며 축하해 주었는데, 이런 말도 해주었다.

"확실히 둘이 인연은 인연이네."

어렸을 때 만난 것도 그렇지만 커서 우연히 첫사랑을 만난 건 정말 운명이니 잘살라고, 행복하기를 진심으로 바란다면서.

그러고 보니 정희 언니네 부부가 우릴 반쯤은 중매해 준 거구나.

정희는 친한 동생인 미래에게 승연의 건물에 있는 피트니스 센터에 다니라고 추천해 주었고, 승연은 바로 아래 동생인 승운에게 같은 말을 했다. 따지고 보면, 미래와 승운이 다시 만나게 된 건 바로 정희와 승연 덕이었다. 그리고 승운이 미래에게 진심이라는 것도 알려줘서 한 단계 나아갈 수 있게 된 것도 바로

 임플란트
황자님

정희 덕분이었고.

중매해 줘서 고맙다고 말해야지.

미래가 그렇게 생각하며 문에서 물러날 때였다.

"운이 도련님이랑 미래가 첫사랑일 줄은 몰랐는데, 그지?"

저도 모르게 미래는 행동을 우뚝 멈추었다.

"확실히 두 사람이 인연은 인연이야. 같은 시간대에 같은 피트니스센터에 다니게 했지만, 이렇게 대성공을 할 줄은 몰랐어."

저절로 귀가 쫑긋 서는 기분이었다. 미래는 발끝으로 소리없이 걸어가 문에 찰싹 달라붙었다.

"이제 운이 도련님은 결혼하는 거고, 원이 도련님만 남았네. 원이 도련님은 나중에 생각해 보자. 운이 도련님 결혼 선물은 뭘로 해주지? 후훗, 맞아. 사실 우리가 받아야지. 근데 생각해 보면 별로 한 건 없는 것 같아. 그냥 도련님 마음을 미래에게 한마디 찔러준 것밖에 없는걸. 둘이 인연이고 운명이라 저렇게 진행된 거지."

미래는 눈을 데굴데굴 굴렸다.

"아, 시간 너무 지났다. 나중에 다시 전화할게."

정희가 남편에게 인사하는 소리가 났다. 미래는 쌩하니 상견례가 진행 중인 방으로 돌아갔고 이어 정희가 들어왔다. 미래는 입안을 깨물어 간신히 웃음을 내리눌렀다.

좋은 분위기 속에서 상견례를 파한 뒤 미래는 정희가 가는 모습을 바라보았다. 승운은 미래의 시선이 정희에게서 떨어지질 않자 고개를 갸웃거렸다.

"왜 그래?"

"갑자기 정희 언니가 고마워서."

"응? 왜?"

"그 피트니스센터에 다니라고 추천해 준 게 정희 언니거든. 그래서 허니랑 내가 다시 만난 거잖아."

승운은 빙긋 웃었다.

"연이 형이 나더러 피트니스센터에 다니라고 했어. 이사 오라고 한 것도 연이 형이고. 넷째 형네 부부가 우리 중매 서준 거네."

"음, 그런 것 같아."

미래는 고개를 여러 차례 끄덕끄덕거렸다. 깊은 뜻을 담아서.

"넷째 형님하고 많이 가까워? 박승연 씨, 정희 언니 남편 말이야."

"주로 미국에 있는지라 다른 가족들에 비해 얼굴을 자주 못 봐서 가까운 건 아니야. 하지만 큰형만큼이나 날 많이 신경 써 주는 것 같아. 그리고 결혼찬양주의자거든. 진짜 남자는 결혼을 해서 아내와 자식을 사랑해야 된다나? 자기가 결혼한 뒤로 다른 형제들한테 막 결혼하라고 강요한다니까. 뭐, 난 이젠 안 당하겠네."

미래는 눈을 열심히 굴렸고, 승운은 휘파람을 불며 운전하기 시작했다.

정말 행복했다. 삶이란, 이렇게 즐거운 일로만 가득한 것이었다. 어렸을 때는 세상엔 악마들로만 가득하다고 생각했지만 더 이상은 아니었다. 어쩌면, 악마가 하나 줄어든 탓일지도 모르지만.

승운은 수환을 떠올렸다. 반년 전쯤, 수환에게 전화가 왔었다. 직접 만나서 사과를 하고 싶다고. 개과천선을 했다고 미래가 알려주긴 했지만 믿기질 않았는데, 사실이었다. 진심으로 사죄를 구하는 이수환에게서 악마의 모습은 1g도 찾을 수 없었다. 그래서 승운은 그 긴 세월 동안 품고 있었던 상처를 그냥 잊게 되었다.

미래와 행복한 사랑을 주고받는 것도 바빴으니까. 그런데 뭐 하러 과거의 고통스러운 기억을 되새김질한단 말인가?

그의 미래는, 미래와 새로 태어날 아이에게 달려 있었다. 과거는 더 이상 그에게 상처가 되지 않았다.

"미래야."

승운은 잠시 차가 멈춰 선 틈을 타고 미래의 손을 살짝 잡았다. 세상 그 무엇보다 따스했다.

"사랑해."

"나도 사랑해."

미래의 고백은 언제나처럼 그의 영혼을 어루만져 주었다. 몇백 번을 들어도 질리지 않는 말.

승운은 빙그러니 웃은 뒤, 미래를 집으로 이끌었다. 아이를 생각해 부드럽게 사랑을 나누고 한 몸처럼 꼭 껴안은 채 잠이 들었다. 행복한 꿈속에 누군가가 나타났다. 작고 여린, 세상에서 가장 예쁜 소녀.

"승운아."

소녀는 새빨갛게 변한 얼굴로 말했다.

"나, 너 좋아해. 정말 좋아해. 너는? 넌 언제?"

소녀의 앞에 소년이 나타났다. 저 멀리에서 지켜보고 있는 승운은 두 주먹을 불끈 쥐고 소년에게 외쳤다.

고백하라고, 너도 네 마음을 말하라고.

"나도야."

소년은 붉은 뺨으로 마치 승운의 말을 들은 것처럼 말했다.

"나도 네가 정말 좋아. 널 좋아해."

소년은 손을 내밀었다. 소녀는 망설임없이 손을 마주 잡았고, 미소가 환하게 퍼져 나갔다. 승운 또한 태양과도 같은 웃음을 지은 채 품속의 미래를 꼬옥 껴안았다.

THE END

왜 시리즈를 많이 쓰냐는 질문을 받은 적이 있는데, 사실 답은 하나입니다. 제가 시리즈 덕후거든요(…). 보는 것도 시리즈대로 보고, 읽는 것도 시리즈대로 읽고, 사는 것도 시리즈대로 삽니다. 그러다 보니 숫자 맞춰서 연대표 작성하는 걸 아주 싫어하는데도 쓰는 것도 시리즈대로 쓰게 되네요.

7남매 이야기는 처음엔 다 쓸 생각이 아니었는데 시리즈 덕후답게 언젠가는 다 쓰지 않을까 싶어요. 막내(승리 "붉은 밤"), 둘째(승열 "처음인가요?")는 출간했고 다음 작으로 넷째 승연의 이야기("그대에게 스트라이크!"(가제))도 이미 완성한 상태예요. 올해 8월이나 9월쯤 출간할 생각입니다.

세상이 갈수록 팍팍해지니까 즐겁고 경쾌한 내용을 쓰고 싶어졌어요. 악역도 안 나오고 갈등도 그다지 크지 않은 그런 내용으로요. 7남매 중 다섯째인, 살짝 날라리 기운이 나는 연애고수 승운이에 대해서 생각해 보다가 그렇게 써봤습니다. 실제로 초등학교(승운과 미래가 다닌 게 국민학교라서 글에서는 국민학교로 썼어요)에서는 퇴학이 거의 불가능하다는데, 상황상 그렇게 썼습니다. 그리고 초반에 큰 조언해 주신 L님께 감사드려요. 치과 관련 감수해 주신 S님께도 무한 감사를 날립니다. 효진 님께도요.

연애 부분을 제외하고, 피트니스센터 건물이나 3월 중순이 넘었는데 폭설이 내린 것, 광장시장의 빈대떡과 마약김밥, 크림 브륄레, 롯데월드의 놀이기구 등은 글을 쓸 당시에 겪었던 것을 넣었어요. 그런 경험을 섞어서 밝은 내용으로 밀당커플을 쓰는 게 참 재밌었어요. 미래의 엄마, 강인자 캐릭터도 사실 전 좀 귀엽게 생각하고요. (제대로 시작하기 전에 계속 엎을 때는 괴로웠지만) 내내 즐겁게 작업했는데, 독자분들께도 그렇게 다가가기를 기원합니다.

2010년 봄, 수룡 이수림이.